Libro de Manuel

Libro de Manuel

JULIO CORTÁZAR

edhasa / sudamericana

Diseño Oscar Font

1.ª edición Junio de 1977
2.ª   "   Enero de 1978
3.ª   "   Septiembre de 1978
4.ª   "   Febrero de 1980

© 1977 Editora y Distribuidora
Hispano Americana, S. A. (EDHASA)
Diagonal, 519-521 Barcelona - 29
Telfs. 239 51 04 / 05

IMPRESO EN ESPAÑA

Depósito legal: B. 2.388 - 1980
ISBN: 84-350-0167-9

Por razones obvias habré sido el primero en descubrir que este libro no solamente no parece lo que quiere ser sino que con frecuencia parece lo que no quiere, y así los propugnadores de la realidad en la literatura lo van a encontrar más bien fantástico mientras que los encaramados en la literatura de ficción deplorarán su deliberado contubernio con la historia de nuestros días. No cabe duda de que las cosas que pasan aquí no pueden pasar de manera tan inverosímil, a la vez que los puros elementos de la imaginación se ven derogados por frecuentes remisiones a lo cotidiano y concreto. Personalmente no lamento esta heterogeneidad que por suerte ha dejado de parecerme tal después de un largo proceso de convergencia; si durante años he escrito textos vinculados con problemas latinoamericanos, a la vez que novelas y relatos en que esos problemas estaban ausentes o sólo asomaban tangencialmente, hoy y aquí las aguas se han juntado, pero su conciliación no ha tenido nada de fácil, como acaso lo muestre el confuso y atormentado itinerario de algún personaje. Ese hombre sueña algo que yo soñé tal cual en los días en que empezaba a escribir y, como tantas veces en mi incomprensible oficio de escritor, sólo mucho después me di cuenta de que el sueño era también parte del libro y que contenía la clave de esa convergencia de actividades hasta entonces disímiles. Por cosas así no sorprenderá la frecuente incorporación de noticias de la prensa, leídas a medida que el libro se iba haciendo: coincidencias y analogías estimulantes me llevaron desde el principio a aceptar una regla del juego harto simple, la de hacer participar a los personajes en esa lectura cotidiana de diarios latinoamericanos y franceses. Ingenuamente esperé que esa participación incidiera más abiertamente en las conductas; después fui viendo que el relato como tal no siempre aceptaba de lleno esas irrupciones aleatorias, que merecerían una experimentación más feliz que la mía. En todo caso no escogí los materiales exteriores, sino que las noticias del lunes o del jueves que entraban en los intereses momentáneos de los personajes fueron incorporadas en el curso de mi trabajo del lunes o del jueves; algunas informaciones quedaron deliberadamente reservadas para la parte final, excepción que hizo más tolerable la regla.

Los libros deben defenderse por su cuenta, y éste lo hace como gato panza arriba cada vez que puede; sólo he de agregar que su tono general, que va en contra de una cierta concepción de cómo deben tratarse estos temas, dista tanto de la frivolidad como del humor gratuito. Más que nunca creo que la lucha en pro del socialismo latinoamericano debe enfrentar el horror cotidiano con la única actitud que un día le dará la victoria: cuidando precisamente, celosamente, la capacidad de vivir tal como la queremos para ese futuro, con todo lo que supone de amor, de juego y de alegría. La difundida imagen de la muchacha norteamericana que ofrece una rosa a los soldados con las bayonetas caladas sigue siendo una mostración de lo que va del enemigo a nosotros; pero que nadie entienda o finja entender aquí que esa rosa es un platónico signo de no violencia, de ingenua esperanza; hay rosas blindadas, como las vio el poeta, hay rosas de cobre, como las inventó Roberto Arlt. Lo que cuenta, lo que yo he tratado de contar, es el signo afirmativo frente a la escalada del desprecio y del espanto, y esa afirmación tiene que ser lo más solar, lo más vital del hombre: su sed erótica y lúdica, su liberación de los tabúes, su reclamo de una dignidad compartida en una tierra ya libre de este horizonte diario de colmillos y de dólares.

Una última observación: entiendo que los derechos de autor que resulten de un libro como éste deberían ayudar a la realización de esas esperanzas, y mucho me hubiera gustado poder dárselos a Oscar para evitarle tantas complicaciones, contéiners de doble fondo, pingüinos y otras extravagancias parecidas; desgraciadamente el libro no estaba todavía escrito, pero ahora que ya anda por ahí podré encontrar el mejor empleo de esas regalías que no quiero para mí; cuando llegue el momento daré los detalles, aunque no sea ante escribano público.

Postdata (7 de setiembre de 1972). — Agrego estas líneas mientras corrijo las pruebas de galera y escucho los boletines radiales sobre lo sucedido en los juegos olímpicos. Empiezan a llegar los diarios con enormes titulares, oigo discursos donde los amos de la tierra se permiten sus lágrimas de cocodrilo más eficaces al deplorar "la violación de la paz olímpica en estos días en que los pueblos olvidan sus querellas y sus diferencias". ¿Olvidan? ¿Quién olvida? Una vez más entra en juego el masaje a escala mundial de los *mass media*. No se oye, no se lee más que Munich, Munich. No hay lugar en sus canales, en sus columnas, en sus mensajes, para decir, entre tantas otras cosas, Trelew.

Por lo demás era como si el que te dije hubiera tenido la intención de narrar algunas cosas, puesto que había guardado una considerable cantidad de fichas y papelitos, esperando al parecer que terminaran por aglutinarse sin demasiada pérdida. Esperó más de lo prudente, por lo visto, y ahora a Andrés le tocaba saberlo y lamentarlo, pero aparte de ese error lo que más parecía haber detenido al que te dije era la heterogeneidad de las perspectivas en que habían sucedido las tales cosas, sin hablar de un deseo más bien absurdo y en todo caso nada funcional de no inmiscuirse demasiado en ellas. Esta neutralidad lo había llevado desde un principio a ponerse como de perfil, operación siempre riesgosa en materia narrativa, y no digamos histórica, que es lo mismo, máxime cuando el que te dije no era ni sonso ni modesto, pero algo poco explicable parecía haberle exigido una posición sobre la cual nunca estuvo dispuesto a dar detalles. En cambio, aunque no fuera fácil, había preferido proporcionar de entrada diversos datos que permitieran meterse desde ángulos variados en la breve pero tumultuosa historia de la Joda y en gentes como Marcos, Patricio, Ludmilla o yo (a quien el que te dije llamaba Andrés sin faltar a la verdad), esperando tal vez que esa información fragmentaria iluminara algún día la cocina interna de la Joda. Todo eso, claro, si tanta ficha y tanto papelito acababan por ordenarse inteligiblemente, cosa que en realidad no ocurrió del todo por razones que en alguna medida se deducían de los mismos documentos. Una prueba de su intención de entrar de inmediato en materia (y tal vez de mostrar la dificultad de hacerlo) la daba *inter alia* el hecho de que el que te dije estuviera escuchando cuando Ludmilla, después de juntar y desjuntar las manos como en un ejercicio gimnástico más bien esotérico, me miró despacio con ayuda de un dispositivo ocular profundamente verde y me dijo Andrés, tengo una impresión al nivel del estómago de que todo lo que ocurre o nos ocurre es muy confuso.

—Polaquita, la confusión es un término relativo —le hice notar—, entenderemos o no entenderemos, pero lo que vos llamás confusión no es responsable de ninguna de las dos cosas. Sólo de nosotros, me parece, depende entender, y para eso no basta medir la realidad en términos de confusión o de orden. Hacen falta otras potencias, otras opciones como dicen ahora, otras mediaciones como archidicen ahora. Cuando se habla de confusión, lo que casi siempre hay es confusos; a veces basta un amor, una decisión, una hora fuera del reloj para que de golpe el azar y la voluntad fijen los cristales del calidoscopio. Etcétera.

—Blup —dijo Ludmilla, que se valía de esa sílaba para irse mentalmente a la vereda de enfrente y andá seguila.

Claro que, observa el que te dije, a pesar de ese obstruccionismo subjetivo el tema subyacente es muy simple: 1) La realidad existe o no existe, en todo caso es incomprensible en su esencia, así como las esencias son incomprensibles en la realidad, y la comprensión es otro espejo para alondras, y la alondra es un pajarito, y un pajarito es el diminutivo de pájaro, y la palabra pájaro tiene tres sílabas, y cada sílaba tiene dos letras, y así es como se ve que la realidad existe (puesto que alondras y sílabas) pero que es incomprensible, porque además qué significa significar, o sea entre otras cosas *decir* que la realidad existe; 2) La realidad será incomprensible pero existe, o por lo menos es algo que nos ocurre o que cada uno hace ocurrir, de manera que una alegría, una necesidad elemental lleva a olvidar todo lo dicho (en 1) y pasar a 3) Acabamos de aceptar la realidad (en 2), sea lo que sea o como sea, y por consiguiente aceptamos estar instalados en ella, pero ahí mismo sabemos que, absurda o falsa o trucada, la realidad es un fracaso del hombre aunque no lo sea del pajarito que vuela sin hacerse preguntas y se muere sin saberlo. Así, fatalmente, si acabamos de aceptar lo dicho en 3), hay que pasar a 4) Esta realidad, a nivel de 3), es una estafa y hay que cambiarla. Aquí bifurcación, 5 a) y 5 b):

—Ufa —dice Marcos.

5 a) Cambiar la realidad para mí sólo —continúa el que te dije— es viejo y factible: Meister Eckart, Meister Zen, Meister Vedanta. Descubrir que el yo es ilusión, cultivar su jardín, ser santo, a la caza darle alcance, etcétera. No.

—Hacés bien —dice Marcos.

5 b) Cambiar la realidad para todos —continúa el que te dije— es aceptar que todos son (deberían ser) lo que yo, y de alguna manera fundar lo real como humanidad. Eso significa admitir la historia, es decir la carrera humana por una pista falsa, una realidad aceptada hasta ahora como real y así nos va. Consecuencia: hay un solo deber y es encontrar la buena pista. Método, la revolución. Sí.

—Che —dice Marcos—, vos para los simplismos y las tautologías, pibe.

—Es mi librito rojo de todas las mañanas —dice el que te dije—, y reconocé que si todo el mundo creyera en esos simplismos, a la Shell Mex no le sería tan fácil ponerte un tigre en el motor.

—Es la Esso —dice Ludmilla, que tiene un Citroën de dos caballos al parecer paralizados de terror por el tigre puesto que se paran en cada esquina y el que te dije o yo o cualquiera tiene que empujar a las puteadas.

Al que te dije le gusta Ludmilla por esa manera loca de ver cualquier cosa, y a lo mejor por eso de entrada Ludmilla parece tener como un derecho a violar toda cronología; si es cierto que ha podido dialogar conmigo ("Andrés, tengo una impresión al nivel del estómago..."), en cambio el que te dije mezcla quizá deliberadamente sus papeles cuando hace hablar a Ludmilla en presencia de Marcos, ya que Marcos y Lonstein están todavía en el metro que los trae, es cierto, a mi departamento, mientras Ludmilla está haciendo su papel en el tercer acto de una comedia dramática en el Teatro del Vieux Colombier. Al que te dije esto no le importa en absoluto, puesto que dos horas después las personas nombradas habrán de reunirse en mi casa; pienso incluso que lo decide ex profeso para que nadie —nosotros incluidos y sobre todo los eventuales destinatarios de sus loables esfuerzos— se haga ilusiones sobre su manera de tratar el tiempo y el espacio; al que te dije le gustaría disponer de la simultaneidad, mostrar cómo Patricio y Susana bañan a su hijo en el mismo momento en que Gómez el panameño completa con visible satisfacción una serie correlativa de estampillas de Bélgica, y un tal Oscar en Buenos Aires telefonea a su amiga Gladis para enterarla de un asunto grave. En cuanto a Marcos y Lonstein, acaban de aflorar a la superficie en el decimoquinto distrito de París, y encienden los cigarrillos con el mismo fósforo, Susana ha envuelto a su hijo en una toalla azul, Patricio ceba un mate, la gente lee los diarios de la noche, y dale que va.

Ludmilla	Para abreviar las presentaciones, el que te
Gómez	dije supone algo así como que todos están sen-
Monique	tados más o menos en la misma fila de plateas
Lucien Verneuil	frente a algo que podría ser si se quiere una
Heredia	especie de pared de ladrillos; no es difícil de-
Marcos	ducir que el espectáculo dista de ser vistoso.
Andrés	Cualquiera que pague su entrada tiene derecho
El que te dije	a un escenario en el que sucedan cosas, y una
[Francine]	pared de ladrillos, salvo el paso más o menos
Oscar	fortuito de una cucaracha o de la sombra de
Manuel	alguien que llega por el pasillo central buscan-
Gladis	do su asiento, no da para mucho. Admitamos
Lonstein	entonces —esto a cargo del que te dije, Patri-
Roland	cio, Ludmilla o yo mismo, sin hablar de los
Fernando	otros que poco a poco se van sentando en las

plateas de más atrás, a la manera de los personajes de una novela
que se instalan uno tras otro en las páginas de adelante, aunque
vaya a saber cuáles son las páginas de adelante y las de atrás en
una novela, puesto que el hecho de leer es adelantar en el libro,
pero el de aparecer es atrasar con respecto a los que aparecerán
después, detalles formalistas sin importancia—, admitamos entonces que hay un absurdo total
y que sin embargo esa gente está ahí, cada uno en su platea
delante de la pared de ladrillos,
por razones diversas puesto que se trata de individuos
pero que de alguna manera están a contrapelo del absurdo, por
más ilógico que les parezca a los vecinos del barrio que en ese
mismo momento asisten fascinados en el cine de la otra cuadra
a la sensacional proyección made in URSS de *La guerra y la paz*

en tecnicolor y dos partes y pantalla gigante, suponiendo que esos asistentes puedan sospechar que el que te dije, etc., están sentados en sus plateas delante de una pared de ladrillos,

y precisamente estar a contrapelo del absurdo consiste para Susana, Patricio, Ludmilla, etc., en estar donde están,

porque esa especie de metáfora en la que se han metido todos estos a sabiendas y cada uno a su manera, consiste entre otras cosas en la no asistencia a *La guerra y la paz* (siempre siguiendo la metáfora, porque por lo menos dos de ellos ya la han visto), sabiendo muy bien dónde están,

sabiendo todavía mejor que es absurdo,

y sabiendo por encima de todo que no pueden ser violados por el absurdo en la medida en que no solamente lo enfrentan (yendo a sentarse frente a la pared de ladrillos, metáfora)

sino que ese absurdo de ir hacia lo absurdo es exactamente lo que hace caer las murallas de Jericó,

que vaya a saber si eran de ladrillo o de tungsteno prensado, que para el caso. O sea que están a contrapelo del absurdo porque lo saben vulnerable, vencible, y que en el fondo basta gritarle en la cara (de ladrillos, para seguir la metáfora) que no es más que la prehistoria del hombre, su proyecto amorfo (aquí, innúmeras posibilidades de descripción teológica, fenomenológica, ontológica, sociológica, dialéctico-materialista, pop, hippie)

y que se acabó, esta vez se acabó, no se sabe bien cómo pero a esta altura del siglo hay algo que se acabó, hermano, y entonces a ver qué pasa, y por eso precisamente

esta noche,

en lo que se hace o se dice,

en lo que dirán o harán tantos que siguen entrando y se sientan delante de la pared de ladrillos, esperando como si la pared de ladrillos fuera un telón pintado que va a alzarse apenas se apaguen las luces,

y las luces se apagan, claro,

y el telón no se levanta, archiclaro,

porque-las-paredes-de-ladrillo-no-se-levantan.

Absurdo,

pero no para ellos porque ellos saben que eso es la prehistoria del hombre, están mirando la pared porque sospechan lo que puede haber del otro lado; los poetas como Lonstein hablarán de reino milenario, Patricio se le reirá en la cara, Susana pensará vagamente en una felicidad que no haya que comprar con injusticia y lágrimas, Ludmilla recordará no sabe por qué un perrito blanco que le hubiera gustado tener a los diez años y que nunca le regalaron.

En cuanto a Marcos sacará un cigarrillo (está prohibido) y lo fumará despacio, y yo juntaré tanta cosa para imaginar una posible salida del hombre a través de los ladrillos, y naturalmente no alcanzaré a imaginarla porque las extrapolaciones de la ciencia-ficción me aburren minuciosamente. Al final nos iremos todos a beber cerveza o a tomar mate a lo de Patricio y Susana, por fin empezará a suceder algo de veras, algo amarillo fresco verde líquido caliente en medio litros calabazas puestos en círculo bombillas y como sobrevolando la imponente montaña de sándwiches que habrán preparado Susana y Ludmilla y Monique, esas ménades locas, siempre muertas de hambre a la salida del cine.

A Clermont-Ferrand

LE CONSEIL TRANSITOIRE DE LA FACULTÉ FAIT ÉTAT DE BRUTA-LITÉS POLICIÈRES COMMISES CONTRE UN MAITRE ASSISTANT

(De notre corresp. particulier.)

Clermont-Ferrand. — Le conseil transitoire de gestion de la faculté des lettres et sciences humaines de Clermont-Ferrand vient de publier un communiqué, dans lequel il déclare « *avoir pris connaissance, avec indignation, des brutalités policières dont M. Pierre Péchoux, maitre assistant d'histoire à la faculté, a été récemment victime à Paris* ».

Le communiqué précise : « *Sur pris par une charge de police, le 28 mai, vers 22 heures, alors qu'il passait boulevard Saint-Michel, apres une journée de travail en bibliothèque, M. Péchoux, qui est âgé de cinquante-cinq ans, a été soudainement matraqué, jeté à terre et amené d'abord dans un commissariat puis au centre de tri de Beaujon. Transporté, à l'aube, à l'hôpital Beaujon, après qu'on eut reconnu qu'il ne pouvait marcher, et huit jours plus tard, à son domicile clermontois, M. Péchoux souffre d'une triple fracture de la rotule et de plaies qui le condamnent à plusieurs semaines d'immobilité.* »

Le conseil transitoire de gestion a désigné une délégation qui demandera audience au recteur de l'académie de Clermont-Ferrand pour lui exprimer l'émotion de la faculté tout entière.

—Traducí —mandó Patricio—, no ves que Fernando acaba de desembarcar y los chilenos no manyan mayormente el galo, che.

—Ustedes se creen que yo soy San Jerónimo —dijo Susana—. Bueno, en Clermont-Ferrand el Consejo provisional de la Facultad denunció las brutalidades policiales cometidas contra un profesor adjunto. De nuestro corresponsal particular.

—Por mí con que sea una síntesis —dijo Fernando.

—Sh. Clermont-Ferrand. El Consejo provisional de gestión de la facultad de letras y de ciencias humanas de Clermont-Ferrand acaba de publicar un comunicado en el que declara, comillas, haberse enterado con indignación de las brutalidades policiales de que ha sido víctima en París el señor Pierre Péchoux, profesor ayudante de historia de la facultad. Cierra comillas. El comunicado precisa, comillas, sorprendido por una carga de la policía, el 28 de mayo hacia las

22 horas, mientras transitaba por el bulevar Saint-Michel, después de una jornada de trabajo en la biblioteca, el señor Péchoux, de cincuenta y cinco años de edad, fue bruscamente atacado a cachiporrazos, arrojado a tierra y llevado a una comisaría, de donde lo trasladaron al centro de indagaciones de Beaujon. Transportado al amanecer al hospital Beaujon, después que se advirtió que le era imposible caminar, y a su domicilio en esta ciudad ocho días más tarde, el señor Péchoux sufre de una triple fractura de la rótula y de heridas que lo obligarán a guardar varias semanas de inmovilidad. Cierra comillas. El consejo provisional de gestión ha designado una delegación que pedirá audiencia al rector de la universidad de Clermont-Ferrand para expresarle la indignación de la facultad.

—Así que tienen el hospital cerca del centro de indagaciones —dijo Fernando—. Estos franceses tan bien organizados, en Santiago las cosas están siempre a unas veinte cvadras una de otra.

—Vos te darás cuenta de la utilidad de haberle traducido la noticia —dijo Patricio.

—Salta a la vista —admitió Susana—. En fin, ya ves lo que te espera en el país de la Marsellesa, sobre todo por el lado del bulevar Saint-Michel.

—Y mi hotel que queda ahí mismito —dijo Fernando—. Eso sí, no soy profesor adjunto. ¿Así que aquí les pegan a los profes? No deja de ser un consvelo, barbaridad aparte, pobrecito Pechú.

Sonó el teléfono, era yo anunciándole a Patricio que Lonstein y Marcos acababan de llegar, si pudiéramos corrernos con Ludmilla y con ellos para charlar, hay que fraternizar de cuando en cuando, no te parece.

—No son horas de llamar, che —dijo Patricio—. Yo estoy en una reunión importantísima. No, cretino, se me notaría en la voz, uno siempre jadea un poco en esos casos.

—Seguro que te está diciendo alguna cochinada —dijo Susana.

—Ponele la firma, nena. ¿Qué? Le estaba hablando a Susana aquí, y a un chileno que llegó hace una semana, lo estamos adoctrinando en el *environment*, si me seguís, el muchacho es todavía más bien silvestre.

—Váyanse al carajo vos y el que te está hablando —decretó Fernando.

—Hacés bien —dijo Susana—. Mientras ésos explotan a Graham Bell, vos y yo nos cebamos un mate con la yerba que Monique se robó en lo de Fauchon.

—Ma sí, vengan —aflojaba Patricio—, mis reparos eran de orden disciplinario, no te olvidés que llevo quince años en este país y eso marca, compadre. Son argentinos —le explicó a Fernando que ya se había dado cuenta por sí mismo—. Conviene que se amenen, como decimos en Francia, porque seguro que Marcos tiene noticias frescas de Grenoble y de Marsella donde anoche hubo una de palos entre los gauchistas y la poli.

—¿Los gavchistas? —preguntó Fernando que tenía problemas de paladar—. ¿Hay gavchos en Marsella?

—Vos comprendés que traducir gauchistas por izquierdistas no te daría la idea precisa, porque en tu país y en el mío eso significa una cosa más bien distinta.

—Le vas a armar un lío —dijo Susana—. A mí no me parece que haya tanta diferencia, lo que pasa es que a vos la palabra izquierdista se te ha puesto como un mate lavado por culpa de tus mocedades en la Casa del Pueblo y esas cosas, y ya que estamos tomate éste recién cebado.

—Tenés razón —dijo Patricio meditando con la bombilla en la boca como Martín Fierro en circunstancias parecidas—. Izquierdista o peronista o lo que venga no quiere decir nada muy claro desde hace unos años, pero ya que estamos traducile al muchacho aquí esa otra noticia de la misma página.

—¿Otra traducción? ¿No oís que Manuel se ha despertado y reclama mis atenciones higiénicas? Esperá que lleguen Andrés y Ludmilla, de paso aprenderán un poco de historia moderna mientras traducen.

—De acuerdo, ocupate de tu hijo; lo que tiene ese niño es hambre, vieja, traelo para acá y de paso la botella de grapa que asienta el mate.

Fernando hacía lo posible por descifrar los títulos del diario, y Patricio lo miró con una aburrida simpatía, preguntándose

21

si no tendría que encontrar un pretexto para que se mandara a mudar antes de que llegaran Marcos y los otros, en esos días la tuerca de la Joda se estaba apretando cada vez más y él no tenía mayores referencias sobre el chileno. "Pero también van a venir Andrés y seguramente Ludmilla", pensó, "se hablará de cualquier cosa menos de la Joda". Le alcanzó otro mate sin contenido ideológico, esperando que sonara el timbre.

Sí, desde luego que hay un mecanismo pero cómo explicarlo y finalmente por qué explicarlo, quién pide la explicación, cuestiones que se plantea el que te dije cada vez que gentes como Gómez o Lucien Verneuil lo miran alzando las cejas, y alguna noche yo mismo he podido decirle que la impaciencia es madre de todos los que se levantan y se van golpeando la puerta o una página, entonces el que te dije bebe despacito su vino, se nos queda mirando un rato y por ahí condesciende a decir o solamente a pensar que el mecanismo es de alguna manera esa lámpara que se enciende en el jardín antes de que la gente venga a cenar aprovechando la fresca y el perfume de los jazmines, ese perfume que el que te dije conoció en un pueblo de Buenos Aires hace muchísimo tiempo, cuando la abuela sacaba el mantel blanco y tendía la mesa bajo el emparrado, cerca de los jazmines, y alguien encendía la lámpara y era un rumor de cubiertos y de platos en bandejas, un charlar en la cocina, la tía que iba hasta el callejón de la puerta blanca para llamar a los chicos que jugaban con los amigos en el jardín de adelante o en la vereda, y hacía el calor de las noches de enero, la abuela había regado el jardín y el huerto antes de que oscureciera y se sentía el olor de la tierra mojada, de los ligustros ávidos, de la madreselva llena de gotas translúcidas que multiplicaban la lámpara para algún chico con ojos nacidos para ver esas cosas. Todo eso tiene poco que ver hoy, después de tantos años de vida buena o mala, pero está bien haberse dejado llevar por una asociación que enlaza la descripción del mecanismo con la lámpara de los veranos del jardín de infancia, porque así ocurrirá que el que te dije tendrá un placer particular en hablar de la lámpara y del mecanismo sin sentirse demasiado teórico, sencillamente recordando un pasado cada día más presente por razones de esclerosis, de tiempo reversible, y a la vez podrá mostrar cómo esto que ahora empieza a ocurrir para alguien que probablemente se impacienta, es una lámpara en un jardín de verano que se enciende entre las plantas, sobre una mesa. Pasarán veinte segundos, cuarenta, quizá un minuto, el que te dije se acuerda de los mosquitos, los mamboretás, las falenas, los cascarudos; el símil lo deduce cualquiera, primero lámpara, luz desnuda y sola, y entonces empiezan a llegar los elementos, las piezas sueltas, los jirones, los zapatos verdes de Ludmilla, un pingüino turquesa, los cascarudos, los mamboretás, el pelo crespo de Marcos, el slip tan blanco de Francine, un tal Oscar que trajo dos peludos reales sin contar el pingüino, Patricio y Susana, las hormigas, el aglutinamiento y la danza y elipses y cruces y choques y bruscas picadas sobre el plato de la manteca o la fuente de fariña, con gritos de la madre que pregunta por qué no las taparon con una servilleta, parece mentira que no sepan que esas noches están llenas de bichos, y Andrés llamó alguna vez bicho a Francine, pero tal vez ya se va entendiendo el mecanismo y no hay razón para dejarse llevar por el torbellino entomológico antes de tiempo; sólo que es dulce, dulcemente triste, no irse de ahí sin mirar un segundo hacia atrás, hacia la mesa y la lámpara, mirar el pelo gris de la abuela que sirve la cena, en el patio ladra la perra porque ha nacido la luna y todo tiembla entre los jazmines y los ligustros mientras el que te dije le da la espalda y el dedo índice de la mano derecha apoya en la tecla que imprimirá un punto vacilante, casi tímido, al término de lo que empieza, de lo que había que decir.

Por su lado y a su modo también Andrés andaba buscando explicaciones de algo que se le escapaba en la audición de *Prozession*; al que te dije terminaba por hacerle gracia ese oscuro acatamiento a la ciencia, a la heredad helénica, al porqué insolente de toda cosa, una especie de vuelta al socratismo, horror al misterio, a que los hechos ocurrieran y fueran recibidos porque sí y sin tanto por qué; sospechaba la influencia de una tecnología prepotente encaramándose en una más legítima visión del mundo, ayudada por las filosofías de izquierda y de derecha, y entonces se defendía a golpes de mamboretá y de jazmines recién regados, aflojando por un lado a esa exigencia de mostrar la relojería de las cosas pero proporcionando una explicación que pocos encontrarían plausible. En mi caso la cuestión era menos rigurosa, mi problema de esa noche antes de que vinieran Marcos y Lonstein a partirme por el eje, cordobeses del carajo, era entender por qué no podía escuchar la grabación de *Prozession* sin distraerme y concentrarme alternativamente, y pasó un buen rato antes de que me diera cuenta de que la cosa estaba en el piano. Entonces es así, basta repetir un pasaje del disco para corroborarlo; entre los sonidos electrónicos o tradicionales pero modificados por el empleo que hace Stockhausen de filtros y micrófonos, de cuando en cuando se oye con toda claridad, con su sonido propio, el piano. Tan sencillo en el fondo: el hombre viejo y el hombre nuevo en este mismo hombre sentado estratégicamente para cerrar el triángulo de la estereofonía, la ruptura de una supuesta unidad que un músico alemán pone al desnudo en un departamento de París a medianoche. Es así, a pesar de tantos años de música electrónica o aleatoria, de *free jazz* (adiós, adiós, melodía, y adiós también los viejos ritmos definidos, las

25

formas cerradas, adiós sonatas, adiós músicas concertantes, adiós pelucas, atmósferas de los *tone poems*, adiós lo previsible, adiós lo más querido de la costumbre), lo mismo el hombre viejo sigue vivo y se acuerda, en lo más vertiginoso de las aventuras interiores hay el sillón de siempre y el trío del archiduque y de golpe es tan fácil comprender: el sonido del piano coagula esa pervivencia nunca superada, en mitad de un complejo sonoro donde todo es descubrimiento asoman como fotos antiguas su color y su timbre, del piano puede nacer la serie menos pianística de notas o de acordes pero el instrumento está ahí reconocible, el piano de la otra música, una vieja humanidad, una Atlántida del sonido en pleno joven nuevo mundo. Y todavía es más simple comprender ahora cómo la historia, el acondicionamiento temporal y cultural se cumple inevitable, porque todo pasaje donde predomina el piano me suena como un reconocimiento que concentra la atención, me despierta más agudamente a algo que todavía sigue atado a mí por ese instrumento que hace de puente entre pasado y futuro. Confrontación nada amable del hombre viejo con el hombre nuevo: música, literatura, política, cosmovisión que las engloba. Para los contemporáneos del clavicordio, la primera aparición del sonido del piano debió despertar poco a poco al mutante que hoy se ha vuelto tradicional frente a los filtros que sigue manejando ese alemán para meterme por las orejas unas sibilancias y unos bloques de materia sonora nunca escuchados sublunarmente hasta esta fecha. Corolario y moraleja: todo estaría entonces en nivelar la atención, en neutralizar la extorsión de esas irrupciones del pasado en la nueva manera humana de gozar la música. Sí, en una nueva manera de ser que busca abarcarlo todo, la cosecha del azúcar en Cuba, el amor de los cuerpos, la pintura y la familia y la descolonización y la vestimenta. Es natural que me pregunte una vez más cómo hay que tender los puentes, buscar los nuevos contactos, los legítimos, más allá del entendimiento amable de generaciones y cosmovisiones diferentes, de piano y controles electrónicos, de coloquios entre católicos, budistas y protestantes, de deshielo entre los dos bloques políticos, de coexistencia pacífica;

26

porque no se trata de coexistencia, el hombre viejo no puede sobrevivir tal cual en el nuevo aunque el hombre siga siendo su propia espiral, la nueva vuelta del interminable ballet; ya no se puede hablar de tolerancia, todo se acelera hasta la náusea, la distancia entre las generaciones se da en proporción geométrica, nada que ver con los años veinte, los cuarenta, muy pronto los ochenta. La primera vez que un pianista interrumpió su ejecución para pasar los dedos por las cuerdas como si fuera un arpa, o golpeó en la caja para marcar un ritmo o una cesura, volaron zapatos al escenario; ahora los jóvenes se asombrarían si los usos sonoros de un piano se limitaran a su teclado. ¿Y los libros, esos fósiles necesitados de una implacable gerontología, y esos ideólogos de izquierda emperrados en un ideal poco menos que monástico de vida privada y pública, y los de derecha inconmovibles en su desprecio por millones de desposeídos y alienados? Hombre nuevo, sí: qué lejos estás, Karlheinz Stockhausen, modernísimo músico metiendo un piano nostálgico en plena irisación electrónica; no es un reproche, te lo digo desde mí mismo, desde el sillón de un compañero de ruta. También vos tenés el problema del puente, tenés que encontrar la manera de decir inteligiblemente, cuando quizá tu técnica y tu más instalada realidad te están reclamando la quema del piano y su reemplazo por algún otro filtro electrónico (hipótesis de trabajo, porque no se trata de destruir por destruir, a lo mejor el piano le sirve a Stockhausen tan bien o mejor que los medios electrónicos, pero creo que nos entendemos). Entonces el puente, claro. ¿Cómo tender el puente, y en qué medida va a servir de algo tenderlo? La praxis intelectual (sic) de los socialismos estancados exige puente total; yo escribo y el lector lee, es decir que se da por supuesto que yo escribo y tiendo el puente a un nivel legible. ¿Y si no soy legible, viejo, si no hay lector y ergo no hay puente? Porque un puente, aunque se tenga el deseo de tenderlo y toda obra sea un puente hacia y desde algo, no es verdaderamente puente mientras los hombres no lo crucen. Un puente es un hombre cruzando un puente, che.

Una de las soluciones: poner un piano en ese puente, y entonces habrá cruce. La otra: tender de todas maneras el puente y dejarlo ahí; de esa niña que mama en brazos de su madre echará a andar algún día una mujer que cruzará sola el puente, llevando a lo mejor en brazos a una niña que mama de su pecho. Y ya no hará falta un piano, lo mismo habrá puente, habrá gente cruzándolo. Pero andá a decirle eso a tanto satisfecho ingeniero de puentes y caminos y planes quinquenales.

—¿Quién telefoneó? —dijo Fernando.

—Ah, ése, cuanto menos se lo mencione mejor —opinó Patricio con perceptible cariño—. Ya lo vas a ver dentro de diez minutos, es Andrés, un argentino de los muchos que no se sabe por qué están en París, aunque él tiene su teoría sobre los lugares de elección y en todo caso se ganó el derecho de piso, Susana lo conoció antes que yo y te puede contar, a lo mejor hasta te confidencia que se acostó con él.

—En el piso, ya que decís que se había ganado el derecho —dijo Susana—. No le hagás caso, Fernando, es un turco nato, cuanto latinoamericano se me cruzó en el camino antes de este monstruo, automáticamente me lo pone en la lista de los celos retrospectivos. Menos mal que está convencido de que Manuel es hijo suyo, porque si no este pobre chico estaría lleno de equimosis proustianas.

—¿Y qué hace Andrés? —quiso saber Fernando que era más bien incordio en el terreno personal.

—Escucha una barbaridad de música aleatoria y lee todavía más, anda metido en líos de mujeres, y a lo mejor espera la hora.

—¿La hora de qué?

—Ah, eso...

—Tenés razón —dijo Susana—, Andrés está como esperando una hora pero vaya a saber, en todo caso no es la nuestra.

—¿Y cvál es la de ustedes, la revolución y todo eso?

—Qué manera de preguntar, este debe ser del Side —opinó Patricio alcanzándole un mate—. Nena, pasame a tu hijo puesto que acabás de afirmar que no es retrospectivo, y traducile aquí al muchacho la noticia sobre Nadine, este chileno tiene que adquirir cultura política local, así se hace una idea precisa de por qué uno de estos días le van a romper el alma apenas empiece a mirar de cerca lo que pasa, que es mucho.

—¿Y quiénes vienen con Andrés?

—Si te esperaras un poco, rotito, los junarías vos mismo y se acabó porque cuando ésos se descuelgan hay para rato. En fin, vienen Marcos y Lonstein que también son argentinos pero del lado de la docta, si me interpretás, y a lo mejor se aparece Ludmilla si sobrevive a las tormentas rusas que se mandan en el Vieux Colombier, tres actos a puro samovar y knut, sin contar que en una de esas suena el timbre por quinta vez y se nos descuelga el que te dije, menos mal que ése suele apropincuarse con una botella de coñac o por lo menos chocolate para Manuel, miralo cómo le brillaron los ojos al maula, venga con su papi, usted me va a justificar ante la historia, m'hijo.

—Otra cosa que no entendí mucho fue eso que dijiste de la yerba que no sé quién se robó no sé dónde.

—Madre querida —dijo Patricio, sobrepasado.

—Se ve que nunca leíste las aventuras de Robinjud —dijo Susana—. Mirá, Monique está haciendo una tesis nada menos que sobre el Inca Garcilaso y tiene muchísimas pecas. Entonces fue con un grupo de maoístas a asaltar la despensa de Fauchon que viene a ser el Christian Dior del morfi, un acto simbólico contra los burgueses que pagan diez francos una palta roñosa importada por avión. La idea no es nueva puesto que no hay ideas nuevas, en tu tierra a lo mejor ya hicieron algo parecido, se trataba de cargar las vituallas en dos o tres autos y distribuirlas a la gente de las villas miseria del norte de París. Monique vio un paquete de yerba y se lo metió vaya a saber dónde para traérmelo, cosa no prevista en la operación y más bien irregular, pero teniendo en cuenta la que se armó esa noche hay que decir que estuvo sublime.

—Es una buena introducción a la noticia que te vamos a traducir para tu edificación —dijo Patricio—. Vos sabés, algo anduvo mal y los paseantes casi linchan a los muchachos, fijate que era gente que simplemente pasaba por ahí y que seguramente no entró nunca en lo de Fauchon porque basta mirar las vidrieras para comprender que necesitás tres meses de sueldo para comprarte una docena de damascos y una tira de asado, pero así van las cosas, rotito, la idea del orden y la propiedad privada valen hasta para los que no tienen ni medio. Monique se escapó a tiempo en uno de los autos pero la policía pescó a otra chica y aunque por supuesto no podían acusarla de robo puesto que el grupo había largado folletos explicando sus intenciones, el juez la condenó a trece meses de gayola, date bien cuenta, y sin... ¿sin qué?

—Sin sobreseimiento o algo así —dijo Susana—. Vos te das cuenta, un año y un mes permanecerá usted presa, señorita, como escarmiento para los que meditan nuevos atropellos contra los bienes ajenos, cualesquiera sean las razones aludidas. Y aquí viene lo de la noticia del diario, porque se trata de otra muchacha que también conoce Monique.

—Cvántas mujeres —dijo Fernando encantado.

—Escuchá: El ataque a la municipalidad de Meulan. La señorita Nadie Ringart queda en libertad provisional. Son los títulos. La señorita Nadine Ringart, detenida desde el 17 de marzo por haber participado en el ataque a la oficina de contratación de mano de obra de la municipalidad de Meulan (Yvelines) acaba de ser puesta en libertad provisional por el Sr. Angevin, juez de instrucción de la Corte de Seguridad del Estado. La joven, estudiante de sociología en la Sorbona, sigue inculpada de violencias contra la policía, violencias voluntarias con premeditación, violación de domicilio y degradación de monumento público. Punto final.

L'attaque de la mairie de Meulan

MLLE NADINE RINGART EST MISE EN LIBERTÉ PROVISOIRE

Mlle Nadine Ringart, detenue depuis le 17 mars dernier pour avoir participé à l'attaque du bureau de main-d'œuvre de la mairie de Meulan (Yvelines), vient d'être mise en liberté provisoire par M. Angevin, juge d'instruction à la Cour de sureté de l'Etat.

La jeune fille, étudiante en sociologie à la Sorbonne, reste inculpée de violences à agent, violences volontaires avec préméditation, violation de domicile et dégradation de monument public.

—Cvántas *v* —dijo satisfecho Fernando—. Si te guiás por la noticia, esta nena le mató el punto a Calamity Jane y a esa Ágata Christie, no, Ágata Galiffi que tenían ustedes en la Argentina. Mientras leías pensé que la noticia parece una broma; simplemente imaginátela en un diario de hace cinco años. Y lo dicen así nomás, violencias voluntarias, violación de domicilio, a cargo de una estudiante de sociología de la Sorbona. Parece una tomada de pelo, realmente.

—Premio Nobel de teología despedaza a su esposa —dijo Patricio—. Nos quedaríamos tan tranquilos, como ahora que desembarcan en la luna dos veces por semana y a mí qué.

—No empiecen como mi tía —dijo Susana que hamacaba activamente a un Manuel cada vez más despierto y reluciente—. Hay cosas a las que no me acostumbraré jamás, y por eso me tomo el trabajo de traducirte esas noticias, para sentir hasta qué punto son únicas en su género, y todo lo que nos queda por hacer.

—Bueno, justamente de eso le vamos a ir hablando aquí al compañero transandino, pero no es cosa de atorarlo de entrada, che.

—Cvánto misterio —dijo Fernando.

—Y cvánto culo roto —dijo Patricio.

32

A lo mejor es para defenderse, pensó Andrés, que Lonstein
habla así valiéndose de un lenguaje que al fin y al cabo todos
han terminado por entender, cosa que a veces no parece gustarle
demasiado. Hubo una época (compartíamos una pieza barata
en la rue de la Tombe Issoire, fue en el invierno del sesenta o
del sesenta y uno) en que era más explícito, a veces condescendía
a decir mirá, toda realidad que valga la pena te llega por las
palabras, el resto dejáselo a los monos o a los geranios. Se ponía
cínico y reaccionario, decía si eso no estuviera escrito no sería,
este diario es el mundo y no hay otro, che, esa guerra existe porque aquí vienen los telegramas, escribile a tu vieja porque así
le das un poco de vida. Después nos vimos poco, yo conocí a
Ludmilla, anduve por ahí y me anduvieron, vino Francine, una
vez en Ginebra me llegó una postal de Lonstein y me enteré de
su trabajo en el instituto médico-legal, estaba subrayado y con
varios !!! y ???, y al final una de sus frases: No te me emplopes
demasiado, hado; tramame un replique, ñique. A mi vez le
mandé una postal con la vista del chorrito a orillas del lago
Leman, y le inventé un mensaje con ayuda de todos los signos
de una IBM eléctrica; seguro que no le gustó porque pasaron
cuatro años pero eso no importa, lo que tengo que reconocer
es que lo de las palabras *made in Lonstein* nunca fueron un
juego aunque nadie hubiera podido saber a qué tendían, defensa
o agresión, para mí contenían de alguna manera la verdad de
Lonstein, eso que era Lonstein, pequeño y bastante sucio y cordobés trashumante y autoconfesadamente un gran masturbador
y amigo de experimentos paracientíficos, violentamente judío y
criollo, fatalmente miope como si se pudiera ser como Lonstein
sin ser miope y chiquito, ahora está aquí de nuevo, alunizó hace

33

veinte minutos en mi departamento sin prevenir como todo sudamericano, claro que viene con Marcos que para no avisar que viene está también mandado a hacer, puta que los parió.

Estos tipos llegan mal, me agarran en pleno desmadre, porque desde las diez de la noche y son las doce (hora muy natural para que Lonstein y Marcos, claro) me estoy dando de patadas con lo que me rodea, o sea decidir de una vez por todas si es el momento de volver a poner el disco con *Prozession* o si más bien debería contestarle dos líneas al poeta venezolano que me ha mandado un libro donde todo está como subrayado o ya leído, las palabras pulidas igualitas a picaportes de oficina, metáforas y metonimias patentadas, intenciones tan buenas, resultados tan a la vista, mala poesía supuestamente revolucionaria, pero si no fuera más que eso, Stockhausen o el venezolano, lo malo es la cuestión de los puentes que me traba el tiempo, tanto lío con Francine y con Ludmilla pero sobre todo la confusión por culpa de los puentes que viene a fastidiar a una altura de las cosas en que otros la mandarían al cuerno, ese deseo de no ceder ni una pulgada (¿por qué el lugar común de la pulgada si nosotros somos sistema métrico decimal? Trampas, trampas a cada línea, el rabinito tiene razón, la realidad te llega por las palabras, entonces mi realidad es más falsa que la de un cura asturiano; tramame un replique, ñique), de no aflojar ni un centímetro, lo que no arregla gran cosa aunque seamos fieles a lo métrico, y a la vez saber que estoy compartiendo, contribuyendo, compensando, convirtiendo, conllevando, pero de ninguna manera consintiendo, y ahí empieza la confusión y por qué no decirlo el miedo, a mí nunca me había pasado eso, las cosas me venían y yo las manipulaba y las revertía y las bumerangueaba sin salirme de mi cáscara hasta que en una de esas, precisamente cuando podía sentirme más acascarado que nunca, no solamente es la confusión que te llena el cenicero de puchos amargos sino que todo, los amores, los sueños, el gusto del café, el subte, los cuadros y los mitines se empiezan a torcer, a mezclar, se enredan entre ellos, el culito de Ludmilla es el discurso de Pierre Gonnard en la Mutualité, a menos que el discurso sea ese culito del que ahora no quiero acordarme, y para colmo Lonstein y Marcos a esta hora, joder con la arpita.

Es un poco así, el animalito sale a la plaza y se queda muy quieto, resoplando. No entiende nada, estaba en la oscuridad, le habían dado su pienso, todo iba bien a fuerza de camiones, sacudidas y costumbres, todo empezaba a ser un olor, un sonido lejano, una ausencia total del pasado, y de golpe por un callejón con gritos y pértigas, un anillo gigantesco lleno de colores y de pasodobles, un sol declinante en los ojos, y entonces bof la pezuña escribiendo en la arena la cifra misma de la confusión. Qué coño, piensa el animalito que naturalmente es español porque todavía los japoneses no han montado la industria del toreo como ya lo hicieron con las ostras francesas, qué coño es esto. Yo quisiera preguntárselo a Lonstein o a Marcos, por ejemplo, ahora que se han metido en casa (sin hablar de Ludmilla que estará al caer apenas termine su papel en el Vieux Colombier) pero qué les voy a preguntar y para qué si la confusión es más que lo contenible en una pregunta porque ya se ve que lo de Stockhausen y el culito de Ludmilla y el vate venezolano no son más que pedacitos, apenas unas pocas téselas del mosaico, y ahí está, qué derecho a emplear la palabra tésela que no le dirá nada a muchísima gente, y por qué cuernos no emplearla si a mí me dice lo necesario y además el contexto ayuda y ya cualquiera sabe lo que es una tésela, pero el problema no es ése sino la conciencia de que sea un problema, una conciencia que jamás había tenido antes y que poco a poco se me ha ido metiendo en la vida y en el lenguaje como Lonstein y Marcos en mi casa, tarde y sin prevenir, medio de refilón, está visto que me estoy empoplando demasiado, hado. Porque para colmo ahora Lonstein y Marcos se han puesto a hablar y es exactamente la otra punta del problema, una especie de apuesta contra lo imposible, pero ellos siguen nomás y andá atajalos. Por las dudas le voy a telefonear a Patricio, si se ponen pesados se los derivo despacito y me vuelvo a escuchar *Prozession*, parecería que la elección está hecha y que la perdió el poeta venezolano, pobre pibe.

Los datos son la morgue, vulgo instituto médico-legal, los

ahogados, Lonstein se ha soltado esta noche, él que nunca habla de su trabajo, pero Marcos detrás del cigarrillo se hamaca despacio en la mecedora de Ludmilla, de cuando en cuando se mete una mano en el pelo encrespado, se echa atrás la porra y larga despacito el humo por la nariz. Andrés no le ha preguntado nada a Marcos, como si descolgarse con Lonstein en su departamento a medianoche fuera tan natural, y a Marcos casi le gusta esa cancha un poco distante de Andrés, espera todavía un rato y Lonstein dale con los suicidas y los horarios, completamente desfazado a pesar de las instrucciones recibidas a lo largo de ocho estaciones de metro y dos grapas en un café. El mismo Andrés parece darse cuenta de que algo no engrana, escucha a Lonstein pero mira a Marcos como preguntándole qué cuernos y hasta cuándo, che.

—Pará la regadera, rabino júnior —ordena Marcos que en el fondo se divierte bastante—, tu Edgar Poe al alcance del pueblo dejalo para cuando estemos en lo de Patricio, las mujeres te van a escuchar con el hilo en un alma, ya sabés lo necrófilas que son. La idea, viejo, era aprovechar la visita para charlar un rato de cosas un poco más vivas, cosa de enchufarte a vos y a tu polaquita en un curso acelerado de informática latinoamericana, de la que parecés estar un tanto alejado. Esta bestia talmúdica estaba encargada de romper el hielo, pero vos nos sobraste desde que sonó el gong y a mí me incordian tantas preliminares de puros paquetes.

—Dale nomás —le digo resignado.

—Bueno, es más o menos esto.

Al final acabé por entender que uno de los motivos más importantes de la visita de Marcos era usar mi teléfono porque del suyo no se fiaba en esos días. Hubiera debido preguntarle por qué, pero si no se lo preguntaba Marcos se evitaría tener que mentir y además yo no tenía demasiadas ganas de entrar en el tema de Marcos, por lo menos hasta no estar en casa de Patricio donde la política y la acción directa e indirecta eran prácticamente la única razón de abrir la boca. Marcos me conocía, no se molestaba por mis prescindencias; con Lonstein y conmigo tenía una relación como de antiguos condiscípulos (no lo habíamos sido) y no hacía falta otro contacto. Con Ludmilla se dejaba ir, contaba cosas del momento, los líos contables en que Patricio y él andaban metidos; a veces me miraba detrás del humo del cigarrillo como si quisiera saber en qué estaba yo, por qué no daba ese pasito adelante o me corría un poco al costado para entrar en órbita. Y así mientras telefoneaba a una serie interminable de tipos y tipas, en francés y en español y a veces en un cocoliche misterioso (el otro se llamaba Pascale y contestaba desde Génova, ese trimestre la factura del teléfono iba a ser peluda, no dejarlo irse sin arreglar cuentas), Lonstein y yo charlábamos tomando vino blanco y acordándonos del semillón en los bodegones del bajo. Al pobre Lonstein le habían aumentado el sueldo esa semana y estaba lúgubre pensando en que todo tiene su contrapartida y que el trabajo lo iba a deslomar; su desgracia lo volvía extrañamente locuaz, Marcos tenía que chistarlo a cada momento para que lo dejara escuchar a alguien que debía estar en alguna casilla telefónica de Budapest o de Uganda, entonces el rabinito bajaba un poco la voz y dale con los ahogados, el horario nocturno en la morgue, los asfixiados, los que se tiran por la ventana, los quemados, las chicas violadas previa (o simultánea) estrangulación, los chicos ídem, los suicidas por veneno, tiro en la cabeza, gas de alumbrado, barbitúricos, navajazos, los accidentados (autos, trenes, maniobras militares, fuegos artificiales, andamios de construcción) y last but yes least los mendigos muertos de frío o de intoxicación vinosa mientras tratan de defenderse del primero con ayuda del segundo encima de alguna reja del metro siempre más tibia que las aceras por donde camina sin detenerse la atareada y honesta población pequeñoburguesa y obrera de la capital. No es que Lonstein me dé esos datos con tanta precisión enumerativa, porque en lo que se refiere a su trabajo sus versiones son sobre todo ejercicios de lenguaje, difícil saber cuál es la parte de César y cuál la de la morgue, esta noche Lonstein se supera elocutivamente y dibuja con acento cordobés cosas como apuales y bolaconchados, que por los primeros contextos deduzco que son los ocupantes de las mesas forénsicas, y de ahí lloriquea que tiene un laburo de revire, que cuando llega a la friyider entre ocho y noive ya lo están esperando media docena de apuales para que los desdiore, los deschanele, les piante poquito a poco las pilchas, los vaya acostumbrando cacho a cacho al mármol, a la horizontal donde tobillos, glúteos, omóplatos y nuca recibirán por parte más o menos iguales el influjo de la ley de gravedad a falta de mejor cosa, qué le va a hacer.

—Pascale, puoi dire a cuelolà que è un fesa —está diciendo Marcos—. Que me mande los melones directamente a lo de Caperucita.

Las claves de estos puntos, piensa Andrés, los melones deben ser folletos o automáticas, Caperucita seguro que es Gómez que se afeita cada dos horas.

—Entonces me incordiumbe el lave —está explicando Lonstein—, si tenés suerte ponele que para empezar revista una femucha entre catorce y quince, toda talco y carita de parque japonés sábado a la noche salvo que en el tramo del respire hay una arandela azul y negra y en la pollera un mapa que reíte del doble concentrado de pomidoro, entonces tengo que irle restan-

do el tapasueños, cortar elásticos y bajar tergales pegoteados hasta
que le veo cada folia, cada ficioro, la operación, los menoscabos
de la vida. El rengo Tergov me ayuda a veces, pero si es una
monona lo mando a trabajar a otra mesa, me gusta lavarla solo,
solito y solo, apual como cuando la mamá, comprendés, espon-
jita por aquí y por allá, te las dejo que ni el día de la primera,
Tergov apenas les resopa un baldazo y como de lejos les reubica
los jopos y les paralela los cuatro palitos, yo en cambio las doy
vuelta si valen la pena, no te creas que por mirarlas pero también, claro, vos qué te pensás que hacía Leonardo y fijate cómo
lo respetan, a veces no podés creer que no les quedan todavía
ganas de palear, de irse por ahí con toda la vida en el culito, es
como si las ayudaras un poco aunque claro, acabás triste, che, no
te colaboran. La de anoche a las once, por ensiemplo, la trajeron
mientras yo me corría a lo de Marthe a beberme un ron, vuelvo
y qué te cuento otro laburo en la mesa seis, no sé por qué siempre en la mesa seis ponen a las más pololinas, le bajo el rosa y le
corto el negro y le subo el rayón, hasta a mí me costaba admitir,
Tergov tenía la ficha de los canas, gas de alumbrado, ya eso se
sabía nomás que por las naricitas y las uñas pero ponele que,
te juro que tibia aunque a lo mejor por el furgón ahora que se
han comprado unos que parecen chalets suizos, yo estuve; apenas
dieciocho, melenita a dos colores y las rodillas más lisas que vi
nunca; había mucho que hacerle porque el gas, no sé si sabés
pero después te cuento; en fin, media hora con la detergencia a
fondo, un desogue general, la fase del guante al vesre, los rebabes,
vos no estarás pensando que yo voy a acabar necrófilo, presumo.

—Digamos que no, pero que te gusta te gusta —dice Marcos
que lo escucha como de lejos mientras marca otro número y van
siete.

—Cuando son buyos o flondas, cuando todavía parecen sundia-
les entonces sí, me despiertan la florencia náitingueil, al fin y al
cabo es una buena manera de darle por el culo a la pelada, no
dejar que los pisofaje contra las cuerdas, y por eso uno se esmera,
viejo, los desoga y los espuma y así, cuando los has panoteado
bien ya están parejos, igualitos a los que creparon en su home o

en la clínica mayo asistidos por la santísima y los galenudos, porque a la final no hay derecho a que mis apuales, con lo jóvenes que son a veces, corran andicapeados por la resaca de la grela, me entendés que quiero decir la mala suerte discepolianamente terminologizando.

—Che pibe —dice Marcos estufo, no se sabe si por Lonstein o porque le da ocupado.

—Dejalo —le digo—, hace años que no se ha soltado tanto, cuando un monstruo se deschava hay que galoparle al lado, seamos cristianos.

—Sos una madre —dice Lonstein visiblemente contento—. Uno es como esos verdugos clásicos que terminaban neuróticos porque solamente tenían a su hija no menos clásica para contarle los detalles de las tortucomías y las plomochirrías; te das cuenta de que en el bistró de Marthe no voy a andar declinando mi buló, como dicen mis copéns, y eso me condena al silencio aparte de que como soy célibe y castonanista no me queda más exutorio que el soliloquio, aparte del watercuaderno donde de cuando en cuando defepongo uno o dos sorescriptos. Lo malo como te explicaba es que me han doblado el trabajo estos tiempos so pretexto de pagarme cuatro veces más, yo acepté como un prorrumpo incurable y además del insti tengo el hospi. Todos hindúes, hubo una ráfaga de checos pero ahora todos hindúes made in Madrás, palabra.

—Ma qué hindúes —dice Marcos.

—Kidnapeados de la pira —insiste Lonstein— y enlatados hermenéuticamente en contéiners numerados con indiscripción de edad y sexo, cómo se las arreglan para ese ráquet andá a saber pero uno de estos días los vendedores de leña para la cremación en Benarés van a armar una que reíte del ponegro calcutianó que estudiábamos en el nacional de Bolívar, provincia de Buenos Aires, mirá las cosas que nos enseñaba el pesado Cancio, un profe macanudo que tuvimos, ¡oh nostalmia, oh exuborio!

—¿Vos querés decir que importan cadáveres de hindúes para la mortisección? —dice Marcos que ya se está contagiando—. Andá contale a Serrucho, saliva.

—Te lo sagro por lo más jurado —dice Lonstein—. A mí y al rengo Tergov nos toca abrir los contéiners y preparar la mercadería para la noche de los cuchillos largos, que es el jueves y el lunes. Mirá, aquí tenés un elemento negacientífico de los tantos que el rengo y yo retibotamos porque los profes no quieren encontrar más que materia prima en estado de desnupelota integral.

Saca del bolsillo una flor de papel con un tallo de alambre y se la tira a Marcos que salta del sillón y lo raja de una puteada. Yo empiezo a pensar en arreármelos despacito para la puerta, porque no es cosa de tenerlos a Patricio y a Susana esperando hasta la una de la mañana, y ya es la una y cinco.

Por todo eso, lo de que el absurdo no es más que la prehistoria del hombre como lo entienden el que te dije y tantos otros y también por lo de los bichos revoloteando alrededor de la lámpara que es una de las muchas maneras de contestar al absurdo (en el fondo homo faber no quiere decir otra cosa, pero hay tantos faber número uno, dos y tres, afilados o mochos, enteritos o rabones), por todo eso y por cosas parecidas va a llegar el momento en que el que te dije considerará que hay suficientes cascarudos, mosquitos y mamboretás bailando un jerk insensato aunque altamente vistoso en torno a la lámpara, y entonces siempre dentro de la metáfora la apagará de golpe, congelará instantáneamente una determinada situación de todos los bichos o puestas en marcha revoloteando que bruscamente privados de la luz se fijarán en esa última mirada del que te dije en el instante de apagar la lámpara, de manera que el mamboretá más grande que volaba lejos y arriba de la lámpara quedará situado simétricamente con relación a la falena roja que trazaba su elipse por debajo de la lámpara, y así sucesivamente los diversos bichos incómodos y estivales asumirán una condición de puntos fijos y definitivos en algo que un instante más o menos de luz hubiera modificado infinitamente. Algunos le llamarán elección, entre otros el que te dije, y algunos le llamarán azar, entre otros el que te dije, porque el que te dije sabe muy bien que en un momento dado apagó la lámpara y que lo hizo porque decidió hacerlo en ese momento y no antes ni después, pero también sabe que la razón que lo decidió a apretar el interruptor no le venía de ningún cálculo matemático ni de ninguna razón funcional sino que le nació de adentro, siendo adentro una noción particularmente incierta como sabe cualquiera que se enamora o juega al póker los sábados a la noche.

Les « jeux du cirque »

Nous avons reçu de M. Etienne Metreau, jeune Grenoblois de vingt ans, la lettre suivante :

Me promenant au campus de Saint-Martin-d'Hères, samedi 6 dans l'après-midi, pour voir des étudiants et pour comprendre la raison de leur violence, j'ai été invité à venir à la « boum-barricade ».

Dans le courant de la soirée, je me suis approché de l'avenue qui longe le campus. C'est alors qu'une voiture s'est arrêtée à ma hauteur. Un commando de sept personnes en descend. L'un d'eux m'assomme de sa matraque, tandis que les autres passent à tabac deux autres jeunes qui étaient à côté. Ils m'enferment dans leur voiture et démarrent en abandonnant les deux autres sur le carreau.

Au cours du trajet, ils me frappent d'une série de coups de cravache, tout en me menaçant de mort (par injection de cyanure ou par noyade...). Après une halte dans une cour d'immeuble où ils se livrent à divers matraquages, ils m'amènent en face d'un magasin Record, où ils renoncent à continuer leurs tortures à cause de la présence de témoins. C'est alors qu'ils me remirent aux C.R.S. qui, un par un, me frappèrent. Puis ils firent un cercle autour de moi et commencèrent « divers jeux de cirque » : me faisant courir pour échapper à leurs coups, me forçant à crier : « Vive Mao! Vive Mao! »

Puis ils m'enfermèrent dans un car : coups de poing, coups de pied, coups de matraque, coups de casque ininterrompus pendant une demi-heure, se disputant entre eux pour avoir le privilège de participer aux réjouissances (parmi eux se trouvaient deux gradés). Ils me ramenèrent alors dans la voiture « banalisée » qui m'avait kidnappé au départ.

Ce n'est qu'alors (plus d'une heure après m'avoir enlevé) qu'ils m'interrogèrent et que je pus dire que je n'étais pas étudiant et que je n'avais participé à aucun affrontement. Ils me déposent alors sur un trottoir à 150 mètres de la préfecture.

Je me trouve maintenant à l'hôpital, avec un traumatisme crânien (j'ai perdu trois fois connaissance au cours de cette aventure).

—¿Seguimos otro poco con lo que le espera a este trasandino si no se queda lo más posible en su hotel?

—Bueno, ya me voy dando cventa —dijo Fernando.

—No sé, todavía se te ve en los ojos eso que dice uno de nuestros mejores poemas, o sea que tenés el mate lleno de infelices ilusiones. Therefore, Susana, traducile esa parte a dos columnas que te pasó Monique con la yerba.

—Como me sigan jodiendo les voy a cobrar la tarifa de la Unesco para las traducciones a domicilio —rezongó Susana—. Hace días que le tengo echado el ojo a un modelito de Dorotea Bis, y si te descuidás te compro dos como lo sugiere subliminalmente el apellido de la propietaria que debe ser flor de viva. Los "juegos de circo", título. Hemos recibido la siguiente carta del Sr. Étienne Metreau, joven de veinte años que habita en Grenoble, dos puntos. En la tarde del sábado 6, mientras me paseaba por el "campus" de Saint-Martin-d'Hères para ver a los estudiantes y comprender la razón de su violencia,

Aquí permitime una sonrisa, porque eso de no entender todavía la razón de su violencia casi justifica lo que le pasó al pobre Étienne,

fui invitado a asistir al "boom-barricada". Por la noche me acerqué a la avenida que bordea el campus. Un auto se detuvo frente a mí. Baja un comando de siete personas,

> Este cambio de tiempo verbal es siempre un poco duro en español.

—Dejate de comentarios, nena —dijo Patricio.

Uno de ellos

> Aquí también, vos ves, de personas en femenino se pasa a uno de ellos, machito y con cachiporra.
> Qué idioma, ustedes me pagan doble o se me acaba la nafta,

me pega un cachiporrazo mientras los otros golpean a dos muchachos que andaban cerca. Me hacen subir al auto y arrancan, dejando a los otros dos tirados en el suelo. En el curso del trayecto me dan de latigazos, a la vez que me amenazan con matarme (con una inyección de cianuro, o ahogándome). Después de un alto en el patio de una casa donde me siguen pegando con la cachiporra,

> aquí te diré que no se entiende bien si solamente le pegaban a Étienne o si en ese patio había otros que también cobraban

me llevan delante de una de las tiendas Record, donde renuncian a seguir torturándome en vista de la presencia de testigos. Fue entonces cuando me entregaron a los C.R.S.,

> cambiando de nuevo de tiempo verbal, estos muchachos deben haber leído a Michel Butor aunque sin beneficios morales, claro,

que comenzaron a pegarme sucesivamente. Después formaron un círculo y empezaron "diversos juegos de circo", haciéndome correr para escapar a sus golpes y obligándome a gritar: *¡Viva Mao, viva Mao!* Luego me encerraron en un camión celular: puñetazos, patadas, golpes con los cascos, sin interrupción durante media hora, disputándose para tener el privilegio de participar en la diversión (entre ellos había dos oficiales). Tras de lo cual me llevaron de vuelta en el auto "disimulado" con el que me habían raptado al comienzo. Sólo entonces (más de una hora después de haberme secuestrado) me interrogaron, y pude decirles que yo no era estudiante y que no había tomado parte en ningún encuentro con la policía. En vista de eso me dejaron tirado en la vereda, a 150 metros de la prefectura de policía. Ahora estoy en el hospital con un traumatismo craneano (perdí tres veces el conocimiento en el curso de esa aventura). Punto.

—Ya ves, chilenito —dijo Patricio—. Y el tipo es ciudadano francés, de manera que imaginate si llega a ser un meteco de Osorno o de Temuco por ejemplo, ay ay ay dijo Pérez Freire.

—Bueno, de todas manera no los matan como en Gvatemala o en México.

—O en Córdoba y Buenos Aires, ángel de amor, no le quités a mi país derechos inalienables. Claro que no los matan por el momento, pero no es por falta de ganas, simplemente hay eso que llaman escala de valores y esa escala no llegó del todo a los gatillos porque todavía hay la industria pesada, las relaciones internacionales, fachadas que cuidar. Nena, me trinca que tu hijo está llorando, adónde está ese instinto tan alabado de las madres, esas fábulas inventadas por ustedes para que por lo menos no nos metamos en la zona crítica de la cuna.

—Con sobrada razón, mi amor, porque vos tendés a tumbarla cada vez que te da un ataque de cariño. *Tu hijo* —agregó Susana, sacándole la lengua—, lo dice como si aquella noche hubiera estado en el cine y no en la cama.

—¿Vos estás segura de que fue en la cama y no en la alfombrita del baño? —dijo Patricio agarrándola por los hombros y revoleándola hasta hacerle tocar el cielo raso con la cabeza, operación amorosa que Fernando contempló azorado. Por un rato parecieron olvidarse de él, besándose y haciéndose cosquillas, y además también parecían haberse olvidado de que Manuel incrementaba sus decibeles broncosos y pishados. Naturalmente tenía que ser en ese momento, cuando había un clima más bien confuso, que sonara el timbre. Fernando esperó un poco, pero como Patricio había desaparecido con Susana y se los oía calmar a Manuel con risas y demostraciones no inferiores a las descargas auditivas del infante, decidió ir a abrir por su cuenta, operación

45

siempre desagradable cuando los que llegan son amigos de la casa y se encuentran con alguien a quien no conocen, y hay ese momento de vacilación en que todo el mundo es muy bien educado pero cada uno se pregunta qué carajo pasa, me habré equivocado de departamento, a las dos de la mañana es más bien peludo, y cuando las cosas se aclaran y se pasa de la fase relojeo y explicación verbal a la del estrechamiento de manos y autopresentación, siempre queda como un regusto de desajuste general, de mal inicio de la ceremonia que litúrgicamente la invalida, la hostia que se topó con un ataque de tos y acabó en lluvia de gofio, esas cosas fuera de serie como algunas carrocerías, para peor Lonstein que se presentó diciendo: "Me contorjeo sumo", frase que desde luego Fernando tomó por francesa, pero no se queden en la pverta, por favor, de manera que entramos y no había error, estábamos en lo de Susana y Patricio porque ya desde la puerta Manuel y cómo.

A lo mejor esa interminable charla sobre la impugnación, que ellos llamaban la contestación, le daba un poco en los nervios; a lo mejor las cartas de Sara asomaron simplemente por asociación verbal o puro gusto de asomarse (¿por qué la memoria no tendría sus caprichos, sus mareas, la petulancia de dar o negar según el humor y el rumor de la hora?); en todo caso el que te dije llevaba rato acordándose de las cartas mientras Marcos comentaba o criticaba las formas más recientes de la contestación en el perímetro de París. Las cartas habían ido llegando en la época en que un amigo de Sara se alojaba en la casa del que te dije, donde pasó un mes antes de volverse a la Argentina; se las dejó al irse porque también eran un poco para él a pesar de que el que te dije llevaba ya diez años sin ver a Sara, que nunca había viajado a Europa; su última imagen de ella era una cucharita de café, la mano de Sara haciendo girar lentamente la cucharita como si tuviera miedo de lastimar el azúcar o el café, a las tres de la tarde en un bodegón de la calle Maipú.

En esos días en que Marcos y Patricio y el resto de la mersa andaban organizando la Joda, el que te dije pareció entender que por lo menos Marcos merecía enterarse de las cartas de Sara y se las dio a leer una noche en que esperaba noticias telefónicas importantes (Marcos esperaba y Lonstein y el que te dije estaban ahí como siempre, el rabinito inseparable y distante y el que te dije más o menos; también ellos revolvían el azúcar en los pocillos pero sin el más mínimo cuidado). Yo llegué cuando Marcos leía las cartas, y advertí que el que te dije las recuperaba apenas las hubo terminado, sin siquiera disculparse por dejarnos fuera a Lonstein y a mí, aunque maldito si nos importaba (nos importaba, pero maldito si lo decíamos). Sí, no hay nada de nuevo en eso, había comentado Marcos, pero pasa como con los accidentes, te impresionan cuando es tu tía. Dejá ver la letra, dijo Lonstein, el contenido me disrupta completamente. El que te dije ya las tenía en el bolsillo y se limitó a asentir al comentario de Marcos. No era por desconfianza de Lonstein, más bien porque esas cartas no eran para que el rabinito se concentrara en sus predilecciones grafológicas, el péndulo radiestésico y esa especie de psicoespeleología bastante inquietante que practicaba partiendo del uso del papel y la tinta, los sangrados y los blancos y hasta la forma de pegar la estampilla; en cuanto a Andrés, vaya a saber por qué le negó las cartas, una especie de resquemor oscuramente proustiano, sospechando que a Andrés le hubieran interesado por otras razones que a Marcos o a Lonstein y que hubiera querido saber más, traer de alguna manera la imagen y la historia de Sara a ese café de la rue de Buci que no tenía nada que ver con el bodegón de la calle Maipú. El que te dije era así, en la medida de sus poderes repartía el juego a su manera y hasta le hacía gracia la imagen puesto que se trataba de cartas, que esa noche serían solamente para Marcos aunque no tuvieran nada que ver directamente con la Joda. En cuanto a él, que tiraba tantas cartas, no solamente había guardado las de Sara sino que a veces las releía, y eso que jamás se le ocurrió contestarle. Primero no eran cartas que exigieran una respuesta sino más bien una conducta; además hubiera preferido volver a ver a Sara, el óvalo de su cara que era su recuerdo más definido junto con la voz y la cucharita de café, y también esa manera intensa y clara de mirar. El 2 de octubre de 1969, desde Managua, Sara escribía queridos, tengo una larga historia para ustedes.[1] Larga, confusa (a lo mejor hasta es divertida aunque a mí ahora no me parece) y podría titularse "Sara, o las desventuras de la virtud en Améri-

[1] Las cartas de Sara son auténticas; las pruebas están a la disposición de cualquier santotomás que quiera verlas, siempre que primero lo solicite por escrito (y por sonso). Además de cambios de algunos nombres de pila, se han suprimido pasajes personales y referencias políticamente comprometedoras para terceros.

ca Central". Claro que primero tendría que escribir la primera parte de la historia: "De cómo Sara accede a América Central through the Canal Zone, Panamá." La sola idea de escribir todo eso me cansa, de modo que opto por una carta fáctica.

El primer choque lo sentí en (. . .). Pepe, tus amigos, los X., son gente "formal". ¿No sabés lo que es eso? Eso es no tener cama para usted, querida mía, y no es que no tuvieran o que sean mala gente. Son macanudos pero de otro mundo, otra generación, otra mente, otra manera de ser, *otro-todo*. Pepe, Lucio, no sé si será verdad pero *yo* estoy segura, y luego de todo lo que pasó (casi me mandan a la cárcel en Costa Rica) estoy cada vez más segura y es que —Perdón, las incoherencias se deben a que aquí en Managua somos tres en un cuarto. Vale la pena describir esto. Ángeles es panameña negra, yo soy yo, y John es americano. Dijimos que somos primos y como hablamos una ensalada infame de inglés, argot de varios países y español (yo ahora con acento peruano) y como además tenemos ese aire impalpable de nuestro alrededor, que todos los demás palpan en seguida, y que es como un aire de familia, nos creyeron. Nos juntaron los demás. Aunque no lo crean ustedes, señores míos, cada uno de nosotros decidió esta tarde que estaba harto de todo.

¿Qué es todo? Todo es: que la gente se ría de nosotros por la calle, que nos señalen con el dedo, que nos insulten, y es verdad, a John le han tirado piedras y yo ya aprendí a repartir cachetadas, y Ángeles contesta con gritos y nos ayudamos como podemos. No es patético, pero a veces lloramos, solamente porque creíamos que aquí era distinto, o que nosotros no éramos tan distintos, o porque no comprendemos por qué nos odian.

Así es que cada uno por su cuenta decidió hoy que el lago de Managua, *no*, y que caminar, *no*, y nada. Estamos en el cuarto aguantando el calor, y a veces llueve, y mañana nos vamos para El Salvador, donde será igual que aquí, y yo estoy tratando de conseguir un vestido, John sale con una tremenda venda que le ponemos a la mañana todo alrededor del cuello para taparle el pelo, y Ángeles (que no va a ninguna parte) se vuelve a Panamá para juntar plata y tratar de vivir en algún otro país. Yo tengo la ilusión de que en México será distinto, pero las noticias de otra gente que llega de allí son temibles. Ah, es que me olvidaba, se trata de que en estos países donde la miseria, la prostitución, la enfermedad y la roña te comen la vida, han empezado la limpieza en nombre de la moral, la religión y la ley. ¡Mueran los hippies! Sucios, drogados, criminales. Eso en la parte aduana y política, y la gente no sé. No comprendo. Pero me odian, nos odian, he tenido que esconder todos mis adornos y tengo que usar el pelo recogido, he tratado de cambiar la mochila, otra cosa que los enferma; ven una mochila y en seguida la abren a los golpes y sacan todo afuera, zapatos, ropa sucia, collares, mate y bombilla, todo desparramado, y me revisan hasta lo último porque además de hippie puedo ser guerrillera. Y al final, después de recibir tantos golpes en nombre de la *Razón*, la *Moral*, y todo lo demás que se imaginan, quizá tengan razón. Nunca en mi vida sentí lo que siento ahora; no es odio ni dolor solos, es una mezcla, y a la vez viene con (créanme) compasión y pena y no entiendo *nada*, bueno, peor que eso, no entiendo a secas.

3.10.69

Ahora sigo en el ómnibus yo sola. Anoche vino a buscarme un argentino al hospedaje "Costa Rica" donde estábamos y, aunque estúpido, me hizo un gran favor. Vino a comprar ropa (nosotros vendemos pero nadie tiene plata) y me llevó a su grupo donde había dos suizos, un chileno y una pareja de Canadá. Previa desconfianza, nos probamos y nos tanteamos, primero para ver si éramos de confianza, uno de los suizos me contó cómo es la línea con México, cómo es la línea con Guatemala. Como yo no le creí, me mostró su pasaporte y su cabeza. Él llevaba visa, carta del cónsul suizo y 80 dólares. En Guatemala se quedaron con el dinero por tres días, pero pudo pasar (él también va a los Estados Unidos), pero en la línea con México

50

decidieron que tenía el pelo demasiado largo (lo usa mucho más corto que vos) y que tenía que mostrar 100 dólares. ¿Te imaginás cómo se siente una persona que llega a México después de meses de viajar, y sólo le falta México y ya llegó a los USA, *y no lo dejan pasar?* Así me siento yo. A él le cancelaron la visa, lo golpearon y lo mandaron de vuelta a Guatemala. Y desde hacía 20 días andaba girando por Centroamérica tratando de conseguir a alguien que le preste el dinero sólo para poder cruzar la línea. Y todo esto sólo porque *podía* ser un hippie. Pero como ya se sabe que entre los hippies el dinero no abunda, entonces además de todo han encontrado la vuelta del dinero. Tienes que *mostrar la plata*, y si ellos te la roban cuando te das vuelta, eso es otro problema. Y no me digas las preguntas, por qué tenemos que viajar, o por qué a los States (quien más quien menos todos vamos a California). Por qué nos odian, no sé, supongo que sólo porque somos diferentes y podemos ser felices. ¡Y es así como consiguen que seamos tan infelices! He tratado de acercarme a la gente más pobre en cada país, y desde Colombia hasta aquí sólo encontré burlas, desprecio, odio. Y la otra gente, los intelectuales y los "artistas", a veces ayudan pero tienen miedo y cuidan su propia heladera, y en seguida preguntan: ¿pero vos no serás como esos gringos inmorales y sucios, no? ¿No me vas a meter en líos, no? Están metidos en el establishment hasta las orejas y se han olvidado de lo único importante: de la vida y la mente y todo lo que tantas veces hablamos, Pepe, y lo que yo sé que vos nunca olvidás, Lucio. Así que ahora sí que voy a San Francisco a buscar a mi familia, a escuchar mi música, y pintar, y *sobre todo* porque quiero vivir como un ser viviente y no como un tornillo, entre los míos, quiero desayunar una galletita repartida con cariño y dedicarme a abrir mi mente y mi cuerpo y mi vida a la vida. Y punto.

Así es que anoche decidimos separarnos todos otra vez, ya en Costa Rica habíamos descubierto que así es más fácil pasar la línea, y hoy estoy viajando sola al Salvador y trataré de conseguir [ilegible]. Les cuento un detalle. John me ayudó a llevar

51

las valijas. Yo tenía que tomar el ómnibus a las cinco y dormimos con la luz prendida porque en el hospedaje nadie nos quiso despertar ni prestar un reloj porque vieron las mochilas, y los "gringos" (poco a poco ya hasta a los argentinos nos dicen gringos) son peligrosos. Lo vendamos entre Ángeles y yo antes de salir, pero todos estábamos muy dormidos. Repartimos el dinero de Ángeles, ni yo ni John teníamos más que 5 o 6 dólares cada uno, y salimos, yo a mi ómnibus de las 5, Ángeles al suyo de las 6 para Costa Rica, y John se quedaba un día más tratando de conseguir trabajo en un barco para cruzar a los USA de ese modo. En la agencia una mujer confundió a Ángeles con una nicaragüense y le dijo: ¿No cree que ese muchacho es uno de esos hippies? ¡Me parece que se le sale el pelo largo por ese costado!

Ángeles nos avisó en inglés y salimos de la oficina. A John ya habían empezado a insultarlo. A Ángeles un tipo empezó a decirle barbaridades, y a mí en este ómnibus todos me miran desde lejos y cada vez que alguien pasa cerca oigo murmurar cosas como: porquería [ilegible], basura, darling, y cosas así...
En Costa Rica, al entrar, como no sabíamos viajábamos juntos, y no vale la pena, otro día les cuento esa miseria. Además acabo de descubrir que en este ómnibus viaja un argentino. Es raro oír el acento de La Paternal entre Managua y Honduras. El tipo tiene pinta y habla de Jan Kiepura y Palito Ortega. El camino es un pantano y el barro vuela para todos lados. Pero el paisaje es hermoso, las nubes se arrastran sobre las montañas y sale el sol, en fin, que me gasté mis últimos córdobas en un [ilegible] con dulce. La vida es una mixtura y goes on, sometimes too much for me to take. I love you both, de veras, con mucho amor, y los extraño,

Sarita.

3.10.69

San Salvador.
Y ahora estoy sentada por esta noche en la cama (un catre de

campaña) que me armó el director del telenoticiero de San Salvador. Comí. Y voy a dormir y tengo baño. Y además este señor [ilegible] me contó que él defendió a los hippies en un debate, que no le parece mal que yo use pantalón, y que ama a los seres humanos. ¿Goes on, no? Besos, besos, Sarita.

6 de octubre de 1969
San Salvador - Salvador
. . . .

...lo que no es nada simple con las complicaciones emotivo-mentales-físico-síquicas en que me he metido. No logro, no hay caso, no me sale bien, no termino de entender el mundo. Quiero decir, no es un problema de realidades metafísicas. Es un problema de demasiada miseria y descomposición. Otro día le voy a escribir a Lucio, nada más para contarle lo que son los campos de refugiados salvadoreños expulsados de Honduras, cómo los recibe su país de origen, y la variada cantidad de plagas que es posible detectar allí. Yo trabajo como voluntaria en la Cruz Roja Internacional, y no porque crea en la ayuda individual, sino porque cuando nadie hace nada, alguien tiene que ayudar a duplicar un censo, ¿no? De paso me hice amiga de todo el mundo, y ya la compasión y el dolor, el amor y el desconcierto que siento son un "relajo" como dicen aquí. La cosa me sobrepasa. No entiendo, pero eso ya lo he dicho en otras cartas. Estoy completando un disfraz que me ayudará a viajar en adelante, y parte de esos dólares los voy a poner en eso. Tengo la lista completa de los cargos por los cuales casi voy a la cárcel en Costa Rica, y me guiaré por eso para remediar tantas aberraciones: eliminar la mochila lo primero, liquidar los libros, y especialmente los libros en inglés. No sé si les conté que tuve que recurrir al diccionario Appleton Cuyás que viaja conmigo para convencer a un capitán bien tomado y todo un hombre, che, que Alice in Wonderland no era propaganda comunista, pero nadie, ni el Appleton inglés-español, pudo convencerlo que no era parte del sistema disoluto hippie de vida. Bueno, eliminar el pantalón, usar la pollera debajo de la rodilla, usar pelo recogido, ningún adorno, y así y todo siempre seré sospechosa, no sé si por el aire de gringa, o porque tengo la costumbre de decir permiso para entrar. Pero así por lo menos ya no tendré que recibir insultos por la calle, o piedras y otras cosas por el estilo. No me salvo por ningún lado. Hay quienes creen que soy una emisaria de la United Fruit Company, otros una emisaria de Castro (horror), y otros que viajo con cargamentos de yerba buena. Sea como sea tu cable me salva la vida, porque ya no tengo casi nada para vender, no más dinero, y esperar a que llegue el giro ahora es una dulce espera y no tiene nada que ver con la angustia de andar juntando los dineros para cruzar una frontera que ya se sabe de antemano que no, nada que hacer (...). Dios mío, los recuerdo a todos, me siento como si estuviera chapaleando en el fondo barroso de un tacho de basura, y ahora por suerte, ya pronto afuera, afuera...

Con cosas así, al que te dije no podía sorprenderle que en los mismos días en que le daba a leer a Marcos las cartas de Sara, el civilizadísimo *Monde* trajera dos noticias que él agregó sin comentarios a esa especie de expediente general que se iba armando y que Susana (pero no nos adelantemos, como decía Dumas padre en momentos críticos).

● *Trente-cinq évêques d'Amérique centrale d é n o n c e n t la « constante violation des droits de l'homme en Amérique centrale » dans un document diffusé à Mexico par le Centre national de communication sociale (CENCOS). Ce document, résultat des travaux de l'assemblée de l'épiscopat d'Amérique centrale, est signé notamment par les archevêques du Guatemala, du Salvador, du Nicaragua et du Panama.*

Treinta y cinco obispos de América Central denuncian "la constante violación de los derechos humanos en América Central" en un documento difundido en México por el Centro Nacional de Comunicación Social (CEN-COS). El documento, resultado de los trabajos de la asamblea episcopal de América Central, ha sido firmado entre otros por los arzobispos de Guatemala, El Salvador, Nicaragua y Panamá.

RECHAZO DE UNA "ABDICACIÓN MORAL"
SE QUEMA VIVO PORQUE LO OBLIGARON A CORTARSE EL PELO

Un joven de 19 años, Jean-Pierre Souque, domiciliado en la calle Maurice-Berteaux, en Mureaux (Yvelines) había adoptado la "filosofía hippie" en el curso de un reciente viaje a Inglaterra. Se dejó crecer el pelo y se vistió de la manera usual en esos casos. No tardó en ser objeto de las burlas de sus camaradas y de los adultos. No obstante (sic) trabajaba en la sociedad Mingory, sita en el bulevar de Charonne Nº 128, París, en la que había ingresado como ayudante de cocina luego de seguir los cursos de la escuela de hotelería.

He aquí que el miércoles pasado su patrón le llamó la atención sobre su vestimenta ... y el sábado de mañana su padre lo acompañó a la peluquería. Jean-Pierre aceptó sin protestar. Y sin embargo ... por la tarde abandonó el domicilio paternal y compró gas-oil. Tomó luego por un camino poco frecuentado, en dirección de una granja próxima a la fábrica Renault de Flins. Un obrero de la fábrica, que volvía a su casa, lo descubrió en el camino de tierra, muerto y semicarbonizado. En el bolso que le había servido para disimular el bidón de gas-oil se encontró una tarjeta en la que el joven había escrito: "La respuesta está en el buzón." Se descubrió así una carta en la que explicaba que no le era posible aceptar esa "abdicación moral". Agregaba especialmente: "Ustedes, los adultos, no comprenden. Ustedes imponen su experiencia y juzgan al prójimo." En su extensa carta, declaraba además que había querido imitar a los bonzos, prefiriendo matarse a aceptar la "dictadura de la sociedad".

Sí, a lo mejor el que te dije no me había dejado leer esas cartas como quien hace un oscuro signo que será o no será comprendido, porque desde mucho antes yo le sospechaba esa tendencia a reprocharme Francine, a estar de alguna manera aliado con Ludmilla (que no tenía la menor idea de la alianza, pobrecita, pues de haberla tenido lo hubiera mandado al diablo), a no querer entender lo que por lo demás nadie entendía, empezando por mí mismo. Llegar al café y ver cómo el que te dije se guardaba las cartas delante de la mismísima mano ya un poco tendida del rabinito, todo formaba parte del signo; una vez más no me quedaba más remedio que encogerme de hombros y pensar que estaba bien, que Ludmilla o Francine o el que te dije tenían toda la razón posible frente a un estado de cosas que, frente a una conducta que, etcétera. Porque después llegaría Ludmilla todavía fresquita de alma rusa (tres actos impregnados de estepa y desesperanza terminan por condicionar incluso a una polaca tan vital y entradora como ella) y yo sentiría algo como la presencia de Francine en la presencia de Ludmilla, de la misma manera que estar con Francine era sentir cada vez la contigüidad irrenunciable de Ludmilla, elementos que el que te dije no apreciaba demasiado y con razón puesto que parecían extrapolados de la pieza rusa del Vieux Colombier aunque yo, si alguien hubiera esperado mi opinión, habría dicho una vez más (¿cuántas veces te lo habré dicho, Ludmilla?) que eso no tenía por qué ser así, que eso no tenía por qué ser así, carajo, que eso no hubiera tenido por qué ser así.

Bueno, pero entre tanto cómo negarle al que te dije su desdeñosa discrepancia, ese guardarse unas cartas en el bolsillo para hacerme sentir que mi concepción de la vida era un puro anacronismo pequeñoburgués, así como la bondad lastimada de Francine era también su manera de guardarse lo que verdaderamente yo hubiera querido de ella, y la camaradería sin grietas de Ludmilla levantaba cada vez más su pared de concreto gris entre ella y yo. Qué me quedaba por hacer aparte de la música y los libros, sino llevar las cosas a las amargas consecuencias finales más que previsibles; a menos que hubiera otra cosa, un atajo, una encrucijada en alguna parte, una última salida que me diera lo mío sin hacer pedazos lo de los demás. Alguna vez me había parecido sospechar que Marcos me alcanzaba el dedo para que el lorito trepara, Pedrito rico coma la papa, pero Marcos no estaba para caridades particulares, metido hasta el fondo en la Joda, en el mundo que resonaba con telegramas y bombardeos y ejecuciones y tenientes Calley o generales Ky, pero sin embargo Marcos, oh sí, alguna vez Marcos, el dedo tendido, la Joda para Pedrito, ¿eh? Como ahora en mi casa, repantigados con Lonstein a una hora indecente, telefoneando a Jujuy o a Reggio Calabria y el rabinito con sus apuales y las flores de papel manchadas de sangre, y ya los pasos de Ludmilla en la escalera. ¿Qué importaba mi máquina privada, mi obstinación de vivir Francine, vivir Ludmilla y *Prozession*, salvar el piano entre las sibilancias electrónicas? Las cartas importaban más, y el aro de sangre en torno al teniente Calley, y esa lluvia de noticias que Patricio (el que te dije trataba siempre de abarcar la circunstancia, empeño algo tonto) le estaba propinando a Fernando recién venido de su Talca natal, a la hora en que Oscar y Gladis subían a un avión de Aerolíneas para traer a la Joda sangre joven al senado, sin hablar de un tal Heredia que se trepaba a la BEA en Londres, y de Gómez que, o Monique. Pero Marcos no era de los que insistían, apenas el dedo tendido una fracción de segundo y a otra cosa; como el que te dije guardándose las cartas, apenas un signo. Y el rabinito que de golpe suspira pensando en el aumento de sueldo, finalmente no son los pasos de Ludmilla en la escalera, se puede seguir hablando otro poco.

—¿Te hago una demostración del alarido? —propone Marcos.

—La puta que te parió —le digo serenamente pero algo alarmado—, a la una de la mañana, avisá si me vas a hacer echar de este departamento funcional y todo blanco conseguido con años y años de dibujo publicitario, cordobés del carajo.

—Después de tanto telefonema se ha vuelto un fonorama extrascendente —dice Lonstein—, no hay duda de que lo que te propone es el poliauyido del alma encarcelada por las miasmas de los masmidia, che.

—Está bien —consiente Marcos—, entonces te explico teóricamente el alarido y otras formas de contestación que los muchachos andan probando por ahí, lo de los ómnibus por ejemplo.

—Eso de contestación es una especie de epifonema mal empleado —dice el rabinito—, en realidad un galicismo asqueroso, un híbrido de respuesta y pataleo.

—Vos escuchá —dice Marcos que no se aflige por cosas de la lengua—. Imaginate solamente que estamos
en un cine de barrio a la diez de la noche la familia fue a ver a Brigitte Bardot prohibida menores dieciocho años ESQUIMAUX GERVAIS DEMANDEZ LES ESQUIMAUX GERVAIS DEMANDEZ LES ESQUIMAUX la familia y otra familia y todas las familias después de un santo día de noble trabajo, noble y santo, sí señor, el trabajo dignifica, tu papá empezó a los quince años, aprendan haraganes, tu madre

tu madre es una pu	rísima señora	
que tiene la con	ciencia	Lonstein *singit* en sol
llena de pen	samientos	sostenido mayor

y tía Hilaria tan sacrificada y el abuelito Víctor con sus piernas, él que sostenía a toda una familia repartiendo carbón de las siete a las siete
el barrio, ese magma asqueroso de París, esa mezcla de fuerza y basura moral, eso que no es el pueblo aunque vaya a saber lo que es el pueblo pero ahora el barrio, las familias en el cine, los que votaron por Pompidou porque ya no podían seguir votando por De Gaulle

—Un momento —dice Andrés—, qué es eso del pueblo y la familia, o la familia que no es el pueblo, o el barrio que como es las familias no es el pueblo, no jodas, che.

—No te das cuenta —dice Marcos— que estoy tratando de hacerte un tachismo o manchismo instantáneo de la atmósfera del cine Cambronne, por ejemplo, o del Saint-Lambert, esas salas contagiadas por medio siglo de puerros y ropa sudada, esos santuarios donde Brigitte Bardot se baja el slip para que la sala le vea justo lo que el artículo 465 permite por una fracción de tiempo fijada por el artículo 467, y que toda contestación tiene que empezar por la base si va a servir para alguna cosa, en mayo fue la calle o la Sorbona o Renault pero ahora los compañeros se han dado cuenta de que hay que contestar como quien cambia de guardia entre el cuarto y el quinto round y entonces el contendiente se manifiesta desconcertado, dice el cronista. Ponele que ya captaste la descripción que en realidad no te hacía falta pero era una manera de enchufarte en el umbral del satori, vos seguís bien esos vocabularios, rabinito, y entonces justo cuando la Brigitte comienza a convertir la pantalla en uno de los momentos estelares de la humanidad, o más bien en dos y qué dos, che, eso no se impugna ni contesta de ninguna manera pero desgraciadamente hay que aprovechar el estado de rapto, de arrobo si me seguís, para que el anticlímax sea más positivo, en ese momento justo Patricio se levanta y produce un espantoso alarido que dura y dura y dura y qué pasa, luces, hay un loco, llamen a la policía, es un epiléptico, está en la fila doce, un extranjero, seguro que es un negro, dónde está, yo creo que era ése pero como se sentó de nuevo a lo mejor, sí, no ve que tiene el pelo enrulado, un argelino, y usted por qué se puso a gritar

—¿Yo? —dijo Patricio.

—Sí, usted —dijo la acomodadora bajando la linterna porque ya el público más alejado se perdía en los espacios intercostales de Bardot desnuda y nada alterada por lo ocurrido, y los espectadores contiguos al lugar y al causante del hecho luchaban con

61

una comprensible indecisión entre seguir la protesta por el escandaloso proceder del forajido o no perderse ni un centímetro de esos sedosos muslos semientornados en una cama de hotel de lujo en la floresta de Rambouillet adonde un tal Thomas se la había llevado con objeto de hacerla suya antes de la hora del menú gastronómico siempre previsto en esa clase de aventuras de los ricos, por todo lo cual la linterna de la acomodadora empezaba a escorchar a todo el mundo sin contar a Patricio, y la acomodadora la bajaba lo más posible y el haz de luz se aplastaba en plena bragueta de Patricio que parecía encontrar la cosa de lo más natural, como lo prueba que

—A veces me pasa —dijo Patricio.
—¿Cómo que le pasa?

SH
SHH!!!

—Quiero decir que no me puedo contener, es algo que me viene así y entonces.

(ah ma chérie ma chérie)

—Entonces haga el favor de salir de la sala.

SHHH!!!!!

—Ah merde —dijo la acomodadora—, primero me llaman y ahora resulta que no me dejan intervenir, esto no va a quedar así, ah no, qué se piensan, lo único que faltaba

(J'ai faim, Thomas)

—¿Por qué voy a salir del cine? —dijo Patricio en voz muy baja y sin molestar a nadie fuera de la acomodadora pero esto último en una proporción geométrica convulsiva—. Es como un hipo, solamente que más fuerte.

—LA PAIX!
—A POIL!

—¿Un hipo? —bramó la acomodadora apagando la linterna—.
Espere a que llame a la policía y vamos a ver qué clase de hipo,
ça alors.

SHH!!!!

—Haga lo que quiera —dijo Patricio ssiempreenunsssusssu-
rrrro— pero no es culpa mía, tengo un certificado.

Lo del certificado hizo su efecto como siempre en Francia, y
el haz de luz empezó a resbalar por el pasillo justo cuando se
llegaba a lo que todos hubieran querido ver pero como le estaba
diciendo un reo a su amigo, apenas van a empezar a cojer te
cortan la toma esos hijos de puta, vos alcanzaste a ver que se le
veían los pen

samientos de Lonstein que no se interesa demasiado, pero Marcos sonríe con el aire de las revelaciones y dice aspetta ragazzo
que no es todo porque en la tercera fila del púlman aquí llamado
balcón revista la Susana que estuvo en los líos de la Sorbona y
otras medallas recordatorias, si no la echaron de París fue porque
tenía una con

ducta intachable en el fichero de la poli, pero innecesarias acla-
raciones cuando precisamente Thomas, que no es tan libertino
como parecía, decide casarse con Brigitte que ahora sobrevuela
Acapulco en uno de esos jets que ya te vienen con el cielo azul
puesto alrededor y adentro corre el whisky que te la voliodire y
los de primera clase están en pleno almuerzo servido por Ma-
xim's, no sé si conocés, hasta que Susana justo cuando Thomas
llega al hotel en plena noche y casi se ven esas chispitas en el
ángulo superior derecho del celuloide que anteceden a la palabra
fin a menos que sea la penúltima bobina porque para qué la última va a tener estrellitas si el proyeccionista ya se puso el saco y
encendió un Gauloise y tiene la mano cerca de los interruptores
y justo entonces
—Ya sé —dice Andrés—, otro alarido.

—Es inteligentísimo —le confía Marcos a Lonstein—. Se da cuenta de todo este porteño.

—¿Pero de qué sirve, decime un poco, armar un lío en una circunstancia tan diremos estrecha, o sea que un cine standard viene a tener cuatrocientas plateas, que comparadas con la población de Francia da una proporción de uno sobre cincuenta y nueve millones más o menos?

—A vos no parece interesarte el destino de Susana —dice Marcos.

—Se me importa un reverendo bledo. Admito, si querés, que la chica tiene más cojones que su compañero Patricio, porque la segunda vez es más peluda.

—Como que se pasó dos horas en la comi —dice Marcos—. Claro que no le pudieron hacer nada porque la gente se había desparramado apenas Brigitte se salió con la suya y qué te cuento de Thomas en resuelto infighting, todo el mundo rajando al sobre, de manera que solamente quedó la acomodadora como fierro, aunque parece que después en la comisaría trató a los canas de cornudos porque no le tomaban en seguida la denuncia, y su Fernand que se levantaba a las seis y media para ir a la fábrica y quién le hacía el café con leche decime un poco.

—Era del pueblo —dice Andrés—. Los canas se merecían las puteadas y casi también Susana si vamos al caso. Ahora que yo quisiera de veras saber para qué sirve eso del alarido, porque contado por vos parece

nada, realmente nada, pero sucede que nada más nada no da nada sino que a veces da un poquito de algo, lo que se dice una nada que como todos saben ya no quiere decir una pura nada sino un cachito de cualquier cosa, y fijate que si la operación está bien hecha no hay cana ni juez que pueda meter leña, el segundo ensayo fue en el cine Celtic y mucho más perfeccionado, es decir que Marcos himself y un tal Gómez, de Panamá y filatelista, pegaron los alaridos sin levantarse de las plateas, Marcos en la mitad de la publicidad, justo entre el NUTS y el KUNTZ, y Gómez en esa parte en que Bibi Anderson se acuesta boca abajo en una cama de sábanas negras y salen como rugidos de diferentes partes de un cine principalmente concurrido por jóvenes becarios, sin moverse de sus asientos soltaron el alarido y no hubo nada que hacer, un tipo le quiso pegar a Gómez aunque después se disculpó diciendo que había querido cortarle el ataque con uno de esos bifes de ida y vuelta recomendados en los libros de psiquiatría cuando las papas queman y el enfermo mental se ha metido varios pedazos de vidrio en la boca para autocastigarse y de paso manchar la reputación del doc. Imposible hacerles nada en serio, che, sobre todo a Marcos que se había quedado muy quieto después del alarido, y más de cuatro señoras que primero se habían puesto rojas para pasar casi inmediatamente al color complementario que presagia las peores tormentas, terminaron por convenir entre murmullos interfamiliares que el pobre muchacho debía padecer de

aunque cuando lo de Gómez ya nadie se tragaba la morcilla y hubo conato de desplateización y revoleo hacia la calle, pero las tinieblas protegen y también Bibi Anderson al fin desnuda, si se han garpado ocho francos para ver eso no te lo vas a perder por culpa de un piantado más o menos, salvo que

—Lo de la Ópera fue de abrigo —dijo Marcos.
—Ah, en la Ópera —dije yo, que no estaba dispuesto a maravillarme de cualquier cosa.
—Justo en el momento en que sale el cisne, no sé si la viste —explicó Marcos—. Una de Wagner.
—No hay derecho —dijo Lonstein—. Torcerle el cuello al cisne cuando todavía tenemos Pato Donald para rato, ustedes se confunden de ave, che.
Así siguieron, con bastante ginebra y alaridos, hasta la noticia de que pasados quince días ya no se había podido repetir el número por razones tácticas, es decir que se hablaba de la cosa en plena calle y la gente iba al cine con ganas de romperle la cabeza al primero que bostezara, gente que pagaba sus impuestos y hacerles eso a ellos, ah no.

—Un éxito, che —dijo Marcos—. Para qué seguir en los templos del séptimo arte cuando tenés los autobuses y los cafés. En los cafés no da mucho porque primero todo el mundo habla a gritos y hay un plafón muy alto de decibeles, y después no se sabe por qué a la gente le importa menos que le perturben una cerveza o un cinzano que cuando es una película, habría que estudiar esas cosas. Pero en cambio en

       —Todavía me quedan tres flores hipogeas
       —amenazó Lonstein—, una de papel amarillo
       y otra blanca, pero te finco que tienen unas
       manchas que se diría que

cualquier línea, digamos la 94 que se jacta de una clientela más bien pequeñoburguesa, Lucien Verneuil es el especialista y ya les ha enseñado la técnica a Patricio, a Susana y a los otros que andan contestando más o menos por todas partes. Primero la campanilla antes de la parada, correctamente (sin contar que se está bien vestido y con un libro o portafolio bajo el brazo para acentuar la impresión de intelectual), y cuando buf el mastodonte frena pegado al cordón de la vereda, Lucien Verneuil se acerca al conductor y le tiende la mano. Mirada glacial del conductor o (variante) gesto traducible como

       Qué carajo
       Eh
       Está loco o es solamente idiota
       Por qué no se mete la mano en

pero Lucien Verneuil saca una sonrisa casi pastoral, algo como una sopa de letras para niño bueno, no se puede resistir a una sonrisa tan inocente y la mano siempre tendida esperando la del honesto conductor que empieza a (optativo) púrpura/verde/negro/vidrioso/, y entonces

—Deseo agradecerle el agradable recorrido —dice Lucien Verneuil. No vale la pena reproducir las respuestas, por lo demás Marcos no se molesta en enumerarlas. Lucien Verneuil: "Usted maneja el vehículo con un sentido de la responsabilidad que no todos los conductores demuestran en estos tiempo." O: "No puedo descender del autobús sin primero manifestarle mi reconocimiento." O: "Jamás me permitiría terminar este viaje sin antes dejar testimonio público del placer que he tenido, y que le ruego haga extensivo a la administración de la R.A.T.P." Las variantes a esta altura: 1) Corte de contacto, levantamiento del asiento, empujón catapúltico rumbo a la vereda; 2) Espuma en boca; 3) Palidez mortal y temblor tetánico del cuerpo y las extremidades. Subvariantes del *environment* (especialmente viejas y señores con rosetas de la Legión de Honor): Que venga la policía/ Ya no hay respeto (sub-sub-variante: ... religión)/Es la juventud de hoy, adónde vamos a parar/Nos va a hacer llegar tarde a la oficina (múltiples infra-variantes)/Puteadas y amenazas. A todo esto el guarda ha salido de su jaula de vidrio en el fondo y viene por el pasillo justo cuando Lucien Verneuil, que tiene un cronómetro en los ojos, saluda muy atentamente su seguro servidor por última vez y baja los dos peldaños más allá de los cuales empieza el territorio que ningún guarda pisará con fines de pateadura porque sus prerrogativas, etc.

—Está muy bien —le digo a Marcos—, pero anteàyer un muchacho se suicidó incendiándose vivo en Lille, para protestar por el estado de cosas en Francia y es el segundo en el país, sin hablar de lo que sabés por los telegramas del exterior. No te parece que al lado de una cosa así

—Claro que me parece —dice Marcos—, solamente que como dice el himno japonés, gota a gota se forman los mares y los granos de arena terminarán siendo roca cubierta de musgo o algo por el estilo. Jan Palach hubo uno, pero están todos los estudiantes checos y no duermen, sin hablar de más de cuatro bonzos. Qué fácil te armás una buena prescindencia, vos. En fin, esperá que te explique otra forma de la contestación que ayer nomás hizo bastante roncha en el restaurante Vagenande, y se va a repetir de hoy a la semana que viene en muchos otros siempre que nos alcance la guita porque hay que ver lo que cuesta el morfi en esos lugares. Gómez fue conmigo a la una de la tarde, hora de gordas y puntos bacanes con chequera, vos viste ese ambiente *art nouveau* que reina y la atmósfera tirando a apolillada que le da especial prestigio. Pedimos puerros a la vinagreta y bife a la pimienta, vino tinto y agua mineral, menú responsable y digno como te podrás dar cuenta. Apenas trajeron los puerros Gómez se levantó y empezó a comer de pie, un puerrito tras otro, hablando conmigo como si no pasara nada. Estadística de las miradas: ochenta por ciento broncosas, diez por ciento incómodas, tres por ciento divertidas, otro tres por ciento impertérritas, cuatro por ciento interesadas (¿caso rebelde de hemorroides, parálisis dorsal, locura nomás?). El camarero con otra silla, Gómez que le dice no, gracias, yo siempre como así. Pero señor, va a estar incómodo. Al contrario, es sumamente funcional, la acción de la gravedad se manifiesta mejor y el puerro desciende al estómago como si se tirara, eso ayuda al duodeno. Usted me está tomando el pelo. De ninguna manera, es usted quien ha venido a incomodarme, no dudo que con intenciones loables pero ya ve. Entonces el maître, un viejo con aire de besugo un poco sobado. Señor, usted dispensará, pero aquí. ¿Aquí qué? Aquí acostumbramos a. Por supuesto, pero yo no. Sí, pero sin embargo. El señor no molesta a nadie, intervengo yo limpiando el plato con una miga porque los puerros estaban fenómeno. No solamente no molesta a nadie, pues come con la más refinada elegancia y discreción sino que es usted el que ha venido a escorcharlo, sin hablar del camarero, de manera que. A todo esto la circunstancia orteguiana se manifiesta plenty, señoras chuchuchuchuchu en las orejas de otras señoras, revoleo de ojos, es un escándalo, aquí se viene a estar sentado y a departir, váyanse a comer a una fonda. Entonces Gómez, secándose los labios con una delicadeza brummeliana, te juro: Si yo como de pie es porque vivo de pie desde el mes de mayo. No quieras saber el quilombo, viejo, panes por el suelo, la cajera telefoneando a la comisaría, los bifes a la pimienta resecándose en la plancha, la botella de vino descorchada y todo sin pagar, te imaginás, porque con tal que nos fuéramos hasta se cotizaban los hijos de puta, pero justo entonces Gómez se sentó como un conde, guardando la servilleta plegada en la mano, y dijo en voz bastante alta: Lo hago por mi prójimo, y espero que mi prójimo aprenda a vivir de pie. Gran silencio, aparte de dos o tres risotadas de pura mala conciencia, creéme que a pocos les habrá caído bien el almuerzo. Mañana lo repetimos en un bistró de la Bastilla, probablemente nos romperán el alma porque es otro clima, pero a lo mejor quién te dice que

Enter Ludmilla
con su aire del tercer acto y todavía maquillada, se metió en el dos caballos casi antes de que bajara el telón y está hambrienta, bebe vino mientras yo le dispongo una tortilla y Lonstein, ritualista empecinado para delicia de Ludmilla, empieza por enésima vez el otro teatro, ¿entonces usted es rusa? no, hija de polacos, ¿pero es cierto que trabaja en el Vieux Colombier?, sí es cierto, ah, yo le preguntaba porque éste aquí es tan macaneador, y Ludmilla encantada porque el rabinito encuentra siempre variantes nuevas, cosa que no es habitual en el Vieux Colombier y la polaquita está por el teatro en libertad y esas cosas. ¿La querés con tres huevos y cebolla?, pregunta Andrés para ver si la trae un poco de este lado, oh sí oh sí muchísimo de todo, dice Ludmilla tirándose en un sillón y dejándose encender un Gitane por el rabinito que le llena el vaso de vino y empieza a darle una nueva versión de su viaje a Polonia dos años atrás, probablemente falso, piensa Marcos que espera una última llamada de larga distancia y asiste como de lejos a la programación de la tortilla y a la plaza de Cracovia, ese color violeta de la plaza al anochecer/Es más bien anaranjado, dice Ludmilla, claro que yo era muy chica/Los floristas y ese café en el sótano de la torre donde se bebe una especie de hipocrás o hidromiel o algo caliente que tiene clavo y canela y mirra y áloe y se trepa a la cabeza/La última vez me dijiste que era una especie de cerveza antigua, dice Ludmilla que sólo acepta las variantes dentro de un sistema bastante secreto/Nos hablábamos de usted, contrapone el rabinito ofendido, pero Ludmilla se siente tan bien y el vino después del interminable tercer acto, el perfume de la tortilla que avanza desde la otra pieza como el anochecer en Cracovia,

hay que darle el gusto a Lonstein, los rituales tienen que cumplirse, vamos a ver, de dónde es usted, señor, yo de aquí hace rato, señorita, y de qué se ocupa en París, yo bueno, es más bien peludo de explicontar antes de la tortilla pero si quiere después

     —C'est toi, Laurent? —pregunta Marcos casi antes de que se oiga la llamada

 —Ni antes ni después —ruego yo que atiendo telepáticamente a la hinchazón rubicunda de la tortilla a la vez que pongo la mesa con una velocidad meritoria, entendiendo por mesa una servilleta de papel con un dibujo violeta y media botella de tinto más un pan apenas empezado, operaciones tiernas y simples para vos, Ludlud, para vos ahí en tu sillón, cansada y chiquita aunque de chiquita ni medio, uno sesenta y nueve y qué te cuento del porte, pero chiquita porque yo quiero que lo seas cuando te pienso y hasta cuando te veo y te beso y te, pero eso no ahora, y el pelo de paja, los ojos verdísimos, esa ñata respingada que a veces se frota en mi cara y me llena de estrellas y sal y pimienta, dos hojas de lechuga que sobraron del mediodía, medio tristonas porque la vinagreta fatiga el vegetal, vení a comer Lud, vení pronto comedianta del viejo palomar, pedacito de cielo del este, culito lindo, aquí en esta silla y ahora hago café para evribodi, ristretto, che, ristrettissimo como un cuadrito de Chardin todo sustancia y luz y perfume, un café que condense las magias de la noche como esas canciones de Leonard Cohen que me regaló Francine y que me gustan tanto.

     "Cuando le da por ahí", piensa el que te dije.

 —¿Y por qué no querés que él me explique lo que hace en París?

 —Después de la tortilla, necrófila repugnante —le digo—. Esa es la única parte del psicodrama que no cambian nunca ustedes dos. ¿No te das cuenta de que Marcos necesita describirme hasta lo último la contestación new style?

—Yo quiero que él cuente lo que hace en París —dice Ludmilla.

—Vos, che, me vas a deber una pila de guita con tus llamadas.

—Au revoir, Laurent —dice Marcos—, n'oublie pas de prévenir ton frère. Ya está, viejito, y usted, nena, que aproveche.

—Yo quiero que él cuente —dice Ludmilla, pero a Marcos desde luego la muerte le importa mucho menos que la vida, por lo cual pasa ahí nomás a hablar de Roland entrando en la despensita y eligiendo largamente una berenjena de esas de tamaño natural ("mm, mm, huele a cebolla, mm, mm")

con madame Lépicière mirándolo de contraojo, esperando que se decida, viéndolo soltar una berenjena pero en seguida agarrando otra, *palpándola*, madame Lépicière argumentando estertorosa que la municipalidad, Roland desplomando la berenjena en el canasto y contemplando a madame Lépicière como a un escarabajo peludo aunque todavía no clasificado, los clientes protestando por el retardo, los curiosos amontonándose y Roland siempre mirando a madame Lépicière hasta que todo empieza a virar a un clima de bronca total y entonces Roland metiendo muy despacio la mano en el bolsillo del pantalón y sacando poco a poco un piolín, tirando sin apuro del ovillo y dejando caer hasta el suelo el piolín, tirando más y más mientras Patricio hasta entonces esperando en la vereda, Patricio entrando con aire de gran seguridad y determinación y mucho gerundio, acercándose a madame Lépicière, articulando claramente PO-LI-CÍA, mostrándole un carnet verde y guardándolo antes de que se vea que es de las Jeunesses Musicales de France, agarrando el extremo del piolín y mirándolo atentamente, tirando de la punta mientras Roland sigue sacando piolín del bolsillo, la gente amontonándose masiva

—Ni una palabra. Usted viene conmigo.

—Pero yo iba a comprar berenjenas —dice Roland. Gran tirón del piolín, que tiene ya cuatro metros entre bolsillo y tierra. Qué se cree, que va a perturbar el funcionamiento del comercio al por menor. Pero si yo solamente. Ni una palabra, está más

71

que claro (inspeccionando de cerca un tramo del piolín). Y esto qué es. Un piolín, señor. Ah. Entonces sígame inmediatamente o lo hago meter en un carro celular. Pero si yo solamente.

—Dos kilos de papas —pide una señora que prefiere reanudar la marcha normal de las cosas because nenita sola en quinto piso.

—Ya ve —dice Patricio, tirando del piolín—. Perturbación indebida de las actividades comerciales, usted no parece darse cuenta de que la sociedad de consumo tiene un *ritmo*, señor, una *cadencia*, señor. Estas señoras no pueden perder el tiempo porque si lo pierden y empiezan a mirar con algún detalle lo que las rodea, ¿qué advertirán?

—No sé —dice Roland, sacando más piolín.

—Advertirán que el kilo de papas subió diez centavos y que el tomate cuesta el doble que el año pasado.

—Los dos están de acuerdo —descubre un viejo lleno de botellas vacías y cicatrices de guerra—. Ils se foutent de nos gueules ceux deux-là.

—Y que les hacen pagar el precio de los envases de plástico que no se devuelven, y la publicidad del nuevo jabón en polvo que cada vez lava igual que antes, de manera que no hay que obstaculizar el ritmo de las ventas, hay que dejarlos comprar y comprar sin mirar demasiado los precios y los envases, de esa manera la sociedad se desenvuelve que da gusto, créame.

—¿Y ustedes arman esta comedia para que nos enteremos de que todo está por las nubes? —dice la señora de la nenita sola—. Se la podían haber ahorrado, demasiado tenemos con nuestra cruz para que encima nos hagan perder tiempo, me da dos kilos de papas medianas s'il vous plaît.

—Ustedes se van de aquí o yo llamo a la policía —dice madame Lépicière que ya no cree en los carnets verdes.

—De acuerdo —dice Patricio ayudando a Roland a juntar el piolín y devolverlo al bolsillo—, pero usted misma ha oído cómo esta señora está con nosotros.

—Yo no estoy de ninguna manera —dice alarmada la señora—, pero que los precios están subiendo están subiendo.

—Y usted hace muy bien en protestar —dice Patricio.

—Yo no protesto —protesta la señora—, solamente compruebo y qué le va a hacer.

Así siguen unos diez minutos, y por la tarde son Gómez y. Susana en las GALERIES RÉUNIES de la avenue des Ternes a la hora de todas las gordas del barrio comprando blanco y color y baberos y toallas higiénicas y collants, y al pie del escalator y encima de cada stand hay un grandísimo afiche con el slogan de la liquidación tan bien pensado por uno de los cráneos a doscientos mil francos mensuales del establecimiento

EL BARRIDO DEL AÑO

y Gómez espera que se junte la mayor cantidad posible de gente en la planta baja y además ese inspector de azul que orienta a las gordas en todas direcciones, zapatos tercer piso, ralladores en el subsuelo, y sólo entonces le pregunta amablemente si en las Galeries Réunies barren solamente una vez al año, amablemente pero de manera que varias gordas y sus esposos o niños se enteran de la pregunta y diversas cabezas se vuelven en dirección del inspector que clava en Gómez una mirada de camello con tos convulsa, y por supuesto que no, señor, qué quiere usted insinuar.

—Insinuar, nada —dice Gómez—. Pero si resulta que barren todos los días como exige la higiene, no entiendo cómo pueden esgrimir un cartel donde proclaman cínicamente que han hecho el barrido del año.

—¡Es increíble! —irrumpe Susana dejando caer un par de medias en la canasta de las zapatillas gran ocasión veinte francos—. ¿Entonces es así como esta casa combate el peligro de la poliomielitis, pobres criaturas? ¡Mire esta nenita aquí, jugando entre los slips de nilón cristal, contaminándose!

—Por favor, señorita —dice el inspector que no es idiota—. Si ustedes vienen a hacer un escándalo no me quedará más remedio que.

—El escándalo ya está hecho —dice Gómez dirigiéndose demagógicamente a la madre de la nenita y a otras estupefactas clientas—. Ellos mismos reconocen que sólo barren una vez al año. ¿Han calculado el número de bacterias que se deposita? ¡En cada soutien-gorge, en cada lápiz labial! ¡Y nosotros entramos aquí y LES COMPRAMOS! ¡LES COMPRAMOS! ¡AH!

—Mándese mudar o lo hago sacar a patadas —brama el inspector.

—Atrévase —dice Susana agarrando una de las zapatillas veinte francos—. Encima de contagiarnos el morbo, mire a esa pobre criatura que ya ha palidecido, seguramente mañana se despertará con los síntomas, ah, y ustedes ahí sin decir nada!

También el que te dije, Lonstein y yo estábamos ahí sin decir nada en la medida en que esas microagitaciones no nos daban la impresión de servir para gran cosa, y hay que reconocer que el mismo Marcos las contaba más bien como diversión entre una y otra llamada telefónica, porque después del tal Laurent siguieron Lucien Verneuil, Gómez, toda gente para quienes las doce de la noche parecía ser una hora muy telefónica, sobre todo si el teléfono era el mío. La gran defensora del alarido y otras perturbaciones resultó ser Ludmilla que empollaba su tortilla con un aire de enorme satisfacción, y que debió llenar de alegría a Marcos cuando dijo que las actividades del grupo eran vox populi y sobre todo dos vigilantes de refuerzo en cada sala de espectáculos (multiplicá multiplicador, nada menos que en París de Francia, y sumale Marsella, Lyon y el resto), en todo caso y según Ludmilla que era del gremio, el último alarido en el teatro del Chatelet justo cuando el tenor romántico se derretía en un aria toda llena de susurros y de música de alas, había desencadenado uno de esos quilombos que terminan siempre en otros concomitantes, es decir tribunal de turno, noticias en los diarios, multas y diversas consecuencias civiles y penales.

Todavía hablábamos de esas cosas cuando un tipo que nadie conocía y que resultó ser oriundo de Talca nos abrió la puerta del departamento de Patricio, y así acabamos todos tomando mate y grapa, con Manuel de mano en mano porque el pequeño braquicéfalo había decidido una contestación por cuenta y alarido propios, como si las dos de la mañana, etcétera, de manera que turnos de hico caballito/vamos a Belén, mientras Susana se tomaba un rato de descanso que mañana es fiesta/y pasado también. Flaco y displicente, Patricio no parecía encontrar anómalo que tanta gente se apilara a esas horas sin motivo aparente aparte del sudamericanismo y sus adherencias, me refiero a Ludmilla inventando para Manuel un teatro completo, para Manuel y quizá también para mí que esa noche no había tenido con ella otro puente que la tortilla, tender la mesa puente para Ludmilla y batirle la tortilla puente mm mm cuánta cebolla mm, aunque de todos modos ni siquiera estando solos hubiéramos hablado mucho, la pared de concreto gris se hubiera alzado lo mismo y casi peor que ahora con las risotadas de Susana y el diálogo sobre hongos venenosos entre Lonstein y Fernando, con la calma distante de Marcos mirándonos como parecía mirar siempre lo que buscaba ver bien, es decir detrás del humo del cigarrillo, los ojos entornados y el pelo en la cara. Por qué, entonces, se me ocurría que los juegos de Ludmilla con Manuel (parecía estarle representando el ruiseñor mecánico del emperador chino o algo así) eran también para mí, lenguaje cifrado, última llamada como de alguna manera mi largo batirle la tortilla había. sido también una llamada, un puente esperanzado, esas pobres cosas que todavía podían quedarnos cuando estábamos con otros que neutralizaban la soledad de a dos, la mirada directa, la primera palabra de la primera frase de la primera, interminable despedida. Entonces los engranajes del ruiseñor mecánico saltaron en todas direcciones, Ludmilla mimo payaso diciéndolo todo con dedos y codos y morisquetas que iban creando en Manuel una felicidad cada vez más semejante al sueño, ocasión que no podía perder Susana para levantarlo despacito de la alfombra y, seguida del mimo Ludmilla (procesión china con linternas, triunfo del ruiseñor legítimo) llevárselo al dormitorio. Andrés las vio salir, buscó despacio un cigarrillo; Patricio y Marcos hablaban en voz baja, la Joda desde luego, no pasarían dos minutos sin que uno de ellos se prendiera al teléfono, esa gente quería hacer la revolución a base de numeritos y no te olvidés de las hormigas (insistían mucho en eso), decile a tu hermano que mande la fruta, románticos telefónicos crípticos cibernéticos. El que te dije, que también andaba por esa longitud más bien irónica de onda, pensó que Andrés se quedaba como siempre un poco atrás, demasiado perdido en lo que acababa de hacer Ludmilla, en todo caso ateniéndose a una versión del mundo que esos otros, cordobeses y porteños telefónicos cibernéticos ("decile que llame a Monique a las ocho") entendían de otra manera, como de otra manera tantos latinoamericanos estaban empezando por fin a entender cualquier cosa del mundo. Al pobre Andrés le había tocado justo la generación anterior y no parecía entrar demasiado en el jerk y el twist de las cosas, por decirlo de alguna manera, el muchacho estaba todavía en el tango del mundo, el tango de la inmensa mayoría aunque paradójicamente fuera esa inmensa mayoría la que empezaba a decir basta y a echar a andar. Oh, oh, se tomó el pelo el que te dije, la inmensa mayoría no ha entendido todavía esa hermosa imagen, o la ha entendido y no alcanza a llevarla a la práctica, para un Patricio o un Marcos hay toneladas como Andrés, anclados en el París o en el tango de su tiempo, en sus amores y sus estéticas y sus caquitas privadas, cultivando todavía una literatura llena de decoro y premios nacionales o municipales y becas Guggenheim, una música que respeta la definición de los instrumentos y los límites de su uso, sin hablar de las estructuras y los órdenes cerrados, ahí está, todo tiene que ser cerrado para ellos aunque después aplaudan muchísimo a Umberto Eco porque es lo que se usa. "Mejor me esperás en el boliche de madame Bonnier", estaba indicando Marcos a un tipo que debía escuchar mal porque ya era la tercera vez, pero la paciencia de Marcos en el teléfono era propiamente para una vida de santo con esquinitas doradas, pensó Andrés que tenía sueño y estaba hasta el quinto forro de los hongos venenosos que Lonstein y Fernando seguían catalogando por el lado de Talca, Chillán y Temuco. Yo no tenía idea de que tu país fuera tan hongoso, decía el rabinito maravillado. Pero sí, te pvedo conseguir catálogos, proponía Fernando. Tenés que venir a ver el mío, che. ¿Vos tenés un hongo? Claro, en mi cuarto. ¿En tu cvarto? Seguro, a todos estos los voy a invitar también, ya es tiempo que se ocupen de cosas serias. Como Susana y Ludmilla, ocupadas en la más que seria tarea de hacer dormir a Manuel que parecía esperar nuevas performances del mimo Ludlud y no se dejaba desnudar demasiado fácilmente, déme esa patita, sáquese eso de la boca, por fin desnudo pero todavía lombriz reptante boca arriba, boca abajo, le dieron los collares y las pulseras, le hicieron tragar una cucharada de calmante, Manuel se fue durmiendo y ellas se quedaron cerca de la cuna, fumando y esperando porque le conocían las mañas, cambiando impresiones sobre Fernando que parecía buen tipo, un poco inocentón según Susana, esperá que lo agarren entre tu marido y Lonstein y Marcos ya vas a ver adónde va a parar la inocencia. Por supuesto, dijo Susana, en realidad ha venido para eso, nos lo mandó alguien seguro, el muchacho parece medio pajuerano pero aquí eso no dura, mirá a mi hijo, che, eso no tiene nombre, Manuel suspiraba en sueños, su mano había bajado erráticamente hasta encontrar la pijita; la sostuvo delicadamente con dos dedos, abriendo un poco las piernas. Promete, dijo Susana torciéndose de risa, pero Ludmilla miraba sin reírse, Manuel debía estar soñando, vaya a saber qué se sueña a esa edad, a lo mejor son sueños adelantados en el tiempo y Manuel se está acostando con una mulata hondureña o algo así. Puede ser, admitió Susana, pero la verdad que vos tenés una imaginación morbosa, se ve que sos compatriota de Chopin, esos nocturnos que te llenan la cara de telarañas sepulcrales, en todo caso lo de la mulata hondureña, pobre Manolito. Reírse en silencio era la muerte, sobre todo para Ludmilla que cuanto más se tapaba la boca más la nariz le hacía como una corneta de manisero, tenía que venir Patricio para imponer orden en las filas, qué carajo es este gineceo separatista y discriminatorio, los hombres reclaman hembras, che, pero de qué se ríen tanto? Ah, igualito a mí, fijate, a los nueve años mi tía me secaba el alma con eso de "las manos debajo de la almohada", y andá a saber lo que hacía ella con las suyas so pretexto de ser mayor de edad y soltera. Vengan, negras, ahí hay una de hongos emponzoñados que me empieza a venir el repeluzno que le dicen, Andrés está triste o dormido, a ver si nos ceban un matecito antes que haya que pegarles un chirlo en las nalgas.

—Es realmente un macho —le dijo Ludmilla a Susana.

—Vos —dijo Patricio—, deberías combinarte con ésta y venir

el sábado o el domingo a darnos una manito para preparar los fasos y los fofos.

—No está enterada, pajarraco —dijo Susana que veía la cara estupefacta de Ludmilla. Pero no tardó, porque de eso hablaban en el living, una microexperiencia de Gómez y Lucien Verneuil en el restaurante de la rue du Bac donde Gómez la sudaba de lavaplatos.

—Los sudamericanos nos la pasamos todos lavando alguna cosa en esta ciudad sicopútica —protegruñía Lonstein—. Hay un signo en eso, una indicación que no alcanzo, algo hermético en los detergentes. Vos ya verás que también te toca lavar alguna cosa apenas necesités guita —le dijo a Fernando—. Projodemente autos, se ve que cualquier buzo azul te calza y no como yo que tengo un número difícil.

—A veces me cvesta entender lo que dices, pero volviendo al hongo de los copihues...

—Momento —dijo Patricio—, ustedes dos ya me tienen de nueve meses con los hongos, y a Ludmilla aquí hay que enseñarle el arte del fofo usado, así que a ver si te movés con ese mate y pasamos a las cosas serias, vos Marcos que conocés los detalles, sin hablar de la tonada que es la alegría de mi vida.

—Les estaba diciendo a éstos —explicó pacientemente Marcos— que como a Gómez siempre le tuvieron confianza en ese bistró y la cocina está justo al lado del rincón donde venden los cigarrillos, no le fue difícil cambiar veinte atados de Gauloises y veinte cajas de fósforos por las que habían preparado estas pebetas. Monique hizo de campana tomándose un jugo de tomate en el mostrador mientras Lucien Verneuil llamaba desde la esquina por teléfono al patrón para distraerlo, cosa nada fácil. Después Roland sustituyó a Monique porque en una de esas el patrón resultaba deductivo y juntaba teléfono + jugo de tomate + lavaplatos panameño, tres cosas igualmente desagradables si te fijás un poco.

—Duele proclamarlo, pero qué secatura —dijo Lonstein buscando un libro entre las últimas hecatombes bibliotecofágicas de

79

Manuel—. Vos tenés razón, eso es la mini-agitación, la infrabatracomiomaquia.

—Dejalo seguir —dijo Andrés—, después le decimos lo que pensamos, che.

—La cosa empezó casi en seguida, un cliente del barrio pidió cigarrillos y un vermú en el mostrador, parece que de cuando en cuando almorzaba en el bistró y era amigo del patrón. Vos pensá en ese momento en que abre el atado de Gauloises y se encuentra con que todos están desparejos, saca uno porque estos tipos no se convencen así nomás de que el orden estatuido se ha venido abajo, y le sale un pucho hediondo. El patrón viene corriendo, Roland se interesa muchísimo en el extraño caso del cliente, sacan otro faso y después otro, y todos son puchos más o menos consumidos. Te voy a decir que al principio no era tanto eso lo que los dejaba estupefactos, sino que el atado tenía un aire impoluto y reciencito salido de la fábrica, como que Monique y Susana tienen una técnica que para qué te cuento, y dicho sea de paso vayan dejando los puchos en ese cenicero que en estos días las chicas van a preparar otra tanda.

—Me enredaron —le confió Ludmilla a Andrés.

—Grotesco —dijo Lonstein—, pero con una cierta hermosura indefimúltiple. Retiro lo de secatura aunque no la sensación de ineticundia.

—Y están en eso cuando se oye una especie de bramido en el mostrador y es una vieja que acababa de comprar fofos y quiere encender el cigarrillo para amenizar esa porquería que toman aquí y que es una mezcla de cerveza y limonada. Recurrencia monótona, como diría éste, pero muy eficaz porque al quinto fofo quemado la vieja suelta un rugido y da vuelta la caja sobre el mostrador y de los cincuenta hay solamente tres que sirven, de manera que la pobre senecta toma por testigo a la creación entera y arma un boche que para qué, y el patrón que no sabe con qué mano agarrarse la cabeza, Gómez que se asoma a ver qué pasa con un aire estudiadamente idiota, Roland echando fuego al aceite y hablando de que en este país todo va como el culo, salen a relucir la guerra del catorce, las colonias, los judíos, la poliomielitis y los hippies. Telefonazo al distribuidor de fasos y cerillas, segunda etapa de la bronca, desde la cabina se oye la voz del patrón que reíte de Chaliapin. Ahora que el éxito de la cosa estaba en que se dieran por lo menos tres casos análogos para que pasaran al plano periodístico, sin lo cual no tendrían realidad como ya lo explicó MacLuhan

—Eso soy yo que lo afirma —dijo Lonstein ofendido.

y por suerte contábamos con otros infiltrados en sendos boliches de Belleville y del Parc Monceau, moraleja una noticia en *France-Soir* que ha dejado a todo el mundo preguntándose qué pasa si ahora los cigarrillos, esa cosa perfecta que asegura que se está despierto, normal y con un gobierno que controla las riendas del carro del estado, pero entonces quiere decir que algo no anda y ya no es cosa de soltar así nomás un franco cincuenta y salir confiadamente con un paquete de fasos en el bolsillo y al llegar a tu modesto hogar te lo encontrás lleno de babosas o de fideos con tuco.

—Hablando de fideos y sobre todo de babosas —dijo Lonstein—, quedan todos invihospitados a mi casa para venir a ver crecer el hongo.

—Siempre será mejor que esos infantilismos —dije yo que me caía de sueño—. Mirá, uno de estos días alguien se va a cansar de ustedes en la policía y ya vas a ver qué barrida general hasta las fronteras, la de postales que voy a recibir desde Bélgica y Andorra.

—Parecería que hacés un esfuerzo especial para no entender —dijo Susana, pasándome un mate más bien lavado.

—No hace ningún esfuerzo —dijo Ludmilla—, siempre le sale así.

Marcos nos miraba como de lejos, pero Susana y Patricio me buscaban pelea, y fue una de para qué vivís si no sos más que indiferencia/parece un verso de bolero/por lo menos Ludmilla nos va a ayudar a hacer más cajas de fofos/oh sí oh sí/y ahí tenés a Fernando que acaba de llegar y ya comprende mejor que vos lo que está pasando en Francia/bueno, todavía me cvesta un poco/creo haberlos invihospitados, pero ustedes logobifurcan para otro lado/explicá eso del hongo/imposible, el hongo prolifera del lado de acá de la exégesis/cambiale la yerba/ya no hay más/y así se fue entendiendo que eran las tres y veinte y que algunos trabajaban por la mañana, pero antes Patricio sacó un recorte y se lo pasó a Marcos que pasó a Lonstein que pasó a Susana. Traducile a Fernando, mandó Patricio, y

Uruguay

UN COMMANDO D'EXTRÊME GAUCHE DÉROBE DES DOCUMENTS A L'AMBASSADE DE SUISSE

L'ambassade de Suisse à Montevideo a été attaquée vendredi par quatre gérilleros appartenant au Front armé révolutionnaire oriental (FARO), aile extrémiste de l'organisation d'extrême gauche des Tupamaros.

Les quatre assaillants sont arrivés à l'ambassade à bord d'un camion volé. Après avoir tenu en respect l'ambassadeur et les fonctionnaires présents, ils sont repartis en emportant des documents, deux machines à écrire et une machine à photocopier. C'est la première attaque de ce genre commise contre une ambassade étrangère à Montevideo, où de nombreuses attaques de banques et de casernes ont eu lieu au cours des derniers mois. — (A.F.P., A.P., Reuter.)

en el Uruguay un comando de extrema izquierda se apodera de documentos en la embajada de Suiza. La embajada de Suiza en Montevideo fue atacada el viernes por cuatro guerrilleros pertenecientes al Frente Armado Revolucionario Oriental (FARO), ala extremista de la organización de extrema izquierda Tupamaros. El periodista puso tantos extremos que no te deja ver el medio. Los cuatro asaltantes llegaron a la embajada en un camión robado. Después de tener con las manos en alto al embajador y a los funcionarios presentes, porque eso de "tener en respeto" debe querer decir arriba las manos, se marcharon llevándose documentos, dos máquinas de escribir y una de fotocopias. Se trata del primer ataque de este tipo cometido contra una embajada extranjera en Montevideo, donde en los últimos meses se han llevado a cabo numerosos ataques a bancos y cuarteles, A.F.P., A.P. y Reuter. La yerba cambiásela vos, yo no puedo estar en todo.

—Tupamaros viejos y peludos —dijo Patricio.

A todo eso Lonstein le estaba mostrando una especie de proyecto de poema a Fernando que esa noche la ligaba por todos lados, mientras yo me divertía en preguntarles una vez más a Marcos pero sobre todo a Patrisusana cuál era el sentido de esas travesuras más o menos arriesgadas a que se dedicaban con una banda de franceses y latinoamericanos, sobre todo después de la lectura del telegrama uruguayo que las disminuía cada vez más, sin hablar de tantos otros telegramas que llevaba leídos esa tarde y en los que como de costumbre había una alta cuota de torturados, muertos y prisioneros en varios de nuestros países, y Marcos me miraba sin decirme nada, como gozándome el muy jodido mientras Susana se me venía con un tenedor en cada mano porque a su manera lo de los alaridos en los cines había sido tan riesgoso como sacarle dos máquinas de escribir al embajador de Suiza, y Patricio parecía buscar un permiso o algo así de Marcos (los muchachos debían estar jerárquicamente bien organizados aunque en las formas exteriores no se notara, por suerte) para soltarme un iguazú de lo que Lonstein hubiera llamado argudenuestos, y al final cuando Ludmilla se me quedó dormida en la alfombra y yo comprendí que en realidad había que irse, el poema o lo que fuera había empezado a circular y no hubo manera, aparte de que Patricio, un poco sorprendido por el contenido que no se esperaba, se lo pasó a Susana mandándole que lo leyera en voz alta. Razón por la cual antes de irnos tuvimos el privilegio lonsteiniano de los

FRAGMENTOS PARA UNA ODA A LOS DIOSES DEL SIGLO

Tarjetas para alimentar una IBM.

Al borde de las rutas
deténgase
salúdelos
ofrezca libaciones
(traveler's cheque are welcome)

                    AZUR
                    SHELL MEX
                    TOTAL
        ESSO   BP   YPF
        ROYAL DUTCH   SUPERCORTEMAGGIORE *

> * Su potencia es el estrépito, el vuelo, la blitz-krieg. Se les ofrenda sangre, mujeres desnudas, estilográficas, Diner's Club cards, placeres de week-end, adolescentes ojerosos, poetas becados ('creative writing'), giras de conferencias, planes Camelot; cada senador comprado vale por un año de indulgencia, etc.

Los términos al borde de las rutas
santuarios
snack-bars y mingitorios
sus lingam fláccidos que el sacerdote de uniforme azul y gorra
con visera levanta y pone en el orificio de SU AUTO, y usted
mirón que encima paga
VEINTE LITROS LAS GOMAS EL AGUA EL PARABRISAS
venite adoremus
hoc signo vinces
SUPER: el más seguro.
            PONGA UN TIGRE EN SU MOTOR
            PONGA EL LINGAM DEL DIOS
Su templo huele a fuego
            TOTAL   AZUR   BP   SHELL MEX
Su templo huele a sangre
            ELF   ESSO   ROYAL DUTCH *

> * Dioses mayores (se omiten los innominables, los menores, los paredros, los acompañantes, los

dobles, los servidores vicarios); el culto de los
dioses mayores es público, maloliente y estrepitoso, se presenta como *Positivo,* como *Fiesta,* como *Libertad.* Un día sin dioses mayores es la parálisis de una nación de hombres; una semana
sin dioses es la muerte de una nación de hombres.
Los dioses mayores son los más recientes, todavía
no se sabe si se quedarán o abandonarán a sus
adoradores. A diferencia de Buda o Cristo son un
problema, una incertidumbre; conviene adorar-
los afiebradamente, poner un tigre en el motor,
pedir la máxima cantidad, llenar los tanques con
su frío, desdeñoso orgasmo; mirar sigue siendo
gratis hasta nueva orden, pero tampoco es seguro.
Los teólogos se consultan: ¿Dónde reside el sentido oculto de los textos sagrados? *Ponga un tigre
en su motor*: ¿Apocalipsis inminente? ¿Nos abandonarán un día los dioses mayores? (Cf. Kavafis).

EN ESE CASO SIEMPRE ESTÁN LOS OTROS

Sí, tenemos recursos, nos amparan

el templo tecnológico, las piezas de recambio.

A DIOS MUERTO DIOS PUESTO

Se ha visto ya   y el mundo no se ha hundido *

> * Parece evidente, dicen los teólogos, que los
> dioses mayores no hacen una cuestión de jerar-
> quías; si la frivolidad de los fieles desplaza favo-
> res y altares, si de pronto un pequeño dios de
> cuarto orden (cf. *infra*) reina incontrovertido en-
> tre fumadores y deportistas, las grandes deidades
> no parecen tomarlo en cuenta; mejor así, dicen
> los teólogos que hacia 1950 temblaron cuando el
> dios mayor *Parker* y adlátere *Waterman* fueron
> sustituidos por los diosecillos *Birome, Bic* y *Fieltro.*

Al borde de las camas

deténgase

salúdelos

ofrezca libaciones

EQUANIL
BELLERGAL
OPTALIDÓN
sus nombres ronroneantes
la paz   la paz   la paz   la paz
de diez y media de la noche a seis de la mañana amén
Y LOS TEMIBLES
los heroicos
que se invocan al tiempo de la angustia
intercesores enigmáticos
ante las Madres escondidas, los de nombres oscuros,
ANDROTARDYL   TESTOVIRÓN   PROGESTEROL
ERGOTAMINA
y la de triple filo   CORTISONA
Al borde de las calles
deténgase
salúdelos
ofrezca libaciones

LOS DIOSES TEMPORALES
encarnados
hijos e hijas de Dios
muertos en una cruz (un avión estrellado)
o bajo el árbol Bodi (clínica suiza con jardín)
HELENA RUBINSTEIN
ruega por nosotros pecadores
JACQUES FATH
CARDIN   CHANEL
DOROTHY GRAY

de nuestras pecas barros senos y caderas apiádate, señora,

            IVES SAINT-LAURENT

            MAX FACTOR   BALENCIAGA

laudate adoremus

Al borde de las vidas
deténgase
salúdelos
ofrezca libaciones

        (Los servidores de la máquina completarán la
información.)

O sea, pensó el que te dije bajando la escalera después de una de sus despedidas usuales que consistía en no despedirse mayormente de nadie, que a la hora de escribir un texto con significado ideológico e incluso político, el rabinito deja caer el idioma oral que le es propio y te saca un castellano de lo más presentable. Extraño, extraño. ¿Qué haría Marcos si los azares de la Joda lo llevaran un día a ser eso que las tabletas asirias llamaban jefe de hombres? Su idioma corriente es como su vida, una alianza de iconoclastia y creación, reflejo de lo revolucionario entendido antes de todo sistema; pero ya Vladimir Ilich, sin hablar de León Davidovich y más de este lado y este tiempo Fidel, vaya si vieron lo que va del dicho al hecho, de la calle al timón. Y sin embargo uno se pregunta el porqué de ese pasaje de un habla definida por la vida, como el habla de Marcos, a una vida definida por el habla, como los programas de gobierno y el innegable puritanismo que se guarece en las revoluciones. Preguntarle a Marcos alguna vez si va a olvidarse del carajo y de la concha de tu hermana en caso de que le llegue la hora de mandar; mera analogía desde luego, no se trata de palabrotas sino de lo que late detrás, el dios de los cuerpos, el gran río caliente del amor, la erótica de una revolución que alguna vez tendrá que optar (ya no éstas sino las próximas, las que faltan, que son casi todas) por otra definición del hombre; porque en lo que llevamos visto el hombre nuevo suele tener cara de viejo apenas ve una minifalda o una película de Andy Warhol. Vámonos a dormir, pensó el que te dije, bastante teorizan los de la Joda para que yo les aporte estas cuatro pavadas demasiado obvias. Pero me gustaría saber qué piensa Marcos de eso, cómo lo viviría si le llegara la hora.

Todavía era noche cerrada pero un viento como de amanecer nos esperaba en la placita Falguière. Ludmilla no había hablado casi en la calle, debía estar entredormida y se dejaba guiar por mi brazo; me saqué la campera y se la puse en los hombros. Si encontráramos un taxi, le dije inútilmente. Por diez cuadras, bobo, con lo lindo que es caminar por el barrio a esta hora. Pero estás cansada, tenés frío. No es nada, dijo Ludmilla. Porque no era eso, en todo caso. Vaya a saber lo que era, no estaba en condiciones de pensar demasiado después de esa noche. Mañana me voy a quedar dormida en escena, tendré que aprovechar la parte en que el viejo trata de seducirme en el sofá, qué mala es esa pieza, cinco meses de mierda cotidiana, aplaudidísima, hasta huele a podrido en ese teatro. Allí es donde habría que ir a vender los cigarrillos usados, Andrés, tendríamos que ayudarlos un poco.

—No sé —dije haciéndola caminar más rápido porque el frío me ganaba el estómago, si era el frío—. Ya he renunciado a entenderlos demasiado, pero vos los viste con sus berenjenas y sus piolines y sus fósforos quemados, se pasan meses en ese tipo de cosas, y qué.

—Marcos no había hablado mucho de eso hasta ahora.

—No. Me pregunto.

—Lo trajo a Lonstein como un pretexto para sacar el tema sin que pareciera demasiado intencional, dirigido a nosotros dos. En lo de Patricio era igual, todo el tiempo tuve la impresión de que nos estaba como buscando, esperando, algo así. Esos ojos de gato con que mira.

—Tenés frío, Ludlud. No sé por qué nos quedamos hasta ahora, es absurdo con tu trabajo, te vas a enfermar.

—Bah, por una vez. Me gustó, no me quejo, y Lonstein es un

tipo increíble, con sus flores manchadas y el poema. Cada vez me parece más complicado y más sencillo al mismo tiempo, como Marcos pero en un plano diferente aunque vaya a saber si es tan diferente, vaya a saber si entre Lenin y Rimbaud había tanta diferencia. Cuestión de especialidades, de vocabularios sobre todo, y de finalidades, pero en el fondo, en el fondo...

Marcaba el fondo con una mano, apuntando a las baldosas. La apreté contra mí, le acaricié los senos pequeñitos, la sentí como retraída, lejos, tuve más frío y me puse a reír, realmente comparar a Marcos con Lenin, sin hablar de la otra comparación. Pero Ludmilla seguía mostrando el fondo, había bajado la cabeza como para hurtar la cara al viento frío y se callaba, de golpe se puso a reír y me contó de Manuel, de la pijita de Manuel dormido, de esa cosa maravillosa que eran los dos dedos minúsculos de Manuel rodeando el piquito rosado, sin apretarlo pero sujetándolo con una infinita delicadeza, dejándose ir al sueño. Eso que jamás se vería en el teatro, esas visitaciones de la gracia, el golpe en plena cara (pero era también una caricia) que daba la inocencia perdida a los que adultamente miraban la realidad desde la otra orilla, con sus culpas idiotas, sus flores amarillas y manchadas de cadáveres de hindúes.

Desnudos, deshechos, con un último trago de mate casi frío, Patricio y Susana se acostaban al lado de Manuel que había tirado la sábana al suelo y dormía boca abajo, ronroneando. Le está saliendo un rulo en la nuca, dijo admirado Patricio. Lo tiene hace dos semanas, dijo Susana ofendida, es un rulo como los tuyos en esa foto que me dio tu mamá cuando vino a París. La vieja me tiró a matar, mirá que darte eso, pasámela un poco para ver si es cierto. No te embromás, dijo Susana, ya sé que la querés quemar, el señor pretende borrar las huellas del pasado, especie de idiota, la foto la tengo bien guardada con todas mis cartas de amor, no la encontrarás nunca, apagá la luz que no puedo más, qué día, qué noche, qué vida, ah, ah. Comedianta. Bobo. Cartas de amor, eh. Claro, las del conde balcánico, ese que me había ofrecido un diamante verde único en el mundo, no lo acepté porque seguro que era falso o se le había caído en el mate cocido. No te rías así que lo vas a despertar, tuvimos que darle una cucharada de calmante, estaba demasiado fosforescente pero ahora andá a saber hasta cuándo duerme. Menos mal que no lo pusieron contra el pico del gas. Monstruo. Dormí bien, monina. Vos también, repugnante. Fernando es simpático, no te parece. Sí, pero todavía no anda muy svelto de cverpo. No te rías, carajo, lo vas a despertar. Sacame la mano de la boca, mestásaoggg. Dormí bien, florcita. Vos también, fósforo nuevo. Mañana a las once en lo de Gómez, al pobre lo rajaron del restaurante, era previsible. No creo que le importe, trabajos así se encuentran fácil, como no les pagan casi nada a los metecos. ¿Qué te pareció Andrés esta noche? Hum. No sé por qué Marcos lo tantea tanto. Cuántas tes, piolita. Dormite, sapo. Pero eso de la foto lo vamos a conversar de nuevo, si vos te pensás que yo tolero una iconografía parecida. Puede ser que algún día, pero por ahora me la guardo. Megaterio peludo. Nenito desnudo sobre la piel del puma, ay, bruto. Vos te la buscaste. Está bien, escverzo, ¿por qué no puede pronunciar las úes el chileno? Preguntale al conde balcánico, nena. Imposible, lo mataron al final de una partida de póker en el capítulo quince, autor Eric Ambler. Vos y tus amores sangrientos y bibliográficos. Dejate de celos retrospectivos, mi único novio fue un peluquero de Almagro y después viniste vos en día aciago. Todos los peluqueros son maricones. En Almagro no creas. Yo soy de La Paternal, che, no tengo por qué estar enterado de lo que pasa afuera. A quién se lo decís. Dormí, mi amor. Sí, vos también, y ya era una especie de corredor gris, una sala de espera, Susana soñaba a fulltime en esa época, la mano de Patricio perdida en sus muslos era ese vestido rosa que le apretaba un poco, y Manuel que estaría solo en esa casa llena de perros y de enanos, cómo había podido dejarlo así, tenía que apurarse, la pesadilla monótona, pero vaya si había que apurarse, apreté la cintura de Ludmilla y la llevé casi corriendo las dos últimas cuadras, nos moríamos de frío y de sueño, por la rue de la Procession entramos en la rue de l'Ouest, home sweet home, nada más que cinco pisos sin ascensor, y en el tercero todavía Manuel, lo bonito que era Manuel, la pijita entre los dedos. Preparándole a la carrera un té muy caliente con ron y limón (la afonía, ese espectro teatral, cualquier cosa menos perder la voz) pensé por milésima vez que sin duda, que al fin y al cabo ya era tiempo, que había sido demasiado egoísta, le traje el té a la cama y mientras me desvestía se lo dije.

—No, mejor no —dijo Ludmilla—. Yo puedo hablar de Manuel sin que por eso me salte la madre a los ojos. El teatro y la maternidad no se juntan demasiado, y además ya es tarde.

—No es tarde, Lud. Hasta ahora no lo quisimos, de acuerdo, pero no sé, tenés una manera de hablar de Manuel y después qué diablos, siempre se encuentran las soluciones, yo no voy a ser el padre ideal, eso es seguro.

—Ya es tarde —repitió Ludmilla bebiendo el té y sin mirarme—. Ya no, Andrés.

Le tomé la taza, me acosté buscando el calor, los pies de Ludmilla se pasearon por los míos, perritos tibios. Francine, evidentemente. Fatal. Pero no solamente eso, Ludmilla había cerrado los ojos y dejaba que las manos de Andrés la acariciaran lentamente, dibujándola en la oscuridad, en algún momento Andrés encendería de nuevo el velador, nunca habían hecho el amor a oscuras, había que verse, había que estar ahí, negarse cualquiera de los sentidos hubiera sido como escupir en la cara de la vida, y no se trataba solamente de Francine aunque también, porque si se dejaban ir y hacían un hijo lo mismo daba ya que el padre fuera Andrés o cualquier otro aunque no había cualquier otro, lo mismo daba porque Andrés iría y volvería, Francine o la que fuera daba lo mismo, en el fondo no sería el padre de ese chico, acababa de decir que no sería el padre ideal, en ese terreno era incapaz de mentir, le estaba ofreciendo algo que no asumiría jamás completamente. Qué importaba ya, mejor dormir, pero yo no quería que se durmiera así cansada y triste, tres actos cada noche y matiné los domingos, a pesar de eso no podía dejarla ir así al olvido, por supuesto que era Francine, el íncubo pelirrojo en plena noche.

—Sí, también por eso, por tu manera de ser y de querer vivirme —dijo Ludmilla—. Tampoco Francine querrá un hijo tuyo llegado el caso, es demasiado inteligente, casi tanto como yo. Durmamos, Andrés, estoy deshecha. No, por favor, me siento como esos paquetes de cigarrillos de Gómez. Ah, le prometí a Susana que iría a ayudarlos a preparar otra tanda.

—Está bien, tendremos que juntar los puchos —le dije—, parecería que ahora se va a volver nuestra actividad más apasionante.

—No seas tonto, no lo tomes así.

—Es la conclusión inevitable, haber querido tanto de la vida, buscarle todo su sentido, y descubrir que vamos derecho a un montón de fósforos quemados, algo así. Frases, ya sé, pero también la verdad, Ludlud, porque hubiera sido tan sencillo y tan recomendado no decirte nada, no hablarte nunca de Francine o de cualquier otra mujer.

—Pero sí, bobo, para qué volver sobre eso. No es que yo junte las manos de admiración frente a tu deseo de franqueza, que en el fondo es una mala conciencia que busca detergentes a toda costa, pero ese problema ya lo hemos manoseado hasta vomitar, Andrés, lo que pasa es que yo hubiera debido tener un hijo con vos antes, cuando éramos solamente los dos y precisamente por eso no queríamos ser tres, no queríamos berridos y algodones sucios en la casa, vos necesitabas el orden, la calma y el baudelaire, y yo ensayando en el espejo, todos los perfumes de Arabia no podrían borrar, etcétera. Narcisos aliados, perfectos egoístas firmando un pacto para sentirnos menos egoístas por adición. Y en vez del temido tercero pishón y mamón, voilà que llega Francine fresquita de la universidad y de la haute couture, con su autito rojo y su librería y su libertad. Puedo comprenderlo, aunque ni ella ni yo aceptaremos nunca tus scilas y caribdis, pero no quiero un hijo, ya no. El día en que el metabolismo me lo pida demasiado fuerte, como parece que sucedió esta noche, me acostaré con el primero que me dé la gana, o iré a ver a Xavier para que me insemine como a una vaca. Good night, sweet prince.

—¿Y yo, Lud? ¿Por qué me seguís tolerando si no podés acep-

93

tar mi manera de vivir? Mi manera de querer vivir, más bien, que se estrella en cada viraje.

—Porque te quiero mucho —dijo Ludmilla, y por una de esas astucias del idioma el mucho le quitaba casi toda la fuerza al quiero, y era cierto, lo quería mucho porque era bueno y alegre y como un gato y lleno de proyectos irrealizables y discos de música aleatoria y entusiasmos metafísicos y pequeñas atenciones, le vestía las jornadas, le colgaba cortinas de colores en las ventanas del tiempo, jugaba con ella y se dejaba jugar, se iba con Francine y volvía con las obras completas de Roberto Arlt, y además el tiempo hacía lo suyo, la costumbre se instalaba, el departamento tan bonito, ya no quedaba nada por aprender ni por enseñar, bastaba la salud y reírse mucho, andar por París del brazo, verse con los amigos, Marcos el cordobés distante y lacónico que ahora empezaba a venir seguido, a hablar, a traer a Lonstein, a contarles de la agit-prop, los alaridos, las cajas de fósforos, casi como si fuera solamente para ella aunque Andrés se creía concernido directamente, y por qué casi, polaquita hipócrita, acababa de sentirlo, todavía lo sentía como en la piel, la voz desganada y cordobesa de Marcos hablando sobre todo para ella, para que empezara a saber lo que pasaba que no era mucho pero al fin y al cabo la Joda, polaquita.

La sentí apartarse, darme la espalda, good night sweet prince, good night, little thing, le acaricié apenas la espalda, el culito, la abandoné al sueño o al insomnio, como siempre después de tanta palabra la deseaba pero sabía que esa noche sólo encontraría un mecanismo resignado, todo menos eso, go to sleep sweet prince, realmente están chalados con sus fósforos, pensar que en Biafra, pero no, che, te vas a desvelar y Lonstein con sus dioses del camino, algo no anda, hermano, pude quedarme en casa y escuchar *Prozession*, por qué seguirle la onda a Marcos, están locos, no me metás el pelo en los ojos, Ludlud, oh perdón, dormía y soñé algo, no seas tonta, me gusta tu pelo, dormí, olvidate, sí, Andrés, sí.

Ahora por ejemplo el café de la Porte de Champerret, Manuel hecho una fiera con los terrones de azúcar y las cucharitas, hico caballito/vamos a Belén/no te gastés, este niño no se duerme ni con una de Pasolini, el atardecer en los plátanos de la plaza, un aire dulce que lo lleva al que te dije, de la mano del recuerdo, a unos crepúsculos pampeanos far away and long ago, pero atento al mismo tiempo a lo que pasa en la mesa que es casi nada salvo Manuel, aunque de alguna manera, piensa el que te dije, algo tendrá que hablarse ahí porque no es gratuito que Roland y Marcos hayan pasado el santo de la reunión sin invitarlo a Lonstein (y a mí, dicho sea al biés, y tampoco a Ludmilla, pero Ludmilla no puede because arriba el telón y melancolías eslavas a partir de las ocho y media) es decir que se está en un café de nada menos que la Porte de Champerret, que no es precisamente al lado, al parecer para departir amistosamente sobre cómo va el mundo, señor, usted se da cuenta, doña, puesto que hasta ahora lo más sobresaliente que ha podido verificar el que te dije es el sonajero que Susana convulsa agitadamente para distraer a Manuel de cuanto pantalón bien planchado cunde alrededor de la mesa. Y así siguen una media hora hasta que Gómez desembarca de un 92 y prácticamente sin saludar le alcanza dos telegramas a Marcos que éste lee y devuelve sin comentarios para que Susana (a esta chica le toman el pelo de a ratos) se los traduzca a Lucien Verneuil, a Monique y a Roland, franceses como fierro que no hacen el menor esfuerzo por aprender idiomas con lo fácil que es entender PAPITO MEJOR STOP BESITOS COCA (procedente de Buenos Aires) y A BANANA DO BRAZIL NAO TEM CAROÇO, puesto en Londres, textos con una significación particularmente idiota para no iniciados pero cuyos significantes apuntarían a que un tal Oscar Lemos llega por avión a Orly trayendo algunos elementos que no son precisamente dulce de leche, cosa que de paso explicaría la no invitación a Lonstein (y a mí) a constituirnos en el café de la Porte de Champerret, porque todavía no se sabe bien si Lonstein, aunque Marcos sí pero no se apura y hasta el final dejará que Lonstein pida cartas o se declare servido, siempre hay tiempo en esos casos y ya llegará el momento de que se defina, como también puede suceder con Ludmilla (o conmigo, pero ahí te espero), razones por las cuales el que te dije tiene la impresión de que el café de la Porte de Champerret es algo así como un techo a dos aguas, un borde filoso, y ahora sí va a pasar algo aunque todo siga aparentemente igual y Manuel se prodigue de silla en silla para horror de Roland y Lucien Verneuil que hace rato prevén escupida estertorosa en solapa impoluta por no decir meada sin aviso previo a pesar garantías bombacha goma rosa. En cuanto al telegrama londinense es desde luego Heredia que por algo vuelve de una ciudad donde según cartas y postales precedentes lo estaba pasando superior, y así el que te dije deduce por su propia cuenta que la crisálida Joda parece al borde de volverse mariposa aunque poco quepa esperar de este lepidóptero en materia de coherencia, basta mirar lo que ocurre en esa mesa (dibujo mental del que te dije) o sea

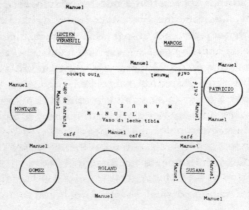

pero poco se alcanza a sacar en limpio, salvo tal vez lo que los expertos de la Unesco llaman tensiones de grupo, el hecho de que Lucien Verneuil se está impacientando visiblemente porque en esa mesa el tiempo pasa de una manera mucho más perceptible para los franceses que para los latinoamericanos, por suerte para quién, se pregunta el que te dije, y el hecho es que hasta ahora no han salido del regocijo que les produce el BESITOS COCA, entonces Lucien Verneuil mira a Roland que mira a Monique, pases cortos de solidaridad nacional, aunque el que te dije se divierte todavía más al notar que Monique que lleva seis meses viviendo con Gómez y hasta lo ayuda a pegar las estampillas en los álbumes, ha entrado ya en un pausado tiempo panameño vanamente partido en dos por Fernand de Lesseps que no por nada era francés, y no tiene el menor apuro, sin contar que no hay como Patricio para invitar a otro cafecito que es siempre como atrasar el reloj. Hasta en eso se les nota el subdesarrollo, rabia Lucien Verneuil justo en el momento en que Marcos deja caer casi blandamente la primera frase de algo que todos escuchan de otra manera, esto sí es la Joda, piensa el que te dije, ahora va en serio, hay telegramas ergo la cosa empieza a cuajar, problemas logísticos, Oscar llegará a las trece del jueves y hay que preparar lo de Vincennes, Heredia aterriza esa noche en Le Bourget, vos sacame de encima a este chico que me destroza la panza a patadas. Son caricias, explica Susana. Primera cosa, las hormigas ya estarán enteradas, dice Marcos, así que atenti al piato, no puede haber la menor falla con lo de Vincennes. La marijoda tiende a volar sin demasiados revoloteos, piensa el que te dije y siente algo que se parece a la lástima, a una vaga crispación en la boca del estómago: entonces la Joda, ahora sí, ahora las hormigas van a asomarse con todas las pinzas, con todos los dólares; a lo mejor es la última vez que los veo juntos en una mesa de café, Manuel yendo y viniendo sobre tazas y vasos. El mundo es un pañuelo, le está diciendo Roland a Patricio mientras arranca un pedazo del *Herald Tribune* y se lo pasa, también allá las hormigas van a tener trabajo. Nadie le pide a Susana que traduzca, la noticia está en inglés y obviamente los franceses son tipos cultos y los latinoamericanos ya se sabe, el inglés es la lengua del futuro y la familia te la hace aprender aunque no quieras porque hay que pensar en el porvenir, las becas y esas cosas, mijito.

Brazilian Leftists Kill Guard, Kidnap Bonn Ambassador

RIO DE JANEIRO, June 12 (AP).—Leftist terrorists kidnapped the West German ambassador last night after blocking his car, killing a Brazilian guard in a gun battle and wounding another security agent.

A third security agent and the ambassador's driver were not hurt.

Police said that four men and a woman abducted Ambassador Ehrenfried von Holleben and that five cars were used in the kidnapping. Officers said that the terrorists pulled the ambassador from his car and drove away with bullets still flying.

Later, the police said that nine men and a woman participated in the kidnapping.

The kidnappers killed a guard sitting in the front seat of the ambassador's car when he drew his gun.

They also riddled with bullets a station wagon in which two security agents were riding behind the car, wounding one of them.

In pamphlets left behind, the terrorists said that they would hold Ambassador von Holleben hostage for the release of political prisoners but they did not say how many. The demand was signed by the Popular Revolutionary Vanguard, one of several leftist terror groups that are active in Brazil. Sixteen hours later, no word still had been received from the kidnappers.

[Reuters reported that the Jornal do Brasil, a Rio de Janeiro daily newspaper, had received a telephone call, allegedly from one of the kidnappers. The caller said that a letter had been left at a suburban train station. Police are investigating.]

De a ratos el que te dije comete un error: en vez de registrar, misión que se ha fijado y que a su parecer cumple bastante bien, se instala en cualquier mesa de café o de living con mate y grapa y desde ahí no solamente registra sino que analiza, el muy desgraciado, juzga y valora, el repugnante, comprometiendo el nada fácil equilibrio que hasta ese momento conseguía en materia de compilación y fichaje, al césar lo que es del ídem y otras tabulaciones y registros, como ahora que Gómez lleva diez minutos protestando contra la música burguesa, incluida la aleatoria, la electrónica y la estocástica, defendiendo panameñamente un arte de participación multitudinaria, el canto coral y otras maneras de trasplantar un canario a la aorta del pueblo. No que Gómez sea sonso y suspire por Shostakovich o Kurt Weil, pero las dificultades de la música que Andrés por ejemplo trata de hacerle escuchar le parecen una prueba de que el capitalismo *lato sensu* busca una vez más y buscará hasta el último coletazo la formación automática de élites en todos los planos, incluido el estético. Y justo en ese momento al que te dije se le ocurre opinar (en vez de transcribir a secas lo que han dicho Gómez y los otros, trenzados en el bistró de madame Séverine) que un tal Terry Riley, yanqui, perfecta expresión aparente de todo lo que Gómez está execrando con violentos ademanes helicoidales, es el autor de una obra (y de muchas otras) cuyo contacto con el público (el "pueblo" de Gómez) es el más inmediato, sencillo y eficaz que se le haya ocurrido a nadie desde Perotin o Gilles Binchois. Grosso modo (porque el que te dije no le quiere preguntar detalles técnicos a Andrés que en seguida se pone enciclopédico) la idea de Riley es que alguien repite interminablemente una sola nota en el piano y poquito a poco, uno tras otro, cualquiera capaz de rascar un instrumento va entrando con arreglo a una partitura al alcance de una marmota. Cuando el ejecutante se ha cansado de tocar sus dos o tres notas, pasa a tocar las dos o tres siguientes, igualmente fáciles, y ya hay otro u otros que a su vez están entrando en la primera serie; así cada ejecutante recorre a su leal saber y entender una secuencia de treinta o cuarenta pequeños núcleos melódicos, pero como cada uno entró cuando quiso y sólo cambia de tema cuando le da la gana, el resultado es que a los diez minutos de empezada la música hay ya muchísimos ejecutantes avanzando por cuenta y riesgo, y al cabo de cuarenta minutos o algo así, ya no queda casi ninguno pues todos han ido llegando a la última serie de notas y acaban por callarse; el final es siempre lo más bonito pues resulta absolutamente imposible prever cómo va a terminar la ejecución, si será un violín o un bombo o una guitarra los que tocarán las últimas notas, sostenidos siempre por el piano que repite obstinadamente su pedalito a manera de coagulante. Bueno, dice Gómez, pero eso tiene que ser un asco completo, chico, qué clase de matete me estás combinando. Andá a saber, reconoce el que te dije, pero en todo caso vos podés juntar a treinta pibes, explicarles el mecanismo, y durante una hora harán una música del carajo; si extrapolás podrían invitar a todos los de Boca o de Ríver a mandarse el Terry Riley un domingo de tarde, repartiéndoles unas quenitas y otras cornamusas fáciles y baratas; casi todo el mundo es capaz de leer las notas, sin contar que hay el sistema de cifras, de letras y otras simplificaciones. Es completamente idiota, dice Gómez. Será idiota, dice el que te dije, pero desde tu punto de vista revolucionario es una música que se acerca más que ninguna otra al pueblo puesto que él puede interpretarla, hay comunión y alegría y despatarro universal, se acabó lo de la orquesta y el público, ahora es una misma cosa y parece que en los conciertos de Riley la muchachada se divierte como loca. Pero eso no es arte, dice Gómez. No sé, consiente el que te dije, pero en todo caso es pueblo, y como muy bien dice Mao, en fin, vos verás.

Nos despertamos después de las once, el cartero había llamado dos veces demostrando una vez más que la naturaleza imita al arte, pero qué arte, una mísera postal con la que me volví a la cama porque no había terminado de dormir a gusto, Andrés había aprovechado para robarme la almohada y estaba sentado fumando con todo el pelo en los ojos. *London suinguin beri biútiful plenti ricuchas, pripéar matecito, quises, Charles.* Es el desgraciado de Heredia, dijo Andrés, apenas armó la valija y ya pide mate, hablando de lo cual sería tiempo de que nos cebáramos un amargo. Tu empleo del plural ya lo conocemos, dije acurrucándome sin almohada pero buscando el calor. Está bien, lo voy a cebar yo pero tengo que contarte lo que soñé antes de que se deshilache, Lud, es tan raro. Jung escucha e interpreta, le dije, seguro que soñaste con trenes.

No eran trenes sino un cine, y lo que había ocurrido ahí, contarlo rápido, una necesidad casi dolorosa de fijarlo con palabras aunque como de costumbre ya no quedara más que una mascarilla de yeso sobre algo tan vivo, la antimateria de eso que se alejaba vertiginosamente para no dejar más que jirones y quizá mentiras, soñé que iba al cine con un amigo, Lud, no sé quién, nunca le vi la cara, a ver un film de misterio de Fritz Lang, el cine era una enorme sala completamente insensata que he soñado otras veces, te he hablado de ella, creo, hay dos pantallas en ángulo recto, de manera que te podés sentar en diferentes sectores de la platea y elegir una de las pantallas porque los sectores están entrecruzados vaya a saber cómo, las butacas se alternan también en ángulo recto o algo por el estilo, reíte de Alvar Aalto, y yo busco interminablemente un lugar desde donde pueda ver bien el tríler pero estoy demasiado lejos o algo se interpone entre la pantalla y mis ojos; entonces me levanto por segunda vez y dejo de ver a mi amigo, quién demonios habrá sido ése, imposible acordarme. Ahora empieza la película, es una escena en un tribunal, hay una mujer con cara de tarada, al estilo de Elsa Lanchester, te acordás, que grita cosas desde el banquillo de los acusados o de los testigos, estoy demasiado de costado y trato de encontrar otra butaca, en ese momento se me acerca un camarero, tipo joven de bigote convencional estilo bar del Hilton, con saquito blanco, y me invita a seguirlo. Le digo que quiero ver el film (sé que menciono el título, algo donde quizá hay la palabra medianoche), entonces el camarero hace un gesto de enojo o de impaciencia, me muestra imperativamente una salida; comprendo que tengo que seguirlo. Mientras andamos por una sala tras otra, que también he soñado montones de veces, como una especie de club privado, el camarero se excusa por su rudeza. "Tenía que hacerlo, señor, hay un cubano que quiere verlo", y me lleva hasta la entrada de un salón casi a oscuras.

—*Halt* —mandó el doctor Jung—, lo del cubano es elemental: los alaridos, la contestación, todo lo de anoche, la mala conciencia que tenemos en esta casa, bah.

—Dejame seguir, Lud, esto se me va de entre las cejas, aquí viene lo más difícil de explicar, de ir encajando en los moldecitos de la maldita colmena verbal. Es algo así, saber que estoy perdiéndome el film de misterio que tanto quería ver, y a la vez y por eso mismo me voy metiendo yo mismo en el (o en un) misterio. El camarero se detiene y me muestra, increíble cómo lo sigo viendo, Lud, me muestra en la penumbra del salón un bulto en un sofá; se distinguen apenas las piernas estiradas del hombre que quiere hablarme. Entro solo al salón y voy hacia el cubano. Y ahora esperá, esperá, esto es lo increíble porque sé con toda nitidez que no he olvidado ninguna escena de esta parte, sino que la escena se corta cuando me acerco al hombre que me espera, y lo que sigue es el momento en que vuelvo a salir del salón *después de haber hablado con el cubano*. Un perfecto montaje de cine, te das cuenta. Hay algo absolutamente seguro y es que he hablado con él, pero no hubo escena, no es que lo haya olvidado, vieja, hubo un corte y en ese corte pasó algo, y cuando salgo soy un hombre que tiene una misión que cumplir, pero mientras lo estoy sabiendo y sobre todo sintiendo, sé también que no tengo la menor idea de cuál es esa misión, perdoname, lo digo como puedo, vos comprendés que no tengo ninguna conciencia de esa entrevista, la escena se cortó justo al acercarme al sillón, pero al mismo tiempo sé que tengo algo que hacer sin pérdida de tiempo, o sea que al volver a la sala del cine estoy actuando a la vez como por dentro y por fuera del film de Fritz Lang o de cualquier film de misterio, soy simultáneamente el film y el espectador del film. Fíjate, Lud, esto es lo más hermoso (exasperante para mí pero hermoso si lo mirás como un ejemplo de sueño), no hay duda de que *sé* lo que me dijo el cubano puesto que tengo una tarea que cumplir, y al mismo tiempo me veo a mí mismo con la curiosidad y el interés del que está en pleno suspenso del tríler puesto que ya no sé lo que me dijo el cubano. Soy doble, alguien que fue al cine y alguien que está metido en un lío típicamente cinematográfico. Pero esto de doble lo digo despierto, no había ninguna dobledad en el sueño, yo era yo y el de siempre, tengo una perfecta percepción de que mientras volvía a la sala sentía el bloque total de todo eso que ahora estoy segmentando para poder explicarlo aunque sea en parte. Un poco como si sólo gracias a esa acción que debería cumplir pudiera llegar a saber lo que me dijo el cubano, una inversión de la causalidad completamente absurda como te das cuenta. Hay la mecánica del tríler pero yo voy a cumplirla y a gozarla al mismo tiempo, la novela policial que escribo y que vivo al mismo tiempo. Y justo en ese momento me despertó la maldita postal de Heredia, brasileño del carajo.

—A vos también te arruinaron el Kubla Khan —dijo Ludmilla besándome en el pescuezo—. Eso de que el destino llama a la puerta es un asunto de mucha meditación, reconocé. Pero qué sueño, la verdad que es escalofriante.

—No sé, ahora que lo pienso no me parece que el timbrazo del cartero haya estropeado demasiado las cosas; probablemente habría entrado en la fase babosa de casi todos los sueños cuando rebasan su divina proporción; fijate que no lo siento como una ruptura fatal, la carga estaba en ese instante en que yo aceptaba ser alguien que ha tenido un encuentro clave y va a actuar en consecuencia, y a la vez sigue siendo un tipo que frente a la pantalla de sí mismo, por decirlo así, va a seguir una acción misteriosa que sólo se explicará al final. Así que vuelve Heredia, che, seguro que también ése anduvo falsificando cajas de fósforos en Londres o algo por el estilo, aunque en la postal solamente habla de mujeres. ¿Y ese matecito, Ludlud? ¿Todavía estás enojada conmigo, polaquita?

—No, pájaro siniestro, pero no hablemos de eso, tengo que estudiar el nuevo papel y es casi mediodía, no sé si te dije que soy una enferma del pecho que vive a varias verstas de Moscú y se la pasa tosiendo y esperando a un tal Koruchenko que no llega nunca, a mí me tocan siempre papeles así pero en cambio ahora me puedo resfriar tranquila y si insisto un poco hasta cobraré un sobresueldo por la violencia de mis convulsiones. No me mires así, de verdad prefiero no hablar, estamos bien así, tenés las piernas calentitas, esta cama es como un igloo perfumado.

—Te quiero tanto, polaquita, es lo único que no querés comprender, que te quiera tanto y sin embargo. Bueno, sí, otro día. Si hay otro día, polaquita.

No me contestó, tenía los ojos perdidos en una manchita rosada de la sábana, pero claro que me estaba contestando, ahí no había cortes en las escenas, no era necesario nombrar a Francine, para qué, el silencio era un estallido de claridad, no habría otro día, de alguna manera ése y muchos otros eran el último día aunque siguiéramos despertándonos juntos y jugando y besándonos, repetición ceremonial que inmoviliza el tiempo, el primer beso en el pelo, los dedos en la espalda, la inútil tregua delicada, el primer mate.

BESITOS COCA, aunque por supuesto la firmante no se llamaba Coca de la misma manera que Oscar casi no se llamaba Oscar puesto que era su tercer nombre de pila, pero aparte de esos detalles el telegrama era sumamente concreto para los entendidos, como pudo apreciarlo irónicamente el que te dije y de golpe entre dos pataleos de Manuel en el café de la plaza la Joda se volvía casi tangible, besitos Coca y banana do Brasil, gente que salía en todas direcciones para preparar recepciones decorosas. De eso hablaron en otro boliche el que te dije y Lonstein, porque Lonstein estaba más al tanto de la Joda de lo que hubiera podido imaginarse dada su tendencia iconoclasta y a veces francamente reaccionaria. Así, y poniendo en argentino lo que el rabinito calificaba de criptotransfusión y peribundeo cosmocúlico, el que te dije acabó por establecer los parámetros del BESITOS COCA, la ya lejana trenza iniciada en la pensión de doña Raquela en Santos Pérez, provincia de Entre Ríos, con la ayuda porteña de Coca (que se llamaba Gladis) y la prejoda de los peludos reales y el pingüino turquesa.

—Lo exótico abre todas las puertas —había explicado el rabinito—. Por ejemplo vos le ofrecés un edelweiss al presidente de Tanzania y te recibe en veinticuatro horas, che, de manera que la idea del pingüino turquesa me parece bastante antartiastuta. Sumale las otras fuerzas que éstos no huelen salvo Marcos y apenas, puesto que el mismo Oscar qué idea querés que tenga de lo que hace, y sin embargo ya ves, un día le manda a Marcos un recorte por puro pintoresquismo, y tengo que estar yo para darme cuenta de las latencias, los trasfundios intrargentinos. Ya te habrás dado cuenta de que me refiero a lo del Instituto de Menores de esa ciudad absurda, La Plata.

El que te dije no se había dado cuenta en absoluto, pero estaba acostumbrado a asentir para que el rabinito cabalizara sin levantar la guardia.

—Cosas como la luna llena —explicó Lonstein—, mi hongo que crece y las menores que se evaden de un reformatorio, andá a explicarles a tipos como Gómez o Roland que también eso puede ser la Joda, te escupen en la oreja; por eso tengo miedo del mañana, che, cuando ya no estemos nosotros, cuando se queden solos. Todavía hay contacto, se puede hablar con ellos, pero lo malo es que son los mismos que un día te sacarán carpiendo. El mismo Marcos, ya verás. En fin.

—Explicame eso del pingüino turquesa, por lo menos.

—Tenía que ser —dijo rencorosamente el rabinito—, a mí nadie me pregunta por el hongo que está aquí a diez cuadras, y en cambio se exciforan y se convulrelamen por cualquier espécimen vulgar. Los pingüinos me parecen seres aborrecibles, vos mejor preguntale a Patricio que te va a explicar lo que hizo Oscar en las huelgas de Rosario y en el cordobazo.

Era una buena idea porque a Patricio le gustaba contar las cosas con algún detalle, y aunque el papel de Oscar en las actividades aludidas había sido más bien oscuro, esto valía sobre todo para la policía y el SIDE pero no para Marcos o Heredia. El problema estaba en seguir actuando sin quemarse, pero cuando se vio que cualquier actividad de Oscar en Buenos Aires destaparía un montón de ollas a presión, algún responsable hizo lo necesario para que se convirtiera rápidamente en un becario de la flamante Sociedad Argentina de Zoofilia y se fuera a Entre Ríos so pretexto de investigar las vías urinarias de la lechuza y otros temas igualmente respetables. Ahí se había quedado con sus libros y sus pinzas en la pensión de doña Raquela, horrorizando a las numerosas hijas de la patrona con frascos de formol desbordantes de bichos, con cuentos de vampiros y lobizones que reservaba para las noches llenas de patios y de luna. A todo eso Gladis trabajaba como otesdelér en Aerolíneas y no podía correrse así nomás a Santos Pérez para hacerle un poco de pudú-pudú a Oscar, que andaba tristón y no tenía más rebusque que la Moña, la tercera de doña Raquela, una peticita que al principio no había querido entrar en el cuarto de Oscar because lechuzas en formol pero que ya lo ayudaba a trasvasarlas y a mirarles el páncreas o los cromosomas, pobres ángeles. Las noches de los lobizones eran calientes y ajazminadas en los patios de la pensión, las chicas terminaban temprano con la cocina y la costura, la televisión funcionaba solamente para los abuelos y el gato Poroto, los pensionistas descubrían misteriosamente las excelencias de ciertos sillones perdidos entre macetas y columnas, de golpe no quedaban chicas a la vista y a eso de las diez y media doña Raquela, con el último

golpe de repasador a una fuente, salía hasta la puerta de

calle cruzando los interminables zaguanes y patios, el provinciano tablero de ajedrez con casillas de luna y de sombra, vagos murmullos le llegaban de entre los ligustros y los geranios, y al final se volvía a la cama sobrepasada por los acontecimientos, no sin antes decir como claramente la habían escuchado Oscar y la Moña perdidos detrás de un jazmín: "La puta que los parió, parejas por todos lados." Pero doña Raquela no podía ya luchar contra la licantropía y el menadismo de la luna llena, y al final para qué si todas acabarían casándose con los viajantes o los empleados del banco que apreciaban los pucheros del domingo y las piezas frescas y baratas de la pensión.

Ahora que la luna llena no caía solamente en los patios de Santos Pérez: en esos días Oscar le mandaba a Marcos un recorte, a cambio de otro más bien astrológico que éste le había hecho llegar junto con una serie de cuestiones sobre la eventual utilización de los talentos del viejo Collins, y era a partir de ahí que Lonstein mezclaba todos esos datos en una misma ensalada metajódica que el que te dije tuvo que reclasificar, poniendo de un lado el recorte astrológico de *Horoscope* y el enviado por Oscar, y del otro el problema del viejo Collins y los dólares falsos. En la primera parte se situaban las ya expuestas noticias sobre la pensión de doña Raquela, y el recorte de Oscar a Marcos que llegó junto con las noticias sobre el viejo Collins y una primera hipótesis de trabajo a base de los peludos reales y el pingüino turquesa, de todo lo cual lo más interesante para el que te dije y para el rabinito era el recorte sobre la luna llena en

La Plata: Motín en un Instituto de Menores

Intensa búsqueda de 16 jóvenes prófugas

LA PLATA, 4. (AP). — Dieciséis menores de edad, fugados anoche durante el motín registrado en el Instituto Ricardo Gutiérrez, son buscados intensamente por efectivos policiales. En el motín intervinieron alrededor de doscientas jovencitas internadas en el establecimiento situado en la calle 120 entre 39 y 40.

—"Un sorpresivo apagón —les leyó Susana en francés a Monique y a Roland— fue la ocasión para que se librara una infernal batalla entre el personal y las menores que se habían mostrado sumamente nerviosas en esos días." Oscar habla de la luna llena, pero ya vas a ver la explicación oficial, y de paso admirá el estilo del cronista. "La falta de luz causó un caótico espectáculo al desbandarse, en primer término, un grupo de niñas que en precipitada huida se dirigió a la cocina para después forzar una puerta y ganar la calle. Al propio tiempo otras internadas abrieron un boquete en las alambradas de una ventana de la cocina y se descolgaron por allí hacia un terreno baldío que comunica con la calle 41. La rápida intervención policial" (me imagino la rapidez de los canas cuando previeron ciertas posibilidades) "impidió una fuga masiva y con grandes esfuerzos pudo restablecerse el orden". Hum. "Apenas conocido el suceso se trasladó al lugar el titular de la unidad regional de La Plata, inspector Jorge Schoo, con personal a sus órdenes, sumándose efectivos del cuartel de bomberos y efectivos de la comisaría segunda." Los muchachos se constituyeron como fierro, dijo Patricio. Esta parte es la buena, adelantó Susana. "Se entabló una verdadera batalla campal" (¿pero qué es una *batalla campal*, ustedes saben?) "en donde los policías debieron hacer denodados esfuerzos para restablecer el orden, por cuanto las mujercitas se encontraban en alto grado de nerviosismo". Dío patata, dijo Patricio, de aquí a nueve meses el trabajo que van a tener las monjas del hospital. Lo dice por los denodados esfuerzos de los policías y los bomberos, informó Susana a Monique y a Roland. "En fin, cuando renació aparentemente la calma, 24 jóvenes fueron trasladadas a la sede de la brigada femenina y atendidas por los médicos, quedando alojadas allí hasta que las autoridades dispongan las medidas pertinentes." Nadie sabrá nunca por qué el reportero usó el adverbio *aparentemente,* pero escuchen el final que es lo mejor. "El secretario técnico del Consejo General de la Minoridad restó importancia a los sucesos" (pavadita, claro) "indicando que ese tipo de reacciones en las internadas jóvenes era habitual en las vísperas de

109

carnaval. Por su parte la directora del establecimiento informó que la capacidad de la casa es para 80, y sin embargo alberga en la actualidad 196 y en los próximos días se agregarán otras 56 niñas". Y la desgraciada, esto lo digo yo, agregó, esto lo dice el cronista, "que el causante del mal fueron las propagandas sobre bailes de carnaval de los clubes vecinos que enloquecen a las internadas". Aprendan lo que es el tercer mundo ustedes dos, hijos de Corneille y de Racine. Bah, dijo Monique, si te creés que en algunos "hogares" de los suburbios de París la cosa es mejor, algo sé de eso, a los catorce años mis sensibles padres me pusieron con las monjas en un pequeño paraíso cerca de Estrasburgo porque estaban hartos de sorprenderme leyendo a Sartre y a Camus, ustedes se dan cuenta de la inmoralidad de los tiempos modernos, las monjas eran unas pobres imbéciles llenas de buena voluntad y mal olor, en fin, lo de siempre, bañarse con la camisa puesta, ave maría, no hagas preguntas inconvenientes, eso se llama las reglas pero no se habla, Sor Honorine te dará una prenda y te dirá cómo tienes que ponértela, a lo mejor fue la luna llena como dice Oscar, me acuerdo que hacía calor, que me habían sorprendido con una novela de Céline disfrazada de botánica de Hevillier et Monthéry, castigada, y a otras cinco chicas por cosas parecidas, lo malo para las monjas fue que éramos muy populares entre las más pequeñas, pero sobre todo la luna llena, seguro, porque cuando se dieron cuenta era como en tu recorte aunque sin policía ni bomberos, Maité y Gertrude rompieron la cerradura del aula donde estábamos encerradas, salimos gritando y cantando al patio de los naranjos, las pequeñas que ya tenían que acostarse le pasaron por encima a Sor Marie Jeanne y de golpe estábamos todas cantando y haciendo rondas y gritando entre los naranjos, igual que en esa película polaca, las monjas llegaban como aviones en picada y nos agarraban por el pelo o la ropa, nos cacheteaban, estaban tan histéricas como nosotras, las pequeñas empezaban a gritar y a llorar pero no querían abandonarnos, de golpe todas las grandes se descolgaron por el árbol pegado a la ventana del dormitorio del primer piso, nunca me olvidaré del árbol lleno de chicas, de frutas blancas que caían una tras otra y corrían al patio, la primera en aparecer con una correa fue Sor Claudine, era previsible, las otras sacaron sogas y látigos de no sé dónde, empezaron a pegarnos y a acorralarnos contra la pared del refectorio para que huyéramos por la puerta que daba al aula mayor y pudieran encerrarnos, las pequeñas se habían desbandado llorando y gritando y no quedábamos más que unas veinte grandes contra la pared, siete monjas nos azotaban enloquecidas, no teníamos con qué defendernos hasta que de golpe vi a Maité desnuda, se había arrancado el camisón y se lo había tirado por la cabeza a Sor Honorine, Gertrude hizo lo mismo y las monjas estaban cada vez más frenéticas, pegaban a marcar, yo oí como un chasquido y era un trapo rojo que le daba en plena cara a Sor Felisa, eso se llama las reglas, cuatro o cinco chicas les zampaban las toallas higiénicas por la cabeza a las monjas, yo me había desnudado y casi todas las grandes también, con los camisones arrollados devolvíamos los golpes, recogíamos del suelo las toallas asquerosas y pisoteadas y se las volvíamos a tirar buscando darles en plena jeta, el jardinero se había asomado al patio con un bastón pero Sor Marie Jeanne le gritó que no entrara, era para llorar de risa el dilema de la imbécil, cómo nos iba a ver desnudas, un hombre, y Maité corrió hacia el jardinero y se le puso por delante para no dejarlo salir, era la mayor de todas y tenía unos senos altos y gordos, se los ponía contra la cara al jardinero y le cantaba a gritos, las monjas corrían para proteger la moral y al jardinero estupefacto, empezaba la histeria final, los llantos, de golpe estábamos cansadas, en fuga, nos volvíamos a los dormitorios arrastrando los camisones por el suelo, vencedoras tristes bajo la luna llena entre los naranjos, una semana después estaba de vuelta en mi casa, y si quieren saberlo Maité es hoy una de las mejores bailarinas del Lido, esa chica hizo más carrera que yo.

—Si te dejaras de tanta biografía —dijo Roland— a lo mejor podríamos hablar de algo útil, porque yo sigo sin comprender por qué Oscar manda esos recortes y esas lunas llenas que tanto los excitan.

Porque es un poeta, pensó el que te dije pero se equivocaba puesto que Oscar andaba metido en plena prosa con el viejo Collins y la Sociedad de Zoofilia inventada por razones estratégicas, el problema era articular eficazmente al viejo Collins con los peludos reales y el pingüino turquesa (y con Oscar, ofcors, ya que se trataba de que Oscar viniera trayendo a los animales exóticos y el resto era cosa de Marcos): en síntesis

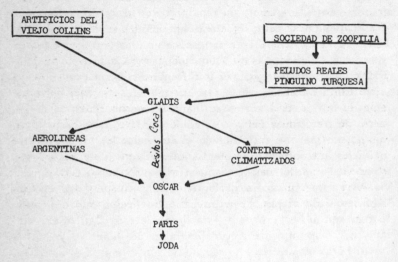

No fue demasiado difícil; Gladis se ocupó de mantener el contacto con el viejo Collins después de la visita clandestina que le hizo Oscar, cuya presencia repetida en Bernal habría podido prestarse a malos pálpitos policiales, y el viejo aceptó entregarle los dólares falsos a Gladis contra una suma que la Sociedad de Zoofilia juntó con algún trabajo puesto que no eran más que cuatro, Oscar y Gladis incluidos; la idea era que los dólares del viejo Collins estaban más que quemados en la plaza después que un cambista del centro había pescado uno ligeramente menos verde que los made in Washington, pero los artificios del viejo no se prestarían a demasiada crítica en zonas más vírgenes de Collins, y veinte mil dólares forrando el doble tabique de los contéiners térmicos fabricados especialmente por miembros de la Sociedad de Zoofilia podrían abordar sin riesgos la sentina de un avión de Aerolíneas siempre dispuesta a dar a conocer en el extranjero los mejores exponentes de la cultura y la variedad de la tierra nacional, en este caso una pareja de peludos reales y un pingüino turquesa que, dado lo delicado de su constitución, debían viajar en dichos contéiners térmicos bajo la supervisión y cuidado constante del veterinario José Carlos Oscar Lemos que se ocuparía además de las delicadas operaciones de desembarco, readaptación a un habitat diferente, y entrega solemne a la superintendencia del zoológico de Vincennes, que en dos páginas con membretes falsificadas por el viejo Collins acababa de aceptar conmovida tan generosa donación de la Sociedad, razón por la cual un sobresaltado funcionario de Aerolíneas había terminado por declararse dispuestísimo a autorizar, no faltaba más, el embarque de los susodichos animales, por supuásto, y de su acompañante, este último eso sí previo pago del pasaje plata en mano y culo en tierra.

—Así fue nomás —dijo Patricio satisfechísimo de la claridad de su exposición. El que te dije agradeció, qué más podía hacer.

Había un tiempo muerto entre las diez y el mediodía, y a lo mejor por eso, porque estaba muerto, a Marcos no se le podía ocurrir nada más brillante que subir los cinco pisos de mi dpto. justo cuando yo me adentraba (sic) en el noveno capítulo de una de esas novelas francesas de ahora en que todo el mundo es inteligentísimo, sobre todo el lector, motivo por el cual no me cayó demasiado bien que me afueraran con un timbrazo y qué tal Andrés, vengo a que me prestés el auto pero no hay apuro, si querés charlamos un rato. Charla que se inició con una profundidad análoga a la de la novela, porque entre la grapa y el cafecito se discutió cómo era posible que si había un tiempo muerto este cordobés se presentara diciendo que venía a matar el tiempo, cosas como esa o el último discurso de Onganía que sintetizado y traducido por *Le Monde* no significaba absolutamente nada. Siempre he sido egoísta, me joroba que vengan a sacarme de una música o una lectura, y esa mañana era todavía peor porque la novela francesa no había sido más que una especie de supositorio para borrar un poco el hasta luego de Ludmilla cuando se iba a lo de Patricio y Susana a fabricar fósforos o algo así, su sonrisa distante entre mate y mate y sobre todo la inútil resaca del diálogo todavía más inútil antes de dormirnos esa noche. Vaya a saber si Marcos se daba cuenta de esas cosas, una o dos veces tuve ganas de hablarle del sueño de Fritz Lang, después todo se fue desflecando en un diálogo que de alguna manera debía contener la ausencia de Ludmilla, su hasta luego casi de perfil en la puerta, sus zapatos rojos, tal vez no era completamente aleatorio que Marcos estuviera hablando de mujeres, que por entre el humo del tabaco me mirara y hablara de mujeres, era realmente admirable la forma en que matábamos el tiempo.

Idea de esta conversación:

—A todas les he hecho la vida imposible —dice por ejemplo Marcos. —Uno les pide demasiado, probablemente, o no tiene suerte, elige mal. Y sin embargo no es un problema de elección porque en los demás terrenos no me puedo quejar, al contrario. Pero el entusiasmo, hermano, eso no, eso nunca.

—Tu idea del entusiasmo se parece demasiado a la de una tarántula —le digo. —Ver cualquier cosa que te llama la atención y empezar a dar saltos y manotones es todo uno. La famosa microagitación la inaugurás en tu casa, che, pero yo por ejemplo no pretendo que una mujer se despeine tan fácilmente por una pintura de Max Ernst o por una música de Xenakis; ellas tienen su metabolismo, hermano, y además vaya a saber si en el fondo no son más entusiastas que nosotros, solamente que no se debe confundir la gimnasia con las emociones.

—Me parece estar escuchando propiamente a Sonia, a Magdalena, a Lucía —dice Marcos—, y no te sigo dando nombres porque vas a creer que me hago el Frank Harris o algo así. Mirá, el entusiasmo es una manía, una crisis, un estar fuera de sí para recibir mejor lo que te ha sacado de quicio, y los entusiasmos ataráxicos no los entiendo, son en todo caso otra cosa, concentración o enriquecimiento espiritual, lo que quieras, pero no entusiasmo; y yo no puedo querer de veras a nadie que en algún momento del día o de la noche no se enloquezca de alegría porque en el cine de la esquina dan una de Buster Keaton, algo así.

—Ahora comprendo que te duren tan poco, viejo.

—Anoche, por ejemplo, cuando vos hablaste de ir a comer papas fritas al bulevar Sébastopol y dar una vuelta por el barrio de la Bolsa, Ludmilla empezó a los saltos, te acordarás, los ojos se le agrandaron hasta las orejas y era como una guitarra, no sé, algo que temblaba y vibraba, y no por tu Max Ernst o tu Xenakis sino solamente por unas papas fritas y vagar hasta el amanecer, cosas sin importancia.

Lo miro sin apuro, dejándolo hablar hasta el final, pero Marcos agacha la cabeza y bebe su grapa con todo el pelo, que es mucho, entre él y yo.

—Sí, Ludmilla reacciona casi siempre así —admito. —No es precisamente por eso que la quiero, pero también cuenta, vaya si cuenta. Ahora que es tan capaz de caerse al pozo como cualquiera. La he visto salir mojada como un gatito, acurrucarse en un rincón de las cosas y lamerse el pelo días y días, hasta descubrir de nuevo que el sol sale a eso de las seis y media.

—Nadie pretende que una mujer tenga que estar en un paroxismo permanente; y si vos te pensás que yo no me caigo en los pozos... No es eso, pero hay constantes, latencias, llamales como quieras. Para mí el entusiasmo tiene que ser una constante y nunca una excepción o una especie de día feriado de los sentimientos. A Lucía y a Magdalena les pasaba eso y no era culpa de ellas, pobrecitas, simplemente estaban atadas a una especie de indiferencia, pero lo peor no es eso, viejo —dice Marcos alcanzándome el vaso vacío—, lo peor es que no les falta capacidad de extremarse, qué les va a faltar, pero tienden a aplicarla a lo negativo, es decir que cuando algo no les gusta o todo va mal en la política o en la cocina, entonces son capaces de unas broncas, unas indignaciones, una elocuencia que reíte de Stokely Carmichael. Tienen el motor acelerado al revés, quiero decir que para frenar son unas campeonas, no sé si me seguís. Vos te das cuenta de que si mañana o pasado estoy aquí y la oigo broncar a Ludmilla porque se le rompió el cierre relámpago, me parecerá perfectamente bien porque me acordaré de las papas fritas, ella tiene todo el derecho de cabrearse a fondo puesto que antes se subió por las paredes y fue feliz porque vos la llevabas a comer papas fritas y a vagar por las calles.

—Con todo eso probablemente te vas a enamorar de Ludmilla —le dije más bien a quemarropa y porque Marcos tenía toda la razón del mundo, cosa que a nadie le gusta.

—Ponele —dijo Marcos. —Y no solamente por el entusiasmo, como vos has de saber muy bien.

—En el fondo lo que vos buscás es que una mujer se parezca a un hombre en su conducta sentimental, que reaccione como vos frente a las mismas cosas. Anoche estabas tan entusiasmado como Ludmilla por lo de las papas fritas, y naturalmente te

116

colmó de emoción que ella hiciera o dijera lo mismo que vos.

—No tanto —dijo Marcos. —No se trata de que yo busque las mismas reacciones porque sería aburrido; creo que hablé de disponibilidad, de latencia, eso tiene que saltar en su momento y las razones no tienen por qué ser las mismas, a las mujeres les gustan otras cosas, etcétera, como comprenderás no me voy a poner a revolotear por una vidriera llena de modelitos de verano.

—Hum —dije yo.

—Hum qué —dijo Marcos.

—Te acepto que una plastra es una plastra, aunque sea una maravilla de mujer en cualquier otro terreno.

—Ya no lo es si es una plastra.

—Dejame seguir, che. Yo te diría que eso que vos definís como manía o entusiasmo es algo particularmente masculino, sobre todo a partir de la edad adulta, porque es archisabido que en los hombres el niño se conserva mejor que en las mujeres.

—Como quieras, en todo caso yo buscaré siempre esas mujeres que inventan cada cinco minutos el aeroplano o el submarino, figurativamente hablando, que no pueden ver un par de tijeras y una hoja de papel sin recortar un conejito, que cocinan echando miel en vez de aceite en la sartén para ver qué pasa con las costillas de cerdo, y que en cualquier momento se ponen el rimmel en la boca y el rouge en las cejas.

—Mutatis mutandis, vos querés que sean como vos, rimmel aparte.

—No que sean como yo, pero que me hagan sentirme yo mismo a cada minuto.

—Las musas, en una palabra.

—No es por egoísmo ni porque ande necesitando palancas para mover el mundo. Solamente que vivir con una mujer pasiva me aplasta poco a poco, me quita las ganas de cambiarle la yerba al mate, de cantar a gritos mientras me baño; hay como una especie de sorda llamada al orden, de cada cosa en su lugar, el canario está triste, la leche no se va al fuego, es siniestro.

—Ya sé, también he conocido eso alguna vez, pero parecería

117

que es el precio de otras cosas, viejo. Quizá solamente las aventuras más irregulares, los interregnos del amor, los grandes aletazos a lo Nadja o lo Aurélia, pueden dar ese reino milenario que vos pretendés. Lo otro es dos piezas baño y cocina, lo que llaman la vida, lo que dura; alguna mujer me lo ha dicho y tenía razón, vaya si tenía. En fin, si Ludmilla y yo hemos vivido como vivimos era probablemente porque no iba a durar, y entonces uno se permite el entusiasmo para seguir con tu vocabulario tan selecto.

—Vos sabrás —dijo Marcos echando grapa en los vasos con una especie de rabia que mandó un decilitro al mantel, por suerte lavable.

—Y en cuanto a vos, ya que las mujeres te resultan tan poco estimulantes, me pregunto si no te convendría ensayar eso que llaman una experiencia homosexual, a lo mejor quién te dice. Fijate en Orestes y Pílades, en Armodio y Aristogitón, en Teseo y Piritoo, imposible pedir más entusiasmo a juzgar por los líos que armaban esos muchachos en la mitología y en la historia.

—Lo decís como si fuera cosa de ir a comprarse otra marca de píldoras para el hígado, o algo así.

—¿Nunca la hiciste, esa experiencia? A juzgar por tus exigencias caracterológicas uno se pregunta si no sería la respuesta.

—No, nunca la hice, no me dice nada. No es cuestión de prejuicios, sino de líbido a secas. ¿Y vos?

—Yo sí, de muchacho, y fue admirable y triste y me sirvió de mucho el día en que descubrí a las mujeres porque las amarras quedaron bien cortadas y no se me ocurrió pedirle peras al olmo como vos. Curiosamente Ludmilla tiene también un noviciado homosexual que casi la llevó a abrirse las venas en Cracovia un día de mucha nieve según me cuenta. Pero si me permitís un da capo al fine, todo eso del entusiasmo y la manía está bien mientras apunte a lo más alto, porque a mí los entusiasmos de los hinchas de San Lorenzo o de Nicolino Locche, para no hablarte de las papas fritas, me dejan más bien inamovible, y si te voy a ser franco la otra noche por ejemplo ustedes me pudrieron el alma con su famosa contestación de bolsillo.

Cuando te enterás que según

Selon Amnesty International

IL Y A 250 000 PRISONNIERS POLITIQUES DANS LE MONDE

Londres *(A.F.P., U.P.I.).* — Il y
a quelque 250 000 prisonniers politique de par le monde, estime
un rapport de la section britannique d'Amnesty International, in-
titulé « *le visage de la persécu-
tion en 1970* » et publié dimanche.

L'Indonésie, indique le rapport,
détiendrait le record avec quelque
cent seize mille prisonniers politiques dont la plupart, arrêtés
pour leurs sympathies communis-
tes, n'ont pas été jugés.

L'U.R.S.S. compterait « *quelques milliers* » de prisonniers, et
en Afrique du Sud, où la situation
« *ne cesse de s'aggraver* », une
quinzaine d'entre eux seraient
morts, estime encore le rapport.

Le rapport fait valoir que grâce
aux efforts d'Amnesty International plus de deux mille détenus
politiques ont pu être libérés depuis 1961.

una asociación responsable hay
doscientos cincuenta mil presos
políticos en este pañuelito de
mierda, entonces tus fósforos
usados no son precisamente en-
tusiasmantes.

Marcos encendió un cigarrillo con uno de los buenos y miró despacio a Andrés.

—Prestame el auto para ir a
buscarlo a Oscar que llega a la
una.

—De acuerdo, está en la esquina a mano izquierda. ¿Por
qué no me contestás a lo que te
acabo de decir?

—Si no te lo contestás vos
mismo no vale la pena.

—Bueno, no te creas que no
he pensado en esos líos de ustedes, pero lo único que se me ocurre es que a lo mejor son una
especie de entrenamiento, diga-
mos unas pruebitas casi iniciáticas, para gente a la que no se
conoce a fondo o que no se conoce ella misma. La otra posibilidad es triste y prefiero apagar la radio.

—Hacés bien, guardá las pilas para tu música aleatoria —dijo
Marcos—. Dame las llaves del coche. Hola.

—Hola —dijo Ludmilla que entraba con alcauciles, puerros
y detergentes—. Soy una triste tortuga, en el tiempo en que
preparé dos atados más bien mal, Susana ya tenía cinco y no
hablemos de las cajas de fósforos. By the way, Manuel se comió
una de las mejores, hubo que ponerlo cabeza abajo y después
le dimos aceite de ricino, la pobre Susana va a tener trabajo
esta tarde. ¿Te quedás a comer un puchero argentino con cho-
clos y todo? Andrés me enseñó, preguntale si no me salen buenos.

—Tengo que ir a sacar el pingüino turquesa —dijo Marcos.

—Oh, Andrés, vayamos con él a sacar el pingüino.

—Andá vos —le dije—, quiero acabar un libro que éste me partió por el eje y de paso cuido el puchero.

—¿Qué es eso del pingüino?

—Te lo explico en el coche —dijo Marcos— mientras vos manejás, cosa siempre apreciable en esta maldita ciudad. Así que no venís, che.

—No.

—Esperá que lavo los puerros y pongo todo en la olla —dijo Ludmilla precipitándose en la cocina.

—Está entusiasmada —dijo Andrés—, y eso que no son papas fritas.

—¿Vos viste cómo alimentan a los gansos para que se enfermen de cirrosis y el paté sea más refinado? Un embudo así necesitaríamos para hacerle tragar la sopa a este chico.

Manuel ignoró prudentemente los alados planes de su padre, pero Susana produjo cuatro palabras de esas que el niño argentino claro y valiente no debería escuchar en su primera infancia. El mimeógrafo ronroneaba en el fondo del cuarto, insonorizado lo mejor posible por un biombo reforzado con cobijas y un disco de Aníbal Troilo, Pichuco. En manos de Gómez y Monique trabajaba diez veces mejor y los materiales en francés y español estaban casi listos; el que te dije les echó una ojeada y se asombró del laconismo y la objetividad de documentos aparentemente destinados a provocar reacciones más convulsivas; en todo caso las exigencias de la Joda se especificaban con toda claridad, y los de la Reuter y demás agencias washingtonianas tendrían que usar toda la pomada retórica para deformarlas. En la otra punta de la mesa donde Patricio y la sopa se aprovechaban de ser dos contra uno, aunque Manuel no se contaba entre los que morían en silencio, Susana la previsora seguía confeccionando el libro de lectura destinado a una alfabetización todavía remota y que consistía en pegar noticias en diversos idiomas que de paso contribuirían a la bilingüización del pobrecito. Al que te dije, observador atento de los progresos del libro de lectura y colaborador a sus horas, le gustaba sobre todo que Susana fomentara los futuros poderes intuitivos e inventivos de Manuel, y entre otras cosas era el donante de un epígrafe que Edgar Varèse había inscrito en *Arcana* y que según Andrés venía nada menos que de Paracelso, eso sí vaya a saber después de cuántas mutaciones porque el que te dije lo había traducido al español

121

a base de un texto en francés que debía venir de un original en latín o en alemán, y que de todas maneras decía: *La primera estrella es la del Apocalipsis. La segunda es la del ascendiente. La tercera es la de los elementos, que son cuatro. Hay así seis estrellas. Y hay otra, que es la estrella de la Imaginación.*

—Paparruchas —dijo Gómez, emergiendo del biombo y lleno de tinta Gestetner—, el vocabulario iluminista o alquimista y en todo caso espiritualista de siempre. A mí ya no me venden esas verduritas.

—Estás diciendo una pelotudez —insinuó educadamente Patricio—. Una cosa es el error de un sistema con respecto a las verificaciones posteriores de la ciencia, y otra su verdad intrínseca, algo que queda aunque el fondo sea un montón de macanas. Andá a saber cuánto de sostenible hay en el platonismo o el aristotelismo, y sin embargo nadie puede leer a esos dos griegos chivudos sin salir más rico que el otro, el dorima de la María Callas, en la que dicho sea de paso nunca hubo apellido más contradictorio.

—Gulp —dijeron la sopa y Manuel en estrecha alianza, rota instantáneamente por un ataque de tos que los proyectó en direcciones opuestas. Mirando a Patricio secarse la cara entre interjecciones soeces, el que te dije pensó que graciasadiós no estaba ahí el rabinito porque se hubiera trenzado con Gómez; a un paso de tomar partido por Paracelso y Susana, prefirió callarse y seguir inspeccionando el libro de lectura de Manuel, acordándose vagamente de una frase de Burne-Jones en la que el artista afirmaba que cuanto más materialista se volviera la ciencia, más ángeles seguiría él pintando. Desde luego las incitaciones a la imaginación de Manuel no tenían nada de angélicas, como que Susana había previsto que a los nueve años ya estaría en condiciones de entrar en la historia contemporánea por vía de cosas como:

Córdoba: Torturaron a Cuatro Extremistas

La comprobación del médico forense

CORDOBA, 9 (AP). — El médico forense comprobó que cuatro extremistas, fueron sometidos a torturas y el agente fiscal inició acciones judiciales contra los policías responsables, según trascendió en esferas judiciales. Los afectados son: Carlos Heriberto Astudillo, Alberto Camps, Marcos Osatinsky y Alfredo Kohn, acusado de haber participado en el asalto cometido el 29 de diciembre en el Banco de Córdoba, hecho en el cual murieron dos policías, según el fiscal José Namba Carmona. En su informe el funcionario dice que el médico forense, doctor Raúl Zuninó "ha comprobado en el correspondiente examen físico, trato inhumano tremendo y brutal castigo".

"Todos los detenidos presentan —afirma— luego de ocho días de torturas y vejámenes escoriaciones y golpes externos de dimensiones inconcebibles. Astudillo tiene toda la espalda morada y ampollas múltiples provocadas por la picana eléctrica. Osatinsky presenta golpes internos que parecen haberle afectado el corazón, habla con dificultad y camina lenta y doloridamente. Todos necesitan urgente atención médica".

—Llamalo a Marcos —le dijo Gómez a Patricio—, los buñuelos están listos y calentitos. Dame un trago de vino, Monique, la tinta me invade el alma.

Imágenes, imágenes; el que te dije pensó que tres minutos antes Gómez se había alzado contra Paracelso, y ahora la tinta le invadía el alma, la misma imaginación que acababa de despreciar le regalaba esa manera de decir su cansancio. Vos mirá esto, insistía Susana llorando de risa mientras pegaba otro recorte para el porvenir del educando, menos mal que en este mundo de mierda todavía se pueden encontrar compensaciones sin siquiera salir del rincón donde empezó tu existencia, propio en un cine de Suipacha, si habré ido a ver las de Gregory Peck, mirá cómo frunce el ceño mi esposo, tiene celos hasta del celuloide. Mejor se las leo, es de las que van realmente al fondo:

Lo Condenan por el Delito de Menosprecio al Himno Nacional

La Sala Penal de la Cámara Federal condenó a dos meses de prisión, en suspenso, a Alberto Dionisio López, argentino, de 22 años, soltero, empleado y estudiante, como autor del delito de menosprecio al Himno Nacional, que reprime el art. 230 bis del Código Penal, incorporado hace poco a nuestra legislación represiva y que contempla el público menosprecio a la bandera, el escudo o el himno nacionales o a los emblemas de una provincia argentina, castigando el hecho con prisión de 2 meses a 2 años.

—"El 9 de julio último, al ejecutarse el Himno Nacional en la segunda sección nocturna en el cine de Suipacha 378, López permaneció sentado y al ser interpelado por un acomodador, dijo que no se ponía de pie porque era de nacionalidad inglesa y que de haber sabido que ello era una falta hubiera ido al baño." Después hay varios párrafos aburridos sobre una primera absolución y un fallo revocado, y aparece un fiscal que dice inter alia: "No cabe duda que (López) escuchó los acordes del Himno Nacional y que siguió sentado voluntaria y conscientemente en contra de una tradición y hondamente arraigada costumbre, impuesta por una espontánea y patriótica veneración hacia ese símbolo de la nacionalidad. Destaca luego que desoyó la advertencia de incorporarse, con lo cual habría evitado su procesamiento, prefiriendo retirarse de la sala y declarando asombrosamente que hubiera optado por dirigirse al baño."

—A lo mejor fue a escuchar el ruido de rotas cadenas —dijo Patricio—, es un chiste que hacíamos en cuarto grado de manera que está muy bien que pongas esa crónica entre las lecturas de Manuel, y de paso me evito los reproches corrosivos del que te dije. (El cual, perdido en Paracelso, se ne fregaba).

Cuánta cosa se hace por broma o por lo que uno cree broma, y lo otro empieza después y por debajo, hay como una subrepticia recurrencia de la broma o del juego de palabras o del acto gratuito que se encaraman sobre lo que no es broma, sobre el zócalo de la vida para desde ahí dictar solapadas ordenanzas, modificar movimientos, corroer costumbres, en todo caso Óscar ^{por broma} le había mandado a Marcos el recorte sobre el motín de las muchachas en La Plata y se había olvidado de la cosa porque ^{de a ratos} preparar los contéiners era una operación lenta y delicada en el departamento de Gladis, con Gladis que por ahí suspendía el tapizado de los contéiners para hacerle pudú-pudú a Oscar que se lo devolvía tumultuosamente, y después se duchaban y bebían y escuchaban las informaciones y bajaban a comer, pero el recuerdo del motín se abría paso de nuevo, las imágenes inventadas por una simple lectura de crónica se fijaban como las de esos sueños que se niegan al desalojo aunque la sensatez proteste. Gladis que también había leído el recorte tenía una visión más lógica de las cosas y las alusiones de Oscar le parecían cansancio ^{esas dos tan amigas} o nerviosidad, lo sacaba del tema con un leve empujón mental, Oscar se reía y ocultaba otro fajo de dólares made by Old Collins en las paredes dobles del contéiner, preparaba la soldadura, iba a acariciar al pingüino turquesa que desde la noche anterior proliferaba en la bañadera compartiendo las duchas con aletazos entusiastas y comiendo una de merluza que te la debo. Los peludos reales llegaban esa noche del Chaco, y habría que estar en Ezeiza a las once de la mañana, a último momento pánico porque reajustes funcionales cambiaban los turnos de las otesdelér y telefonazo del subjefe de movimientos para avisarle a Gladis que le tocaba el nocturno a Nueva York, Gladis insuperable en un número dramático-astrológico, cada uno tiene sus premoniciones, Oteiza, yo no cambio de avión, acuérdese de la vez de Marialín, ya sé, ya sé, pavadas si usted quiere pero hágame el favor, ya les he dicho muchas veces que si no hay un preaviso de cinco días me quedo en casa, bueno, menos mal, seguro que Lola aceptará, a ella le da lo mismo, me lo ha dicho, y Oscar en la bañadera acariciando al pingüino para que no se le ocurriera soltar un graznido telefónicamente inquietante para el alborotado Oteiza que en cinco minutos arregló el asunto cosa de no afligir a Gladis. Respiraron, a las nueve llegó Feliciano con los peludos reales y noticias del norte menos malas que de costumbre; ahora en el asiento 234B suspendido en alguna parte a diez mil metros sobre el Atlántico y pegado a la cola del Boeing en esa zona siempre un poco confusa donde canastas, jugo de naranja, W.C., vasos de papel, botellitas de scotch, otesdelér que arreglan tráficos de perfumes y cigarrillos y un espacio más o menos despejado entre los placards con bandejas y la última fila de asientos, de manera que los contéiners estaban entre el asiento de Oscar y el placard del lado de babor, y Gladis venía a cada momento a echar un vistazo al territorio de Oscar científicamente respaldado por la forma autoritaria en que había dirigido la operación de colocar los contéiners y proceder a la primera inspección de los peludos y del pingüino turquesa. Ya diversas señoras habían tenido ocasión de manifestar su entusiasmo a la vista del pingüino que Oscar sacaba cada media hora del contéiner para darle una ración de merluza y animarlo en tan crítico momento de su vida, de manera que Oscar se divertía soltando al pingüino en la cabina para que se paseara a gusto, y tanto el estiúvar Téllez como Pepita, la otra aeropiba, apoyaban el paseo higiénico del pingüino que ya el consenso de los pasajeros había proclamado mascota de la aeronave tripulada por el capitán Pedernera, todo eso entre bandejas, frazadas y libaciones que hacían del viaje una experiencia inolvidable, le juro, para lo que tan sabiamente escogían la línea nacional en el curso de sus desplazamientos. De todos modos era tiempo de pensar un poco en eso que estaba esperando

126

en la otra punta, ir poniendo desde ya la cara de veterinario
consciente de su importante misión, ¿por qué la luna llena? el problema sería no soltarle la risa en la cara a Marcos cuando le presentara a los funcionarios del zoo de Vincennes (clavado que uno de ellos sería
Patricio, pero entonces cómo no reírse) y numerosos espectadores asistieran a la transmisión de los peludos y del pingüino.
¿Habría una copa de algo, discursos? Dios querido, pensó Oscar,
cómo voy a hacer para no tirarme al suelo cuando los vea a
Marcos y a Patricio, capaz que el desgraciado de Heredia ya
está en París y se viene ex profeso nomás que para hacerse el
plato a mi costa, macaco del carajo. De alguna manera comprendía que se estaba resistiendo a pensar más allá, todo eso eran
los proemios, los pródromos, la projoda, después vendría la
primera conversación con Marcos, las hormigas, la verdadera
Joda que debería seguir de cerca a la transmisión de los peludos
porque desde luego las hormigas ya tenían que estar enteradas,
no eran idiotas las hormigas, capaz que ya había alguna en el
avión marcándolo como a un Pelé en la cancha, qué honor, viejo,
Marcos tendría todo sincronizado y nadie dormiría mucho en
París, mejor echarse un sueñito ahora entre paseo y paseo del
pingüino, imposible hacerse una idea de lo que estaba esperán-
dolo allá y además tan pocas ganas de pensar en eso, el ronroneo
del jet y los whiskys dobles, el asiento en tercera posición repan-
tigadísima, por qué la luna llena, a lo mejor no había luna
llena esa noche, el recorte hablaba del carnaval, de la música,
los bailes en los clubes vecinos que habían ᵈᵉˡⁱᶜᵃᵈᵒ ᵉˡ ᶜʳᵒ́ⁿⁱᶜᵃ excitado a las mujercitas, pero todo eso volvía con una luna llena que hacía brillar
los cascos de botellas en lo alto del muro, el camino de tierra
que se perdía ʰᵃʳⁱ́ᵃ ᵐᵉʲᵒʳ ᵉⁿ ᵖʳᵉᵖᵃʳᵃʳ ᵘⁿᵃˢ ᵖᵃˡᵃᵇʳᵃˢ hacia la ciudad, los camisones blancos, era otra
vez la fuga, el envión contra las puertas, los gritos y las risas
histéricas, como en el ᵖᵒʳᑫᵘᵉ ˢᵉᵍᵘʳᵃᵐᵉⁿᵗᵉ ʰᵃᵇʳⁱ́ᵃ ᑫᵘᵉ ᵈᵉᶜⁱʳ ᵃˡᵍᵒ ᵃˡ ᵉⁿᵗʳᵉᵍᵃʳ ˡᵒˢ ᵇⁱᶜʰᵒˢ patio de doña Raquela la luna llena era
un llamado imperioso, una pulsión que exorbitaba el aliento,
la piel, las felpas de la voz, todo se volvía agazapamiento y
látigo, una posesión irrechazable ᵖᵒʳ ᑫᵘᵉ́ ᵒᵗʳᵃ ᵛᵉᶻ ᵉˢᵉ ᵃˢᵘⁿᵗᵒ ᵈᵉ ᴸᵃ ᴾˡᵃᵗᵃ ceñía las cinturas y los vientres
y el brillar de los ojos en los rincones con jazmines, contra la
tapia por la cual habían saltado las muchachas enloquecidas de

127

publicidad de los clubes vecinos, las enamoradas en un solo
abrazo, velando la una por la otra, besándose en la sombra, casi
desnudas, temblando ya ante las sirenas de los carros policiales
que se acercaban, las solitarias de pie, los puños apretados, esperando el primer embate para luchar hasta el desmayo, o corriendo entre las sombras de una calle llena de agujas y amenazas,
¿ lo mejor no había luna, haría mejor en pensar en el discurso
aullando histéricas sin saber de qué, de luna llena y carnaval,
de deseos sin respuesta, hasta estrellarse contra los brazos de
vecinos oficiosos o de bomberos joviales que las levantaban como
plumas hasta el primer arañazo que les abría la cara y entonces
la cachetada dura del macho, el sosegate, porquería, a vos lo que
te hace falta es un fierro bien caliente, aquí se las traigo, teniente, la pucha que están alzadas las potranquitas me cago en dios.
Abrir los ojos y ver tenderse hasta el fondo la cabina del avión,
Decile a Sosa que no se avivé
las ventanillas y las nucas de los pasajeros, volcaba a Oscar en
demasiado con las pibas
algo sin asidero real, la silueta perfecta, minifaldeada y desodorada de Gladis por el pasillo con una bandejita de plástico y dos
vasos de whisky, la sonrisa de la otesdelér que finalmente era su
sonrisa propia, allí adelante ya se emborracharon bastante, ahora
me puedo quedar un rato con vos. Le hubiera gustado hablarle
de eso, de la luna llena y de las carreras hacia la tapia y los
alaridos, pero era absurdo, había que pensar en la llegada, en
Marcos que le presentaría a los representantes del zoo de Vincennes, clavado que Heredia, entonces Gladis traduciendo y ayudando a franquear sin problema los diversos cordones defensi-
vos de una nación civilizada que teme la contaminación de
es el cansancio, pura neura, qué me importa ese asunto de La Plata,
animales exóticos, y más tarde los ilustres representantes del zoo
torciéndose de risa en el auto, salió fenómeno, cómo te va, viejo,
todo eso absolutamente hueco que estaba esperando al otro extremo del vuelo, la entrada en materia de la Joda, Marcos y
otra idiotez haberle mandado
Heredia que disimularían la alegría de que él estuviera ahí, el
el recorte a Marcos
destino todavía incierto del pingüino turquesa una vez la misión
cumplida, sin hablar de los peludos reales aunque probablemente
Marcos habría arreglado para que más adelante alguien los
donara de veras al zoo, pobres bichos, desconocidos abandonan
canastas en puerta superintendente, con el manual de instruccio-

nes a máquina y colgado del cuello del pingüino porque este
animal es delicado y no lo van a arreglar con bacalao del frigo-
rífico ni verduras en mal estado, la Antártida es argentina, qué
carajo.

dejeme, por favor, dejeme

No, no podía hablarle de eso a Gladis, mejor beberse un
whisky juntos, próxima escala Dakar, Gladis contra su hombro
y perfumada por Guerlain, whisky absolutamente scotch reserva

ya cuando se lo conté en Buenos Aires no le hizo gran cosa, pura noticia de policía

madurado doce años en barriles de roble, placer de buscar la
piel de Gladis bajo el casco de pelo azafranado, cosquillearla
despacito, sentirla estremecerse contra él, murmurarle sos una
chica formidable, si solamente te pudieras escapar del asilo, si
también vos pudieras escaparte un día, pero eso último cómo
decírselo, Gladis lo hubiera mirado perpleja (¿qué asilo?), y
además hubiera sido injusto porque de alguna manera Gladis
ya estaba a medio camino de la fuga, trepada a lo alto de la
tapia bajo la luna llena, mocosa macanuda que se jugaba el
puesto con el embarque de los animales y el veterinario, si las

cuantas se habrán tajeado las manos con los cascos de botellas en la tapia

hormigas llegaban a saberlo un día serían capaces de cualquier
cosa, torturarla o matarla como a Rosa en Tucumán o a la ita-
lianita de Avellaneda. Porque de eso habría que hablar en seguí-
da con Marcos y Heredia, las hormigas podían estar ya en el
avión, era poco probable pero en todo caso no tardarían en
enterarse y pasar el santo. Sos una chica formidable, dijo Oscar
metiendo toda la cara en el pelo de Gladis, vos misma no sabés
lo formidable que sos. No tengo la menor idea, dijo Gladis
sorprendida de veras, pero no me despeines por favor, hay un
artículo terrible del reglamento interno. Te quiero mucho y sos
formidable, insistió Oscar, y cómo le hubiera gustado ponerla
del lado de la luna llena, decirle eso que no sabía cómo decirle
porque Gladis se hubiera quedado mirándolo, algo como tené
cuidado cuando des el salto, o ahí arriba está lleno de vidrios rotos,
¿no los ves brillar?, realmente estaba un poco neura porque la cosa
se volvía obsesiva, era idiota y hasta peligroso, sobre todo la idea
de dar el salto, de trepar a la tapia llena de vidrios y ganar el
camino de tierra, dejar atrás el asilo, de ver nada menos que a
Gladis entre las muchachitas enloquecidas huyendo de a dos o de

a tres, clamando y alentándose, sosteniéndose para escalar la tapia, la negrita se había quitado el camisón para echarlo sobre los vidrios, pasen por aquí, yo me tiro primero, dale la mano a Marta, no ves que no alcanza, esperá que yo me trepo primero, vaya a saber si había luna llena esa noche, en realidad fue la oscuridad lo que les dio la chance de huir, parece, ya no me acuerdo bien pero por qué, entonces, voy a tener que cuidarme, hermano.

—Esta noche quiero estar con vos —dijo Oscar—, supongo que me dejarán tranquilo hasta mañana después de la emocionante ceremonia. ¿Qué pasa en París, vos ya tenés hotel allá o qué?

—Nosotras las otesdelér llevamos una vida sumamente morigerada —explicó Gladis muerta de risa—, de manera que el caballero se buscará un hotel por su cuenta.

Recibió ronroneando el beso en la oreja, la caricia que resbalaba bajo la blusa, sintió levantarse dulcemente un dedito rosado en lo alto de la colina por donde la mano de Oscar paseaba lentamente, circularmente. En fin, dijo Gladis, aunque en principio no nos está permitido tomarnos esas confianzas con los señores pasajeros, te informo que ya tenés pieza con baño al lado de la mía, gran alelado, mandé el cable antes de salir, aquí hay cierta materia gris, comprendés. Y no sólo ese cable porque el otro BESITOS COCA ya estaba haciendo correr dos autos por la autopista del sur, con lo cual tres líneas, una aérea y dos terrestres, convergían sincronizadamente hacia el momento y lugar en que especímenes poco frecuentes de la fauna argentina serían entregados a representantes franceses tampoco demasiado frecuentes. Oscar cerró los ojos y vio alejarse a Gladis que partía una vez más a cumplir un desparramo de bandejas, vaya a saber qué era finalmente más absurdo, si la ceremonia en el aeródromo o esa presencia recurrente de algo que él no había conocido ni vivido, que no tenía por qué importarle nada, dos columnas en un diario, una carrera enloquecida por culpa de un apagón (¿por culpa de un apagón?), las muchachas poseídas por la luna y el carnaval, semidesnudas en un río de luz que las lanzaba hacia lo otro, el lado opuesto, el comienzo de algo que sería cualquier cosa porque en eso no se pensaba, la violación o la nariz rota o los rebencazos en las nalgas, de todas maneras ya no ciento noventa y seis muchachas amontonadas en una capacidad para ochenta y a la espera de otras cincuenta y seis mujercitas entre luna y luna.

A veces era así, no siempre el que te dije estaba al tanto de los movimientos de los otros; por ejemplo, no tenía la menor idea de que los adustos representantes del zoológico de Vincennes elegirían a Lonstein para manejar el auto norteamericano alquilado en Hertz previa especificación de color y características adecuadas a la importancia de la ceremonia. Conocer cualquier cosa a través de la versión del rabinito exigía siempre un desciframiento, pero esta vez la amplitud del movimiento sinfónico lonsteiniano lo dejó de cama por varios días aunque nunca lamentó haber seguido el desembarco de los peludos reales y del pingüino turquesa a través de la visión que Lonstein llamaba modestamente pluriespectromutándica, o sea que si bien los peludos parecían sensiblemente desarraigados al pisar tierra francesa, el pingüino manifestó en seguida una vivacidad casi inquietante, precipitándose contra las paredes del contéiner a pesar de los silbidos de domador de Oscar y del agua con equanil que le había dado Gladis apenas el Boeing inició la fase preparatoria del aterrizaje y el capitán Pedernera deseó a través de la voz de Pepita feliz estancia en París a los señores pasajeros.

—Entre los tres eran el megacordio —había resumido Lonstein—; te imaginás la ceremonia en la sala de recibo, pibe, no faltaba más que Haile Selassie con la capa negra repartiendo condecoraciones abisinias.

También faltaba yo, pero Ludmilla me contó por la tarde que Roland y Lucien Verneuil habían bajado del auto con una dignidad de escoba bien tragada, y que el cambio de saludos entre el veterinario argentino delegante de los animales y los representantes del zoo recipiente de dichas bestias había parecido perfectamente normal a los aduaneros, inspectores y canas del aeropuerto, sin contar el veterinario local encargado de mirar de cerca a los productos foráneos y cerciorarse de sus fichas clínicas, todo eso traducido elegantemente por Gladis que resolvía con visible regocijo los problemas lingüísticos de los científicos presentes. En el viaje de ida Marcos le había dicho a Ludmilla que en principio no habría dificultades porque la operación era demasiado absurda para no salir bien; la única contra estaba en que a algún aduanero astuto se le ocurriera que los contéiners se prestaban más para transportar leopardos que pingüinos, argumento que Lucien Verneuil y Roland estaban dispuestos a demoler con razones científicas basadas en Buffon y Julian Huxley, sin hablar de la influencia del imponente auto alquilado, la *gestalt* completa. No solamente los aduaneros se quedaron encantados con los animales sino que la que parecía la jefa, una señora negra y redonda, se enamoró del pingüino turquesa y prometió visitarlo periódicamente en Vincennes, noticia registrada con gran seriedad por los representantes del zoo y particular emoción patriótica del veterinario entregante. Te perdiste algo genial, dijo Ludmilla, Oscar tan argentino con su saco gris cruzado y una peinada de último minuto con despliegue del perfume de a bordo que conozco de lejos porque más bien es para mujeres, y Lonstein con una campera de cuero y una boina para dar la impresión del francés medio, ese que ya no encontrás ni a tiros pero en fin.

—¿Y vos qué hacías ahí? —preguntó Andrés.

—Pis en la bombacha, nunca sabré si por el miedo o por la risa, más bien el miedo, creo. Esperate que me la cambie ahora que me acuerdo, siempre que encuentre otra.

Todo huele un poco a puerro pero no tengo hambre, hay el último cuarteto de Bartok, el vino y el tabaco, echarle uno que otro vistazo al puchero y preguntarme si esperaré a Ludmilla o me iré a vagar por ahí. Esa historia del pingüino de que habló Marcos antes de pedirme el auto, probablemente otra de sus microagitaciones más bien idiotas; rondado por el último movimiento del cuarteto, compartiendo todavía un orden que antes y después me faltará (el futuro en el pasado, pero sí, pero claro), prolongo lo más posible ese precario interregno de conciliación, puro artificio de la mala fe, me dejo estar hasta que en algún momento le telefonearé a Francine y me largaré escalera abajo. Vagar por París es mi otra música, la noche no ha traído consejo, hay como la necesidad de un tiempo suplementario del cuarteto, jamás escrito por Bartok pero latente en alguna zona de esa duración que no abarcan los relojes, un reclamo de orden que me desasosiega, un saber sin saber que trae de nuevo el aura, la inquietud del sueño del cine la noche de Fritz Lang; andar como a tientas por la calle sin destino prefijado tiene algo de apertura, una virtualidad para que en cualquier esquina u hora se oiga la primera frase de esa música que me reconciliaría con tanta cosa huyente o precaria, Ludmilla mía y ajena, Ludmilla cada vez más entre pingüinos y agitadores, la sorda náusea de estarla perdiendo por una acumulación de conductas inconciliables y a la vez ese sentimiento de forzosidad, de que hemos llegado al límite y que algo va a quebrarse silenciosamente para dejarnos a cada lado de la fisura, de la enorme grieta del presente, con inútiles signos amistosos, lágrimas y pañuelos, desnudos bajo un viento negro. Y así una vez más cualquier boca de metro me llevará a los barrios preferidos o me propondrá por asociación fonética, vagamente mágica, una estación todavía desconocida donde nacerá otro rumbo de la infinita alfombra de París, otra casilla del misterio, otros azares. Por lo demás esa noción un tanto lúgubre que me impulsa desde hace tiempo a perderme en la ciudad como en la música, en el ir y venir de Francine a Ludmilla (¿por qué ir y venir, por qué esa disociación que rechazo, que tanto he querido anular, que pertenece exclusivamente al punto de vista de ellas?) se va traduciendo en descubrimientos curiosos, acordados sordamente con el estado de ánimo que me sirve de compás. Ayer, después de cruzar la triste plaza de Clichy con su muchedumbre alienada y amarga y perderme por la rue Coulaincourt, vi por primera vez bajo un cielo de pizarra la proa del Hotel Terrass, sus seis o siete pisos con ventanas y balcones abiertos sobre el cementerio de Montmartre. En mitad del puente suspendido sobre las bóvedas y las tumbas como una triste espada de juicio final de pacotilla, me apoyé en el pretil y me pregunté si era cierto, si podía ser cierto, si cada mañana los turistas y los provincianos alojados en el Hotel Terrass abrirían como si tal cosa sus persianas sobre un mar petrificado de lápidas, y si después de eso era posible pedir el desayuno con medialunas, bajar a la calle, empezar a vivir un nuevo día.

Tendré que irme a pasar una noche en ese hotel, escuchar en la oscuridad el rumor de Montmartre que cede lentamente al silencio, oír el último autobús sobre el puente resonante, la suspensión sobre la muerte, el balcón aspirado por ese otro fragor inmóvil y secreto que la vida rechaza con las palabras, con el amor, con el obstinado olvido. A vos te voy a llevar, Francine, para que tengas tu primera lección auténtica de patafísica, francesita libresca y cartesiana (como yo) y no esa fácil aceptación literaria que tantas veces confundís, confundimos, con lo que corre por debajo de la piel del día. Y alguna tarde te llevaré también a esa galería cerca del Palais Royal en la que el polvo ha ido cayendo como si el tiempo depositara su materia cineraria en las vitrinas y los pasajes, un polvo que huele a guantes y a plumas y a violetas secas, y te mostraré sin ostentación, casi furtivamente como hay que hacerlo con las zonas *habitadas*, la vidriera de las muñecas antiguas. Allí están desde quién sabe cuándo, polvorientas con sus capotitas, sus moños, las pelucas convencionales, los zapatos negros o blancos, la tristeza estúpida de sus caras sonrientes donde anduvieron dedos minúsculos que hoy son también polvo y quizá sonetos de amor en algún álbum de salón burgués. La tienda es muy pequeña y las dos veces que me asomé al escaparate no distinguí a nadie en el interior; hay una sospecha de escalera en el fondo, cortinas oscuras, más polvo. Algún tráfico vergonzante ha de cumplirse a otras horas del día, vendrá gente a vender las muñecas de la familia, las mejores, de loza o porcelana, y otros vendrán a elegir para sus colecciones, a pasearse por ese menudo rígido burdel de vitrina holandesa, mirarán muslos, tocarán gargantas, harán girar los ojos azules en las órbitas, ritos necesarios entre exclamaciones y largos silencios, comentarios de la vendedora que puedo imaginar vieja y reseca, y acaso visitas a un desván donde se habrán acumulado cabezas y piernas sueltas, ropas intercambiables, cofias y zapatos, la cripta de Barba Azul para una dudosa inocencia de té con pastas, de regalo a la tía que colecciona muñecas para conjurar el tiempo. Y tal vez

—Puede ser así o muy diferente —dijo Francine rozando con un dedo la vidriera, alejándose como si algo la disgustara—. ¿Por qué no sales de dudas? Podemos entrar, mirar. Prefieres el misterio, claro, toda definición te desencanta.

—Como a vos toda duda te molesta —le dije—, como a vos cualquier cosa te parece un teorema demostrable. No quiero entrar ahí, no tengo nada que hacer ahí, no necesito ese conocimiento que te hace dormir bien con las dos manitas debajo de la almohada y sin sueños donde locas con cofias blancas se tiran desde los balcones de un hotel que da sobre un cementerio.

—Nunca acabarás de ser tonto, de no querer entenderme.

—Ya ves: entenderte. ¿Qué hemos hecho sino entendernos de la única manera posible, por la piel, los ojos, las palabras que no eran solamente significaciones? Maquinita ibeéme, abeja fotorientada, nadie te entiende mejor que yo, pelirrojísima. No necesito tus razones para entenderte ni entrar en esa tienda para saber que es una trampa de espejos deformantes.

—Sí, las ilusiones —dijo Francine, apretándose contra mí—, la felicidad de preferir la imaginación a la verdad. Haces bien, perdóname. Haces tan bien, Andrés.

Sus labios húmedos, siempre un poco ansiosos y tan diferentes de lo que decían. Empezamos a reírnos, a vagar por el barrio hasta que la fatiga y el deseo nos fueron llevando al departamento de Francine en el Marais, en lo alto de su librería y papelería; me gustaba entrar en el negocio que madame Franck atendía a esa hora con el aire de la perfecta socia responsable que ve llegar a la socia más joven con su amigo casi como si fueran clientes, me gustaba hojear las novedades, comprarle un bloc o un libro a madame Franck y pagarlos delante de Francine que tanto hubiera querido regalármelos. Por una escalera interna se podía subir al departamento ordenado y preciso como Francine, perfumado con espliego, iluminado indirectamente, ronroneante gato de salón y dos piezas, gato alfombrado azul, gato biblioteca con la colección de la Pléiade y el Littré, por supuesto, Francine y la heladera, Francine y los vasos tallados, Francine y el scotch, Francine conmovedoramente fiel a una honestidad mental que la enfrentaba conmigo el tortuoso, el deshonesto de vidrieras y hoteles con balcones sobre los cementerios, Francine en su jaula precisa, el otro lado de mi vida Ludmilla, la concreción de una vieja nostalgia, de un diseño definido en los días y las cosas de la vida, y a la vez el rechazo casi inmediato de tanta convención inteligente y razonable, simétrico a ese otro rechazo Ludmilla desde el desorden de una cocina donde pedazos de puerros habían quedado colgados en todas partes, el transistor vomitando Radio Montecarlo, un repasador asqueroso envolviendo como una mano de infamia la única taza sana del juego de té antes de salir corriendo para recoger un pingüino.

137

—Pero tú la quieres a ella, Andrés. Yo soy tu contragolpe, lo que te devuelve por un rato a ella. No es un reproche, te quiero, lo sabes, te guardo como eres, en tu mundo, desde el otro lado donde no conozco nada, no conozco a nadie, a ninguno de tus amigos, la vida que haces con ellos, los sudamericanos que solamente encuentro en las novelas y en el cine.

—No es solamente culpa mía —le dije hoscamente—, toda esa tribu incluye a Ludmilla y ustedes dos han decretado que no pueden y no deben encontrarse por nunca jamás.

—Me pregunto cómo podríamos encontrarnos, qué bases podría tener una relación con lo que nos rodea, este mundo. Tú vas y vienes, como yo podría ir y venir si tuviese otro amigo; una vez, hace ya tanto, pensé vagamente que era posible, pero todo se quedó en eso, vagamente. Tú no nos quieres de veras, Andrés, es la única explicación posible, perdóname, ya sé que te asquea la psicología amorosa y todo eso, a ti te asquea todo lo que no te conviene en el fondo, perdóname otra vez.

—No es eso lo que me asquea sino lo que hay detrás, la resistencia absurda de un mundo resquebrajado que sigue defendiendo rabiosamente sus formas más caducas. Querer, no querer, fórmulas. Yo he sido tan feliz con Ludmilla, era perfectamente feliz con ella cuando te encontré y vi que eras otro pliegue de la felicidad, otra manera de ser feliz sin renunciar a lo que estaba viviendo; y te lo dije en seguida, y tú me dejaste venir aquí sin condiciones, aceptando.

—Siempre se acepta —dijo Francine—, el tiempo es largo y una se dice que. Tal vez. Acaso un día. Porque el amor.

—La deducción es la misma, claro: ustedes dos son las que quieren de veras mientras que yo, etcétera. Mirá, todo se me ha hecho trizas con Ludmilla, lo sabés, porque tampoco ella ha aceptado, porque no sirvió de nada ser honesto, ya sé, a mi manera, ser honesto es para mí que ella y vos sepan que hay vos y ella, eso es todo, pero no anduvo, no andará jamás, vivimos un tiempo en que todo está saltando por el aire y sin embargo ya ves, esos esquemas siguen fijos en gentes como nosotros, ya te das cuenta de que hablo de los pequeñoburgueses o de los obreros, la gente nucleada y familiada y casada y chimeneada y proleada, ah mierda, mierda.

—Y tú —dijo Francine que casi se divertía— juegas a U Thant entre Ludmilla y yo, el conciliador, la abeja entre dos flores, algo así; me gustaría verte tomando café con las dos al mismo tiempo, o llevándonos al cine del brazo. Ah, me sacas de mis casillas.

—Ojalá, mi amor, ojalá.

—No, U Thant, yo te quiero así, de mi lado, y un día me dejarás o te dejaré, sin hablar de que Ludmilla, por lo que me cuentas, se larga detrás de los pingüinos, pero eso todavía no me lo has explicado.

—No te gusta que te hable de ella, lo sé de sobra.

—Y a Ludmilla la debe exasperar que me nombres, es obvio. Pero está lo del pingüino, admite que sale de lo habitual, bien podríamos hacer una excepción.

—Eres buena —dijo Andrés—, eres demasiado buena, chiquita.

—Ahora sí me vas a sacar de mis casillas. Ya basta con que las cosas sean torpes y absurdas, sabes que me aguanto, que me lo busqué, te di la llave de la casa y está bien, nos acepto como somos, me acepto en el otro extremo del ovillo y Ludmilla hará lo mismo, me imagino, mi hermana del otro lado, sosteniendo la otra punta del cordel.

—Y pronunció la última frase con una risa irónica y casi cruel —le dije besándola en un hombro, apretándola hasta hacerle daño—. Sí, claro que sí, tu hermana del otro lado piensa lo mismo aunque tiende a decirlo con un lenguaje más coloreado de verde que el tuyo. Y así vamos los tres, y así vamos los tres hasta que el ovillo caiga en las zarpas del gato cósmico o del pingüino de Marcos, es hora de que te explique su entrada en escena, hoy a las trece en punto por el lado de Orly. Es probablemente un secreto político, de manera que no se lo digas a madame Franck que como bien sabemos es la reacción de la hidra.

—U Thant se retira —dijo Francine— y entra el verdugo sonriente.

Hacía tiempo que habíamos puesto a punto los diálogos rituales, los exutorios perfectos que con Ludmilla eran una especie de delirio verbal terminando en ataques de alfombra y carcajadas, y con Francine el ir y venir de flechas muy suaves apuntando cada vez más cerca de las venas del cuello, del encuentro de los muslos.

—El verdugo —le dije— te regala esta pequeña perfección antigua: *Y para más despacio atormentarme / llevóme alguna vez por entre flores*, que traducido del español quiere decir que para más despacio atormentarse, llevóme alguna vez por entre flores.

—Ese poeta ya nos conocía en lo lejos del tiempo —dijo Francine con la voz del ritual.

—Oh, sí: Francine Sacher-Masoch, Andrés de Sade.

Podíamos seguir así, prolongar el ritual, la tristeza y el deseo trocaban poco a poco sus guantes y sus nieblas, hacer el amor con Francine era más que abolir las diferencias, establecer un territorio fugitivo de contacto, porque entonces Francine no solamente se despojaba de todo lo que la erguía contra mí sino que entraba por su cuenta, de la mano de un río de cobre, en una zona de tormentas increíbles, y cómo decirlo de otro modo, me llamaba con una voz deshecha, se daba como un diluvio de címbalos y uñas. Era siempre la primera en llevar la mano hacia ese conmutador que apagaba un tiempo de figuras afrontadas, de palabras enemigas, para abrirnos a otra luz donde un vocabulario hecho de pocas, intensísimas cosas creaba su lenguaje sábana, su murmullo almohada, allí donde un tubo de crema o un mechón de pelo eran claves o signos, Francine dejándose desnudar al borde de la cama, los ojos cerrados, el pelo rojizo y casi crespo contra mi cara, estremeciéndose a cada movimiento de mis dedos en los botones y los cierres, resbalando hasta sentarse para que le quitara las medias y le bajara el slip, sin mirarme, tacto puro incluso cuando la dejaba abandonada por un momento para quitarme la ropa en ese silencio de cuerda tendida entre los amantes que se esperan, que cumplen movimientos previos, Francine resbalando hasta quedar de espaldas, los pies apoyados en la alfombra, quejándose ya con un murmullo ansioso y entrecortado, música de la piel, respondiendo desde su gemido a la boca que subía por sus muslos, a las manos que los apartaban para ese primer beso profundo, el grito ahogado cuando mi lengua alcanzaba el clítoris y nacía esa succión y ese coito diminuto y localizado, yo sentía su mano entrándome en el pelo, tironeándome sin piedad, llamándome a lo alto y obligándome a la vez a demorarme hasta el límite, darle un placer que no era aún el mío, el esclavo de rodillas sobre la alfombra, sujeto por el pelo, obligado a prolongar la libación salada y tibia, mis dedos buscaban más adentro el doble pétalo del sexo retraído, el índice resbalaba hacia atrás, buscaba la otra entrada dura y firme, sabiendo que Francine murmuraría: "No, no", resistiéndose a una doble caricia simultánea, concentrada casi salvajemente en su placer frontal, llamándome ahora con las dos manos aferradas a mi pelo, y que cuando resbalara arrastrándola conmigo hacia arriba para tenderla de espaldas en lo hondo de la cama, se enderezaría volcándose sobre mí para envolverme el sexo con una mano y poseerlo con la boca reseca y áspera que poco a poco se llenaba de espuma y saliva, apretando los labios hasta hacerme daño, empalándose en un jadear interminable del que me era preciso arrancarla porque no quería que me bebiera, la necesitaba más profundamente, en la marea de su vientre que me devoraba y me devolvía mientras las bocas manchadas se juntaban y yo le ceñía los hombros, le quemaba los senos con una presión que ella buscaba y acrecía, perdida ahora en un grito ahogado y continuo, una llamada en la que había casi un rechazo y a la vez la voluntad de ser violada, poseída con cada músculo y cada gesto, la boca entreabierta y los ojos en blanco, el mentón hundiéndose en mi garganta, las manos corriendo por mi espalda, metiéndose en mis nalgas, empujándome todavía más contra ella hasta que una convulsión empezaba a arquearla, o era yo el primero en sumirme hasta el límite cuando el fuego líquido me ganaba los muslos, nos conjugábamos en el mismo quejido, en la liberación de esa fuerza indestructible que una vez más era chorro y lágrima y sollozo, latigazo lentísimo de un instante que desplomaba el mundo en un rodar hacia la almohada, el sueño, el murmullo de reconocimiento entre caricias inciertas y sudor caliente.

Sedosa, sedienta inextinguible música del cuerpo de Francine en celo, cómo decirle alguna vez que sólo en el amor accedía a la libertad, decidía o acataba las imaginaciones más vertiginosas del deseo sin esas tijeras de la vigilia con que antes y después recortaría las formas del presente para ajustarlas a las ideas y darles esa nitidez que le exigía tanta inteligencia vigilante. Cómo decirle que esa cama, esa blanca piel de pelirroja, ese vello rubio, eran los pórticos por donde verdaderamente había que entrar a la tienda de las muñecas, sin las demandas de una sensatez que ya despertaba poco a poco, se volvía cigarrillo y perfil contra la almohada, sonrisa saciada y acaso amarga, primera ojeada avizora a los cuatro rumbos del dormitorio, a la noche que caía con alguna llamada telefónica por hacer, con la ducha, el desodorante, el cine a las nueve en punto, el balance de la jornada con madame Franck en el escritorio impecable de la librería donde jamás nadie encontraría puerros por el suelo ni tazas envueltas en repasadores sucios. Cómo decirle de otro modo que la quería, cuando ya todo el resto estaba otra vez de este lado, cuando U Thant, claro, cuando Ludmilla. Despertar, mirarla todavía dormida, la vaga luz del velador resbalando en su pelo rojo, casi crespo, una mano tan blanca en la garganta; despertarla con caricias que la hacían contraerse y ronronear una vaga protesta sonriente mezclada todavía con hilachas de sueño; y saber que al fin llegaría ese momento en que sus ojos me mirarían como desde lejos para fijarse después, intensos y apenados en los míos, recorrer mi cara, mi cabeza, como dudando de que fuera yo. Y besarse, y saber que sed, que whisky con hielo, que cenar, que afuera, ya de regreso en la ausencia, de vuelta en una larga ida con paradas en los restaurantes, en las vitrinas con muñecas polvorientas, hablando del pingüino.

De todos modos Oscar había pasado una media hora bastante apretada, y aunque por suerte no tuvo que pronunciar más que cuatro palabras para decir que la Sociedad Argentina de Zoofilia y todo el resto, el momento de meterse en el auto y dejar atrás a los aduaneros fue uno de esos alivios que sólo podían expresarse abriendo el portafolio y sacando la caja de alfajores cordobeses para Marcos, destinatario inmediatamente ignorado por Ludmilla y Gladis que procedieron a comerse la mayor parte mientras la víctima y Oscar cambiaban las primeras impresiones sobre el lío de Aramburu y el raudo advenimiento del general Levingston. Y el desgraciado de Heredia, quiso saber Oscar que respiraba el aire de la autopista como si fuera puro y se sentía increíblemente feliz. Llega esta noche de Londres, dijo Marcos. En Polonia hay unos postres que se parecen, hacía observar Ludmilla, pero el dulce de leche, ah, eso no. Te puedo enseñar a hacerlo, propuso Gladis que también renacía después de la media hora protocolar, siempre que consigamos azúcar de caña porque el de remolacha es un asco, ¿así que vos sos polaca? En el asiento trasero desfilaban nombres y rápidas referencias, Oscar quitándose noticias de encima como moscas, lo más urgente liquidado antes de llegar a las puertas de París. No, en principio no creo que hubiera hormigas a bordo pero ya sabés. Aquí están trabajando duro, dijo Marcos, el último mensaje de Heredia era más bien jodido. A doscientos metros el auto de los representantes del zoo de Vincennes sobrepasaba correctamente una camioneta policial, y Lonstein volvía a tomar su derecha con impecable sujeción al código de la ruta, mientras los dos representantes se sujetaban mutuamente para no rodar de risa sobre el amplio tapizado del asiento trasero, acor-

143

dándose de los pasajes sobresalientes de la ceremonia de entrega
y recepción, todo con cierto sobresalto de los peludos almace-
nados en el depósito de valijas y el desdén soñoliento del pingüino al que el equanil le estaba haciendo un efecto bárbaro.
Déjanos en la Porte d'Orléans, propuso Roland, supongo que
podrás arreglarte solo con los bichos. Perfectamente, señor director, ya me ha dicho Marcos que a ustedes dos cuanto menos
los vean por el lado de mi casa mejor será desde el punto de
vista formicológico. El problema es que puedas arreglarte solo
para subir los contéiners, dijo Lucien Verneuil. Mi portera pesa
ciento ocho kilos, señaló Lonstein, y eso actúa somáticamente
en las escaleras aunque parezca violar la ley de gravedad, cuando la gorda toma impulso para subirme un telegrama ya te
podés reír del cohete Apolo. En ese caso, dijo Roland. Supongo
que Marcos te avisó que no saques los bichos de los contéiners,
se creyó obligado a agregar Lucien Verneuil. Lo que vos querés insugerir es que no tengo que tirar los contéiners a la basura, ángel de amor, dijo Lonstein, andá a dormir tranquilo
que cuando Marcos me explica una cosa es propio la trinidad
al alcance de los cafres. Adiós, señores directores, feliz reanu-
dación con el dromedario y el hipocentauro. Ah, che, me olvidaba, el hongo creció un centímetro y medio, va a ser cosa de
que vengan a verlo cuando hayamos superado la etapa contéiners y otras jodas, sin alusión. ¿Por qué te empecinás en re-
petirme ese diálogo idiota?, se queja el que te dije. Porque no
es idiota, dice Lonstein, convenía que esos muchachos, quiero
decir los señores representantes del zoo, se enteraran de que yo
estaba tan al tanto como ellos de la cuestión, cosa que no les
gustó ni medio porque son tecnócratas de la revolución y creen
que la alegría, los hongos y mi portera no entran en la dialéctica de la Historia. En resumen, dice el que te dije que no es
tecnócrata pero está apurado, subiste los bichos a tu bulín y
devolviste el auto. Sí, dice el rabinito, y el hongo había cre-
cido otros tres milímetros.

A lo largo del bulevar Raspail se vio que Oscar no podía
más de sueño. Andá a apoliyar un poco, dijo Marcos, ya ha-

blaremos esta noche cuando llegue Heredia, y ojo con el teléfono. Es que tengo pilas de cosas que contarte, dijo Oscar saliendo del décimo bostezo. Pero Marcos le agradeció los alfajores entre groseras risotadas de Gladis y Ludmilla que acababan de terminar con la caja, y le dejó a Gladis las indicaciones logísticas para la rejunta nocturna. En la vereda del hotel Lutetia, Oscar se quedó mirando un momento el tráfico de Sèvres-Babylone, la valija en una mano y Gladis en la otra.

—¿Por qué se fueron tan pronto? Podíamos haber comido juntos o algo así, tengo tanto que contarle a Marcos.

—Ese muchacho sabe lo que hace —dijo Gladis—, cuando te veas en el espejo comprenderás, vení que te he reservado un cuarto de élite; en cuanto a mí necesito una ducha, mi amor, aunque esta vez no tengamos al pingüino en la bañadera.

Abrieron un boquete en el alambrado, las guachas

—Así que esto es París, entonces —dijo Oscar—. ¿Estamos en el centro?

—Aquí no hay lo que se llama un centro, o el centro está un poco en todas partes como en la definición de no sé qué cosa —explicó Gladis—. No puedo más, dejate de París-by-day y subamos a bañarnos y a dormir, se ve que no tuviste que servir trescientas bandejas de comida y atender a catorce niños diversamente descompuestos por arriba y por abajo.

—Perdoname, estoy un poco sonado, seguro que extraño la humedad del estuario. Che, pero vos y la chica polaca se mandaron todos los alfajores, desvergonzadas.

atajenlas por ese lado que se van a largar al descampado.

—Son muy buenos pero demasiado dulces —opinó Ludmilla virando en lo alto del bulevar Raspail para tomar la rue Delambre—. ¿Por qué no te quedaste con Oscar? Me pareció que estaba un poco desconcertado.

—Lo que estaba es más bien dormido —dijo Marcos—, y así no se puede hablar de nada. Pero si querés saber la verdad tengo que tratar de entender mejor una o dos cosas, y ahora que el asunto salió bien puedo pensar tranquilo un rato. Parate por ahí, te invito a un trago.

Ya antes, al salir a mediodía para Orly, Marcos se había preguntado por qué Ludmilla. Le gustó que se ofreciera para manejar, que no tratara de influir en Andrés deliberadamente concentrado en el tocadiscos, dándoles la espalda. Explicarle lo del pingüino turquesa no fue largo y a Ludmilla le dio un tal ataque de risa que estuvo a punto de embutirse en un ómnibus 94 cuando se enteró de que Roland y Lucien Verneuil, y sobre todo que Lonstein. Pero después cuando entraban en la autopista, Marcos sintió que empezaba a retraerse, que estaba pensando en algo que cambiaba su manera de manejar, de golpe brusca y como atormentada. La miró de reojo, le encendió un cigarrillo y se lo alcanzó.

—Como la vida —dijo Ludmilla—, una especie de broma o de farsa, y detrás lo otro esperando. Hay dos cosas, no te creas que no me doy cuenta, dos cosas muy claras. La primera es que lo del pingüino no es chiste, y la segunda es que me has puesto al corriente. Vos me has puesto al corriente a mí. Ahora yo junto esas dos cosas, te das cuenta. Y es lógico que te pregunte por qué me has hablado de eso, por qué a mí.

—Porque, nomás —dijo Marcos—. En estas cosas no siempre hay razones claras.

—¿Se lo dijiste a Andrés?

—No, hablamos más bien de mujeres. Solamente le mencioné el pingüino y no le interesó demasiado como te diste cuenta.

—Y en cambio vos, ahora... ¿Por qué? ¿Porque te propuse acompañarte a Orly? No estabas obligado. Imaginate que yo... carajo, puta, no encuentro las palabras, puñeta.

—Mezclás el argentino y el gallego en dosis iguales, polaquita.

—Es que tengo la ventaja de no entender demasiado de qué se trata —dijo Ludmilla—. Al principio Andrés me hacía repetir cosas para reírse con Patricio y Susana, concha peluda y pija colorada, cosas así, a mí me suenan muy bonitas.

—Son bonitas —dijo Marcos—, solamente que a veces la gente las usa mal, las echa a perder. Por supuesto que te tengo confianza, es uno de esos pálpitos. No tenés por qué pensar en nada tan extraordinario.

—Sí, pero... Bueno, está bien que he tratado de ayudar un poco, los cigarrillos con Susana y esas cosas, pero que me salgas

146

así en una esquina cualquiera con lo del pingüino y los veinte mil dólares falsos, eso ya es diferente.

—Si te molesta que te haya hablado del asunto podemos olvidarlo, sabés. Sin compromiso, sin que nada cambie.

—No, al contrario. Al contrario, Marcos. Es... Mierda, vos comprendés.

Marcos le apoyó la mano en el hombro, la retiró.

—Las cosas claras, polaquita. No te vayas a considerar comprometida directamente en lo que estamos haciendo. Te imaginás que si te hablo de eso es porque a lo mejor un día querés estar con nosotros, pero tiene que ser algo como tener ganas de acostarse o de jugar o de ir al cine, algo que te sale como un golpe de tos o una puteada. Y no tenés que apurarte, sobre todo. Si no te interesa, con no volver a hablar del asunto ya está. No te creas que me olvido de Andrés.

—Él no tiene nada que ver con lo que yo pueda decidir —dijo Ludmilla—. Estuve trabajando con Susana sin que a él le interesara, no es que se haya opuesto pero lo que ustedes están haciendo le parece infantil y lo irrita. Yo también, al principio, solamente que me divertía, pero ahora empiezo a ver otras cosas. Sí, tendré que pensarlo —dijo Ludmilla pasando astutamente a un coche belga que se empecinaba en desplazarse sobre las tres pistas con enorme escándalo de varios conductores nacionales.

—Vos no sos de allá —dijo Marcos—. Nadie puede pretender que te metas por una cuestión de responsabilidad, eso que llaman patriotismo, por ejemplo.

—Los directores del zoo de Vincennes tampoco —dijo Ludmilla.

—Claro que no, pero no es fácil ni se puede pretender que todos piensen así.

—¿Las brigadas internacionales, eh?

—Ponele. No fueron peores que las otras, me parece.

—La una menos cinco —dijo Ludmilla—. El pingüino debe estar aterrizando.

En parte por todo eso y también porque simplemente Ludmilla, el café de la rue d'Odessa tenía rincones tranquilos, banquetas verdes y un silencio que exigía vino blanco, cigarrillos y rememoraciones. Ahora era Córdoba, la amistad con Oscar en una pensión porteña, el viejo Collins, todo el ovillo confuso y enredado que Marcos tironeaba para Ludmilla, respondiendo a preguntas o a silencios, sin sorprenderse de que Ludmilla quisiera saber si había otras clases de alfajores, si Lonstein también había estado con ellos en la universidad, y que en un momento en que él le explicaba algunas de las razones que llevaban a la Joda, Ludmilla apoyara el mentón en los puños y lo mirara como una gitana por encima de la bola de cristal antes del anuncio fatídico.

—No entiendo gran cosa —dijo Ludmilla—, y la verdad es que por el momento no importa. Solamente quisiera que me digas una cosa.

—Ya sé —dijo Marcos—. Que dentro de una hora volvés a tu casa, y entonces.

—Sí. Porque no me gusta mentir si puedo evitarlo, y en este momento menos que nunca. Andrés no me ha mentido nunca, aunque las ventajas del sistema quedaron por verse. De manera que hay el pingüino, el viejo Collins, todas esas cosas. Pero también está el puchero que vamos a comer juntos esta noche, siempre hay que hablar de alguna cosa entre papa y papa.

—Por mí podés decirle todo, polaquita. Andrés no está con nosotros, yo siempre esperé que hiciera el primer movimiento pero ya ves. A lo mejor hubiera debido hablarle derecho viejo como a vos, a lo mejor hubiera reaccionado bien, nunca se sabe. También con él es cuestión de pálpito, si no lo hice no lo hice y se acabó. Pero vos sos libre de hablarle, por supuesto. Yo sé que él no abrirá la boca, acepte o no.

—Muy bien —dijo Ludmilla—. En cuanto a mí, no sé por qué, soy muy feliz. No me mirés con esa cara. Siempre digo esa clase de idioteces.

—No te miro por eso —dijo Marcos—. Te miro nomás, polaquita.

Sí, ¿pero quién sos, a quién tengo entre los brazos, quién cede y rehúsa, se queja y reclama, quién se arroga esta hora? Y así ocurre que está de acuerdo con todo (¿pero quién sos, a quién tengo entre los brazos?) sólo que cuando quiero bajarle poco a poco el slip se niega, aprieta las piernas y se niega, quiere hacerlo ella, necesita que sean sus manos las que sujeten el elástico y aflojen paulatinas el slip levemente rosa hasta la mitad de los muslos, alzando apenas las piernas y corriéndolo más allá de las rodillas, entonces va a empezar su blanda máquina de bielas, la bicicleta tibia que rechaza el slip mientras las manos se quedan como perdidas en los flancos, el slip se arrolla, es fatal, inútil que quiera ayudarla, insistirá en que no, volverá a usar las manos y los muslos subirán un poco más hasta que al final tobillos, pies, el último movimiento y el slip como un perrito rosa arrollado y diminuto contra los pies de la yacente que lo rechazan al estirarse y justamente entonces el suspiro, exactamente entonces siempre el suspiro, la aceptación de la desnudez, mirándome al sesgo, sonriéndome apenas.

No entiendo y amo esos rituales repetidos, vaya a saber por qué no me dejás bajarte el slip mientras te arquéas como un delfín flotando en la cama hasta que mis dedos arrastren con un solo impulso el perrito chihuahua rosa junto a esos pies fríos y apretados que besaré dedo por dedo, que lameré minuciosamente haciéndote cosquillas para que te niegues y te retuerzas riendo y me digas fetichista y me rechaces antes de plegarte al cuerpo que busca el tuyo de abajo arriba, la boca que corre por tu piel, un miembro torpe que se enreda en tus rodillas y en tu vientre mojándote, los preludios que se inventan en cada repetición, en cada escala de la ruta, tu olor bajo las uñas, doble prolongada búsqueda de lo hallado, incomprensible descubrir de lo sabido, tus dedos perdiéndose en mis ingles, anillando mi sexo, resbalar del uno sobre el otro saciando esa sed de piel llena de bocas, multiplicada de manos y de dientes, hidra primordial, dulce andrógino cefalópodo, substitución de medios y de fines, la boca sexo, el ano boca, tu lengua el falo que me busca, mis labios la vagina en que lo hundís, música de silencio al rojo, sonata que entreteje sus dos voces, las serpientes del caduceo subiendo hacia la resolución final, el último acorde que no escucharé porque esta vez me lo habrás negado, esta vez y tantas otras veces será como ese slip que solamente vos bajás, te volcaré de lado besándote en el cuello, resbalando por tu espalda, te quedarás inmóvil, rendida y así como bruscamente sólo tendré que imaginar lo que deseo para sentir mi fuerza agolpándose de nuevo y reclamando, todo lo aceptarás blanda y perdida con la cara en la almohada, te dejarás besar, murmurarás tu gata más tendida y laxa, adivinaré tus ojos cerrados y tus manos altas, lejos de tu cuerpo, toda vos con el perfil de la nadadora ritmando al borde del trampolín la perfecta zambullida, bajaré por tu espalda, te dejarás abrir y detallar, sentirás el inventario interminable de la lengua que va a lo más profundo, la succión de los labios que se pegan al anillo de fuego y musgo, que lo sienten contraerse y ceder, arrancándolo a su servidumbre cotidiana y secreta, llamándolo a una ceremonia que arrase con las rutinas de esa mano distraída que de tanto en tanto baja a limpiar y a lavar, de esa casi inexistencia que sólo la enfermedad rescata alguna vez para dedos más atentos, boca de medicamentos fusiformes, noticia de temperaturas, y te dejarás lamer y acariciar y digitar hasta ese instante en que habrás de replegarte negándote, te arquearás cimbrándote, eso no, ya sabes que eso no, te volverás de mi lado quejándote porque te he hundido las manos en las caderas para retenerte y abrirte, me rechazarás con un envión y te veré los labios apretados, la voluntad de no ceder, oiré esa voz de metal por la que vuelven las interdicciones seculares, y una vez más habrán sido la puerta de cuerno y la puerta de marfil, los ángeles de

Sodoma con el pelo al viento, resbalando entre sábanas protectoras, toda vos de nuevo boca arriba ofreciéndome el vientre canónico, definiéndote en sí y en no, Ormuz y Arimán, la absurda veda, los mohínes del no de mamá y el catecismo y la santa Iglesia amontonados en un solo no, gacelita de medida, molde de tu dios, tu patria y tu hogar, clave irrisoria de tanta cosa, nena comilfó, modelito intachable, amén, amén, a menos que, claro.

—Nos pasamos el tiempo recibiendo a esos desgraciados que vienen de ultramar —protestó Patricio metido en pleno embotellamiento del bulevar de Sébastopol a las siete de la noche—, y naturalmente Heredia tenía que aterrizar en Le Bourget que es la muerte en tres tomos.

—No se me enchive, cofrade —dijo Gómez—. A quién le cuenta usté, yo que estaba arreglando mi colección de estampillas del Gabón, y Marcos que telefonea. En fin, si me prendés la luz te voy leyendo las noticias y así se te pasa la crispación que te da un aire piuttosto cadavérico.

—No me gusta manejar con la luz prendida, che, va a parecer un casamiento de maricones, para peor vos con ese saco azul, hay que ser panameño, te juro. Está bien, está bien, ahí la tenés, tu luz.

Argentine

DES GUÉRILLEROS INVESTISSENT UNE LOCALITÉ DE DIX MILLE HABITANTS PRÈS DE CORDOBA

Buenos-Aires. — Une quinzaine de guérilleros circulant à bord de cinq véhicules ont investi mardi La Calera, une localité de dix mille habitants, située à 25 kilomètres de Cordoba. Divisés en plusieurs groupes, communiquant entre eux au moyen de walkie-talkies et agissant, selon les témoins, avec beaucoup de sang-froid, les assaillants ont occupé le central téléphonique, le bureau des postes et télégraphes, la mairie et, après avoir soumis la garde, le commissariat de police.

—Ustedes los jóvenes —dijo Gómez que tenía veintitrés años— piensan que andar en camisa o tricota los ayuda a destruir la sociedad. Bueno, qué me contás de estos cables.

—Andá diciendo mientras yo me corto por esa callecita que parece un poco más despejada. ¿Qué, en La Calera?

A toda velocidad Gómez lanzado ARGENTINA: GUERRILLEROS OCUPAN UNA LOCALI-

152

DAD DE DIEZ MIL HABITANTES CERCA DE CÓRDOBA. Unos quince guerrilleros que circulaban a bordo de cinco vehículos ocuparon el martes La Calera, localidad de diez mil habitantes situada a 25 kilómetros de Córdoba. Divididos en varios grupos que se comunicaban por medio de walkies-talkies, y actuando según los testigos con una gran sangre fría, los asaltantes ocuparon la central telefónica, la oficina de correos y telégrafos, la municipalidad y, después de dominar a los guardias, la comisaría. Las polainas, dijo Patricio, mirá las noticias que le vamos a dar a Heredia, seguro que está literalmente en las nubes. Irrumpiendo en una sucursal bancaria, se apoderaron de diez millones de pesos (veinticinco mil dólares, dios querido, la bronca que le va a dar al viejo Collins pensar que ésos son auténticos, y fijate de paso cómo coincide con lo del pingüino y los peludos, si seguimos así vamos a acabar millonarios), dejame leer, carajo, a fin de subvenir a los gastos de la revolución y de calmar el hambre de los trabajadores de las fábricas de automóviles de Córdoba. Estos últimos están en huelga desde comienzos de junio. La audaz operación recuerda la del 8 de octubre del año pasado, cuando los Tupamaros ocuparon Pando, pequeña población uruguaya.

No había duda de que eran noticias padre para Heredia, lástima que no pudieron transmitírselas en seguida porque ya en la fila de los pasaportes lo vieron que conversaba con un tipo alto y flaco, probablemente otro brasileño. Heredia saludó de lejos agitando los brazos con portafolio y botella de whisky, maniobra bastante útil para transmitir de paso una guiñada de ojos debidamente registrada por Patricio y Gómez que como era natural recibieron al viajero con abrazos y exclamaciones destinadas a no significar absolutamente nada, a la vez que Heredia les presentaba al señor Fortunato que había sido su efímero compañero de asiento y que se declaró sumamente. Razón por la cual Gómez se constituyó al lado de Fortunato mientras iban a buscar el equipaje, y Heredia con media boca y Patricio con cinco orejas attenti al piato es una hormiga, después te explico. A Fortunato le parecía muy bien que dejaran las valijas en la galería de salida y que se fueran a despedir con un trago puesto que Heredia sólo pasaría unas horas en París, ya el estimado compatriota lo había puesto al corriente de su vieja amistad con Gómez y Patricio, las locuras de Montmartre, la vida bohemia, ah esos años sin dinero fueron los mejores, y Patricio informando a la hormiguita viajera que Heredia había sembrado la lascivia y el despilfarro a lo largo de la rue Blanche mientras Gómez, más decente y laborioso, organizaba su colección de estampillas que era la admiración y la envidia de la sucinta colonia panameña de París. Lo de La Calera quedó para después y eso que la hormiguita viajera parecía interesarse de golpe por las noticias y compraba los diarios de la tarde mientras llegaba el segundo whisky, pero sus comentarios sobre el hecho de que en Heidelberg un millar de estudiantes acababan de armar una de a pie contra la presencia de McNamara, sólo hallaron un eco cortés en Gómez y Patricio y un entusiasmo puramente alcohólico en Heredia que ya traía envasados tres scotchs londinenses y dos sobrevolando el canal de la Mancha, y a quien sobre todo parecía regocijarlo imaginar que los estudiantes habían destruido vidrieras y espejos

Allemagne fédérale

A Heidelberg

UN MILLIER D'ÉTUDIANTS MANIFESTENT CONTRE LA PRÉSENCE DE M. McNAMARA

Heidelberg *(A.F.P.)*. — De violentes bagarres ont éclaté vendredi à Heidelberg à l'occasion de la conférence internationale sur l'aide au développement. Les manifestations étaient dirigées notamment contre la présence de M. Robert McNamara, président de la Banque pour la reconstruction et le développement (BIRD) et ancien secrétaire américain à la défense.

Un millier d'étudiants et de lycéens d'extrême gauche ont encerclé le grand hôtel où se tenait la conférence. Ils se sont heurtés à d'importantes forces de police, qui ont fait usage de canons à eau et de grenades lacrymogènes. De nombreuses personnes ont été arrêtées. Plusieurs blessés, manifestants et policiers, ont été hospitalisés.

en torno a un señor que presidía un banco destinado justamente a la reconstrucción. Cuando Fortunato llegó a La Calera en la página tres de *Le Monde*, era lógico que le preguntara a Patricio si estaba al tanto y que Patricio le contestara que sí, que todo andaba tan mal en la Argentina, pobre país, viejo. A Fortunato siempre le habían interesado los problemas argentinos porque era de la frontera y había vivido en Resistencia y en Buenos Aires, ya veían que hablaba bastante bien el español, claro que no tanto como el amigo Heredia que negaba modestamente porque nunca había podido eliminar un acento lleno de resbalones y destiempos y con una especie de ritmo africano en plena prosodia castellana, de manera que si Patricio vivía en París sería formidable encontrarse alguna vez y que le presentara a otros argentinos para hablar de esas cosas, pero por supuesto, déjeme su hotel y yo lo llamo, dijo Patricio. En el tercer whisky, cambiadas las informaciones topográficas y onomásticas del caso con gran despliegue de carnets y agendas, se habló de la copa mundial y de Pelé, para qué te cuento, del terremoto del Perú, de la zafra en Cuba sobre la cual Fortunato tenía informaciones directas mientras que los otros tres no parecían demasiado al corriente, y del nuevo ambiente en Londres donde Heredia había pasado un mes absolutamente orgiástico si era cuestión de creerle, y era. A Fortunato esto no parecía interesarle tanto aunque la simpatía de su nuevo amigo obligaba a escuchar y a saborear, ya *Le Monde* estaba plegado como un trapo en las rodillas de la hormiguita viajera que después de una o dos tentativas por extraerle temas de actualidad se había resignado a la transmisión de las informaciones de Heredia a sus queridos amigos de la antigua bohemia, ya no había por donde calzar la menor referencia al contexto socioeconómico y Fortunato entendía que lo mejor era irse pero nada que hacer, Heredia lanzado a evocaciones de la región de Earl's Court, S.W.5, si vas algún día te paso el dato de los buenos hoteles, pibe, no tiene comparación con esta ciudad puritana, Londres for ever, carajo, usted también debe haber mojado, eh, y Fortunato negando con una sonrisita de sobreentendido y Gómez metiéndole el codo en las costillas, ah estos cariocas cojedores, bueno, yo no soy carioca, da lo mismo, son todos más o menos, es el clima, y Heredia abundando en detalles técnicos sobre la manera de desvestirlas cuando no quieren o se hacen las que no

155

quieren que todavía es peor porque conservan la cabeza clara y eso siempre es uñas, manotazos y uppercuts de rodilla que son particularmente ominosos, en todo caso lo más funcional es una gentileza ayudada sotto voce por la fuerza de la gravedad puesto que no se irá lejos si la chica no está ya sentada y si es posible tendida en la cama, y entonces Heredia presiona suavemente mientras la despeina y la besa y le suelta el corpiño porque eso en general lo permiten sin demasiado espanto en Londres y en cualquier parte, y cuando se tiene las tetitas sueltas bajo la blusa no hay más que esperar el momento de alzársela y dulcemente enumerarlas, picotearlas, circunnavegarlas con un dedo y después con toda la mano en el gesto inmemorial y conmovedor del que ciñe una copa que no importa que en este caso esté boca abajo porque igual los labios vendrán a beber del piquito rosado que ama que lo beban, que se yergue volcancito despierto aunque Diana o Jennifer diga no no no y esconda la cara contra la almohada y sea una tempestad de pelo cobrizo azotando la cara de Heredia que dulcemente ha dado con el comienzo del cierre relámpago de la falda, y es el momento crucial, sic, porque Diana aprieta las piernas o se echa de lado y hasta totalmente se vuelca boca abajo y hay que concentrarse en la nuca y los hombros, tender a lo largo de la espalda una vialidad minuciosa de caricias que la acupunturen y la cartografíen, calmarla con una boca que le visita la oreja y la moja despacito, le muerde el lóbulo y le murmura los tonta los por qué los date vuelta los dejame los no seas así, y Diana o Jennifer suspirará y dirá que no pero se dejará dar vuelta poco a poco y el cierre relámpago bajará, esto hay que hacerlo como su nombre lo indica zip y ya está, pero en ese movimiento reside el genio estratégico que da los Austerlitz y los Chacabuco porque si se es Heredia todo será un solo conglomerado de acción, el zip correrá hasta lo más bajo y a la vez la falda bajará hasta los muslos y aquí Heredia señala el detalle capital del que depende todo el resto, el slip deberá bajar junto con la falda y eso a veces es difícil porque Diana aprieta las piernas o puede suceder que los dedos solamente tiren de la falda sin poder enganchar simultáneamente el elástico del slip, pero cuando se es Heredia todo entra en una misma estructura de descenso como dirían en *Tel Quel* si trataran de estas cuestiones, y entonces ocurrirá esa cosa admirable, esa metamorfosis dispuesta por los dioses inmortales y mirones que velan a la cabecera, y es que un slip bajado con un solo movimiento astuto hasta la mitad de los muslos pero solamente hasta la mitad y no solamente bajado sino arrollado con el mismo gesto con que se lo baja, y eso no es fatal sino que hay que ayudarlo con la palma de la mano como quien estira la masa de las empanadas, se convierte en algo que se parece mutatis mutandis a un par de esposas policiales, vale decir que un slip arrollado pasa a ser un doble aro elástico de nilón que traba el juego de los muslos pistones, de los tiros de un zaguero rechazante y rodilleante, los neutraliza como los puños del peligroso malandrín arrestado por los servidores del orden, los vuelve dos husos de inútil, tibia, rosada resistencia que allá arriba se vuelve queja porque Diana o Jennifer sabe que ya no puede usar sus grandes tijeras sedosas abelardizantes en el plano mental y/o físico de Heredia que ahora va a tenderse a medias contra y a medias sobre, resbalando un largo beso que empieza en la boca y se pierde en la barriguita, explorando el ombligo que huele suavemente a trigo y a talco, para regresar a los senos que nunca dejaron de esperarlo en el curso de esos avances y salidas y minas y contraminas, y con una mano libre progresará en su propio desvestimiento sin pretender a esa altura el estado adánico ni mucho menos porque tal pretensión habrá hecho perder muchas batallas ya casi ganadas a los perfeccionistas, solamente el pantalón a media pierna y el calzoncillo si se puede y si no da lo mismo por ahora, momento grave porque hay que envolver enteramente la cara y la atención de Diana con los besos y las manos y el propio pelo que siempre ayuda mientras se provoca ese cimbrear de las caderas que es un último no lleno de sí, una desesperada tentativa por librar los muslos de las esposas trabantes cuando los dedos de Heredia corren por un vello electrizado para adentrarse en el territorio hurtado y prieto, allí donde Diana sentirá que es demasiado tarde y que no puede abrir las piernas y gemirá para que Heredia la libere, dirá todavía que no porque no puede decir otra cosa pero estará esperando lo que él va a hacer con otro movimiento de águila, un nuevo recorrido fulgurante del slip que deberá franquear los scila y los caribdis de las rodillas donde siempre tienden a trabarse, para seguir hacia abajo, de preferencia hasta los tobillos y stop como última medida de precaución casi siempre innecesaria porque hay ese respirar hondo, esa temperatura que lo dice todo, ese arqueo que lentamente regresa a lo horizontal, esa cara que se hunde de perfil en la almohada con un sollozo donde se concentra toda la aquiescencia del Commonwealth, y entonces mejor correrlos hasta el fin ayudándose con un pie, soltar a albertina prisionera, y cuando las piernas se sienten libres hay ya todo el peso de Heredia cubriendo el territorio que murmura y se agita porque no, porque no quiero, porque eres malo, porque me estás aplastando, pero ya es el retorno darwiniano, suave aterciopelada regresión a la ranita, el apartarse cadencioso de los muslos, las rodillas que subirán sin que nadie se lo pida, el trecho inexpugnable ofreciendo la llave musgosa, Heredia arquimédicamente sabrá que sólo necesita un punto de apoyo y clavará las rodillas en el hueco propicio, y sus dedos subirán a la boca para buscar la saliva que esta noche es el santo y seña en la poterna, la cifra de la combinación secreta, Diana gemirá, la ranita empalada y sollozante, y una vez más el siracusano sabrá que ya puede mover el mundo, que todo está empezando a girar y a subir y a flotar y a hundirse con todas las propiedades de la física y la química en un torrente de colores bajo los ojos cerrados, entre murmullos y cabellos. Con lo cual Fortunato estima que ha llegado el momento de despedirse y se levanta luego de efusivos welcomes y que le vaya bien con las francesas, no sin antes hacerle notar a Patricio que nada le gustaría más que volver a encontrarlo para hablar de los problemas sudamericanos, deseo que Patricio retribuye como corresponde, faltaba más.

—Qué me decís —observa Gómez—. Así que la hormiguita viajera se te apiló en el aerostato.

—Dejame descansar un rato de la demostración —dice Heredia que por lo demás ha hecho su número con visible gusto, ya que pocas veces hay oportunidades de explayarlo hasta ese punto—. En fin, son más idiotas de lo que parecía, bien pudieron prever que no me chupo el dedo y que también tengo mis informaciones. ¿Te acordás de Ruy Moraes, que una vez bajó a Buenos Aires con una valija llena de pistolas? Está en Londres haciendo un trabajito para Lamarca, de paso me dio algunos datos seguros que le van a gustar a Marcos. La hormiguita viajera trató de hacerse presentar en una fiesta de amigos, ya sabés cómo la gente se cuela, y Ruy me lo mostró detrás de una copa de ginebra y el culo de una negrita, había tanta gente en ese party que la visibilidad podía considerarse como escasa, pero lo mismo le vi esa nariz de gancho egipcio que tiene. Para estar más seguro me fui antes de una posible presentación y ya ves, esta tarde me lo encuentro en el avión, se me sienta al lado y empieza con lo de usted perdone pero se me ocurre que también es brasileño, etcétera. Me preocupaba un poco pensar que a lo mejor Marcos me estaría esperando, y te imaginás que no me gustó ni medio verlos a ustedes pero por suerte no son tan lerdos como parecen.

—Vamos en seguida a lo de Marcos —dijo Patricio—. Ya oíste lo de La Calera, te lo teníamos reservado pero la hormiguita viajera siempre gentil y hacendosa se nos adelantó, hijo de puta y puto él mismo.

—Habrá que estar atentos, che —dijo Heredia—. De todas maneras el tipo se ha quedado sin saber qué pensar, a cada Fortunato le llega su Montrésor.

Lo dijo sobre todo para él, porque ni Gómez ni Patricio eran muy leídos, la prueba es que se lo quedaron mirando como si fuera un gliptodonte, tras de lo cual las valijas y hop, previa inspección del horizonte desde luego completamente desprovisto de hormigas entre tanto adelanto tecnológico y puertas que se abrían y cerraban con sólo mirarlas de lejos.

—Así que vas a llenar tu fichita de adhesión —le dije.

—Sí. El teatro me deja tiempo de sobra para otras cosas, y en estos últimos meses ño me he divertido demasiado.

—Ya sé, polaquita, ya sé. Te descuido, me voy por ahí a vagar, no te llevo a ver los osos.

—No te des tanta importancia —dijo Ludmilla amenazándome una pantorrilla con el talón más bien filoso de un zapato—. Yo sé jugar sola pero ahora es otra cosa, un juego que a lo mejor puede servir para algo, nunca se sabe.

—Hacés bien, Ludlud, además a vos siempre te gustaron mucho los pingüinos.

Ludmilla me pasó la mano por la cara, me besó en el pescuezo y me quitó los cigarrillos. Sus costumbres de caballito marino, su olor de pelo limpio, el alegre desorden de todos sus movimientos; empezamos a fumar juntos, a compartir un vaso de vino; pensé cuánto me gustaría escuchar *Prozession*, ahí al alcance de la mano, pero a la vez prefería que Ludmilla siguiera contándome la expedición a Orly entre ataques de risa e increíbles bifurcaciones y digresiones, por primera vez la impresión de que algo cambiaba en la perspectiva, de golpe trazos definidos, direcciones y líneas de fuga (a lo mejor esto último resultaba literal), un sentimiento preciso de que Marcos y Patricio y los demás se enfrentaban a cosas tangibles, que Marcos ya no era el visitante pachorriento o distraído de esa mañana. Por supuesto ni Ludmilla ni yo teníamos una idea clara de la tal Joda, apenas si sospechábamos lo que Lonstein hubiera llamado los epifetentes o prolegomosos, pero había bastado que algo en mí sintiera la aproximación de Ludmilla a la Joda para que al mismo tiempo tanto macaneo abstracto se encarnara, un brusco "se acabó la diversión" que por contragolpe me cambiaba, me situaba de otra manera con respecto a Marcos y a los otros, sobre todo frente a Ludmilla que no tardaría en pagar los platos rotos, meterse en líos innominables con su inocencia polaca, las patitas menudas en la mitad justa de la sopa hirviendo, puta que los parió. Con ternura, lo pensaba casi dulcemente porque quería a Patricio y a Marcos y a Gómez, ahora sí pasaba algo, se venía la gran maroma (peludos reales y un pingüino turquesa, haceme el favor, polaquita); ahora era la Joda, y fuera lo que fuese, algo muy diferente de los alaridos en el cine o los fasos quemados.

Vaya a saber la cara que había puesto Andrés a esta altura de sus cogitaciones porque Ludmilla se lo quedó mirando y le volvió a acariciar una mejilla, gesto que se cortó de golpe aunque más no fuera porque necesitaba inmediatamente las dos manos para agarrarse la cabeza:

—¡El ensayo de las siete y media! ¡Dios mío, me olvidé completamente de acordarme!

—No llore, gatita, tómese otro trago con su Andrés·pecador que no comprende las angustias de la historia contemporánea, y cuénteme un poco más eso de las hormigas que se le quedó en el buche.

—¡Concha peluda y pija colorada —dijo Ludmilla—, esta vez me matan seguro!

—Bah, no vale la pena retorcerse las manos, nena, total lo mismo llegarías cuando ya todos se han muerto o se han casado, mejor nos comemos el puchero que está muy bueno, te juro que seguí tus indicaciones hortaliza a hortaliza.

—Tenés razón, que se vayan a la mierda —dijo Ludmilla—, bien me podían haber telefoneado de nuevo, no te parece.

—Te telefonearon a las seis, mi amor, fue lo primero que te dije cuando volviste de la recepción del pingüino.

—Entonces me fregaron, pero la culpa es de la emoción, los dólares... Ah, las hormigas, claro que te voy a contar, pero antes tengo que calmarme, dame un vaso de algo. ¿Y cómo está Francine?

—Bien —dije con el mismo inevitable cambio de entonación que había en su voz, esa manera diagonal de soltar la pregunta y responderla, vuelta al pozo, al ping-pong inútil.

—Pensé que irías a verla —dijo Ludmilla—, lo pensé cuando le decías a Marcos que no irías a Orly.

—Contame la llegada del pingüino.

—Para lo que te importa a vos el pingüino.

—Está bien, hablemos de Miguel Ángel si preferís. Ah Ludlud, cómo puede ser que

Interrupción por causa de fuerza mayor

El que te dije se impacienta porque dale con Francine y el puchero y Ludmilla triste y otras filigranas de mentalidad liberal resquebrajándose al cuete, (sí, sí, pienso yo, venime ahora con esos esquemas avanzados, vos que sos peor todavía) y a todo esto minga de explicación coherente sobre el Vip, las hormigas y la Joda, por lo cual primero de todo el que te dije magina (de imaginar, más que de magia) el siguiente

ORGANIGRAMA VIPÉRICO-FÓRMICO

N. B.: Como todos los organigramas, éste no se entiende demasiado.

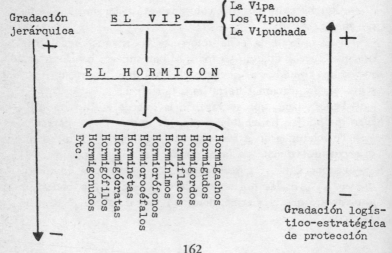

El que te dije había aprovechado bastante una especie de retrato-robot del Vip fabricado por Gómez y Lucien Verneuil y que se manifestaba dentro de estas líneas:

1) El Vip es sudamericano (¿argentino? ¿boliviano? Diversas opciones en orden alfabético).

2) El Vip es pleni:
   —potenciario
   —lunio (detalle astral que Lonstein juzga tan importante como nefasto)
   —potente (guita proveniente de todo el orden alfabético supuesto *supra*, vía (hipótesis) OEA, CIA, BIRD, Nelson Rockefeller, fundaciones, etc.)

3) El Vip opera en Europa.

4) Un grupo paramilitar protege al Vip: las hormigas, comandadas por el Hormigón. En el caso de las hormigas es válida la casi totalidad del orden ecológico (Fortunato, por ejemplo, es brasileño, y al Hormigón se lo supone salvadoreño, aunque su identidad se mantiene nebulosa).

Intermezzo pucciniano

El cuarto 498 tenía radio en la mesita de luz y Oscar la encendió con todas las precauciones para no despertar a Gladis que tenía un dedo en la boca estilo Baby Doll y el culito puesto también como Baby Doll sólo que completamente destapado. Sentándose en la cama encendió un cigarrillo con la técnica de trinchera de la guerra del 14, aprendida a los trece años en el cine Roca de Almagro y consistente en apantallar la mano y frotar la lija sobre una superficie no mayor de cinco milímetros parareducirelruidoaunmerochasquido que por supuesto no le llegó a Gladis perdida en un sueño bien ganado a fuerza de bandejas de plástico y pudú-pudú. Lo malo era que la radio del hotel era de esas que tienen tres posiciones, dos de las cuales son siempre una mierda y para colmo en francés, y la tercera *Turandot*, segundo acto, aria de la princesa. Manejando el potenciómetro como antes el fósforo, Oscar el astuto verificó que Turandot podía ventilar su mal disimulada represión sexual a un nivel

163

que no despertaría a Gladis, y recostándose en una almohada prodigiosamente blanda se dejó llevar por el tabaco y la música, la irrealidad de esa hora en que sólo Gladis podía vincularlo todavía con el otro lado del mundo, esa Argentina de golpe increíblemente lejos y perdida, la pensión de doña Raquela que vaya a saber lo que venía a hacer aquí, y de paso los pechitos de la Moña entre jazmines y luna llena. No estaba demasiado despierto, la melodía pucciniana que conocía y amaba desde chico era un poco el perfume de los jazmines de Santos Pérez y el olor de Gladis dormida y saciada, un olor antes de la ducha y el planteo de los tres enigmas, el recuerdo de algo leído vaya a saber dónde, Toscanini dirigiendo en Milán el ensayo general de *Turandot* y parando la orquesta después de la escena del suicidio de Liù para decir con la cara bañada en lágrimas, "Aquí dejó de escribir el maestro, al llegar aquí murió Puccini", y los músicos levantándose en silencio, todo eso para que Oscar supiera de paso que Franco Alfano se había valido de las indicaciones dejadas por Puccini para terminar *Turandot*, imposible no preguntarse cuántas cosas serían así, las estatuas de los museos que se admiran sin sospechar que un tercio ha sido recompuesto como los esqueletos de los diplodocos a partir de un huesito de chiquizuela, Ameghino, esas cosas, y también las noticias de los diarios fabricadas a pura muñeca, otras internadas abrieron un boquete en las alambradas de una ventana de la cocina y se descolgaron por ahí hacia un terreno baldío que comunica con la calle 41, andá a saber si el boquete no estaba ya abierto, si realmente las muchachas se habían escapado por un terreno baldío regado de luna llena, corriendo frenéticas hacia la tapia, hacia el carnaval del otro lado, desesperadas de alienación y amontonamiento, de guisos grasientos y de cachetadas o más sutiles ultrajes pedagógicos. Por qué carajo vuelvo a eso como una mosca al bofe, se dijo Oscar que no tenía prejuicios en materia de metáfora, pero no era una metáfora, eso volvía de otra manera, como la obediencia a una oscura semejanza, y Turandot prometía el amor o la muerte en la repetición final del aria, esa frase admirablemente sencilla que a Andrés le hubiera parecido

164

insoportable y pedestre después de *Prozession* que por fin había podido escuchar tranquilo mientras Ludmilla ovillada en el sofá seguía la música a su manera, es decir leyendo poemas de Lubicz-Milosz con el que tenía una fijación recurrente.

De a ratos al que te dije le interesaba verlo a Andrés como encaramado en un techo a dos aguas; en otra época hubiera sido capaz de llenar alguna fichita con un acercamiento entre gentes como Andrés y por ejemplo Henry James análogamente a caballo entre el mundo de su generación y las primeras sacudidas a base de teléfono, automóvil y Guglielmo Marconi. Pero ahora le interesaba más otro tipo de situación limítrofe en alguien como Andrés; era al nivel de la conciencia que ese estar a caballo en la propia vida provocaba conductas autofágicas, verdaderas carnicerías de catoblepas, tentativas casi siempre irrisorias de fractura en el plano del lenguaje, de la vida de relación, de las corrientes ideológicas, todo lo cual tendía a volverse un tanto difuso, momento que el que te dije aprovechaba para levantar la lupa y murmurar algo así como esperá que te agarre Mao y ya vas a ver si Francine o si la liberación sentimental o si tu sillón con audífonos estereofónicos.

A mí todo eso me parecía tan evidente como al que te dije, sobre todo después del sueño de Fritz Lang que de alguna manera absolutamente incomprensible era al mismo tiempo una forma diferente y oscura de ese callejón sin salida pero con el doble nombre de Ludmilla y Francine. En esa oscuridad total todo era clarísimo, porque en esos tiempos yo me estrellaba diariamente en la tozuda necesidad de liquidar la línea recta como la menor distancia entre dos puntos, cualquier geometría no euclidiana se me antojaba más aplicable a mi sentimiento de la vida y del mundo, pero cómo hacerles entender eso a Ludmilla o a Francine, de tanto vagar y esperar no iba quedando más que náusea y frustración, los reproches siempre dentro de líneas ortodoxas, los remordimientos y el mal gusto en la boca del esclavo de su bautismo occidental y pequeñoburgués, la sensación de que había algo por hacer y que no había sido hecho, una tarea derogada, la mancha negra entre el momento en que el camarero me llevó a la sala donde me esperaban y el momento en que volví a salir, sabiendo algo que me había olvidado, debiendo hacer algo que no podría hacer puesto que no me acordaba. Así diariamente y por supuesto el superyó vigilante, la superestructura de lo diurno instalándose a codazos, el hombre a caballo sobre el techo tratando de abarcar el mundo Ludmilla y el mundo Francine (y más, mucho más que eso, una rosa de los vientos total que trizara toda noción localizable del horizonte) hasta tocar alguna vez con la mano del más extremo deseo un mundo Ludmilla Francine, y por supuesto a cada paso el topetazo de lo binario, la inconciliable vista doble desde el techo a dos aguas.

—Sabés —dijo Andrés sirviéndole más vino a Ludmilla, guardando el disco de *Prozession*, buscando la pipa—, sabés, polaquita, de muchacho me fascinaba esa cosa tan idiota que es andar a caballo, avanzar asistiendo casi simultáneamente al desplazamiento del doble paisaje lateral, rancho a la izquierda, alameda a la derecha, tapera a la derecha, arroyito bonito a la izquierda, y adelante casi nada, las dos orejas del caballo, el horizonte que ya de lejos empieza a situarse a izquierda o derecha, uno sabe que en algún momento ese ombú central pasará a la izquierda mientras la lechucita parada en el tronco seco será una lechucita diestra a pesar de su inmerecida leyenda.

Ludmilla había cerrado su libro de poemas lituanos y me miraba con ojos todavía un poco perdidos en un mundo de imágenes que poco tenían que ver con lo que estaba viendo, con ese hombre de vuelta de una música de Stockhausen y una rumia desganada, porque mirá, Lud, lo terrible no es elegir, cada día la gente elige más, es fatal, vos vas a lanzarte a la Joda y yo he tomado partido por los países árabes, cum grano sablis, es cierto, y sólo mentalmente, es todavía más cierto, lo difícil o riesgoso no es eso aunque suponga toda clase de problemas y el mío con los países árabes sea particularmente arenoso, la joroba de toda separación de aguas, hijita querida, es que sólo los ingenuos creen que se corta con cuchillo, que esto queda aquí y esto allá. Desde luego no entendés una palabra de lo que te estoy diciendo, polaquita.

—Cómo querés que te entienda —murmuró Ludmilla acercándose y metiéndome las manos en el pelo hasta que sus uñas me rascaron como a un gato, cosa que siempre me ha producido un placer extremo—, si empezás a hablar al final del túnel, pájaro espantoso. Y sin embargo mirá si soy inteligente, yo creo que te sigo y que no necesitás sacar el mapa Michelin.

—En sí no es difícil, Ludlud, estaba pensando que el problema de elegir, que es cada vez más el problema de este roñoso y maravilloso siglo con o sin el maestro Sartre para ponerlo en música mental, reside en que no sabemos si nuestra elección se hace con manos limpias. Ya sé, elegir es mucho aunque uno se equivoque, hay un riesgo, un factor aleatorio o genético, pero en definitiva la elección en sí tiene un valor, define y corrobora. El problema es que a lo mejor, y estoy pensando en mí, cuando yo elijo lo que creo una conducta liberatoria, un agrandamiento de mi circunstancia, a lo mejor estoy obedeciendo a pulsiones, a coacciones, a tabúes o a prejuicios que emanan precisamente del lado que quiero abandonar.

—Blup —dijo Ludmilla que siempre decía eso para alentarme.

—¿No estaremos, muchos de nosotros, queriendo romper los moldes burgueses a base de nostalgias igualmente burguesas? Cuando ves cómo una revolución no tarda en poner en marcha una máquina de represiones psicológicas o eróticas o estéticas que coincide casi simétricamente con la máquina supuestamente destruida en el plano político y práctico, te quedás pensando si no habrá que mirar de más cerca la mayoría de nuestras elecciones.

—Bueno, más que mirarse el ombligo como estás haciendo vos, lo que habría que intentar es una especie de superrevolución cada vez que se dé el caso, y estoy de acuerdo en que se da todos los días.

—Claro que sí, Lud, pero habría que mostrar mejor esa infiltración de lo abolido en lo nuevo, porque la fuerza de las ideas recibidas es casi espantosa. Lonstein, que como sabés ha hecho un arte de la masturbación aunque creo que nunca te habló del asunto, me mostraba un texto científico victoriano con la descripción de los síntomas del niño pajero, que es exactamente la que nos hacían nuestros padres y maestros en la Argentina de los años treinta. Cara ojerosa, piel amarillenta, palabra tartamudeante, manos húmedas, mirada débil y evasiva, etcétera; el cuadro persiste seguramente hoy en la imaginación de mucha gente, aunque la mutación generacional no tardará en liquidarlo. Lonstein se reía porque no solamente él no respondió jamás a ese cuadro entre los once y los quince años, sino porque se acuerda muy bien de que en ese entonces se consideraba una excepción milagrosa y estaba contentísimo de que su viejo no pudiera pescarlo por ese lado; es decir que si te fijás bien, en él había finalmente una aceptación del cuadro clínico tradicional que lo llevaba a imaginar su caso como una excepción privilegiada.

—Yo una vez a los once años me masturbé con un peine —dijo Ludmilla—. Carajo, casi acaba mal, debo haber estado loca.

—Los peines son para que los niños buenos les pongan un papel de seda y entonen alegres melodías, no se te olvide. Y ya que estamos en la sexología, el libro en cuestión alude a otra cosa que siempre me llamó la atención en las novelas libertinas de Sade para abajo, y es la historia de la supuesta eyaculación en las mujeres/¿Eyaculación en las mujeres?/Eso, querida, se diría que nunca leíste *Juliette* o su numerosa progenie./Sí, bueno, no, *Juliette* no porque no la conseguí, pero sí *Justine*./Es lo mismo en bastante menos, pero también allí las mujeres eyaculan, y las razones profundas de esta convicción compartida por todas las eminencias médicas de la época es otro problema que toca a la discriminación sexual y a la primacía de un mundo masculino que se vuelve modelo a imitar, y así la mujer acepta o acaso inventa una eyaculación propia que a su vez el hombre da por supuesta desde el momento que es él quien impone el modelo./Las cosas que sabés./Yo no, un tal Steven Markus que es un águila, pero no se trata de eso sino que un día hablando con un violinista francés amigo de confidencias libidinosas, me contó de una de sus amantes, una caucásica misteriosa llamada Basilique, y me dijo que hacía el amor con tal frenesí que al final eyaculaba de una manera que le dejaba los muslos completamente empapados./Blup./Date cuenta, ese muchacho sabía mucho más que yo de mujeres y sin embargo parecía creer que Basilique era tan sólo la manifestación suprema de algo que él daba por supuesto en todas ellas. No me animé a plantearle el problema pero ya ves cómo ciertas creencias pueden saltar la barrera y seguir actuando del lado opuesto, nada menos que en un tipo que se las sabe todas. Me pregunto si las cosas que quisiera cambiar en mí no las estoy queriendo cambiar sin que en el fondo nada cambie gran cosa, si cuando creo elegir algo nuevo mi elección no está regida secretamente por todo lo que quisiera dejar atrás.

—En todo caso elegís, y cómo —dijo Ludmilla, y se la sentía como un trapito que se va plegando en dos, en cuatro, en ocho. La besé y le hice cosquillas, la apreté hasta que protestó, siempre pensando, siempre hablando, siempre Andrés duplicado, salido de él mismo, besándome, haciéndome cosquillas, apretándome hasta que protesto, siempre pensando, siempre hablando, escuchame, Ludlud, ya sé que todo esto es Francine, escuchame, Ludlud, yo salgo a buscar, necesito salir a buscar, entonces Francine o aquel viaje a Londres en que te dejé plantada porque tenía que estar solo, pero todo estaría en saber si realmente busco, si salgo a buscar de veras o si no hago más que preferir mi herencia cultural, mi occidente burgués, mi pequeño individuo despreciable y maravilloso.

—Ah —dijo Ludmilla—, ahora que lo decís yo no creo que vos hayas cambiado gran cosa desde que empezaste a salir, como decís. Más bien al revés, entonces quod eram demostrandum, tomá.

—Hm —dijo Andrés buscando la pipa, lo que en él era siempre una técnica dilatoria—. ¿Por qué entonces has cambiado vos?

—Porque me decepcionás, porque sos inauténtico, porque en el fondo sabés muy bien que no querés cambiar nada, que esa pipa será siempre tu pipa y guay del que se meta con ella, y al mismo tiempo estás dispuesto a hacer pedazos esta casa de la misma manera que estarás haciendo pedazos la de Francine, porque cada golpe allí o aquí repercute viceversa sin que necesitemos telefonearnos para saber las novedades.

—Sí —dijo Andrés—, sí, Ludlud, pero son dos casas, y siguiendo tu metáfora tratá de comprenderme, dos casas son dieciséis ventanas y no ocho, son un gusto diferente de las salsas, una luz que mira al norte y otra al oeste, esas cosas.

—A vos en todo caso no te está sirviendo de mucho tu ubicuidad y tus dieciséis ventanas, vos mismo lo estás sospechando, pero entre tanto hay cosas que ya no serán nunca lo que fueron.

—Quise que comprendieras, esperé una especie de mutación en la forma de quererse y entenderse, me pareció que podíamos romper la pareja y que a la vez la enriqueceríamos, que nada tenía que cambiar en los sentimientos.

—Nada tenía que cambiar —repitió Ludmilla—. Ya ves que tu elección no quería cambiar nada profundo, era y es un juego lujoso, una exploración alrededor de una palangana, una figura de danza y otra vez de pie en el mismo sitio. Pero en cada salto has roto algún espejo, y ahora salís con que ni siquiera estás seguro de que los rompés por cambiar algo. No hay mucha diferencia entre Manuel y vos.

—Una cosa es útil en esta conversación, polaquita, y es que vos la desacralizás rápidamente, la traés del lado de Manuel, por ejemplo. Tenés tanta razón, yo problematizo al cuete, y para peor dudo del problema mismo. No me tengas lástima, sabés.

Ludmilla no dijo nada pero me pasó una vez más la mano por la cara, casi sin tocarme la piel, y era algo que precisamente se parecía tanto a la lástima. En fin, cómo saber cuál de las dos me tenía más lástima porque también Francine se quedaba mirándome de a ratos como alguien que quiere consolar y se dice que es inútil porque no hay ni siquiera desconsuelo, hay esa otra cosa sin nombre que yo no puedo dejar de buscar o de

171

ser, y así da capo al fine. Nada acababa ahí puesto que todos teníamos razón, nuestra razón. Nada acababa ahí pero nada parecía empezar tampoco: al extremo de cada diálogo con Francine, con Ludmilla, se abría un nuevo plazo precario donde caricias y sonrisas eran como habitantes furtivos y corteses, andando en puntas de pie; convencerse, entonces, convencerse (y no, imposible aceptar eso: seguir sobre el techo hasta el final, romperse la crisma pero seguir a caballo sobre dos aguas, sobre dos mundos, queriendo hacerlos uno solo o diez mil), convencerse entonces de que TRIÁNGULO: Figura formada por tres líneas que se cortan mutuamente. No. Aunque se corten, y vaya si se cortan antes y después de las caricias. No, Euclides, no, carajo.

Casi increíble que tanta gente extranjera se pueda reunir en un departamento de París sin que la portera vaya juntando presión a medida que diversos sujetos se constituyen y en su gran mayoría preguntan por mosiú Lonstein como si su nombre no figurara en el tablero de entrada, sin contar que las tales preguntas suelen ser hechas en un lenguaje que pocas porteras francesas se dignan interpretar, pero en este caso sucede que la gorda no solamente no arma el menor lío sino que está contenta y plácida, por ejemplo a Oscar y a Gladis que llegan por primera vez les muestra la escalera en el fondo del patio y los acompaña hasta el primer rellano, comentando que seguro es el cumpleaños del señor Lonstein y que está muy bien que de tanto en tanto la gente cumpla años porque pocas son las alegrías que nos quedan con tanta guerra y las inundaciones del sábado en el valle del Loire donde vive su madre rodeada de árboles frutales, dése cuenta qué desastre. Oscar, por supuesto, se queda de araca ante este desborde oratorio, y le toca a Gladis ir intercalando los oh oui, bien sûr, mais certainement, seguidos de diversos merci beaucoup, vous êtes gentille y otros lubricantes de una sociedad en la que nadie se cruza con otro en una escalera sin pedirle perdón, te juro que es cierto, dice Gladis mientras tocan el timbre, vos me estás tomando el pelo, nena, aunque debo decir que la de manos que llevo estrechadas en lo que va del día so pretexto de cualquier cosa es algo que me ha dejado más bien atónito.

La pobre gorda se equivoca en lo del cumpleaños del rabinito, pero no tanto porque al final eso es una especie de fiesta aunque se ignoren las razones que la desencadenan (ahí vienen Gómez y Monique haciendo temblar la escalera con zapatos, exclamaciones y risotadas totalmente desprovistas de sentido); en todo caso y a lo largo de la tarde Marcos y Heredia se han dado una vuelta por lo del rabinito, los contéiners han sido debidamente desforrados y los dólares ya esperan su hora en algún otro lugar de París, de manera que si las hormigas inten-

ACCORD ENTRE BUENOS - AIRES ET LONDRES SUR LES ILES FALKLAND

Londres *(A.F.P.)*. — A l'issue de négociations laborieuses, les gouvernements britannique et argentin se sont mis d'accord le 1er juillet pour « geler » la question de la souveraineté sur les îles Falkland (Malouines). Situé au nord-ouest de la Terre-de-Feu, et colonie britannique depuis 1834, l'archipel est revendiqué par l'Argentine.

Aux termes de l'accord, le gouvernement de Buenos-Aires permettra aux deux mille habitants des îles — isolés jusqu'à présent du continent sud-américain — de se rendre librement en Argentine. Ils y seront exempts du service militaire et jouiront de certains avantages fiscaux et douaniers.

D'autre part, le gouvernement argentin s'engage à établir des services aériens réguliers, ainsi que des communications postales, téléphoniques et télégraphiques, entre l'Argentine et l'archipel. La Grande-Bretagne se charge, de son côté, de créer un service de navigation entre Port-Stanley, capitale de l'archipel, et le continent.

tan algún reconocimiento no encontrarán más que botellas de vino y latinoamericanos en todos los rincones; al que te dije, uno de los primeros en llegar, le da la impresión de que la gorda ha acertado y que es eso un cumpleaños, probablemente del hongo que sigue siendo el tópico mayor de la conversación del rabinito, pero al poco rato las cosas se le complican al que te dije porque la simultaneidad no es su fuerte y bien se sabe que en las reuniones hispanoparlantes no se trata en absoluto de escuchar sino de hacerse oír, herencia española ineluctable, con lo cual la única metodología posible es falsear como siempre la realidad y adaptar lo simultáneo a lo sucesivo con las presumibles pérdidas y errores de paralaje. Pero vos mirame a ésos, dice Lonstein lúgubre, uno los invita para algo importante y de lo único que se les ocurre hablar es de la Joda, hace una hora y media que están discupishando sobre el kidnápin del Vip. ¿Pero vos no estabas enterado?, se asombra el que te dije. Ma sí, che, pero que ese asunto lo solventen en horas de oficina. En fin, ya que les albergué el pingüino bien puedo aguantarlos un poco más, no te parece. Hablando de pingüinos, dice Gladis después de una gran distribución de besos, no sé si vieron la noticia. La naturaleza imita al arte, wildea Patricio ya enterado, pero no así Gómez y Monique que de acuerdo a costumbres bien establecidas se dejan caer de traste al suelo para reírse a gusto, y Ludmilla, que a su turno lee la noticia, se acuerda de que Andrés es acaso el inventor de una definición de las Malvinas que también la hizo reír en su día: Islas de mierda, llenas de pingüinos. Habría que darle la noticia al principal interesado, dice Susana, aunque por el momento lo único que lo apasiona es jugar con Manuel en la bañadera. En *mi* bañadera, dice el rabinito, empapando *mis* toallas y salpicando *mis* azulejos. Vos te das cuenta, agrega mirando rabioso al que te dije, uno los invita para ver el hongo y todo acaba en repugnantes naumaquias. No sé si se dieron cuenta de que con el tratado el pingüino se salva del servicio militar, dice Patricio, y que gozará de beneficios fiscales y aduaneros. Si hubiéramos sabido no armábamos tanto lío en Orly, dice Oscar. Y si alguien como por ejemplo Lonstein empezara a echar tragos, dice Gómez. Hay vino y soda, dice adustamente Lonstein. Entonces el que te dije se va a su rincón neutral, que es en cualquier parte aunque ni siquiera sea un rincón, y desde ahí se los queda mirando y escuchando, esa gente que conoce y quiere, esa gente de su tierra charlando y riendo, cada vez más metida en algo que va a reventar y que no tiene nada de divertido, nada que ver con pingüinos y coincidencias cablegráficas y vino con soda. Como siempre el problema es comprender sin simplificaciones deformantes, y acaso hacer comprender, pero esto último no le importa demasiado al que te dije, que se limita a mostrar lo que cree cierto y real e incluso necesario, sin las puestas en escena de rigor para esos cosas. ¿Cómo hubiera contado algo así un tipo como Grosso, el de la historia? Grossianamente hablando, el cabildo cerrado había empezado desde antes, primero en minoría con Marcos y Heredia ocupados en desforrar los contéiners y fletar a Lucien Verneuil con los dólares; después cayeron Patricio y Gómez, y cuando Oscar llegó sin alfajores pero descansado, se pudo hablar en detalle de lo que cerraría la fase operativa el viernes por la noche. Estaban a lunes, noche de hongos y vinacho más bien aguado; el martes no te cases ni te embarques pero en cambio un gran día para cambiar simultáneamente los dólares en unos veinte bancos y agencias, tarea a cargo del grupo aborigen mandado por Roland y Lucien Verneuil, dado que cuanto menos sudamericano se acercara a las ventanillas, mejor, las hormigas no eran lerdas para fichar a los morochos y trabajaban con un cierto cierre de ojos de la policía francesa, lo que complicaba la cosa por el lado de los bancos. A Patricio le tocó explicar una serie de maniobras previas que se sucederían a lo largo y lo ancho del miércoles y el jueves, y estaban ya llegando al viernes por la mañana cuando retumbaron las puertas de la morada del rabinito, que las abrió más bien espantado para dar paso simultáneo a Ludmilla y a Susana, esta última dejando prácticamente caer a Manuel para colgarse del pescuezo de Heredia, mientras Heredia miraba de reojo a Marcos con inequívoca referencia a Ludmilla que acababa de seducir al joven estudiante en la escena segunda del último acto, telón y un taxi sin sacarse el maquillaje, de manera que estaba extraña y lindísima y Marcos la miró y después le guiñó un ojo a Heredia para que siguiera explicando lo del Vip sin problema, cosa que Patricio y Gómez aceptaron raspando porque era Marcos y a lo mejor también porque era Ludmilla. Calmar a Manuel llevó sus cinco minutos, este niño se excitaba terriblemente apenas se sentía el centro del universo como más o menos todo el mundo pero con más inocencia todavía, y el cabildo cerrado se abrió como por encanto después del cuarto intermedio destinado a llenar la bañadera y hacer las presentaciones entre Manuel y el pingüino turquesa, que instantáneamente procedieron a desentenderse de la Joda y entablar un baño seguido con particular delicia por las mujeres mientras el cabildo reabría la sesión y le tocaba a Gómez precisar algunos detalles de la gran Joda, a saber: 1) El Vip y la Vipa, su legítima, saldrían de una cena semioficial antes de medianoche; 2) La protección del Vip, a cargo del Hormigón (elementary, my dear Watson) consistiría casi seguramente en la presencia de dos hormigachos en el auto, uno como chófer

176

y el otro por las dudas y también armado; 3) La zona era buena, cerca del Parc Monceau; 4) La hora también era pasable; 5) El itinerario para la intercepción y la salida de París no presentaba dificultades circulatorias a esa hora; 6) Los distinguidos ex representantes del zoo de Vincennes, reintegrados a actividades más afines a su naturaleza, tenían todo listo para recibir al Vip en un lugar suburbano que respondía al estrepitoso nombre de Verrières.

—Pasen a ver el hongo —propuso Lonstein que se aburría enormemente.

—¿Y la Vipa? —dijo Oscar.

—La traemos de vuelta a París apenas compruebe que el huésped ha sido dignamente alojado y que nadie le va a hacer lo que a él le gustaría hacernos a nosotros —dijo Marcos—. De paso cañazo, será ella la que dé la noticia a los diarios para que se suelte la gran Joda. Con vos y con vos tengo que arreglar algunas otras cosas, pero por ahora lo principal es eso.

—Qué te parece si me los paso al cuarto —le dijo Lonstein al que te dije—. Cuarto intermedio, ofcors. ¿Son gustosos de un vinito los de la logia Lautaro?

—Sí señor —resumió Gómez—, pasemos al ambigú, caballeros.

—Tuve que sacarlo de la bañadera —anunció Susana que llegaba chorreando espuma de jabón— el pingüino se excita demasiado porque Manuel quiere lavarle la barriga.

—Venga con su tío —dijo Marcos atrapando al vuelo a Manuel desnudo y reluciente, que más bien aspiraba a treparse a las rodillas de Gómez alarmadísimo por la raya panameña de sus pantalones—. Che, este pibe está cada día más cabezón.

—Tu abuela —dijo Susana, y las coéforas hinchas de Manuel, *viz.* Monique, Ludmilla y last but not least Gladis: Envidioso, ya te quisieras unos rulos así / Unos ojitos / Y esa trompita / Mirame esas patitas qué amor / y Manuel encantado del hico caballito vamos a Belén, prendido de Marcos como un domador en un bagual, que mañana es fiesta y pasado también, y sobre todo el viernes, pensó Marcos dejándose rebenquear por el domador pampeano, echándole un vistazo a Ludmilla que después de colaborar con las coéforas se había replegado al sillón preferido del rabinito que la miraba disgustado pero que lo mismo le trajo un vaso de vino y algo que debía ser un sándwich de queso aunque más bien parecía un secante. Desde el baño vino un graznido terrible y Gladis se precipitó a abrir el paquete de pescado que había traído como buena conocedora, la reunión empezaba a tomar un ritmo resueltamente ameno.

El sillón era como para una vaca, perdida de estopa y vino tinto Ludmilla escuchaba los últimos flecos de la Joda pero incluso después, cuando se hablaba pingüino o performances de Carlos Monzón, siguió preguntándose cómo Marcos y los otros podían tenerle confianza hasta ese punto: viernes, Parc Monceau, hormiguchos, Verrières, todos los elementos. Los moldes rigurosamente emanados de tanta novela de espionaje se amontonaban para convencerla de que no podía ser, que Marcos se había estado divirtiendo con Patricio y Gómez; tal vez más tarde, a solas, hablarían de veras. En algún momento Marcos se le acercó, se agachó a su lado con dos vasos de vino y el pitillo en la boca.

—¿Por qué no vino Andrés?

Esto sí lo decía en voz baja, sólo para ella, fuera de la Joda; todavía más absurdo, pensó Ludmilla.

—No quiso venir. Hablamos de un montón de cosas, y se fue a la calle.

—Pero le dijiste lo de esta tarde. Ah. Entonces está bien; si no quiso venir es cosa suya.

—No entiendo —dijo Ludmilla en voz muy baja, aunque de todas maneras la macumba de las coéforas con Manuel (y Heredia ya mezclado y contentísimo de menearse) los aislaba y protegía—, no entiendo nada, Marcos. Eso que acaban de decir Patricio y los otros, eso del viernes.

—Sí, polaquita.

—Pero yo, Marcos, cómo es posible que vos...

—No importa, polaquita. Vos no sos de la Joda pero ya ves, hay cosas que cada uno sabe a su manera, y esta vez yo sé lo que hago. No te creas obligada a nada, con cerrar la boca basta. Porque eso sí, ahora ya no podés hablarle de esto a Andrés.

—Claro.

—Lástima —dijo bruscamente Marcos—. Pensé que él iba a venir, en ese caso me hubiera sentido tan seguro como con vos.

—Tenía que ser —dijo Ludmilla—. En algún momento tenía que pasar, ahora él está de un lado y yo del otro. Parece broma pero estuvimos hablando de eso toda la tarde, quiero decir de separaciones, de distancias. Y ahora me toca a mí hacerme a un lado.

—Lástima —repitió Marcos—. Pero algo sé de eso yo también, mi mujer es secretaria de un ministro en Buenos Aires.

—Ah.

—No estés triste, polaquita. Si te olvidás de lo que oíste y volvés a tu casa como si nada, me parece perfecto. Ahora si lo que te expliqué esta tarde y lo que estás escuchando cuenta para vos, mejor. Ya ves que me tomo el trabajo de detallar las dos posibilidades.

—Yo me quedo con ustedes, Marcos.

—Está bien, polaquita. Ma sí, ma sí, escorchón, el hongo no se va a marchitar por media hora más o menos.

—El momento es propicio —dijo Lonstein—, porque a partir de medianoche declina la fosforescencia fúngica. Si ya la terminaron con la logística, pasen al ambiente.

El ambiente era la pieza de al lado, tan rasposa como la primera. Cuando Ludmilla se autoextrajo del sillón, Marcos se quedó a su lado como si todavía quisiera decirle algo, hasta que las coéforas los arrollaron con Manuel medio dormido pero todavía capaz de volcar vasos y meterse puchos en las orejas. Heredia fue el primero en callarse cuando entraron en el ambiente, irónicamente la idea del hongo lo ganaba como un viraje a otra cosa, pasar de la primera pieza al ambiente era algo más que un desplazamiento físico entre risas y chistes, las coéforas y Manuel habían bajado la voz, Oscar miraba a Gladis con los ojos del recién llegado, buscando una explicación que Gladis no podía darle; Patricio y Gómez, más cancheros, se limitaban a meterse las manos en los bolsillos y hacerse los serios. En cuanto

al que te dije estaba ocupado como nunca en la tarea de ordenar
todo aquello, que no era fácil. En fin, digamos

Lonstein al lado de una mesa
la mesa en el fondo del ambiente
el ambiente en penumbra
no sillas   no muebles

un haz de luz verdosa bajando del
cielo raso y proyectándose sobre
el contenido de una macetita puesta
sobre un plato de té

el hongo en el centro de la macetita

vertical cilíndrico violáceo
cabezón pero no demasiado
inevitablemente fálico tópico
fosforesciendo débilmente bajo
el estímulo verdoso   fotofílico

No se le acerquen mucho, mandó Lonstein, el ázoe y el humo
de los fasos lo dañan. Un hongo, dijo Heredia, aquí no faltaban
más que los alucinógenos. Este hongo no tiene nada de aluci-
nógeno, dijo indignado Lonstein, es un *lapsus prolapsus igneus*
como cualquiera sabe, y considerablemente venenoso. ¿Pero esto
qué es, una especie de ceremonia?, murmuroscar. Ni siquiera,
dijo Gómez, apenas una pérdida de tiempo. No seas tonto, dijo
Monique, bien podemos divertirnos un rato. Si se trata de diver-
tirse yo podría estar pegando las de Marruecos o la nueva serie
de Finlandia, dijo Gómez. Oscar seguía sin entender, todo le
caía por la cabeza en tan pocas horas y ahora este hongo, claro
que Lonstein era de confianza y cualquiera puede ser loco a
sus horas, y algo así debía estar pensando Marcos porque miraba
a Lonstein con una cara en la que había como un reposo, un
aflojamiento después de lo otro, aunque en la penumbra el que
te dije no podía precisar demasiado las expresiones y a lo mejor
estaba metiéndose en plena proyección subjetivista. Esta es una

buena noche, decía Lonstein, hay un par de rotundas conjunciones de manera que el *lapsus* crece mejor que nunca. Yo no lo veo crecer, dijo Susana, y las coéforas tampoco, es imposible, las plantas crecen imperceptiblemente, etc. Este hongo no es una planta, hizo notar Lonstein, las plantas son verdes y vulgares, el mero lumpen de la botánica. Si apagan los fasos se pueden acercar un poco más para ver. Pero es sumamente científico, dijo Heredia apreciando la cinta de medir que Lonstein sacaba a pequeños tirones del estuche, la ponía paralela al *lapsus* y llamaba a Monique como en los escenarios de variedades para que verificase que nada en esta mano y nada en esta otra. Exactamente dieciocho centímetros y dos milímetros, dijo Monique imbuida de su importancia. Vos, la hora exacta, le dijo Lonstein a Marcos. Las doce cincuenta y cuatro veinte segundos maomeno, informó Marcos. Avisanos justo dentro de cinco minutos, los segundos podés dejarlos caer. Era realmente como una ceremonia, Oscar se apretó contra Gladis que se dormía dulcemente de pie como un caballito, encendió un cigarrillo a respetuosa distancia del hongo y se dijo que desde ese momento hasta el viernes, y sobre todo a partir del viernes, las cosas iban a andar rápido y calientes, en todo caso el hongo y Lonstein y la condescendencia más bien extraña de Marcos no lo molestaban, al contrario, había como una alianza inexplicable pero no menos sensible, un encuentro momentáneo y por eso quizá precioso de tantas cosas divergentes o que muchos creían divergentes, Gómez por ejemplo, el hombre de acción que se sentía perdiendo el tiempo, o Heredia que se torcía de risa, pero a Oscar le hacía bien ese absurdo con luz verde y mediciones al milímetro, Lonstein mirando el hongo y explicando que era un caso extremo de multiplicación celular acelerada, yo lo vi nacer en un cantero cerca del río ahí donde les arreglo el jopo a mis apuales. Mis qué, preguntó Heredia. Muertos, dijo Lonstein, está bien, simplificaré para los extranjeros presentes, yo estaba mirando desde un banco, al amanecer me canso del laburo y salgo a respirar, de golpe veo una piedrita que se mueve en el cantero, digo ¡un topo! ¡un topo!, pero no hay topos en París, entonces

181

digo un enorme gusano peludo, una levitación astral, la piedrita da media vuelta y veo asomar el *lapsus* como un dedo que empuja, nada de crecimiento imperceptible como dicen éstas aquí, un empujón y afuera, eso no podía ser un espárrago, al lado de la morgue imaginate, entonces fui a buscar una lata vieja y un cuchillo y cuando lo saqué con mucho cuidado ya estaba como dos centímetros sobre el nivel del suelo. Cinco minutos, dijo Marcos. Medí, mandó Lonstein, y Monique aplicó minuciosamente la cinta métrica pero cuidando de no tocar el *lapsus*, es increíble, dijo Monique, diecinueve centímetros justos. Qué te dije, sacá la cuenta y deducí el trabajo interno del hongo, dijo Lonstein. Con habernos informado bastaba, dijo Patricio que se dormía parado, la observación ocular no es precisamente enloquecedora. Son todos iguales, protestaron las coéforas, valía la pena verlo, es un hongo extraordinario, un fenómeno científico, pero ninguna decía que era hermoso, que crecía como lo que todas estaban pensando, y naturalmente fue Heredia el encargado de establecer la analogía, es justamente lo que me pasa a mí cuando veo una buena minifalda, el *lapsus* crece en seguida, gran festejo de las coéforas. Les hablás de pija y se alborotan, dijo Lonstein resentido. Pija colorada y concha peluda, dijo Ludmilla ganándose al mismo tiempo el respeto de Heredia y la estupefacción de Oscar que salía de su semisueño contra Gladis que entraba en el sueño completo, con lo cual brusca vuelta a la risa, movimiento de repliegue porque el ambiente era un tanto depresivo con su penumbra y su luz verde, o a lo mejor el hongo producía emanaciones soporíferas, mejor seguir tomando vino en la otra pieza donde Manuel dormía en una alfombrita chupándose tres dedos.

—No se debe perder de vista el hongo —le dijo Lonstein al que te dije—, vos me entendés.

La verdad era que el que te dije no entendía gran cosa, pero Lonstein lo seguía mirando con una insistencia irónica, y al final fue como si el que te dije y Oscar cada uno por su lado estuviesen comprendiendo mejor lo que pasaba (y Marcos también, pero Marcos lo había entendido desde un principio, desde la llegada de Lonstein a la Joda, de lo contrario el rabinito no hubiera tenido acceso a algo que en la praxis le iba demasiado grande), y por eso más adelante cuando el que te dije me contó la visita al hongo yo estuve de acuerdo con él y pensé que Marcos sabía ver las cosas desde más de un lado, que no era el caso de los otros orientados resueltamente hacia la Joda. En esa comedia idiota había acaso como una esperanza de Marcos, la de no caer en la especialización total, conservar un poco de juego, un poco de Manuel en la conducta. Vaya a saber, che. Capaz que tipos como Marcos y Oscar (del que fui sabiendo cosas por el que te dije) estaban en la Joda por Manuel, quiero decir que lo hacían por él, por tanto Manuel en tanto rincón del mundo, queriendo ayudarlo a que algún día entrara en un ciclo diferente y a la vez salvándole algunos restos del naufragio total, el juego que impacientaba a Gómez, la superfluidad de ciertas hermosuras, de ciertos hongos en la noche, de lo que podía dar todo su sentido a cualquier proyecto de futuro. Desde luego, pensó el que te dije que se creía obligado a intervenir para la síntesis final, poca gente de la Joda, de todas las grandes y pequeñas Jodas de la tierra comprenderían a tipos como Marcos o como Oscar, pero siempre habría un Oscar para un Marcos y viceversa, capaces de sentir por qué había que estar con el rabinito a la hora de pasar al ambiente para ver el hongo.

Con todo eso parecía que ya se iban y fue entonces cuando naturalmente se quedaron una hora más, algunas coéforas dormidas en donde podían, los otros prendidos al vino y a las informaciones de Heredia, a esa hora Lonstein apagaba casi todas las luces por razones que los otros presumían talmúdicas, los bostezos del rabinito eran ignorados o simplemente imitados mientras Rosario, el encuentro del ñato Pérez con los del PROM en Honduras, las novedades londinenses o uruguayas, y la mejor de todas

Sin Novedad Sobre las Guerrilleras Fugadas de una Cárcel de Córdoba

El operativo lo cometió el "ERP". Demostraron organización y entrenamiento

CORDOBA, 12 (AP).— Las investigaciones realizadas por la policía para esclarecer el audaz atraco perpetrado anoche por un comando extremista a la cárcel de mujeres, donde procedieron a la liberación de cinco guerrilleras urbanas, no habían dado ningún resultado positivo hasta hoy. Una empleada del asilo, que abrió la puerta para sacar al exterior un tarro conteniendo desperdicios, fue detenida e incomunicada, pues se investiga si tuvo alguna participación en el episodio, pues ayer omitió avisar a la guardia policial que se disponía a abrir la puerta como lo hacía todos los días.

a la vez que Oscar y Marcos defendían celosamente sus vasos de vino de la soda con que Lonstein pretendía mejorarlo según una receta completamente estúpida de su madre, Marcos explicándole a Heredia y a Oscar algunas de las cosas que deberían ocurrir en las cincuenta y ocho horas siguientes, Oscar semiacostado entre Gladis que roncaba un poquitito nomás y dos almohadones, el codo a lo Trimalción en una pila de viejas

Gacetas (de Tucumán), los comentarios sobre el operativo del ERP escuchados como cada vez de más lejos, virando lentamente a otro ángulo, juegos del sueño y la penumbra y el vino, otra cosa en esa modorra donde una luna muy alta y el galope de los caballos en el callejón de tierra, ese ruido para siempre de los cascos arrancando los

Esta tarde pudieron conocerse nuevos pormenores del episodio, que se atribuyó el "Ejército Revolucionario del Pueblo" (ERP) y que pone en evidencia el alto grado de organización y entrenamiento de esa célula terrorista.

Los integrantes del comando que perpetró el golpe evidenciaron singular audacia, pues la cárcel de mujeres se encuentra en pleno centro de la ciudad, a tres cuadras de la Policía Federal y a cuatro del Departamento Central de Policía.

terrones con un chasquido afelpado, otra vez la visión de la tapia brillante de vidrios de botellas, las muchachas tirando los camisones a lo alto de la tapia para protegerse las manos, el amontonamiento, los gritos, el primer rebencazo, las fugas por los baldíos, nada que ver con esa pieza al otro lado del mundo, con el hongo, y sin embargo, sin embargo, un esfuerzo para saltar a la noticia que Patricio le estaba leyendo a Heredia, y Heredia que bruscamente se sobresaltaba

Tácticas

Los indicios reunidos permiten establecer que los terroristas actuaron con un perfecto conocimiento del terreno y que desde las primeras horas de la tarde realizaron acciones destinadas a distraer la atención de la policía a fin de actuar con impunidad.

En las primeras horas de la tarde de ayer los extremistas asaltaron la casa del comodoro (RE) Patricio Ferrero, que se desempeña/como secretario de Hacienda de la municipalidad y anteriormente fuera ministro de Economía y Hacienda.

Horas más tarde varios sujetos hicieron estallar petardos en la intersección de la Avenida General Paz y 9 de Julio, y arrojaron piedras y bombas "Molotov" contra el local de la empresa Argencor S.A., concesionaria de la empresa Fiat.

Las bombas provocaron un principio de incendio y las piedras destruyeron los cristales y el parabrisa de un automóvil.

Numerosos efectivos policiales fueron afectados al esclarecimiento de estos hechos, mientras que los más altos jefes de la repartición se encontraban reunidos en el departamento central informando a la prensa acerca de la captura de cuatro extremistas que habían asaltado a un agente y que participaron en asaltos a repartidores para posteriormente distribuir ropas y víveres en barrios modestos.

Mientras los jefes mostraban a los periodistas los materiales y armas secuestradas a los cuatro sujetos llegó la noticia de que había sido asaltado el asilo del Buen Pastor.

Las Liberadas

Susana Liprandi Sosa de Vélez, Silvia Urdampilleta, Diana Triay de Johnson, Alicia Quinteros y Ana María Villarreal de Santucho, acababan de ser liberadas por un comando extremista. La primera de los Montoneros y las restantes 'ERP'. Las cinco estaban acusadas de haber cumplido actividades guerrilleras.

pero che, decía Heredia con un respingo, yo a Alicia Quinteros la conozco muy bien, y Gómez desde un rincón hoscamente ahora empieza la guía social, éste conoce a todo el mundo.

Váyase al carajo (Heredia) y Patricio regocijado mostrándole a Marcos que en el lenguaje del periodista un tacho de basura se transformaba en un tarro conteniendo desperdicios, cuántos tachos de basura desparramados en esos callejones por donde habían huido las muchachas sin nadie que las esperara en un auto ("demostraron organización y entrenamiento"), chapaleando en los barriales y escondiéndose en las zanjas de donde las habrían sacado a tirones, alzándolas hasta las monturas por el pelo o por un brazo, insultándolas entre risas y cachetadas, pero era lo mismo, desde su mirador de vino Oscar sentía que era lo mismo, una liberación, una fuga necesaria, chiquilinas de asilo o Alicia Quinteros, lumpen o abogadas escapando de la mufa del sistema, corriendo desnudas o entrando sin apuro en el auto que esperaba cronométricamente, enloquecidas de luna llena y músicas de carnaval o respondiendo a un operativo que, leyó Patricio, pone en evidencia el alto grado de organización y entrenamiento de esa célula terrorista. Célula terrorista, rezongó el rabinito, mirá que mierdorrea. Estoy segurísimo que la conozco, dijo Heredia, tiene ojos verdes, eso no se olvida así nomás, viejo.

y se la m

ta la man

ras cómo llo

orcía y me sup

--Hicistes b

al cabo. --Así

derán esas p

—Yo bajo primero a echar un vistazo —dijo Patricio—, no vaya a ser cosa.

"Tené cuidado", iba a decirle Susana pero se lo tragó, increíbles lugares comunes del sentimiento volviendo como moscas, ridículo imaginar que Patricio iba a largarse a la calle como si nada cuando precisamente se trataba de no mostrarse demasiado a una hora en que ya todo está en calma y el músculo duerme, por lo cual te pueden hacer moco en la vereda sin que nadie abra la persiana como no sea para chillar que ya no dejan dormir a la gente decente, sacré nom de putain de dieu.

Manuel revistaba bastante despierto, arrancado de la alfombra por las coéforas unánimes y envuelto en una bufanda prestada por Lonstein con cargo de devolución, cuando Patricio volvió para avisar que todo estaba tranquilo. Heredia bajó primero, con Monique y Gómez que lo dejarían en su hotel; a ocho peldaños y llevando las dos canastas Marcos y Oscar despedidos por Lonstein con un aire de evidente alivio ante la idea de que se portaran vía los peludos reales y el pingüino turquesa. El resto de las coéforas y Patricio se les juntaron cerca de la puerta, Manuel lloriqueando bajito en brazos de su padre; la rue de Savoie estaba desierta, vieron a Gómez que abría la portezuela del dos caballos y de golpe se volvía hacia ellos y les hacía un gesto en dirección a la esquina de la rue Séguier. Metiéndose en el auto, puso en marcha el motor pero no arrancó. Marcos se detuvo en el portal, dejando a las mujeres y a Manuel en la sombra del zaguán; la canasta del pingüino quedó contra la puerta. Atenti, dijo Marcos, hay lío con Gómez y Heredia, no se muevan. Oscar y Patricio se habían pegado a él y Marcos sacó la cachiporra, dos siluetas cruzaban en diagonal desde la rue

Séguier y otras dos parecían esperar más atrás apenas visibles en un portal. Fortunato, dijo Marcos, seguro que lo hizo seguir a Heredia, no son tan giles. Si se acercan al auto hay que meterles duro y rajar. Patricio tenía otra cachiporra, miró hacia atrás donde Susana y Manuel eran un solo bulto con Gladis y Ludmilla. Vamos, dijo Marcos y corrió hacia la esquina. Oscar lo siguió levantándose el cuello del saco, un movimiento instintivo que ya otras veces le había hecho gracia retrospectivamente, la macana era no tener ni siquiera un cortapluma, sintió detrás la carrera de Patricio, ya el primero de los hormigachos estaba forcejando con la portezuela del auto y el otro levantaba algo como para romper el vidrio, pero no se hubiera atrevido, todo eso tenía que pasar lo más silenciosamente posible a esa hora y en ese barrio porque a la primera de cambio podía caer la policía y ésos no reconocían a tirios ni troyanos hasta mucho después, todo el mundo adentro por las dudas, Marcos le cayó por el pescuezo al de la portezuela justo cuando Gómez la abría desde adentro para volver a ganar la calle. Oscar quedó frente a uno de los que venían desde la esquina arrancándose del portal donde habían estado cubriendo a los otros, qué carajo quieren, dijo Oscar, mándense mudar me cago en la puta que los parió hormigachos de mierda, sintió el cachiporrazo en el codo que había levantado a tiempo y mandó la patada con toda su alma y buena experiencia de fútbol en cancha ajena. Patricio se había trenzado con uno de impermeable blanco y rulos, rodaban por el suelo justo cuando Marcos se zafaba de los dos más pegados al auto y les entraba a cachiporrazos, la cara de Monique en la ventanilla de atrás, Heredia que saltaba fuera detrás de Gómez y se enredaba y se iba al suelo, algo le pegó a Oscar en un hombro y lo mandó dando vueltas, dos de los hormigachos corrían por la rue Séguier, Gómez y el primer atacante en el suelo cerca de Patricio y el otro tipo, desde el portal Ludmilla y Gladis no podían distinguir las siluetas, Susana apretaba a Manuel y murmuraba algo, Ludmilla se le puso por delante para impedirle salir por las dudas, vieron a dos que pasaban corriendo delante del portal y tomaban hacia la rue des Grands Augustins, Oscar sujetándose un brazo en la esquina y Gómez y Patricio detrás de los tipos, siempre en silencio, una o dos exclamaciones, una patada en un tacho de basura al pasar, una película muda y rapidísima, Patricio agarrando a Manuel, vamos rápido al auto, pueden volver con otros, corré, Ludmilla y Gladis vacilando hasta ver a Gómez y a Heredia de pie en la esquina, Gómez medio doblado y Marcos contra una pared, inmóvil y como fuera de foco; corrieron hasta la esquina y Marcos hizo un esfuerzo y dijo métanle, no hay que quedarse aquí, Heredia y Gómez saltando al auto con Monique medio cuerpo afuera de la ventanilla mirando a Marcos, qué fue, Marcos, qué te pasa, y Gladis abrazando a Oscar que se frotaba el codo con la mano del brazo sano y el hombro con la mano del brazo lastimado y la reputa madre que los parió si ésta es la ciudad luz me cago en Lamartine, Gómez arrancando a contramano por la rue Séguier hasta el Sena, vamos rápido a tu coche, le dijo Marcos a Ludmilla, está en Grands Augustins, okey, vamos rápido, pero apenas se desprendía de la pared, se tambaleaba un poco y Oscar y Ludmilla lo sujetaron a tiempo, Oscar puteando otra vez porque el codo le dolía hasta las orejas, todo él era codo, una especie de montón de astillas y la reputísima madre que los recontramilparió hijos de puta, dijo Oscar que conocía el valor terapéutico de las puteadas, entonces Marcos se enderezó respirando despacio y fue el primero en caminar sostenido por Ludmilla que no hablaba, no tenía sentido hablar en ese momento, sujetaba por la cintura a Marcos hasta que Marcos la apartó suavemente, ya está, vengan rápido, y a Ludmilla, corré adelante y arrancá rápido, estos van a volver, los conozco. Pero no había nadie en la rue des Grands Augustins aparte de un gato negro que los ignoró minuciosamente, ya Oscar se sentía mejor, estás seguro de que no tenés el brazo roto, avisá, otesdelér, me pegó en el huesito bailarín pero ya va pasando, y Marcos siempre un poco agachado, entrando en el auto junto a Ludmilla que aceleraba el motor, delante estaba el hueco que había ocupado el auto de Patricio, menos mal, dijo Marcos, a esta altura

190

hubiera sido jodido, che. ¿Pero qué querían?, dijo Oscar. Dejalo un momento, dijo Ludmilla arrancando mejor que Fangio, no ves que casi no puede respirar. Qué noche, tango de Bardi, murmuró Oscar frotándose el codo como un pulpo con urticaria, y con esa luna cascabelera, decime un poco si es un escenario. Che, esos hormigachos eran rioplatenses, ponele la firma. Había por lo menos un brasileño, dijo Marcos, Heredia se dio cuenta y le dedicó una pateadura especial, pero el otro le debe haber dejado la cara hecha una baba porque Heredia no encontraba su rincón cuando quiso volver al auto. Y vos, murmuró Ludmilla entrando rauda por la rue du Bac. Yo nada, polaquita, una patada en el estómago de esas que te hacen vomitar la primera comunión, consecuencia respiración difícil y a otra cosa. Vos querés saber lo que querían, yo también, hermano. Pensaron que Heredia y Gómez estaban solos con Monique, entre los cuatro era fácil, eso que llaman un escarmiento, le vamos a enseñar a venir de Londres a armar lío, macaco de mierda, vos ves el estilo. Pero seguro que no era solamente eso, Fortunato también venía de Londres y a lo mejor trajo datos sobre Heredia, de esos que obligan a las grandes medidas, comprendés, cinco costillas rotas o una pierna, hospital para rato. Bueno, váyanse a dormir que se lo han ganado. Esperá que me pare justo delante del Lutetia, dijo Ludmilla, me parece que Oscar necesita un whisky doble y bastante esparadrapo. Yo me encargo, dijo Gladis, sobre todo del whisky. Y el pingüino, dijo Ludmilla. Dios querido, dijo Gladis. Que se lo metan en el culo, dijo Oscar. Duele, dijo Gladis.

El gato negro de la rue des Grands Augustins entró por la rue de Savoie, pasó el almacén de la esquina y al llegar al portal se arqueó y cuando se supo estaba en un andamio de la vereda de enfrente, bufando bajito. Del canasto volcado salió el pingüino ligeramente perturbado pero con una clara conciencia de que hacía fresco y que la luna allá arriba era la misma de sus noches antárticas, cosa que le dio ánimos para recorrer la rue de Savoie hasta la rue Séguier donde un par de manchas de sangre contenían la fórmula rhesus de Heredia y de Patricio,

191

y llevado por el atavismo hídrico se encaminó hacia el Sena costeando el muelle, cruzando la esquina de la rue Gît-le-Coeur y desembocando en la esquina de la Place Saint-Michel donde un borracho y una pareja de enamorados lo vieron y se quedaron como correspondía, y qué te cuento de un médico que pasaba con su auto de atender a una viejecita enferma y que frenó delante del pingüino con lo cual la camioneta que lo seguía le hizo polvo el paragolpes, accidente que en otras circunstancias hubiera provocado los cinco minutos reglamentarios de insultos antes de sacar las tarjetas de las compañías de seguros, pero que naturalmente nadie tomó en cuenta porque ya en torno del pingüino había un grupo de noctámbulos absolutamente estupefactos y se oía el pito del vigilante que venía corriendo en parte por el accidente y en parte porque no eran tiempos de descuidarse con lo de los maoístas y la contestación. En el centro del corro el pingüino gozaba de su hora inmortal, agitando las aletas dejaba oír una especie de discurso quejumbroso que ni Gladis hubiera podido traducirle al vigilante paralizado por la carencia de todo parámetro reglamentario en materia de aves exóticas y otras transgresiones.

—Dejame en una parada de taxis y volvete a descansar —dijo Marcos—. Tenés una carucha de cuaresma, polaquita.

—Te llevo hasta tu casa —dijo Ludmilla—. Es por el Panteón, creo.

—Tomá por Vaugirard y después te muestro, pero vas a volver a tu casa a las mil y quinientas.

—¿De verdad te sentís mejor? Podemos comprar algo en alguna farmacia, no sé.

—Bueno —dijo Marcos—, comprábamos harina de lino y vos me ponías una cataplasma en el estómago y me tomabas el pulso.

—Sonso.

Parte de esas cosas las fui sabiendo en su día por Ludmilla y sobre todo por el que te dije a partir del momento en que desandó camino por los muelles y regresó a la rue de Savoie sin comprender exactamente por qué, un vago deseo de charlar a solas con Lonstein, una confusión de perspectivas que a esa altura lo hacía acordarse nostálgicamente nada menos que de Capablanca. ¿Sería cierto que Capablanca había previsto todas las posibilidades de una partida, y que una noche había anunciado a su contrincante en la cuarta jugada que le daría jaque mate en la veintitrés, y que lo hizo y no solamente lo hizo sino que después demostró analíticamente cómo no había otra posibilidad? Leyendas sudamericanas, pensaba el que te dije que por lo demás apenas sabía mover las piezas y siempre estaba veintitrés jugadas atrás, pero qué útil poder adelantarse un poco en eso de la Joda porque las cosas eran de una confusión cada vez más palpable. De ahí algunos de los gráficos o dibujos o mamarrachos con los que el que te dije trataba de cazar tantas moscas mentales, besitos Coca y otras variantes, en diversas mesas de café:

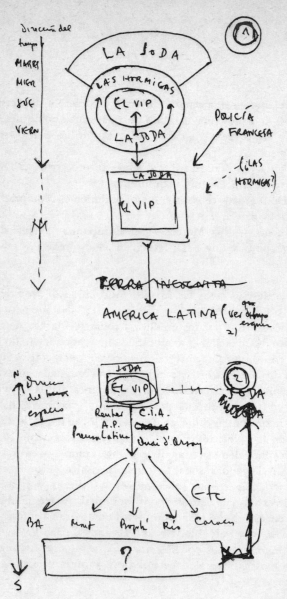

Dirección del
tiempo

MARTS
MIÉR
JUE
VIERN

LA JODA

LAS HORMIGAS

EL VIP

LA JODA

POLICÍA
FRANCESA

(¿LAS
HORMIGAS?)

LA JODA

EL VIP

TERRA INCOGNITA

AMÉRICA LATINA (ver otro esquema 2)

N

Direcc
del tiempo
espacio

JODA

EL VIP

JODA

Reuter
A.P.
PrensaLatina

C.I.A.

Quai d'Orsay

Etc

BA   Mont   Proph'   Río   Caracas

?

S

194

Para Oscar, codo bastante hinchado pero esparadrapo y en la cama, whisky tintineante y Gladis desnudita y hecha un copo fragante de atenciones incestuosamente maternales, el sueño que lo iba ganando ya no se diferenciaba tanto de eso que acababa de ocurrir en la rue de Savoie, en cualquier calle con paredes o tapias, todo siempre tan rápido, pegar y que te peguen, putear y que te puteen, la violencia en una zona desconocida de una ciudad desconocida (él tampoco conocía La Plata o casi), un territorio al que lo habían llevado y sacado en auto, con nombres de calles y comercios imposibles de retener; había las hormigas, claro, pero también las hormigas formaban parte de esa franja sin nombres recordables, también eran anónimas y se habían perdido a la carrera como los del operativo del ERP o la policía montada persiguiendo a las mujercitas-enloquecidas-por-la-luna-llena; en cuanto a Gladis tampoco podía explicar mucho más, mejor dormirse y dejar que todo se fuera mezclando puesto que no había manera de separar tanta cosa del recuerdo o del presente, pobrecito cómo tenés el codo, hm, no es nada, esperá que apago la luz, hm, quedate así, ah no, usted se me porta bien que está lastimado, hm, si no me muevo, así de costado, sos insoportable, dejame, un poquito así, ah Oscar, Oscar, y en algún momento la luna filtrándose por las celosías con los vagos rumores del amanecer en el bulevar Raspail, un tintineo lejano, un grito de borracho o de loco, el sonido casi inconcebible de herraduras de caballo, ya la mayoría habría saltado la tapia, refugiarse en algún lado, perderse en la ciudad, era otra vez la pareja de amigas, la rubia y la morocha abrazadas, el galope de un policía montado, la mezcla informe, los muslos de Gladis pegados a los suyos, la rubia contra la pared del cementerio y el mulato apretándola por la cintura, buscando el cierre relámpago, la celosía cada vez más gris, una luz de prisión igual siempre al alba, una grisalla de tristeza y derrota, una empleada del asilo que abrió la puerta para sacar al exterior un tarro conteniendo desperdicios fue detenida e incomunicada pues se investiga si, y Alicia Quinteros, de ojos verdes según Heredia, siem-

pre la fuga, siempre saltar la tapia sobre los vidrios, siempre
la fuga como

montonadas en
orio con las cam
solo baño para
y las celador
preferidas, claro,
nían llorando y
visitas, pero nadie

ahora el sueño del amanecer donde todo se mezclaba, La Plata
y París, los telegramas y eso que ya tenía nombres precisos para
Marcos y Patricio pero no para él, simples palabras, Parc Monceau, una casa en Verrières, el hotel Lutetia, la esquina de la
rue de Savoie. En cambio el que te dije no tenía sueño y cono-

cía París a fondo, de manera que empezó por recoger la canasta con los peludos reales, que a diferencia del pingüino habían seguido los acontecimientos con resuelta indiferencia, y los subió de vuelta al piso de Lonstein porque la gorda no estaría para esos espectáculos cuando se asomara a las siete de la mañana. Por supuesto Lonstein se quedó duro al ver al que te dije y especialmente a los peludos que gruñían en la canasta mientras se llevaba a cabo el resumen de los sucesos callejeros.

—Previboludecible —bramó Lonstein—. Patricio no se lució demasiado como boy-scout, y yo de nuevo teniendo que hacer de baby-sitter de estas bestias hediondas, menos mal que el pingüino se las picó. Te informo que el hongo ha llegado a los veintiún centímetros, medida perfectamente standard y aceptable en los mejores círculos. Entrá, hay café caliente.

—Gracias, polaquita —dijo Marcos. Abrió la portezuela con un gesto de despedida.

—Me gustaría hacerte un té —dijo Ludmilla.

Marcos no dijo nada pero la esperó al lado del auto y la ayudó a cerrarlo, mirando una o dos veces hacia el fondo de la rue Clovis blanca de luna y hueca de hormigas. Tenés ascensor, es increíble, dijo Ludmilla. Soy muy bacán, che, dijo Marcos, pero ya el departamento tendía a desmentirlo, mezcla de celda monacal y pulpería, con tazas y vasos sucios por todos lados, libros en el suelo y ponchos tapando grietas en las paredes. Eso sí, teléfono que Marcos usó inmediatamente y en francés para dar noticias o instrucciones a Lucien Verneuil y liquidar detalles sobre el cambio de los dólares que en el teléfono se llamaban melones aunque a esa hora parecía difícil que alguna hormiga estuviera escuchando, desde la cocina Ludmilla alcanzaba retazos de frases y buscaba una lata de té como si todo té tuviera que estar en lata para satisfacer su definición funcional y toda conversación telefónica tuviera que ser comprensible y todo lo sucedido esa noche le debiera explicaciones y claves. Idiota, idiota, idiota, triplicó Ludmilla metida de cabeza en un placard, como si no me bastara oír su voz, saber que me tiene

197

confianza, que todos me han dejado oír su voz (Gómez un poco menos, eso sí) y estar ahí mientras discutían lo del viernes por la noche. Mierda, no hay más que tapioca y pedazos de queso, seguro que el té está en el placard de los botines. Pero lo encontró dentro de un frasco que había sido alguna vez de extracto de carne, y pensó que se lo merecía por sistemática, té en lata de té, Joda en moldes de lógica aristotélica, cada cosa en su lugar, como Andrés que estaría durmiendo con Francine o escuchando discos con el casco estereofónico que había comprado para las noches de insomnio. Pobrecito, pensó vagamente Ludmilla, de golpe Andrés se distanciaba, se empobrecía, no era parte del viernes por la noche, no se había trompeado en la rue de Savoie. Cuatro años se adelgazaban vertiginosamente con todos sus días y sus noches y sus viajes y sus juegos y sus regalos y sus escenas y sus llantos y sus calidoscopios, no era posible, no era posible. No es posible, dijo Ludmilla en voz alta y buscando la tetera, un árbol no pierde todas las hojas al mismo tiempo, fragilidad tu nombre es mujer. ¿Fragilidad o debilidad? Discusión para traductores, en todo caso su nombre era mujer, este té está apolillado y el tiempo está también apolillado si permite una abolición parecida, me despertaré, es seguro que me despertaré, me dejo llevar por el instante y la alegría, sobre todo por la alegría porque la Joda es alegre y absurda y no entiendo nada y por eso mismo quiero estar, desde luego en esta casa hay cinco frascos de pimienta pero ni un solo terrón de azúcar, ah los machos, los machos, voy a terminar encontrando un preservativo en la lata de los espaguetis.

Marcos se había quitado el saco y con la camisa abierta se frotaba el estómago, Ludmilla vio el enorme hematoma verdoso, rojo en los bordes y con zonas amarillas y azules. Por primera vez se dio cuenta de que le había sangrado la boca, un reguero ya seco le bajaba hasta la garganta; dejando la tetera en el suelo buscó una toalla en el baño, la mojó, se puso a limpiar la boca y el mentón de Marcos que se había echado atrás en un sillón y respiraba despacio, como si le doliera. Ludmilla miró la mancha que se perdía dentro del pantalón. Sin decir nada empezó a aflojar con mucho cuidado el cinturón que se hundía un poco en la carne; una mano de Marcos subió hasta su pelo, lo acarició apenas, volvió a caer sobre el brazo del sillón.

—Estoy trabajando la boex —informó Lonstein previo reparto de grapa en vasos de tamaño natural—. Lo bueno en vos es que de toda la mersa sos el único que no se sobresalta por mis neofonemas, de manera que te voy a explicar la boex para ver si me olvido un poco de esos peludos repugnantes, oílos cómo gruñen. El arranque de la cosa es la fortrán.

—Ah —dijo el que te dije, dispuesto a merecer la buena opinión que acababan de manivocearle.

—Bueno, nadie pretende que lo sepas, che. Fortrán es un término significante en el lenguaje simbólico del cálculo científico. En otras palabras, *formulación transpuesta da fortrán*, y eso no lo inventé yo pero encuentro que es una bonita expresión, y por qué entonces no decir boex por bonita expresión, cosa que economiza fonemas, es decir ecofón, no sé si me seguís, en todo caso ecofón tendría que ser una de las bases del fortrán. Con estos métodos sintetizadores, es decir los mesín, se avanza veloz y económicamente hacia la organización lógica de cualquier programa, o sea el orlopró. En este papelito podés ver el poema envolvente y mnemónico que preparé para retener los neofonemas:

> *Buscá ecofón con un mesín*
> *pero que nunca una fortrán*
> *falte a la cita, si querés*
> *un orlopró de gran coherencia.*
> *¡Boex!*

—Parece una de esas jitanjáforas de que hablaba don Alfonso Reyes —aventuró el que te dije con visible fastidio de Lonstein.

—Ya está, también vos te negás a comprender mi escalada a un lenguaje simbólico que se pueda aplicar más allá o más acá de las ciencias, digamos una fortrán de la poesía o de la erótica, de todo eso que ya es pura sémola en las podridas palabras del

199

supermarket planetario. Esas cosas no se inventan sistemáticamente pero si hiciéramos un esfuerzo, si cada uno encontrara una boex de cuando en cuando, seguro que habría ecofón y orilopró.

—Orlopró, creo —corrigió el que te dije.

—No, viejo, fuera de la ciencia sería orilopró, es decir organización ilógica de cualquier programa, captá la diferencia; en fin, ya te sequé bastante, de manera que si querés ver de nuevo el hongo no tenés más que pasar al ambiente. Así que se rompieron el alma en la calle con los horminetas y los hormigócratas, a menos que fueran solamente los hormínimos. Ya vas a ver que todo esto acaba mal pero lo mismo está bien, pibe, Marcos es de los que buscan, él del lado de lo que pasa en la calle, claro, y yo más bien en los grafitti de las paredes, pero solamente los imbéciles no se dan cuenta de que todo es calle, che, y Marcos sí y por eso me tiene confianza, cosa que a mí mismo me sorprende más de una vez porque al fin y al cabo qué soy yo, un pescador de esponjas poéticas o algo así, un programador de oriloprones.

—En fin —dijo el que te dije—, a mí por desgracia me faltan un montón de mesines, de fortranes y de boex para entender algunas cosas, pero de todos modos me alegro de que veas en Marcos algo más que un programador sin imaginación, ojalá todo lo que haya de pasar responda alguna vez a tus neofonemas o a la llegada del pingüino turquesa, aunque los compañeros Roland o Gómez me acusen como siempre de frívolo, de todas maneras si alguien está vacunado contra esa acusación soy yo.

—Nos harán polvo, es seguro —dijo Lonstein—, las hormigas están para eso y no fallarán. Y sin embargo tenés razón, hay que seguir mostrando la fortrán, una imagen inédita del deseo humano y de la esperanza; como creo que no dijo Bujarín, las revoluciones binarias (quiero decir maniqueas, pero es una palabra que me escorcha desde que *La Nación* la puso de moda hace veinte años) se condenan antes de triunfar porque aceptan la ley del juego, creyendo quebrarlo todo se deforman que te la voglio dire. Cuánta locura necesaria, hermanito, locura inteligente y entradora que acabe por descolocar a las hormigas. Liquidar la noción de eficacia del adversario como decía Gene Tunney, porque mientras sea él quien la imponga nos condena a aceptarle sus cuadros semánticos y estratégicos. Habría que hacer como en aquel dibujo de Chaval en que se ve una plaza en el momento en que va a salir el toro, pero en vez del toro sale un tremendo gorila, y entonces qué te cuento que el valiente torero y su cuadrilla rajan con el culo a cuatro manos. Ahí está, es un problema de reflejos condicionados, negarse a aceptar las estructuras esperables y lógicas. Las hormigas esperan un toro y Marcos les larga un pingüino, por decirlo de alguna manera. En fin, vení a ver el hongo y hablamos de otra cosa.

Hablando de otra cosa, por ejemplo el recorte que había hecho circular Heredia y que Monique estaba salvando in extremis de Manuel, decidido a metérselo en la boca con claras intenciones masticatorias. Heredia conocía bien a "Cid", que se llamaba Queiros Benjamín y desde Argel le explicaba a un periodista de *Africasia* una de las operaciones que había dirigido en Río. En ese momento el que te dije no había comprendido demasiado bien por qué en el relato de "Cid" había algo así como un ejemplo. Ejemplo de qué, aparte de su importancia intrínseca. Después, hablando con Lonstein esa madrugada vio más claro lo que para otros parecía una de las tantas actividades guerrilleras. "Cid" contaba una operación contra un tal Almeida, diputado de la mayoría y millonario de yapa, que había representado un botín de setenta mil dólares más treinta mil en joyas, vaya diputado. Uno de nuestros simpatizantes (en traducción de la pobre Susana siem-

J'ai dirigé l'opération contre le député millionnaire de la majorité Edgar Almeida. Cette affaire nous a rapporté 70 000 dollars plus des bijoux évalués par une banque suisse à 30 000 dollars.
● Une opération considérable !
● Oui. C'est un de nos sympathisants qui nous avait informés que le député cachait dans un coffre de sa demeure des bijoux et des dollars.
Ce fameux député collectionnait également des toiles de maîtres et ne répugnait pas à une certaine publicité.
Nous lui avons envoyé une de nos séduisantes camarades qui s'est présentée comme reporter de « Realidad », hebdomadaire brésilien de grande diffusion.
Tout heureux de faire connaître au monde ses trésors, Almeida accepta avec plaisir de recevoir une « équipe technique » pour la photographie. Et tandis qu'il répondait aux questions, tout en servant des flots de whisky, les techniciens photographiaient les tableaux... et je pouvais repérer le coffre.
C'est alors que nous avons sorti nos armes. Almeida en eut une crise cardiaque. Mais nous étions accompagnés par un camarade médecin qui le remit sur pied rapidement.
Une voiture nous attendait dehors. Les précieux dollars nous ont été d'une grande utilité pour nous équiper ultérieurement. Et notre « victime » n'avait même pas osé nous dénoncer.

pre frita en estos casos) nos hizo saber que el diputado guardaba los dólares y las joyas en una caja fuerte, y que además coleccionaba telas de grandes pintores y se mostraba sensible a la publicidad. Por lo cual le enviamos a una de nuestras camaradas, sumamente seductora (a traducção è um mal necessario, había gruñido Heredia, qué es eso de seductora, yo sé muy bien quién es esa nena, llamarla seductora es insultarla a ella y a su madre y a todo el Brasil, porque es el más imponderable monumento imaginable y no necesita seducir a nadie puesto que basta verla para caer de boca contra el suelo, este periodista no entiende ni medio, en fin, seguí leyendo), que se presentó como repórter de *Realidad*, semanario brasileño de gran difusión. Contentísimo de dar a conocer sus tesoros al mundo, Almeida aceptó encantado recibir a un "equipo técnico" para que fotografiara las obras de arte. Y mientras contestaba a las preguntas, a la vez que servía ríos de whisky, los técnicos fotografiaban los cuadros y yo ubicaba la caja fuerte. En ese momento sacamos nuestras armas. Almeida sufrió una crisis cardíaca. Pero uno de nuestros camaradas era médico, y lo hizo reaccionar rápidamente. Afuera nos esperaba un auto. Los preciosos dólares nos fueron muy útiles para equiparnos más adelante. Y nuestra "víctima" no se atrevió siquiera a denunciarnos. Buen trabajo, dijo Lucien Verneuil. Trabajo, pensó el que te dije, no ve más que eso, trabajo.

—Es tan fácil negar un orden o una lógica —había resumido Francine mirándome desde la gata o la acumulación de sapiencia galorromana + descartes + pascal + enciclopedia + positivismo + bergson + profesorado de filosofía—. Lo malo, Andrés, es que esta noche no estás aquí para negarlo sino por todo lo contrario; algo se quiebra en tu orden, algo falla en tu lógica y el pobrecito lastimado viene a llorar en el hombro de su amiga número dos. Ahora dirás que no, después beberemos café y coñac, madame Franck se irá, bajaremos para que hojees las novedades en la librería, subiremos a tomar más coñac y entonces te sentirás mejor, volverás a ser el hombre marginal, el liberado, me besarás, te besaré, nos desnudaremos, pondrás el velador en el suelo porque te gusta esa penumbra violeta en torno a la cama, mi piel dibujada en claroscuro (tú lo dijiste la primera vez, esas cosas se fijan), me abrazarás, te besaré, negaremos el tiempo desde la repetición, el viejo sistema. Y estará bien, Andrés, pero tenía que decírtelo de todos modos, no quiero que vengas aquí como si yo no comprendiera lo que te agobia y te desmiente.

—Tenis —le dije—. Singles.

Me miró, un poco perdida detrás del humo de su cigarrillo, esperando. Sí, querida, tenis, singles, primero Ludmilla y ahora vos, la pelota va y viene entre dos raquetas de terciopelo, una vez, otra vez, rozando la red, picando en los lugares más difíciles pero siempre admirablemente recogida y devuelta, vaivén sutil y duro a la vez, dos campeonas sin lástima ventilando la cuestión.

—Está bien, Francine, no he venido a llorar en tu hombro como decís, simplemente te conté lo que pasa; una vez más comprendo que es un error, que hay que compartimentarse y que nada es común en este terreno.

—Nada —dijo Francine—. Si fuera común, Ludmilla y yo iríamos juntas al cine o a las tiendas, te cuidaríamos de la gripe una a cada lado de la cama, y haríamos el amor como en las buenas novelas libertinas, de a tres, de a cinco o de a siete. Ya sé que no buscas esa clase de comunidad, justamente el que parcela eres tú, el que decide y señala eres tú; no hables de error, entonces, puesto que es la base misma de tu sistema.

—Es decir que debo callarme, aquí y allá, venir a buscarte como si todo se mantuviera inmutable, y cuando vuelvo a mi casa hacer lo mismo, no decirle nada a Ludmilla, desdoblarme sin la menor concesión, matar a una en la otra, cada día y cada noche.

—No es culpa nuestra, quiero decir de Ludmilla y de mí. Es una cuestión de sistema, te repito; ni tú ni nosotras podremos quebrarlo, viene de muy atrás y abarca demasiadas cosas; tu libertad no tiene fuerza, es una mínima variación de la misma danza.

—Coñac, entonces —le dije, harto de palabras—. Digamos que acabo de entrar y que no te conté nada de esto. ¿Cómo estás, querida? ¿Trabajaste mucho hoy?

—Farsante —dijo Francine acariciándome el pelo—. Sí, hubo muchísimo trabajo.

—Vos también me reprocharás que todo lo mire o lo vea desde el fondo del embudo —dijo Lonstein—. El mismo Marcos que me conoce mejor que nadie, me tira a veces la bronca, encuentra que soy demasiado radical. Qué querés, a mí lo que siempre me gustó en el rusito es que realmente vino a meter espada, agarró a Galilea y la dio vuelta como un panqueque; no fue culpa de él si después le fabricaron una iglesia, como tampoco a Lenin le vas a reprochar la Unión de escritores soviéticos, no te parece. La macana son siempre los epígonos, los diádocos o como los quieras llamar. Mirá, decime si no es una belleza.

El hongo había alcanzado veintiún centímetros a las cinco de la mañana en punto, y parecía dispuesto a plantarse ahí hasta nueva orden; Lonstein guardó la cinta métrica y regó la base del hongo con un líquido que al que te dije le pareció agua aunque con Lonstein nunca se sabía. Entonces, si había comprendido bien, lo que Lonstein quería decir/Vos mirá esa fosforescencia azul/Estabas diciéndome que/No es la lámpara, si la apago sigue fosforesciendo, date cuenta/Está bien, si no querés hablar me da igual/La paja, por ejemplo, yo sé que a todos les da bronca que yo me declare pajero, les gustaría un poco de decoro, de discreción, y vos seguro que sos como todo el mundo/Bueno, sí, quiero decir que no me parece un tema fascinante después de los trece años/Graso error, como decía el puntero izquierdo de Benedetti, pero vamos a dejar dormir al hongo que ya bastante se ha roto esta noche y necesita oscuridad; nos cebamos un mate si querés, creo que todavía queda grapa.

El que te dije sabía clarito que a partir de ese minuto tendría a

LONSTEIN ON MASTURBATION

y así fue, y para el que te dije todo el problema estaba en guardarse lo que decía Lonstein o repetirlo llegado el caso. Bastante sorprendido de sí mismo se dio cuenta de que llegado el caso lo repetiría, que de alguna manera podía ser necesario repetirlo aunque algunos se santiguaran. No se trata de andar buscando las razones que son muchas, decía Lonstein, para eso están los hijos de Sigmundo, y eso que no siempre son hijos de Siglinda por lo cual se quedan varios cuerpos atrás de Sigfrido, vos perdoname estas evocaciones wagnerianalíticas/Si vas a seguir pretendiendo que te comprenda, dijo enérgicamente el que te dije, te dejás de joder con la boex, los neofonemas y otras contracciones de tus esfínteres semánticos/Lástima, dijo Lonstein, pero en fin. Estábamos en que no se trata de saber por qué me masturbo en vez de cojer, sino de agarrar la cosa por el mango, sin alusión sicalíptica. La pareja, por ejemplo, esa significante universal del erotismo, desde luego que yo la busqué por Florida y por Corrientes como todos cuando era joven, pero me pasó igual que con Titina. Soy un caso extremo aunque nada insólito, es decir que no conseguí integrar la pareja, ni siquiera cambiando cinco o seis veces en otros tantos años. Hasta hice la prueba con un cartero que me traía *Sur,* revista a la que estaba abonado en esos tiempos, y que tenía diecisiete años, el cartero, claro. Observá mi seriedad científica, la decisión de atacar el problema desde todos sus ángulos. Resultado, la seguridad de que jamás podría vivir en pareja con mujer o con hombre, y que a la vez las mujeres me hacían falta en la amistad y en la cama. El cartero salió paradigmáticamente de mi vida porque la experiencia en vivo me mostró que no me interesaba la relación homosexual, y te diré que incluso me borré de *Sur* para que no volviera más. Pero la mujer sí, imposible prescindir de ella y entonces como ya te dije cinco o seis tentativas de juventud, todo muy bien al principio porque de los dos lados técnica de avestruz y gran encanto, no hay defecto que al principio no sea un rasgo interesante y característico que da su peculiaridad a la persona, ni discrepancia que no sea una incitación dialéctica al enriquecimiento mutuo del espíritu, cf. Julián Marías. No me estoy riendo, che, es más que sabido y se dice con esas mismas palabras de rotograbado, pero también es sabido que llega el día en que un defecto es un defecto y se acabó. En este caso lo estadísticamente habitual es aguantarse, pasar al matrimonio y aprovechar lo bueno, que a veces es más que lo malo. Conmigo el sistema no anduvo, hice tres tentativas de pareja y en la tercera tuvimos un hijo y todo, que ahora estudia para que la madre ostente un dentista en la familia, vos sabés que en Villa Elisa el agua favorece la piorrea. Para no hablarte más que de un caso, la segunda vez con Yolanda, a los seis meses las verificaciones recíprocas eran tan obvias que decidimos vivir nuestra vida pero sin separarnos, eran tiempos en que un departamento no se conseguía así nomás. Qué te cuento, viejo, era para transmitirlo desde el satélite, íbamos y veníamos por la casa como si el otro no estuviera, pero esto entendelo literalmente y no como cuando una pareja se pelea y hay esas horas incómodas que siguen en que a los dos se les ha pasado la bronca, lamentan casi todo lo que han dicho no porque lo crean falso pero hay el vocabulario y los sobreentendidos y la historia antigua y por ahí hasta un amago de sopapo, de manera que circulan como esos perros después que los han metido en acaroína, eso sí con una buena educación y una gentileza que es como un moñito celeste, querés una taza de té, bueno, pero puedo hacerla yo, no, dejame a mí, bueno, gracias, lo tomamos en el líving porque aquí hace calor, es cierto, a esta hora esta pieza se pone sofocante, vos no creés que se le podría poner alguna especie de aislante térmico, en *Claudia* vi una propaganda, traela que la miramos, a lo mejor es la solución, bueno pero primero hago el té, de acuerdo, yo entre tanto riego las plantas del balcón, y así hasta que al final del té viene la sonrisita, odioso, más odiosa vos, vos empezaste, yo empecé porque vos me sacaste el tema de las vacaciones, te equivocás, lo saqué pero no con esa intención, ah bueno, yo creía, ves cómo sos malo, y vos una gallinita peleadora, más gallinita será tu tía, pobre mi tía, apenas llega a lechuza, y a partir de ahí primero la risa, después el besuqueo y después la cama ni qué hablar y está muy bien porque toda pelea bien terminada es un acto preerótico, si lo sabré. Cebame un mate que me sofoco.

—Así que con la Yolanda era distinto —insinuó el que te dije, enemigo de las digresiones y eso que se pintaba solo llegado el momento.

—¿Por qué decís la Yolanda? —se ofendió Lonstein—. Estos porteños han perdido hasta la oreja, cocoliches del carajo. Se llamaba Yolanda y todavía tiene una mercería en Colegiales, la cuestión es que quise ver si preservábamos la pareja sin siquiera decirnos buenos días, reconocé que en la idea había gérmenes de mutación antropológica. A lo mejor todo podía renacer espontáneamente y a fuerza de no vernos nos veríamos como realmente éramos, pero entre tanto ese departamento parecía un teatro de títeres con uno saliendo y otro entrando, uno comiendo a las doce y el otro a la una, salvo que por ahí a los dos nos daba por comer a la una y cuarto y entonces tendíamos la mesa y cocinábamos al mismo tiempo, había choques terribles porque en una de esas agarrábamos juntos el salero o la sartén, una fracción de segundo decidía quién era el ganador y el otro se quedaba con la mano en el aire, o esa vez que yo estaba defecando y Yolanda entró y al verme anunció después de semanas de silencio: "O te salís o me hago encima", sin que yo pudiera saber si encima significaba de ella o de mí, razón por la cual rajé a medio sorete. Fijate que lo sexual lo habíamos interpretado de la única manera posible en ese tiempo, es decir que para el amor hacíamos falta los dos y eso planteaba un problema, que sin embargo se resolvió un tiempo porque cuando el gran dios ciego y negro clavaba la jabalina, el uno se acercaba y ponía una mano en el hombro del otro, que obedecía inmediatamente. Las variantes, las repeticiones, los caprichos, se expresaban con un primer movimiento que el otro comprendía y acataba; era realmente horrible.

—Ah, bueno —dijo aliviado el que te dije que había tenido

la impresión de estar escuchando las confesiones de una araña o de un conejo.

—Fue en esa época, cuando fallamos con Yolanda y ella se volvió con los viejos, que yo empecé a masturbarme organizadamente, ya no como cuando chiquilín. Ahora había otras experiencias bien vividas, un conocimiento total de los límites del placer, de sus variantes y sus bifurcaciones; lo que muchos toman y sobre todo fingen tomar por un "ersatz" del erotismo en pareja comenzó a convertirse poco a poco en una obra de arte. Aprendí a hacerme la paja como quien aprende a manejar y a dominar un avión o a cocinar bien, descubrí que era un erotismo válido a condición de no acudir a él como mero reemplazante.

—Decime, ¿no te resulta penoso hablar de eso?

—Sí —dijo Lonstein—, y por eso mismo creo que tengo que hablar.

El que te dije lo estudió de perfil, de tres cuartos; Lonstein estaba un poco pálido pero no desviaba los ojos; sus manos se ocupaban de sacar y encender un cigarrillo. Comprendió que no le hablaba por exhibicionismo ni por perversión. "Por eso mismo creo que tengo que hablar." ¿Por qué por eso? ¿Porque era penoso y a contrapelo de la estantería etiquetada? Dale, dijo el que te dije, para mí no es precisamente una noche de Cleopatra, cordobés del quinto carajo, pero dale nomás hasta que Febo asome.

En esas horas o esos días —el miércoles o el jueves, ya no estoy seguro— los diálogos en que me tocó entrar fueron de guardaagujas, manos de palabras o de gestos movieron lentamente algunas palancas, trenes que antes corrían de este a oeste se torcieron hacia el norte (hubo uno que salió de París para llegar a Verrières, viaje que en condiciones normales hubiera tomado veinte minutos y que esta vez duró días, pero no imitemos a esfinges ya en desuso o —pero esto lo pensó el que te dije— a princesas puccinianas asomando por altoparlantes de hotel); la verdad es que se entra en un diálogo como en un café o un diario, uno abre la boca, la puerta o la página sin preocuparse por lo que va a venir, y entonces bóing. Con Ludmilla yo lo sabía pero la mano en la aguja fue demasiado brutal, el tren se metió en la nueva vía con un rechinar de catástrofe en primera página, no sé qué maniobra de frenos hizo el maquinista para evitar el descarrilamiento, si es que lo evitó, esos trenes mentales podían hacerse pedazos en los taludes sin que nadie se diera cuenta. Curiosamente (siempre sale un adverbio para enmascarar algo, eso es seguro) yo acababa de releer textos de René Char sobre los tiempos de la resistencia contra los nazis en el sur de Francia, y entre páginas de diario y poemas se me había quedado en la memoria una simple frase: *Certains jours il ne faut pas craindre de nommer les choses impossibles à décrire*, y de golpe el que te dije me contaba de su noche con Lonstein y a los dos nos parecía que Lonstein estaba hablando al mismo tiempo de algo concreto que le era necesario decir aunque le costara, pero que eso no se quedaba en el nivel de una confesión puesto que no se proponía como tal dada la clase de tipo que era el rabinito, y más bien tenía que ver con cosas

211

en apariencia lejanísimas y que a mí me hubieran parecido heterogéneas y hasta incoherentes si el que te dije no hubiera insistido, él que las conocía mejor, en ligarlas y concatenarlas, por ejemplo Oscar, el hecho de que Oscar también estuviera en la Joda con una especie de interferencia totalmente desconectada a la luz de principios razonables o de directivas del P. C. Por eso el que te dije empezaba culpablemente a mezclarlo todo, y eso que en algún momento había pretendido separar la hacienda y poner a los tobianos de un lado y a los overos del otro; ahora se daba cuenta de que las cosas no eran separables, en todo caso no lo eran para Lonstein ni para Oscar (tampoco para Marcos, pero Marcos no hablaba mucho a menos que se le fuera la mano en la ginebra como cuando su elogio del entusiasmo, tema que por lo demás había sido Ludmilla, y así íbamos), y en los días en que se franqueó con Andrés las barajas le fueron saliendo mezcladas y Andrés pensó que entre el que te dije y Ludmilla ya no quedaba un solo itinerario de trenes que se pudiera consultar como antes, porque en todos lados las agujas habían movido las vías y del martes al viernes había como una dislocación general del tráfico. Para mí la cosa era personal y no tenía por qué proyectarla a una especie de claridad para terceros, pero el que te dije andaba en otras vías, y

COMMENT FUT ENLEVÉ L'AMBASSADEUR AMÉRICAIN ELBRICK

la Joda que al principio le había parecido idiota y después divertida pero siempre sencilla y hasta primaria, empezaba a írsele de los dedos como un chorrito de tapioca y por eso lo estaba mirando a Lonstein con un aire más bien desagradable.

De hecho cuando el que te dije me contó la disertación lonsteiniana, yo estuve a punto de entender lo que Ludmilla ya había entendido, lo que

Marcos había entendido desde el principio, lo que Oscar estaba tratando de entender desde otro ángulo, lo que tantos otros a lo mejor entenderían alguna vez; pero todavía era temprano, y además estaba el sueño del cine que volvía y volvía con su tábano y su hueco oprimente en la puerta de un salón donde alguien ("un cubano, señor") me había esperado para decirme algo; a lo mejor también era temprano para ese sueño, pero entre tanto Char tenía razón y no había que tener miedo de nombrar las cosas que era imposible describir, así como Lonstein tenía razón cuando describía para el que te dije tanta cosa que era imposible nombrar. Sin contar que la historia seguía, como era tan fácil comprobar por pocos centavos en un quiosco.

AMÉRIQUE LATINE

ARGENTINE : QUERELLES DE GÉNÉRAUX ET LUTTES POPULAIRES PAR ISABEL ALVAREZ

Andrés ya lo sabía, y Ludmilla hubiera podido volver y callarse, o no volver y telefonearle desde lo de Marcos, o no volver y no telefonearle (variantes postales, telegráficas, interposiciones amistosas diversas); cuando entró en el departamento de la rue de l'Ouest era casi mediodía, pero esta vez sin puerros. Andrés dormía desnudo, una mano perdida entre el despertador y otros objetos de la mesa de luz; quizá una pesadilla le había hecho rechazar la frazada y la sábana que yacían teatralmente a los pies y a un lado de la cama, y Ludmilla imaginó un cuadro histórico, Géricault o David, Chatterton envenenado, títulos como "¡Demasiado tarde!" y sus previsibles variantes. Miró un momento ese cuerpo de espaldas, impúdico y como ajeno a sí mismo, le sonrió un silencioso buenos días y entornó la puerta; también ella dormiría pero en el diván del líving, después de retirar media docena de discos que Andrés dejaba por todas partes. Con un vaso de leche, envuelta en una bata de Andrés, pensó que tenía que dormir un rato, que a las tres había que ir a casa de Patricio para recibir instrucciones.

El cinturón se había aflojado fácilmente porque Marcos facilitaba la tarea contrayendo el estómago con un gesto de dolor, y Ludmilla había podido soltarle los tres primeros botones hasta encontrar el elástico del slip. Con tal de que no tengas algún derrame interno, había dicho al ver el mapa de Australia azul y verde que seguía hacia abajo. Avisá, polaquita, no ves que respiro sin trabajo, no es más que un machucón. Ya sé, dijo Ludmilla, un paño con alcohol, es buenísimo. Tendrá que ser con grapa, dijo Marcos, porque el alcohol siempre se presenta en esa forma en esta casa. Cuando la besó despacito en la oreja, interrumpiendo el examen científico de la zona vulnerada, Ludmilla apoyó un momento la cabeza en su pecho y se quedó muy quieta. No hablaban, el té se iba enfriando de conformidad con diversas leyes térmicas.

—Que no sea por rutina, Marcos —dijo Ludmilla.

—Yo también lo estaba pensando, polaquita.

Conteniendo la respiración se enderezó despacio, para sacarse los zapatos. Ludmilla lo ayudó, le hizo beber un trago de té y fue a buscar la grapa pero renunció a la idea del paño porque realmente esa grapa olía demasiado a grapa y porque Marcos, caminando despacio, se iba al dormitorio y se sacaba los pantalones y la camisa, en slip se tendía lentamente en la cama y desde ahí le hacía un gesto a Ludmilla que apagó las luces de la cocina y el líving y volvió con vasos y la grapa que de todas maneras podría ser utilizada por vía interna. Con un cigarrillo en la boca, Marcos empezó a hablarle del Vip; Ludmilla se había sentado en el suelo, junto a la cama, y veía brillar el pelo enrulado de Marcos contra la luz del velador. Pronto amane-

214

cería pero ninguno de los dos tenía sueño. Que no fuera por rutina, que la blusa que Ludmilla se iba quitando mientras Marcos le explicaba lo que iba a suceder el viernes por la noche no fuera una vez más un gesto de la ceremonia recurrente, que soltarse las sandalias y bajarse las medias tuviese otro valor, o ningún valor fuera de sentirse más cerca del descanso y del sueño. En la comisura de los labios de Marcos quedaba un resto de sangre seca. En el baño había una esponja, lujo extraño; a través del humo del tabaco Marcos vio erguirse la silueta de Ludmilla desnuda, su espalda, sus muslos, un cuerpo moreno y apretado que echaba a andar hacia la puerta en busca de la esponja.

—Un documento de identidad, por favor —dijo el cajero. Con ligeras variantes, el pedido se reproducía a la misma hora en veintitrés sucursales bancarias y casas de cambio de la región parisiense; el grupo de Lucien Verneuil y de Roland sabía hacer las cosas y entre las catorce y treinta, hora de apertura de los bancos, y las catorce cuarenta y cinco, la obra maestra del viejo Collins cambió de manos y se transformó en francos franceses. Hubo una sola alerta, en la agencia *Cosmique* de la Place d'Italie donde una empleada de vestido azul y anteojos de miope se puso a controlar los billetes con una insistencia que al cliente le pareció exagerada, momento en el que la empleada le hizo notar que ésa era su obligación, respondiendo el cliente que por su parte él no era más que un empleado de una agencia de viajes y que si había alguna duda era preferible que telefoneara en seguida al señor Macrópulos, GOBelins 45.44. Para sorpresa del cliente, que había inventado a Macrópulos simplemente para ganar tiempo y ver lo que pasaba antes de tener que rajar, la señora le cambió el dinero sobre el pucho, no sin nuevas reflexiones sobre los deberes profesionales. La primera denuncia la recibió la policía a las cinco y cuarto desde una sucursal del Crédit Lyonnais; por la noche la prefectura tenía casi todos los billetes falsos y una cantidad de pistas ídem, en la medida en que el comando de Lucien Verneuil estaba formado por gente que en su perra vida había entrado en un banco para sacar dinero, y mucho menos para depositarlo. Lucien y Roland preveían un plazo de cuatro o cinco días antes de la primera imprudencia o la siempre posible delación; Gómez y Monique por un lado, y Patricio y Heredia por otro, andaban ya ocupados en compras necesarias.

erto M. Levings:
idente de la Rep

Militar. Asumirá el Jueves 18

Podría Armarse en pie de Guerra a 150 Hombres con las Armas Robadas en Uruguay. Preocupación

MONTEVIDEO, 30. (AP). — La policía detuvo en las últimas horas a una treintena de personas en relación con el espectacular robo de ayer a un arsenal de la ma rina, cumplido por las... del os... no del gobierno ha sido imposible obtener nue-

...del gobierno como la del comandante en jefe de la ma... ...Guillermo Fernández y hasta de al... ...gunos ministros claves del... ...seguridad. Entretanto, una fuente militar responsable admitía que

Acabar con Onán parecía paradójicamente una de las razones por las que Lonstein seguía hablando, Onán como uno de los tantos ogros mentales que nadie había podido liquidar, el apelmazamiento de los ogros profundos, los verdaderos amos de la diurna armonía que tanta gente llamaba moralidad y que entonces cualquier día, individualmente, era la neura y el diván del analista, y que también cualquier día, colectivamente, era el fascismo y/o el racismo. Che viejo, murmuraba el que te dije aplastado por las subyacencias y subtendencias del discurso del rabinito, pero inútil intercalar diversos pará el chorro o acabala, ñato, en la voluntad de Lonstein de seguir hablando, su lado Raskolnikov de ceremonias solitarias, se dibujaba algo como una saga grotesca, un descenso de Gilgamesh o de Orfeo a los infiernos de la libido, inútil que el que te dije se le riera por momentos en la cara o que en otros se retrajera poco menos que ofendido ante ese exhibicionismo de cuatro de la mañana y quinta grapa, y poco a poco se iba viendo que Lonstein no quería sacar a Onán a la superficie por el solo placer de darle un estatuto legal o algo así, arrancar a Onán del apelmazamiento interior era matar por lo menos uno de los ogros e incluso más, metamorfosearlo con el contacto de lo diurno y lo abierto, desograrlo, cambiarle el triste pelaje clandestino por plumas y campanas, el rabinito se ponía lírico de golpe, insistía y detallaba y se volvía una especie de public-relations y de ejecutivo del ogro que al final era un príncipe como tantos ogros, solamente que había que ayudarlo para que dejara por fin de ser un ogro. El que te dije empezaba a darse cuenta de que Lonstein procedía rabínicamente por muestreo, eligiendo un ogro

218

entre tantos y proponiendo nuevos descensos al apelmazamiento de abajo para liquidar poco a poco a los otros ogros, una especie de subjoda subterránea, y acabó por entender que su papel esa noche, si lo desempeñaba honestamente, era tan sólo el de activar y hostigar y enfurecer al rabinito para que la cacería y la metamorfosis de Onán sirvieran acaso para algo cuando él se hiciera su cronista, cosa que Lonstein había dado por supuesto y sin equivocarse porque el que te dije no tardó en hablarme del asunto (yo me había levantado después de un mal sueño de fin de mañana, Ludmilla dormía en el diván y nadie había almorzado ni parecía pensar en hacerlo), y aunque al principio no entendí nada y hasta hice como el que te dije, o sea pensar mal de Lonstein, a fuerza de darle vueltas acabé por acatar ese exorcismo desaforado, también yo a mi mezquina manera había pretendido hablar desde un balcón y acabar con algunos ogros, solamente que el mío era un balconcito de patio con macetas que daba solamente a las ventanas de Ludmilla y de Francine, exorcismo individual y egoísta, una verdurita, un pájaro muerto, la prueba sus resultados. Pero quizá Lonstein tuviera razón y fuera necesario meterse de maneras muy diversas en la Joda (suponiendo que él o yo supiéramos claramente de qué se trataba), en todo caso el rabinito no le había hablado de Onán al que te dije por pura complacencia sino buscando la mejor manera posible de proyectar parabólicamente en la Joda (¡una fortrán, claro!) ese grado delirante de desnudez de la palabra que mostrara hasta qué punto el strip-tease al que se había sometido delante del que te dije era en el fondo una condición indispensable para Verrières el viernes por la noche, para la otra cacería de ogros, y aunque parecía cosa de locos, el que te dije y yo empezamos a sentir que en la casi impensable, en la casi impúdica conducta de Lonstein había algo así como una vela de armas antes de la noche de Verrières. Y lo que ahora parecía solamente una asociación demencial de heterogeneidades podría acaso aclararse alguna vez para algunos hombres y para las nuevas Jodas, con lo cual el que te dije y yo estábamos como sibilas y profetas de pacotilla, sabiendo y no sabiendo, mirándonos con

el aire del que sospecha que el otro se ha tirado un pedo, de-
sahogo siempre reprensible.

Zambúllase en la felicidad 3CV ; en Citronort: 260 mensuales & inicial.

Susana juega con Manuel mientras lo lava y lo viste, mirando de reojo a Patricio que tiene un ojo bastante hinchado y una muñeca resentida. Menos mal que uno de sus tesoros bonaerenses más preciados es una muñequera de cuando jugaba pelota a paleta en el Laurak Bat, y que los anteojos de sol le tapan perfectamente el otro desperfecto. Son las tres de la tarde pero con una noche tan agitada la familia se ha quedado de cama, incluso Manuel que se muestra extrañamente dócil y no pretende ahogarse con el talco o los algodones. El almuerzo ha sido un ir y venir de la cocina a la cama con salame, vasos de leche y vino, pedazos de tortilla fría y media docena de bananas, padre, madre e hijo se sienten particularmente bien en plena infracción a las buenas costumbres, y cuando llega Ludmilla la reciben en ropas menores y café con coñac, la invitan a

Heredia y Gómez se tuercen de risa leyendo los diarios y mirándose las trompas hinchadas que Monique les cuida con un aire de cruz roja y abundante mercurocromo. La desconcertante presencia del pingüino turquesa a orillas del Sena en horas de la madrugada ha desencadenado dos teorías, porque la policía no ha tardado en establecer una cierta cadena causal que empieza en Orly aunque después tiende a romperse por todas partes, o sea que en el Quai des Orfèvres sospechan ya la verdadera naturaleza de los contéiners y eso los lleva a

Un diario habla de contrabando de armas, otro de contrabando de drogas. Ya Marcos ha telefoneado a Oscar para que abandonen el hotel Lutetia por si las hormigas, y Oscar que ingiere su último desayuno de lujo metido en la cama mientras Gladis espera que se vaya la camarera para entrar con su propia bandeja y acurrucarse contra él para hacer lo propio, informa que Marcos los espera a las diez y cuarto en casa de Patricio y que toda esperanza que pueda quedarle a Gladis de reanudar sus actividades de otesdelér se ve grandemente menoscabada por la cadena causal de que se habla en

—Pobre Pedernera —dice Gladis—, quién le va a llevar ahora el jugo de pomelo a la cabina. Pepita va a tener un trabajo bárbaro.

—El tal Pedernera te tenía bien echado el ojo —dice Oscar.

—Porque nadie le alcanzaba el jugo tan delicadamente, sin que tuviera que sacar los ojos de los comandos.

—En fin, parecería que al final saltaste la tapia, mocosita —dice Oscar resbalando en la cama mientras la última medialuna resbala paralelamente en su garganta. Gladis lo mira sin entender lo de la tapia, pero Oscar la besa en el pelo y tiene como una vaga sensación de felicidad, a lo mejor es solamente la medialuna pero también la luna llena, la máquina implacable de los juegos de palabras abriendo puertas y mostrando zaguanes en la sombra, Gladis no ha tenido la menor reacción negativa al enterarse de las noticias, entonces es así, entonces ha saltado la tapia como las muchachas bajo la luna llena, está realmente en la Joda y eso, piensa Oscar, es la tapia y la calle abierta aunque toda la policía de París y los bomberos de La Plata corran detrás de las muchachas enloquecidas de carnaval, detrás de Alicia Quinteros, detrás de Gladis que le está tirando un puesto bien pagado y jubilable por la cara al capitán Pedernera.

de acuerdo, pero no entiendo por qué te diste tan pronto por vencido después de la Yolanda/De Yolanda, che/Después de Yolanda, y te pasaste al onanismo con armas y bagajes si cabe decirlo/Entiendo, vos hubieras reincidido esperanzadamente/ Pero claro, qué otra cosa es el amor sino reincidencia/ El problema no está en eso, pibe, cerca de cincuenta eruditos se han pasado la vida preguntándole a la sombra de Gogol por qué prefirió la paja al matrimonio, sin hablar de Kant una vez por mes debajo de un árbol, y naturalmente en cada caso hay una explicación edipiana o cromosomática, y a mí sin duda me faltan o me sobran moléculas beta, pero no es eso que me interesa aunque vos, claro, te agarrás a una noción de normalidad como si eso fuera todavía un chaleco salvavidas/Mirá, aunque sólo la reduzcamos a lo estadístico, se necesita una cierta noción de normalidad para maniobrar/Como quieras, ponele que soy anormal y juzgame así, ni tu noción ni tu juicio me preocupan ahora, si te hablo de esto es porque vos y los demás normales son los perfectos hipócritas y alguien tiene que cumplir cada tanto y una vez más el oficio de bufón, y no por sacrificio ya que yo no me sacrifico por vos, macho normal, sino por algo que no sé cómo llamar, digamos una nueva fundación/No te me pongás meta/Oh, no, ñato, no te hablo de fundación ontológica aunque también ahí hacen falta unos cuantos bufones que den vuelta más de cuatro tortillas cocinadas por madame l'Histoire, te hablo de otra clase de fundación, si querés un poco lo que debió proponerse Sade, esa fundación que se presenta sobre todo como una destrucción, un voltear muñecos para que después, algún día, vengan los horribles trabajadores como decía el de Harrar, o ese hombre nuevo que tanto preocupa a Marcos y a la mersa de la Joda, y entonces yo abro la puerta y digo que todos somos Onán, al principio por razones obvias de infancia y después porque el placer solitario será todo lo imperfecto, unilateral, egoísta y sórdido que quieras pero no es una falta ni sobre todo una negación de la virilidad o la feminidad, muy al contrario, pero ya aquí levantás la cresta y me mirás como si nunca te hubieras hecho la paja después de los catorce años, avestruz de mierda/Che, ni siquiera he abierto la boca, pibe/Está bien, nadie pretende que notifiques al público y al clero de tus actividades sexuales de cualquier especie, mejor cumplirlas que contarlas, pero la Joda, para darte un ejemplo a mano, se propone como una empresa de liquidación de fantasmas, de falsas barreras, con todo ese vocabulario marxista que a mí me falta pero que vos ahora mismo agregarás mentalmente a la enumeración de errores y lacras sociales y personales que hay que liquidar, y si es así yo entiendo que debo aportar una contribución paralela, porque defender la legitimidad del onanismo no solamente vale por eso, que no es gran cosa en sí, sino porque ayuda a las otras muchas fracturas que hay que practicar sensaltro en el esquema del ántropos/Bueno, de acuerdo, pero lo mismo puede decirse del lesbianismo y de tantas otras cosas, el ahorro postal, la lotería, qué sé yo/Por supuesto, pero admití que el tal ú de la homosexualidad se ha resquebrajado ya en parte y que no sólo su praxis es cada día más evidente sino que la presencia o la vigencia verbal del hecho forma parte corriente y vistosa de los vocabularios y temas de sobremesa, cosa que no ocurre con la masturbación en la que incurre todo el mundo pero que sólo entra en el lenguaje como tema de fin de infancia/¿Pero vos realmente creés en eso de que todo el mundo?/Seguro que lo creo, casados o solteros me da igual. Apenas la pareja se distancia por cualquier razón momentánea que va de un viaje a una gripe rebelde, la mayoría se la menea, y en cuanto a los célibes no necesitás anécdotas de cuartel o de calabozo o de dormitorio de marineros para saberlo, vos mismo podés hacer tu Kinsey de bolsillo, preguntale a las mujeres de tu confianza si cuando están solas antes de dormirse no se pasan un poco el dedito, te van a decir que sí porque es menos aparatoso que entre nosotros y porque decirlo no afecta su buen nombre y honor mientras que de nuestro lado admitir que por lo menos alguna vez nos masturbamos desviriliza moral y personalmente al que lo dice o al que se deja sorprender, y la idiotez está justamente en eso, en lo que va de hacerlo a admitirlo, en seguir haciéndolo bajo el tabú, y así pasa que cada uno es de nuevo Onán cuando Judá le dice que se acueste con la mujer de su hermano para darle una falsa posteridad, y Onán se niega porque sabe que sus hijos no serán reconocidos como suyos y se masturba antes de acostarse con la cuñada, cosa que técnicamente debe haber sido en realidad un simple coitus interruptus, y entonces Jehová le tira la bronca y lo aniquila; ahí está la cosa, que Jehová se rechifla y lo fulmina, desde entonces llevamos eso adentro, el coitus interruptus nos parece perfecto pero la masturbación es el tabú Onán y entonces la idea de que es mala, que es vergonzosa, que es un terrible secreto. De todo eso, dijo Lonstein respirando como si saliera del fondo del Maelstrom, yo he hecho una considerable obra de arte, una boex y una técnica que no creo que muchos dominen porque como se masturban bajo el sentimiento de culpa lo hacen primariamente y por necesidad momentánea, como otros van a acostarse con las putas, sin un refinamiento de actividad sexual autónoma y satisfactoria. El erotismo de la pareja ha dado esa literatura que duplica, refleja y enriquece la realidad a que alude, la dialéctica fascinante entre hacer el amor y leer cómo se lo hace; pero como a mí no me funciona la pareja y las mujeres me salen aburridas en todos los planos, he tenido que crear mi propia dialéctica onanista, mis fantasías todavía no escritas pero tanto o más ricas que la literatura erótica/¿Nada menos?/Nada menos/En fin, cuando yo me masturbaba a los quince o dieciséis años lo hacía imaginándome que tenía en los brazos a Greta Garbo o Marlene Dietrich, cosa que como ves no era una pavada, de manera que se me escapa el mérito especial de tus fantasías/No es tanto por ese lado, aunque también admite desarrollos más vertiginosos de lo que te imaginás con tus Gretas o tus Marlenes, pero lo que cuenta es la ejecución, y en eso está el arte. Para vos la cosa es una mano bien empleada, ignorás que precisamente el primer peldaño hacia la verdadera cúspide del fortrán consiste en la eliminación de toda ayuda manual/Ya sé, los accesorios, las muñecas de goma, las esponjas bien tratadas, las quince utilizaciones de la almohada según Herr Doktor Bahrens/¿Y por qué te ponés tan petulante? También las parejas imaginativas usan accesorios, almohadas y cremas. Heredia andaba mostrando ese manual de posturas que trajo de Londres y que realmente está muy bien; si yo tuviera recursos y sobre todo ganas, editaría un manual de técnica masturbatoria y ya verías las posibilidades sin hablar del beséler, pero en todo caso te las puedo describir/Me voy, che, es tarde/ En otras palabras, que no me querés oír/Es que me aburrís, pibe/Cabrón, dijo Lonstein, yo creía haberte dado a entender por qué te hablaba de esto/Te sigo, viejo, te sigo, pero lo mismo me voy/Cabrón, cobarde, vos y todo el resto; y después quieren hacer la revolución y echar abajo los ídolos del imperialismo o como carajo los llamen, incapaces de mirarse de veras en un espejo, rápidos para el gatillo pero mierdosos como un helado de frambuesa (que son los que más odio) cuando se trata de la verdadera pelea, la espeleológica, esa que está ahí al alcance de cada estómago bien puesto/Che, pero yo no te conocía esas proclividades hacia un futuro mejor/Vos de mí no conocés ni el color de esta camisa que tengo puesta, falso testigo de Jodas igualmente falsas/¿Así que vos creés que la Joda es falsa?/No es eso, dijo Lonstein un poco arrepentido, es falsa a medias porque una vez más será un eslabón incompleto de una cadena igualmente incompleta, y lo triste es que muchachos macanudos como los que sabés se harán matar o matarán a otros sin haber mirado antes de verdad la cara que les propone el espejo de cada mañana. Ya sé, ya sé, te veo venir, no se puede pretender que todo el mundo empiece por conocerse a lo Sócrates antes de salir a la calle y empezar a las patadas con la sociedad podrida, etcétera. Pero vos, que pretendés ser el testigo de la Joda, vos mismo te echás atrás a la hora de la verdad, quiero decir de la paja, me estoy refiriendo al hombre de veras, lo que es y no lo que ven los otros del *Capital* para afuera/Lonstein, dijo seriamente el que te dije, y debía ser muy seriamente para empezar llamándolo por su apellido, yo seré todo lo pelotudo que quieras, pero hace más de media hora que me he dado perfecta cuenta de tu boex, tu fortrán, en una palabra de la alegoría que bajo forma de onanismo me has estado metiendo por las narices/Ah, bueno, dijo el rabinito como quien baja la guardia desconcertado/Y si hablo de irme es, primero, porque me caigo de sueño, y segundo porque una vez entendida tu intención mayéutica no veo por qué debo seguir interesándome en técnicas masturbatorias/Ah bueno, repitió el rabinito, pero hay una sola cosa que me gustaría saber, y es si tu indiferencia por esas técnicas es una vez más el avestruz o simplemente porque vos te la rebuscás mejor en pareja/La segunda hipótesis es la buena, pero ya que hemos llegado tan lejos y para que a tu vez me conozcas un poco mejor y la acabes con lo de avestruz y lo de cabrón, te informo que no tengo prejuicios antionanísticos y que más de una vez la ausencia de alguien que hubiera debido estar presente y no podía o no quería se consoló por vía unilateral, desde luego que sin la perfección que tus disertaciones me han dejado entrever/Ah bueno, tripitió el rabinito que por primera vez empezaba a sonreír y a aflojarse, entonces me disculparás los epítetos evidentemente antifortranescos y contraboex/No te oculto que ya me estaba empezando a mufar que me trataras de cabrón cada dos minutos/ Vamos a cebarnos otro mate, dijo Lonstein, hubiera sido más que mierdoso si después de tanto chamuyo te las picabas convencido de que el tema sólo valía por el tema o algo así/Ya está saliendo el sol, dijo el que te dije con un bostezo que más parecía un eclipse del astro mentado, pero igual dame unos mates con plenty caña y después me pianto/Y además podemos hablar de otras cosas, dijo Lonstein feliz, con una cara toda nueva y despierta y como lavada por el rosa más bien sucio y ceniciento que se colaba por los visillos. Te das cuenta, podemos hablar de otras cosas, pibe, pibe.

También amanecía en la rue Clovis, y Ludmilla que entraba con la esponja húmeda vio el primer gris empañando la luz del velador, desdibujando la cara de Marcos que había cerrado los ojos y se dejaba ir de espaldas al sueño. Cayadita, Ludmilla se sentó en el suelo, la esponja en la mano como una lámpara de catacumbas; casi sin moverse alcanzó a desenchufar el velador, vio recortarse la ventana en la penumbra, los vagos sonidos del alba se situaron distintamente en el silencio caliente, espeso del dormitorio.

—No duermo, polaquita —dijo Marcos sin abrir los ojos—, estaba pensando que a partir del viernes entramos en una tierra de nadie y que vos todavía no sabés bien por qué.

—El Vip —dijo Ludmilla—, pero la verdad es que después no entiendo demasiado.

—No hay nada de original en lo que vamos a hacer, como no sea la ubicación geográfica más bien insólita y una especie de efecto multiplicado. A cambio del Vip los gobiernos de cinco o seis países tendrán que soltar a unos cuantos compañeros. Ya casi no es noticia, como ves, salvo para nosotros, porque aquí se va a armar una del carajo por razones de prestigio nacional; eso en cuanto al futuro mediato, y yo me estoy acordando de que vos vivís y trabajás aquí. Pensalo.

—Estoy aquí, claro, pero es lo mismo que mi trabajo, quiero decir que me paso la vida cambiando de comedia, ahora me toca una vagamente eslava, mañana será un drama de Pirandello o un vodevil con baile y música. Sí, París. París, seguro. No será fácil acostumbrarse a otra cosa pero ya ves, en el fondo tengo la costumbre, no es tan difícil cambiar de papel, sabés.

—Supongo, pero lo mismo tenía que decírtelo. Los otros han

previsto las posibilidades; Patricio y Susana tienen amigos en Lovaina, y Gómez puede vivir en la casa de los padres de Monique que son del Luxemburgo, Heredia tiene apiles por todos lados, Roland y los otros franceses son veteranos y juegan en su cancha.

—¿Y vos?

—Bueno, eso no es problema, y Lonstein tampoco. El pobre por ahí se la liga de costado porque no tiene nada que ver como no sea de una manera que nadie entiende bien, ni siquiera él. En fin, ya estás anoticiada, polaquita.

—Todavía tenés sangre en la boca —dijo Ludmilla arrodillándose al lado de la cama y pasando la esponja húmeda por los labios de Marcos. Cuando él la miró por fin en la vaga luz de las sábanas y el aire, Ludmilla sonreía a algo que podía ser cualquier cosa, lejos y cerca del gesto de limpiarle la boca, de resbalar contra él cuando la tomó en los brazos y la besó entre los senos, anegándole la cara en un mar de pelo enrulado que Ludmilla mordió dulcemente, perdida en un vago olor de jabón de baño y de cansancio.

A una cierta altura del desorden el que te dije empieza a darse cuenta de que se le ha ido la mano en la espontaneidad, y a la hora de ordenar los documentos (imposible describir la especie de baúl o sopera gigante en la que ha ido tirando lo que él llama fichas y que en realidad son cualquier papel a mano) sucede que algunas cosas que en su momento le habían parecido significativas se le adelgazan feo, mientras que por ahí cuatro tonterías sobre la forma de comer de Manuel o algo que dijo Gladis sobre un peinado le llenan la sopera y la memoria como-si-estuvieran-grabadas-en-bronce. El que te dije entrecierra los ojos y admite, porque no es por ese lado que se lo puede acusar de idiota, que el olvido y la memoria son glándulas tan endocrinas como la hipófisis y la tiroides, reguladoras libidinales que decretan vastas zonas crepusculares y aristas brillantísimas para que la vida de todos los días no se rompa demasiado la cresta. En la medida de lo posible va clavando los bichos por orden y Lonstein, único privilegiado con relativo acceso a la sopera o baúl de recortes, terminará por admitir que en conjunto hay Joda coherente, hay preludio, ludio y postludio jodístico, hay causalidad satisfactoria, por ejemplo el pingüino que aparece en su lugar y momento, detalle capital. Lo malo es encontrar fichas no identificables, ver cómo el que te dije se aprieta las sienes con pulgares convergentes y después dice no sé, che, esto le pasó a Heredia, me parece, o fue a Gómez con Monique, esperate un poco, dándole vueltas a la ficha por todos lados, puteando la autocensura, los pudores sudamericanos porque siempre o casi siempre es materia resbalosa y el que te dije quisiera seguir los pasos del rabinito y no callarse nada, la prueba es que lo ha escrito, que está ahí y justamente entonces las glandulitas empiezan a segregar olvido, y por si fuera poco hay otra cosa y Lonstein es el primero en darse cuenta, ya al hacer la ficha el que te dije ha trampeado, los hechos tienden a ocurrir vestidos de palabras, a veces no se sabe quién le hace esto o aquello a quién, más tarde el que te dije podrá argüir que estaba apurado o que tenía que completar la información pero Lonstein lo mirará con lástima y querrá saber por qué en cierto punto, en cierta ficha precisa, todo se vuelve como una lechuga triste o pasa a ser un gran ikebana según convenga. Pero date cuenta de que las cosas no son simples, brama exasperado el que te dije, date cuenta, carajo, que una cosa es describir estéticamente aunque no se falte en nada a la verdad, y otra *esto*, quiero decir extraer el erotismo y demás concomitancias de la estética porque si lo dejás ahí seguís en la literatura, te facilitás el juego, podés decir o contar las cosas más increíbles porque hay algo que te sirve de cortina o de coartada, hay que lo estás contando bien y bonito, que sos una vez más el libertino letrado o el panegirista de la izquierda o la derecha, aunque te rías de arriba abajo de este lenguaje. Easy, easy, aconseja el rabinito, easy does, baby. Entonces pensá un poco, remacha el que te dije sinceramente afligido, cómo mierda no me voy a callar los nombres o olvidarme de quiénes eran los que hacían eso, cuando lo que he querido rescatar es el númeno, che, la no distanciación o mediación como dicen ahora, poner la Joda como los cubistas ponían el tema del cuadro, todo liso en un mismo plano sin volúmenes ni sombras ni preferencias valorativas o morales ni censuras con o inconscientes, comprendé que es casi imposible en español, comprendé que se me cae la birome de la mano porque no estoy escribiendo osado ni liberado ni otras pajerías por el estilo, estoy queriendo hombre, estoy buscando llaneza de pan, mi hermano, estoy entrando un dedo en un culo y tiene que ser, tiene que ser absolutamente lo mismo que pedir un boleto de diez mangos o sonarse en el fuayé del Rex. Y entonces, claro, se te olvidan los nombres, dice el rabinito, hasta yo lo comprendo, mendo. ¿Pierdo el tiempo, se interroga inflamado el que te dije, me estoy equivocando desde el vamos y no sirve para nada, será que hay terrenos vedados porque eso es ser hombre y no salir desnudo a la terraza? Pero entonces estoy enfermo, porque algo aquí en el costillar me dice que debo seguir, que aunque sea sin nombres o con espacios en blanco tengo que seguir, que no importan el miedo o la vergüenza y sobre todo el fracaso, algo llama a la puerta, viejo, mirá estas fichas cuando tengas ganas y decime si había que escribirlas o no, si estos momentos de la Joda se podían callar elegantemente o describir como más de cuatro rioplatenses liberados los hubieran descrito, tapándolos con las mismas palabras con que creía destaparlos. Bah, dice Lonstein, ahí acertaste una, siempre será cuestión de palabras en el fondo, en realidad lo que vos pretendés es un mero cambio formal. No, viejo, eso yo sabría hacerlo sin crearme problemas, a vos te consta de sobra. La cosa está más acá, es buscar algo así como no darse cuenta cuando se pasa de un terreno a otro, y de eso no somos todavía capaces; lo vedado se nos da paradójicamente como privilegiado, merece trato especial, hay-que-andarse-con-cuidado-en-esa-escena, y entonces las palabras te copan la parada como siempre, organizan el gran escamoteo. Si yo consiguiera no cambiar cuando paso de una esquina a una cama, si yo mismo no cambiara, entendés, entonces empezaría a sentir que todo es Joda y que no hay episodios personales entre momentos y momentos de la Joda. Ah, dice el rabinito iluminándose, vos una vez más te salís del contexto y proyectás los fatos de la Joda a por lo menos la Argentina. Mucho más que eso, advierte modestamente el que te dije, los proyecto a la idea misma de la revolución, porque la Joda es una de sus muchas casillas y ese ajedrez no se ganará nunca si yo no soy capaz de ser el mismo en la esquina y en la cama, y yo soy cincuenta u ochenta millones de tipos en este mismo momento. De acuerdo, dice el rabinito, pero lo malo en vos es que esas cosas las sentís y las buscás en la escritura, que como dice Mao no sirve para nada a menos que. A menos que qué. Ah, eso vos preguntale a él. Es que te equivocás, dice el que te dije desalentado, a mí no me importa la escritura salvo como espejo de otra cosa, de un plano desde el cual la verdadera revolución sería factible. Ahí los tenés a los muchachos, los estás viendo

232

jugarse, y entonces qué; si llegan a salirse con la suya, y aquí vuelvo a extrapolar y me imagino la Grandísima Joda Definitiva, entonces pasará una vez más lo de siempre, endurecimiento ideológico, rigor mortis de la vida cotidiana, mojigatería, no diga malas palabras compañero, burocracia del sexo y sexualidad a horario de la burocracia, todo tan sabido, viejo, todo tan inevitable aunque Marcos y Roland y Susana, aunque esa gente formidable que se ama y se desnuda y pelea parejito, perdoná que no complete la frase porque justamente ahí salta lo incompleto, el Marcos futuro no será el de hoy y por qué, viejo, por qué. ¿Por qué?, preguntó Lonstein. Porque tampoco ahora está equipado para las secuelas de la Joda, él y tantos más quieren una revolución para alcanzar algo que después no serán capaces de consolidar, ni siquiera de definir. En la ideología todo perfecto, claro, la teoría y la praxis a punto, habrá Joda cueste lo que cueste porque esta humanidad ha dicho basta y ha echado a andar, está clamado y escrito y vivido con sangre; lo malo es que mientras estemos andando llevaremos el muerto a cuestas, viejo, el viejísimo muerto putrefacto de tiempo y tabúes y autodefiniciones incompletas. Ay ay ay, dijo Lonstein, cuánta cosa sabida, che. De acuerdo, aceptó el que te dije, por eso yo me callo la boca lo más posible, aparte de que no estoy nada calificado para hablar científicamente de nuestras carencias, insolvencias y archisuficiencias, no soy ni siquiera un loco oracular como Wilhelm Reich o un precursor del carajo como Sade o José Martí, vos perdoná el acercamiento que inevitablemente suena irrespetuoso; no soy nada de eso y entonces me callo pero sigo llevando mis fichitas, se me cae la birome y la vuelvo a levantar, se me arrebolan estas mejillas peludas porque me cuesta hablar del dedo en el culo, cada vez me da la impresión de que estoy metiendo la pata y no el dedo, si me perdonás el despropósito, que en el fondo está mal lo que hago y que por ejemplo la líbido no es tan importante para nuestro destino, etcétera; pero recojo la birome, le saco las pelusas y vuelvo a escribir y me da asco, tengo que ir a pegarme una ducha, me siento como una babosa o como cuando resbalás en un montón de mierda y se te queda pegada en el sobretodo, quisiera ser cualquier otra cosa, cobrador de impuestos o ferretero, le tengo una envidia bárbara a los novelistas puros o a los teóricos marxistas o a los poetas de escogido temario, incluso a los erotólogos aprobados por el establishment, los que tienen piedra libre como el viejo Miller o el viejo Genet, esos que dieron su empujón y ganaron. la puerta de la calle y ya nadie puede atajar aunque los prohiban en un montón de países, me siento tan pampeano, tan peludamente criollo con mi mate a las cuatro y mi literatura llena de palabrotas y de parejas encamadas entre paréntesis, siempre por encima o por debajo de la asunción final de otra visión del hombre, sin contar lo que ya dije antes, el miedo a estar equivocado, a que en realidad puede ser que la revolución se haga sin esa idea que yo tengo del hombre. Bah, dijo el rabinito, vos me decepcionás, che, me empiezo a dar cuenta de que tu famoso fichero está escrito con un ojo en las fichas y el otro en los futuros lectores, y es eso, los testigos presentes o futuros, los jueces del hoy o del mañana que te dan miedo, confesale la verdad a tu tío. Andá a saber si no tenés razón, dijo el que te dije, me he pasado la vida sin pensar en nadie más allá de lo que me gustaba hacer, haciéndolo no solamente por mí sino por una especie de otredad indefinida, sin caras ni nombres ni juicios, pero andá a saber si con los años no me estoy ablandando de golpe y le tengo miedo al qué dirán, para usar el moldecito. Contra eso no puedo hacer nada, salvo tirar el fichero por la ventana y yo mismo en una de esas, a menos de irme al cine o a una galería de cuadros, pero ya ves que hasta ahora sigo con las fichas, me salen mal y están llenas de cobardía y vergüenza y mala conciencia pero están y vos las leés y ya hay otras haciéndose y todavía me dura la cuerda aunque me sienta mal y cada cinco minutos se me tranque la birome y me duela el estómago. Hacés bien, dijo Lonstein alcanzándole un mate que era como un pocito de consuelo verde, al fin y al cabo aunque te olvidés entre comillas de los nombres y tengas más vergüenza que una novicia en lo del ginecólogo, yo creo que te sobra el derecho de seguir adelante, te equivoqués o no, tengás razón o no; andá a saber lo que le pasaba por la cabeza a Marx mientras escribía, es una cuestión de responsabilidad y la comprendo, el juego es grande y yo creo que vale la pena, total ganar o perder no tiene importancia en sí, la historia es una increíble cantidad de mano- tazos por todos lados, algunos agarran la manija y otros se que- dan con los dedos en el aire, pero cuando sumás el todo por ahí te da la revolución francesa o el Moncada.

Se quedaron satisfechísimos después de este diálogo, como comprenderá cualquiera, sin contar que después el que te dije se pasó una noche poniendo algunos nombres donde antes había algunos huecos, y descubrió que le costaba más bien poco.

La manera de percibir imita cada vez más los montajes del buen cine; creo que Ludmilla estaba todavía hablándome cuando pensé en el Hotel Terrass, en los balcones sobre las tumbas; o tal vez había soñado vagamente con el hotel y entonces Ludmilla, despertándome con un vaso de jugo de frutas, se volvió parte de las últimas imágenes y empezó a hablar mientras algo del hotel y los balcones sobre el cementerio seguían presentes. Después el métro me llevó hasta la Place Clichy como si sólo él hubiera tomado la decisión y organizado los cambios de estaciones necesarios. Con Ludmilla no habíamos hablado mucho, era más de mediodía y no pensábamos siquiera en almorzar, hacía calor y yo estaba desnudo en la cama, Ludmilla envuelta en mi bata según su mala costumbre habitual, los dos fumando y tomando jugo de fruta y mirándonos y Marcos, claro, y la Joda, todo eso. De manera que. Perfecto. Sí, Andrés, le dije, pero no quiero que todo quede como en una heladera desenchufada, pudriéndose despacio. Me miró cariñosamente, desnudo, medio dormido, desde tan lejos. Estás aprendiendo, Ludlud, es precisamente mi método y eso que habías llegado a la conclusión de que sólo servía para estropear más las cosas. No es el método sino las cosas mismas, le dije, siempre te agradecí la verdad pero hubiera sido mejor que no tuvieras que venir a contarme de Francine. Lo mismo puedo decirte, Ludlud, ojalá vos no me hubieras traído esas novedades perfumadas con Joda y jugo de pomelo, pero ya ves, ya ves. También yo te lo agradezco, por supuesto. Somos educadísimos, salta a la vista.

Después ni siquiera llegué a la altura del Hotel Terrass, había sido un impulso mecánico que se cumplía como para darme tiempo a entrar en ese nuevo tiempo, ratificación de algo presumible pero aún no asumido; sé que salí del métro en la Place Clichy y que anduve por las calles, bebiendo coñac en uno o dos cafés, pensando que Ludmilla y Marcos habían hecho perfectamente bien, que no tenía sentido plantearse problemas de futuro puesto que probablemente otros decidirían por nosotros como casi siempre. Pero el guardaagujas había movido a fondo la palanca y todo se estaba desviando a la carrera, imposible aceptar de golpe los nuevos paisajes en las ventanillas, asimilarlos así nomás. Nada hubiera podido parecerme más horrible que la introspección en una terraza de café, fácil repugnante monólogo interior, remasticación del vómito; simplemente los hechos se daban como una mano de póker, había quizá que ordenarlos, poner los dos ases juntos, la secuencia del ocho al diez, preguntarse cuántas cartas pediría, si era el momento de blufear o si me quedaba una chance de ful. Coñac en todo caso, eso sí, y morder en la nueva vía con todas las ruedas hasta el próximo cambio de agujas.

Ludmilla entró en la ducha como en la escena, no hacía falta el público del Vieux Colombier para que la bata cayera al suelo con un movimiento de gran ala blanca. El muro de azulejos era de una transparencia perfecta, aunque eso estuviera en contra de la naturaleza intrínseca de los azulejos, y de su manera de mirarlos más allá de la pesantez nacía algo como cristales latiendo contra un cielo brillante y violento de playa, un tiempo renacido, el nuevo fénix de la Joda. Imposible no sonreír ante una exaltación en la que había tanto de puerilidad como de fatiga amorosa, lo malo era que la espuma del jabón se le metía entre los labios apenas dejaba de apretarlos concienzudamente mientras la esponja iba y venía por los muslos y la cintura llevándose los nimios, persistentes signos de la noche. Así se había ido también Andrés, como una mota de polvo que la ducha arrastra hasta el desagüe, sin decir nada después que todo había sido dicho, lo que probaba su clara inteligencia; el silencio del departamento sin Xenakis, sin Joni Mitchell, sin Juan Carlos Paz, el triunfo de la ducha resonando más allá de las puertas abiertas, manchaba poco a poco la visión de Ludmilla que terminó de jabonarse sin placer, volvió a meterse en la bata de Andrés y caminó por la casa fumando, con una taza de café ya frío en la mano y el transistor encendido mecánicamente al pasar por el salón y que declinaba los valores de bolsa. Era el deslinde, lo pensó quedándose en la palabra, dándole vueltas como a una fruta mental, deslinde, lindedés, delindes, lindesdé, ednilsed, sed de la linde, linde de la sed. Apagó el transistor de un manotazo, se acercó a la cama y tendió la sábana que Andrés había dejado arrugada y confusa; también en la rue Clovis había tendido la cama antes de salir, mientras Marcos hacía café y telefoneaba a Gómez y a Lucien Verneuil. Deslinde, una cama en la rue Clovis y otra en la rue de l'Ouest: pequeña historia de sábanas, tiempo nuevo y vertiginoso naciendo entre una y otra cama, y la única palabra posible negándose a ser dicha, pensada a cada instante pero detrás del umbral de las palabras, pensada como un calor, un viento envolviéndole el cuerpo, y por qué no, por qué no si es así, te quiero, ahora sé por qué y cuánto te quiero, lo digo y vuelvo a decirlo y es el deslinde porque sos vos y es la Joda y porque todo se está llenando de saltos y gritos y alegrías y expectativas y fósforos usados, chiquilina, mocosa incurable, te quiero, Marcos, y a vos también te querré siempre pero ya de tan lejos, vos el espectador desde ahora, mirándome desde una platea, acaso aplaudiéndome cuando tenga un buen papel. Deslinde, sed de linde, el gran juego está echado y son las dos de la tarde, habrá que comer algo, ir a lo de Patricio, el ensayo a las siete y media. Todo era aparentemente lo mismo, Patricio o el ensayo, comer o fumar, pero ahora del otro lado del deslinde, transparente y fragoso como el mar rompiéndose contra el cielo en los azulejos de la ducha. Sobre el sofá había un disco abandonado, algo de Luciano Berio; Ludmilla lo puso en el plato, tendió la mano para encender el amplificador pero no llegó a completar el gesto, veía los ojos de Marcos en la penumbra, su voz le llegaba con las noticias del tiempo del fénix, todo lo que esperaba en esos días, en todos los días que vivirían juntos.

—Nosotros contamos poco —había dicho Marcos acariciándole la cara que Ludmilla escondía contra su hombro—, toda referencia personal me parece de más hasta que hayamos salido de esto, si salimos.

—¿Si salimos? Bueno, sé que es arriesgado y difícil pero pienso que vos, que ustedes... Está bien, lo que cuenta es la Joda, tenés razón, nosotros podemos esperar.

—No, polaquita —dijo Marcos, y Ludmilla lo sintió reír silenciosamente en la sombra, un estremecimiento de su piel que era como una sonrisa total que entraba en ella y la arrimaba todavía más—, nosotros no podemos esperar como has podido ver, y está bien que no hayamos esperado. ¿Por qué esa manía de andar dividiendo las cosas como si fueran salames? Una tajada de Joda, otra de historia personal, me hacés pensar en el que te dije con sus problemas organizativos, el pobre no entiende y quisiera entender, es una especie de Linneo o Ameghino de la Joda. Y no es así, un salame también se puede comer a mordiscones, sin cortarlo en tajaditas, y te diré que hasta es más sabroso porque el gusto del metal arruina el del burro.

—¿Los salames se hacen con burro? —se maravilló Ludmilla.

—A veces, creo, depende de la estación. Mirá, polaquita, esta noche, nosotros dos, todo eso también es la Joda y ojalá lo creyeras como yo, aunque el que te dije se dé con el coco en las paredes. Lo que importa es no enfatizar, hay simplemente que incluirlo en la gran Joda sin perder de vista lo otro, tener el punto de mira bien centrado hasta que se arme el boche y probablemente hasta mucho después.

—Es fácil —dijo Ludmilla resbalando lentamente su mano por el pecho de Marcos, entrando en el mapa de Australia cada vez más verde y amarillo, acariciándole el sexo que dormía de lado, sintiendo la electricidad del vello de los muslos hasta detenerse en la dura terraza de una rodilla—, sí que es fácil, Marcos, para mí en el fondo no es nuevo, creo que fue así desde que entraste en casa, que me diste la mano y de paso me la machucaste un poco. Tenés razón, no hablemos de Andrés, no hagamos lo que se acostumbra, lo que sin duda yo tendré que hacer con Andrés esta misma mañana, poner la casa en orden por así decirlo. Háblame de las hormigas, Marcos, ése es el verdadero tema que me interesa conocer. Y vos, Marcos, y vos, pero para eso creo que tendré tanto tiempo, no.

—Polaquita —murmuró Marcos—, hablás como un pájaro.

—Vos no me tomés el pelo, repugnante.

—Te lo tomo porque es como de trigo, polaquita, a lo mejor un día te muestro nuestros trigales, ya vas a ver lo que es eso.

—Bah —dijo Ludmilla—, si te creés que en Polonia no tenemos.

La Commission internationale de juristes publie son rapport sur les tortures

Genève. — La Commission internationale de juristes (C.I.J.) a publié mercredi un rapport d'une rare violence sur les tortures infligées aux opposants et aux quelque douze mille prisonniers politiques qui, selon elle, existent au Brésil.

Le rapport, qui se fonde principalement sur des documents et des témoignages sortis clandestinement des prisons ou remis aux rapporteurs de la Commission par d'anciens détenus évadés, affirme que la torture, devenue une « arme politique », est appliquée systématiquement pour faire parler les prisonniers, mais aussi comme « moyen de dissuasion ». La mère d'un leader étudiant rapporte que les responsables du camp d'internement de l'« île des fleurs » ont l'habitude de placer dans le parloir un garçon mutilé, « dont les mouvements disjoints et la marque des supplices endurés doivent inciter les parents en visite à conseiller à leurs fils ou filles une collaboration empressée avec les enquêteurs ».

Le rapport relève que la torture est généralement appliquée de manière scientifique, et fait état des méthodes les plus couramment employées : supplice de l'eau (la tête du prisonnier est plongée de façon répétée dans un seau d'eau sale ou rempli d'excréments ou d'urine), supplice de l'électricité (application d'électrodes aux organes génitaux, aux oreilles, aux narines, aux seins ou aux revers des paupières, tortures d'ordre moral (un enfant étant supplicié devant sa mère ou des conjoints torturés dans une même pièce).

La Commission signale, d'autre part, que la prison militaire de Belo - Horizonte possède des chiens policiers spécialement dressés pour s'attaquer aux parties sensibles du corps humain. Dans les locaux de la DOPS (police fédérale civile) de Salo-Paulo, on compte parmi les méthodes « courantes », l'arrachage des ongles ou l'écrasement des organes génitaux. A Sao-Paulo, Curitiba et Juiz-de-Fora, des prisonniers ont été brûlés au chalumeau.

Le rapport, qui énumère dans le détail les services du gouvernement chargés de la répression, conclut : « Une libéralisation de l'appareil de répression ne peut être espérée du fait du nombre toujours croissant des agents, fonctionnaires et officiers se rendant coupables de supplices sur leurs concitoyens. La seule façon pour eux d'échapper à la punition, pour ne pas dire la vengeance de leurs concitoyens, est de poursuivre, voire d'intensifier encore la répression. Mais la torture a besoin du silence complice, de la pudeur des témoins, du masque de la normalité. L'opinion publique des pays civilisés possède aujourd'hui une chance réelle de faire cesser par des dénonciations répétées et précises les pratiques inhumaines dont sont l'objet tant d'hommes et de femmes au Brésil. »

—Traducile al muchacho aquí que no manya el galo —mandó
Patricio—, yo entretanto le doy la sopa a Manuel. Che, este pibe
ya se enamoró de Ludmilla y de Gladis al mismo tiempo, va a
salir clavado al padre, qué destino nos espera, vieja.

Manuel demostraba su supuesto amor proyectando cucharadas
de tapioca en dirección de las mencionadas. Otesdelér al fin,
aunque presunta cesante, Gladis despojó a Patricio del plato de
sopa, de Manuel y de la cuchara en un movimiento sincronizado que salvó a Ludmilla de una rociada en plena cara. Desde
el mejor sillón de la pieza Oscar asistía al jomsuitjóm sin terminar de salir de ese despiste general que había empezado con el
desembarco del pingüino y los peludos en Orly y que los sucesos
de la noche y la mañana no contribuían a disipar; no le desagra-
daba, sentía el alma como un cantor de tangos, flotando entre
la realidad y los moñitos todos de un mismo color, poeta al fin
como le decían meándose de risa los compañeros de la ya probablemente disuelta a patadas Sociedad de Zoología.

—La Comisión Internacional de Juristas publica su informe
sobre las torturas —tradujo Susana—. Ginebra, punto guión.
La ídem (C.I.J.) publicó el miércoles un informe de una rara
violencia, ¿y por qué rara, decime un poco? / Traducí sin comentarios, carajo, mandó Patricio. / Putaka parioka, dijo Susana
que dominaba el volapuk junto con otras cinco lenguas, de una
rara violencia sobre las torturas infligidas a los opositores y a
unos doce mil prisioneros políticos que, según ella, existen en
Brasil.

—¿Doce mil? —dijo Heredia que entraba con un enorme
paquete de bombones para Manuel maniatado por la técnica
aeronáutica de Gladis y que eruptó una considerable cantidad
de tapioca al comprender que no era en absoluto comparable
con lo que lo esperaba detrás de ese papel rosa con una cinta
verde—. Yo diría veinte mil, pero ya está bien para una comisión internacional. Seguí, nena.

—El informe, que se basa principalmente en documentos y
testimonios filtrados clandestinamente desde las prisiones o entregados a los relatores de la Comisión por ex detenidos que logra-

ron evadirse, afirma que la tortura, convertida en "arma política", es aplicada sistemáticamente para hacer hablar a los prisioneros, pero también como "medio de disuasión". La madre de un líder estudiantil informa que los responsables del campo de internación de la "Isla de las Flores" tienen por costumbre poner en el locutorio a un muchacho mutilado "cuyos movimientos incoherentes y las marcas de los suplicios sufridos deben incitar a los padres que visitan a sus hijos o hijas a aconsejarles que colaboren activamente con los investigadores".

—*Bello país debe ser / el de América, papá* —recitó Heredia—. *¿Te gustaría ir allá? / Tendría mucho placer. / Pues te vas a joder / que no te pienso llevar.* Esta parodia final muestra dotes premonitorias, la puta madre, con perdón de Campodrón. Seguí, hermanita.

Oscar oía la voz de Susana, veía la mano de Gladis jugando con el pelo de Manuel, ultimándole la tapioca con una habilidad irresistible, sentía a Patricio crispado, ahora entraban Gómez y Monique y todo derivaba a rápidas preguntas, ojeadas a él y a Gladis, las grandes víctimas del pingüino, los hijos de la luna llena porque a partir de ese día todo les sería tapia y vidrios rotos, prendiditos de la mano tendrían que correr, abrir boquetes, vivir de prestado, pingüino de mierda, pensó Oscar deprimido, mirando a Gladis con algo que se parecía al orgullo, a la confirmación de una esperanza. El informe señala que la tortura se aplica en general de manera científica (qué prostitución el idioma de los diarios, pensó petulantemente el que te dije, confunden cancha o técnica con ciencia, esa pobre palabra está recibiendo toda la mierda que en el fondo se merece cuando olvida que está para hacer algo digno de nosotros y no para robotizarnos, etcétera, oh, oh, cómo te has venido), y da cuenta —tradujo Susana alzando la voz en una clara advertencia de que o se callaban un poco o les cortaba el canal en colores—, da cuenta de los métodos más corrientemente empleados: suplicio del agua (se mete repetidas veces la cabeza del prisionero en un balde de agua sucia o lleno de excrementos o de orina), suplicio de la electricidad (aplicación de electrodos a los órganos genitales, orejas, fosas nasales, senos, o cara interna de los párpados), torturas de orden moral (como atormentar a un niño delante de su madre, o a marido y mujer en la misma habitación). Y pensar que si esto saliera como un simple despacho del corresponsal de *Le Monde* los de mi embajadita bonita clamarían que es una calumnia, dijo Heredia. Ya lo han dicho, corrigió Marcos que había entrado como un gato y estaba sentado en el suelo cerca de la ventana, justamente *Le Monde* de hoy anuncia que la Comisión Internacional pidió a tu embajada en Ginebra que le transmitiera la nota en la que el ministro de justicia del Brasil, reíte del carguito a la luz de todo esto, protesta virtuosamente por el informe y dice que no hay prisioneros políticos en Brasil. Tomá, enterate del resto.

—¿Serían favoritos de dejarme acabar? —dijo Susana—. La Comisión señala por otra parte que en la prisión militar de Belo-Horizonte hay perros policías, mirá si no les va bien el nombre, especialmente entrenados para atacar las partes sensibles del cuerpo humano. En los locales de la DOPS (policía federal civil) de São Paulo, entre los métodos "corrientes" de tortura se cuenta el de arrancar las uñas o aplastar los órganos genitales. En São Paulo, Curitiba y Juis-de-Fora, ha habido prisioneros quemados con soldador.

Aislándose del rumor, del chillido de Manuel en pro de los bombones, del gesto instintivo de Heredia pasándose suavemente la mano por el antebrazo izquierdo que un año atrás, en São Paulo of all places, le habían roto lentamente en tres partes, el que te dije alcanzó a hacer un hueco para leer por su cuenta las conclusiones del informe, la simple frase final que hubiera sido necesario repetir noche y día por todas las ondas, en todas las imprentas, desde todas las plumas (aunque ya no se usaran, maldito idioma de recidivas puras)

LA OPINIÓN PÚBLICA DE LOS PAÍSES CIVILIZADOS TIENE HOY UNA AUTÉNTICA POSIBILIDAD DE HACER CESAR,

POR MEDIO DE DENUNCIAS REITERA-
DAS Y PRECISAS, LAS PRÁCTICAS INHU-
MANAS DE QUE SON OBJETO TANTOS
HOMBRES Y MUJERES EN BRASIL.

Madame Franck subió a buscarla, la voz de Francine entró en una cabina roñosa de un café de la rue Lecluse, su voz como recién desodorada y pulcra llegándome al cubículo que olía a la letrina de al lado, por supuesto que vendría pero por qué Montmartre, en fin, sí, tomaría un taxi, incorregible, pero sí, dentro de media hora. Y yo sabía de esa media hora: todavía una inspección personal, el pelo las medias el corpiño los dientes, tal vez cambiarse de ropa interior o vacilar frente a una pollera y una blusa, arreglando cuestiones del momento con madame Franck. La esperé con el cuarto coñac a media altura, anochecía y estaba tibio y gente, los grupos de argelinos derivando hacia Pigalle o la Place Blanche, la noche en su rutina de neón, papas fritas, putas en cada portal y cada café, tiempo de los alienados en la ciudad más personal y más anclada en sí misma del mundo.

—Te voy a cantar un tango —anuncié cuando nos decidimos por uno de los malos restaurantes del bulevar de Clichy—. Por el momento tengo solamente la letra pero ya verás que la música va viniendo con la cena, es cuestión de tiempo. El principio se lo robé a algo que cantaba Rivero, por supuesto que no lo conocés, un tipo de Buenos Aires. Dice así: "La encontró en el bulín y en otros brazos", esperá que te traduzco, es simple y neto pero a partir de ahí empieza el plurifundio como diría Lonstein, a quien tampoco conocés.

—Puede ser una de las razones para que estés borracho —dijo Francine—, pero hiciste mal en llamarme, no sirvo para tareas salvacionistas, termino yo misma pidiendo un benedictine tras otro y te aseguro que al otro día no es cómodo.

—Gracias —dijo Andrés besándola en la mano que oía blandito a vaporizadores azules o verdes—. Sos buena, vieja camarada, estás aquí al lado del herido grave, pronta a la transfusión y a la larga vela. No tengas miedo, no te aburriré demasiado, te llamé para que al menos sepas que ustedes tenían razón, como siempre. Oh, oh, nada de trompitas interrogantes, ustedes es Ludmilla y vos, ustedes es el buen sentido en la ciudad, la mano hacendosa que levanta el paraguas, aleja la máquina de coser y pasa lentamente el plumero sobre la mesa de disección.

—Me voy, si quieres.

—Pero no, mi amor, al contrario, ya te canté el pedazo pertinente del tango y ahora nos vamos a acollarar con dos docenas de ostras que son la paciencia misma como enseña Lewis Carroll y que nos escucharán hablar de cosas más agradables, espero.

—Me da igual si no quieres hablar. Yo también beberé, por lo visto es lo menos que puedo hacer.

Francine ha sido siempre así, cuando la llamo vieja camarada le doy el nombre más dulce, precisamente el que la irrita porque si términos como amante o querida ya no se usan en francés, son en el fondo los que ella quisiera entender entre líneas cuando le hablo y la nombro, y desde luego somos amantes pero creo que sólo la alcanzo en lo mejor de ella (¿o de mí? Cuidado con los egoísmos camuflados) cuando pasan cosas como esta noche, cuando estoy mojado de tiempo, hueco de toda meta que no sea mi pequeña plenitud Pierre Boulez o Lutoslavski o cine japonés, y necesito a Francine como un sobreseimiento de la realidad, la sutil marijuana que me deje flotar unas horas de espaldas, lejos de mí mismo pero de cara a ese cielo al que no puedo renunciar, mi hermoso mundo mil novecientos setenta tan horrible para millones de hombres como me lo enseñan las noticias de los diarios. La vieja camarada pone su cara contra la mía, sabe que estoy enfermo de estar sano en un mundo de enfermos, piensa justamente que del joven Werther al no tan joven Andrés Fava hay menos distancia de la que parece, cambian los mitos y los tabúes y las razones de arañarse el pecho, ayer el individuo contrariado en su violenta voluntad de cimas, hoy el fronterizo entre dos mundos (entre tres, dirían Patricio y desde esta mañana Ludmilla), y me tiene una lástima cortés y melancólica porque la mala conciencia de gentes como ella está controlada por una dialéctica razonable que la ayuda a vivir, a quererme sin ilusiones, así como ahora, *au jour le jour.*

Pasan pacientemente las ostras una a una, pasa la crónica amable sobre la Joda, pasa Marcos, pasa esa incierta operación que ahora sé que va a culminar en una casa de Verrières dentro de muy pocas horas y en la que yo naturalmente no estaré pero en cambio sí Ludmilla de cerca o de lejos, y Francine escucha y saca delicadamente cada ostra de su última absurda línea de defensa, bebe vino blanco helado y vuelve a beber, la vieja camarada cumple su palabra, vamos a terminar borrachos. Pero supongo que Ludmilla sabe lo que hace, dice Francine. De acuerdo, chiquita, pero dejame agregar que todo el tiempo tuve la impresión, que de alguna manera es un consuelo, que Ludmilla me explicaba la Joda más por mí que por ella misma, casi como si fuera un mensaje de Marcos, sólo que pensá un poco si uno podía estar para mensajes con esas novedades. Todavía te esperan, dijo Francine. Sentados, le dije. Quién sabe, dijo Francine pasándome una mano por la cara, en todo caso todavía te queda tiempo, yo estoy aquí para llenarlo de palabras mientras tú sigues extrañándola. Me voy, le dije, no quiero que te sientas ejército de salvación en barrio pecaminoso. Me iré contigo, dijo Francine, y te haré grandes discursos en cada esquina, lástima que no vino la banda y no tengo folletos ni bonete con cintas. Vieja camarada, gran tonta. Así está mejor, dijo Francine, esta última ostra te toca a ti, no le pongas limón, ya tiene una lágrima.

A su manera más bien meandrosa el que te dije hubiera podido ayudar a Marcos a explicarle las hormigas a Ludmilla, alumna atentísima boca abajo desnuda dulcemente entredormida pero lúcida, blup, claro que sí, no perdiendo palabra de Marcos con el cigarrillo dibujándole helechos en la cara y el pelo, lento subir de una mano por el culito la cintura el cuello de Ludmilla blup, y justamente el que te dije hubiera pensado en la entrevista del Vip y del Hormigón a las doce y media en un restaurante de los Campos Elíseos (dato de Lucien Verneuil que estaba de sombra del Vip y bien caro que le costaba en ese establecimiento), de todo eso saldría una visión multilenticular y en cuadricromía de las hormigas y del mismo Vip, sin hablar de la Vipa y del Hormigón, en la que el modo de pensar las cosas del que te dije se aliaría con los datos más escuetos de Marcos a Ludmilla, por ejemplo que el Hormigón había sido entrenado en Panamá por los yanquis, background que había dado ya cinco muertos por mano propia, participación activa en la represión a base de técnicas de la escuela, y un cuartel general clandestino (con grandes guiñadas de ojo por el lado de la prefectura de policía francesa, ya prevenida con guiñadas no menos elocuentes del Quai d'Orsay) en alguna parte del distrito siete de París, capital de Francia y cuna de la revolución inspirada, preciso era reconocerlo, por la de los Estados Unidos que tan eficazmente habían entrenado al Hormigón para que luchara contra los revolucionarios latinoamericanos, reíte de la lógica histórica, murmuró Marcos, pero no hagamos filosofía, polaquita, que para eso están Toynbee y más de cuatro. Desde luego, pensaba el que te dije mientras ponía en orden lo del almuerzo, el Vip era el mandamás supremo y supranacional, supra por todas partes mientras el Hormigón lo era solamente para las hormigas de las diferentes categorías ya precisadas en el organigrama vipérico-fórmico donde probablemente se había permitido libertades terminológicas tremendas, como por ejemplo hablar de horminetas y de hormigócratas que no parecían tener existencia real mientras que las funciones específicas de otras hormigas permitía calificarlas de hormigachos, hormínimos u hormicrófonos. ¿Pero de dónde salen, cómo viven?, preguntó Ludmilla. Vienen de tantos hormigueros, dijo Marcos, que necesitarías todas las banderitas del continente de Cristóforo Quilombo para ponerlos en cuadro, se supone que nacieron como una especie de brigada internacional, con perdón de la auténtica, en aquella reunión de Barquisimeto a la que fueron los jefes militares latinoamericanos y un tal Pilkington W. Burlington, este último de parte de Lyndon Johnson y con el portafolio lleno de guita. La idea era montar un mecanismo de control y eventual eliminación de focos de agit-prop y cabezas de puente revolucionarias en los países de Europa Occidental, donde como has visto semos muchos los que revistamos con becas, plata de papá o lavando muertos como Lonstein. El primer Vip fue un tal Somoza, que a pesar del nombre no tenía nada que ver pero era también un hijo de puta, y las hormigas lo cuidaron como una madre durante tres años. Ahora tenemos otro que ya lleva dos años en París de Francia, y naturalmente

—Ay qué ciudad tan difícil, Beto —se quejó la Vipa—, yo no entiendo estos menús todos en francés, elegime vos algo que no tenga colesterol que después me hincho toda como la vez del ministro.

—Le recomendaría unas costillitas de añó, señora —dijo el Hormigón.

—¿De lo qué?

—De chancho, m'hijita —le tradujo el Vip—, seguí el consejo de Higinio que yo me tomaré un casulé tulusén que le dicen, es más bien pesadito pero me han anoticiado que tiene efectos, usted me entiende, Higinio, mírela cómo se me pone colorada la patrona, andá, andá, con Higinio no hay secretos.

—Ay, Beto, qué zafado que sos —dijo la Vipa.

—Don Gualberto sabe vivir —dijo el Hormigón—, ahora que en cuanto a las costillitas vienen a ser de cordero, señora, propio para chuparse los dedos, me crea. Y de proste le aconsejaría

Es un problema pero el que te dije no lo toma demasiado en serio y se divierte a su manera, porque a la hora de vivenciar el diálogo en el restaurante (Fouquet's, claro, faltaba más) qué clase de lenguaje van a hablar el Hormigón y el Vip, en qué categorías culturales (y aculturales sobre todo), en qué estamentos o zonas lingüísticas

> ibero-
> lusitano-
> itálico
> maya-quiché-   etc.   } americano 1970
> yoruba-
> uralo-altaico-
> incásico-

va a escucharlos el que te dije, que al fin y al cabo es porteño y en materia de estadio oral corta los nudos gordianos de un solo revés del facón, y así ocurre que en el sector de sus amigos tanto Heredia como Gómez o Marcos (y a veces hasta Roland o Monique) hablan la misma parla en las fichitas del que te dije, en cuanto al Vip y al Hormigón no son sus amigos, nadie va a ir a gastarse una fortuna en el Fouquet's para enterarse de cómo hablan, sin contar el peligro de que un hormigacho lo acueste de un cross al mentón en los lavabos de tan refinado establecimiento, de manera que el que te dije se divierte en hacer lo que le da la gana en ese terreno. Y además hay otro problema, éste sí grave y molesto

—Saben perfectamente que estamos planeando la Joda —dijo Marcos—, uno de los hombres de Lucien Verneuil rajó a Marruecos hace cinco meses, Lucien me avisó pero ya era tarde para borrar algunas pistas, el tipo se vendió al Hormigón, parece, aunque a esa altura no pudo darle demasiados nombres.

—¿Son tan fuertes, entonces? —preguntó Ludmilla—. En un país europeo parece increíble que un comando de matones extranjeros, vos me entendés.

—Bah, pensá en lo de Ben Barka, o en los corsos que a su manera también son extranjeros y que se organizan como águilas para explotar a las putas y a los pichicateros de París. Pensá en los ex colonos de Argelia, un enclave dentro de otro enclave, los antiguos tenían razón, Ptolomeo vio justo, todo es concéntrico, polaquita, Copérnico metió la pata si te fijás bien. Y en cuanto a nosotros es lo mismo, hasta ahora pudimos

grave y molesto, y es el de los temas políticos que casi continuamente tocan el Vip y el Hormigón, sin hablar de Gómez y de Patricio que no hablan de otra cosa, porque en esos momentos el que te dije se rehúsa terminantemente a registrarlos por razones bastante válidas aunque quizá también bastante frívolas; en realidad obedece a una necesidad vital y estética a la vez, puesto que las cosas de que hablan Gómez o Marcos (y su contrapartida que ahora están hablando el Vip y el Hormigón) son tema público y corriente, telegramas de la prensa, noticiosos radiales, materia socio-cultural al alcance de cualquiera, y entonces el que te dije se retrae y piensa por ejemplo en tanta novela donde a cambio de un relato más o menos chatón hay que pasar por conversaciones y argumentos y contrarréplicas sobre la alienación, el tercer mundo, la lucha armada o desarmada, el papel del intelectual, el imperialismo y el colonialismo

—Con poca manteca, me hace el favor —dijo la Vipa.

cuando todo eso, 1) es desconocido por el lector, y entonces el lector es un pánfilo y se merece esa clase de novelas para que aprenda, qué tanto, o 2) es perfectamente conocido y sobre todo encuadrado en una visión histórica cotidiana, por lo cual las novelas pueden darlo por sobreentendido y avanzar hacia tierras más propias, es decir menos didácticas. Y dado que el que te dije

252

sólo piensa en libros y novelas como mera base metafórica para sus puntos de vista en materia de registro mnemónico, abandona rápidamente esa toalla más que manoseada en Latinoamérica, después de llegar a la conclusión de que todo lo ya conocido aburre y que en cambio hay que estar atento en el plano de los hechos porque van a pasar cosas y no sé si ya vio la noticia, don Gualberto, dijo el Hormigón alcanzándole el diario justo al final de la bandeja de quesos que estaban, dijo la Vipa, rágios.

« L'OSSERVATORE ROMANO » CONDAMNE SÉVÈREMENT les enlèvements de diplomates

Cité du Vatican *(A.F.P.).* — *L'Osservatore romano* a publié lundi soir un éditorial sévère consacré aux enlèvements et aux meurtres de diplomates étrangers. Le commentaire, signé du R.P. Antonio Messinone, vise, semble-t-il, les actes de violence commis, en Amérique latine, contre des représentants de l'Allemagne fédérale ou d'autres p a y s. *« Ils violent,* écrit le religieux *les droits fondamentaux de l'homme »,* et constituent une *« agression contre la souveraineté de l'Etat que représente l'agent diplomatique, comme l'avait déjà compris la civilisation grecque, à u n e époque reculée ».*

« Aucune raison, aucune volonté de protester ou de contester des structures politiques et sociales, même considérées comme oppressives et injustes, ne peuvent justifier moralement et juridiquement, par exemple, *la séquestration d'ambassadeurs et de diplomates,* e s t i m e l'éditorialiste. *L'agent diplomatique qui se maintient dans l e s limites du droit international ne contracte aucune responsabilité à l'égard de la population de l'Etat qui l'accueille. Ce n'est pas son rôle de corriger les défauts d'un système* (...). *Son meurtre ou sa séquestration à des fins politiques e s t un crime particulièrement grave par ses incidences sur les relations internationales. »*

—Mejor lo lee en español porque Madalena no capishe mucho el franchute —dijo el Vip.

—Bueno, el *Osservatore Romano* condena severamente los secuestros de diplomáticos.

—¡Qué belleza! —dijo la Vipa juntandolasmanos.

—Sí señora, el Vaticano ha reaccionado, un poco tarde pero en fin. Aquí está lo que dice el padre Messinone, que no sé quién es, *sobre los actos de violencia cometidos en América Latina contra representantes de Alemania Federal o de otros países. Violan los derechos fundamentales del hombre, escribe el religioso*

—Eso —dijo la Vipa.

y constituyen "una agresión contra la soberanía del Estado al que representa el agente diplomático

—Era tiempo —dijo el Vip.
como ya lo había comprendido la civilización griega en una época muy lejana".

—Los coroneles saben lo que hacen —dijo la Vipa.

—Es típico, che —comprobó Patricio—. Seguíle traduciendo al muchacho aquí, y vos Manuel como me rompás de nuevo el diario te lo hago comer empezando por la sección bibliográfica que es la más pesada.

—No te metás con mi hijo —dijo Susana—. *Violan los derechos fundamentales del hombre y constituyen una agresión contra la soberanía del Estado al que representa el agente diplomático, como ya lo había comprendido la civilización griega en tiempos antiguos.*

—Qué me pericontás —dijo Oscar—, es clavado, apenas tocan los órdenes sacrosantos sale a relucir la Grecia inmortal, la India milenaria y la Roma imperial. Está bien, nena, no me fajés el láser de tus ojazos renegridos, seguí que aquí estamos como en la iglesia, es el caso de decirlo.

—Váyanse todos a la mierda —aconsejó Susana—, menos mal que como traductora soy una santa, para seguir dentro del clima. Bueno, escuchá: *Ninguna razón, ninguna voluntad de protestar o contestar estructuras políticas y sociales,* perdonen los errores de concordancia pero las palabras se las lleva el viento, *incluso si se las considera (las estructuras) opresoras o injustas, pueden justificar moral y jurídicamente, por ejemplo, el secuestro de embajadores y de diplomáticos. El...*

—Clarete cual sombrerete —dijo Marcos—. Moral y jurídicamente, por supuesto. Los órdenes estatuidos, manera elegante de esconder el miedo al gran aletazo y a la jabonada del piso. Si realmente existiera la voluntad de defender el derecho como garantía de la buena marcha de la sociedad, vaya y pase, conozco a un abogado santafesino que se alegró bastante de que lo ahorcaran a Eichmann pero a la vez estaba verde de rabia porque el secuestro del tipo le parecía una monstruosidad jurídica. No te diré que su posición me entusiasme, pero es lógica y coherente. Lo asqueroso en este caso de los cuervos es que en el fondo no defienden el derecho sino que están archicagados de miedo por los Tupamaros y los otros guerrilleros, y en cuanto a eso de la moral a que alude el corbacho ya sabemos qué clase de moral defienden. Seguí, Susanita, lo que viene es lo mejor.

—*El agente diplomático*

—*...que se mantiene dentro de los límites del derecho internacional* —leyó el Hormigón—, *no contrae ninguna responsabilidad con respecto a la población del Estado que lo acoge.*

—Faltaría más —dijo el Vip.

—*Su papel no consiste en corregir los defectos de un sistema*

—Eso es grande —dijo Heredia—. Nadie les pide que corrijan nada, che, a ver si ahora me los quieren convertir en apóstoles.

—Última frase —bramó Susana—. *Su asesinato o su secuestro con fines políticos es un crimen particularmente grave por sus incidencias sobre las relaciones internacionales.*

—Quiere decir las relaciones internacionales entre el Pentágono, la Siemens, los coroneles y la guita en Suiza

—Claro que sí —dijo la Vipa—. Adónde vamos a parar si ahora la empiezan como con el nene de Límber, te acordás Beto, éramos jóvenes pero qué impresión, virgen querida, dame agua que me viene una cosa.

—Dormí, polaquita, oí cómo suena la campana para el recreo, basta de hacerle preguntas al maestro.

—Blup —dijo Ludmilla acurrucándose—, pero antes explicame lo del rescate, quiero decir a quiénes van a exigir que pongan en libertad y qué va a pasar si del otro lado no cumplen.

—Mañana te muestro las listas, Oscar y Heredia trajeron los nombres que nos faltaban, vos sabés cómo va eso de rápido. Monique está preparando la documentación para los diarios.

—Sí, pero en caso de que...

—Ese caso está lejos todavía, polaquita. Dormí.

—No quiero tener líos con el Dispositivo —dijo el Vip, y el Hormigón comprendió al vuelo que todo lo que iba a seguir era una orden aunque viniera envuelto en *glace au parfums des îles* y café con coñac de marca—. Andan preocupados por lo de los secuestros en masa o poco menos, y saben que aquí hay un grupo que trabaja fuerte.

—Desalmados —dijo la Vipa mirando el carrito de los postres pero sin referirse precisamente a ellos.

—Callate, vos. Al principio no lo tomaban tan en serio, pensaban que era una cuestión de contactos, de reunión de fondos y de alianzas con otros bolches para ir creando un clima favorable en la prensa europea vendida a los rusos o a los chinos, pero ahora me informan que es peor. Qué joder, si no fuera para reírse uno pensaría que en el Dispositivo están temiendo un desembarco como en Cuba, dígame un poco.

—Don Gualberto, lo que pasa es que hay muchas clases de desembarcos —dijo el Hormigón—. Yo pienso que el Dispositivo tiene razón en inquietarse, y créame que vamos a hacer todo lo posible por pararles las patas a esos degenerados, con perdón de la señora.

—En el cono sur es donde están más inquietos, Higinio, sobre todo por lo de Montevideo y ahora con esa manga de criminales brasileños en Argelia usted se imagina, piensan que en una de esas se va a armar una coalición de toda la masa izquierdista de este lado y que eso los va a robustecer a los de allá que siempre se habían sentido un poco solos.

—Maldito si les importa estar solos —dijo el Hormigón—, ya ha visto los cables con los últimos líos uruguayos. Pero yo lo comprendo igual, don Gualberto, aquí hay que meter leña sin asco para liquidar a los jefes, usted me lo deja por mi cuenta.

—Ay, Higinio, que no se le olvide que Beto es el que corre más peligro aquí, no me le distraiga la protección —dijo la

Vipa desde el fondo del helado de grosella con crema batida.

—Dejanos hablar, negra, Higinio sabe lo que hace. Yo mañana voy a aprovechar esa comida para reforzar nuestra posición, así usté no tiene problema si por ahí a sus muchachos se les va un poco la mano.

—Eso estaría muy bien, don Gualberto.

—Y nos tomamos otro coñac, que para eso estamos en Francia.

—No me bebas tanto, Beto, después te sale ese esema por todas partes.

—Bien que te gusta rascármelo —dijo el Vip, con un codazo al Hormigón y una guiñada a la Vipa que miraba púdicamente el fondo de la copa vacía, franceses roñosos que servían helados para enanos.

Esas cosas que llegan justo, la voz de Maurice Fanon desde un disco, estar en la marea baja del diálogo que se deshilacha, que necesita nuevos tragos de vino y cigarrillos para resistir, la voz de Fanon como un resumen amargo, *me souvenir de toi / de ta loi sur mon corps*, canta bien, dijo Francine, es raro escuchar algo así en un restaurante.

—*Me souvenir de toi / de ta loi sur mon corps.* Sí, chiquita.

—No estés triste, Andrés, te olvidarás de ella, te olvidarás de nosotras, volverás a tu música, en el fondo nunca amaste a las mujeres, para ti no hay más que ese interior, no sé cómo decirlo, donde te paseas como un lento tigre.

¿Pero me lo decía realmente o me seguían hablando desde esa canción? Distraerme, irme así frente a Francine que había venido por mí y me acompañaba en mi noche triste (que nunca le había hecho escuchar y que en todo caso no comprendería), irme dejándole una cara lisa y hasta atenta, llenándole la copa irme tan lejos, dar vueltas manzana, rue Clovis, rue Descartes, rue Thouin, rue de l'Estrapade, rue Clotilde y nuevamente la rue Clovis, para qué ya, por qué si yo mismo lo había querido. Pobre Francine, todavía más abandonada que Ludmilla en esa hora en que yo le servía otra copa de vino acariciándole la mano y escuchábamos a Fanon, *me souvenir de toi / de ta loi sur mon corps*, y todo era fuga y distancia, cortés sistema de huecos y ausencias, Francine en el restaurante, la voz de Fanon, yo dando la vuelta en la esquina de la rue Thouin, yo sirviéndole otra copa de vino y acariciándole la mano, un vago sistema de trenes por vías que se cruzan y separan, inútiles pañuelos en las ventanillas, inútil cercanía, demasiado distraído y borracho, a la vez el tren y alguien perdido en él y que busca

a alguien, las palabras ordenándose una vez más para nombrar el
desorden, escuchá, chiquita, escuchá estas

MANERAS DE VIAJAR

El polvoriento wagon-lit de la noche
que nos deriva a esa estación sin nombre
donde uno de los dos descenderá
con su valija sucia de pasado
mientras el otro
(¿era el 14, el 8, la litera de arriba?
el guarda duerme, todos duermen)
vaga por el pasillo donde
cada puerta es rechazo y ese olor
a sudores de tiempo, a medias sucias,
buscando una vez más
lo que ya lejos
sale a una plaza espejo de la luna
buscando una vez más
taxi y hotel hasta la hora
del tren, el wagon-lit
(¿el 9, el 34, el 5?)
donde quizá se encuentren
para la última etapa
buscando una vez más
por los pasillos donde
cada puerta
el taxi y el hotel
una vez más
con la valija sucia
por los pasillos donde
el taxi y el hotel
por los pasillos donde
buscando una vez más.

—Todo hay que volver a inventarlo, polaquita —dijo Marcos—, el amor no tiene por qué ser una excepción, la gente cree que no hay nada nuevo bajo el neón, calzamos en las rutinas, los chicos piden a gritos zapatos Carlitos, vos sos del treinta y ocho y yo del cuarenta y tres, es para reírse. Mira, cada vez que me voy a comprar una camisa en un Monoprix, lo primero que me pregunta la vieja de turno es mi número de cuello. No se preocupe, le digo, la quiero grande y amplia. Silencio, ojos de lechuza, labios apretados, eso no puede ser, uno la ve pensar y rabiar más claro que si tuviera la TV en el flequillo. Pero señor, su número de cuello le da la medida de la camisa / No señora porque a mí me gustan largas y anchas y con mi número de cuello usted me va a dar una camisa de esas esculturales y ceñidas que le van bien a Alain Delon pero a mí como el propio ojete / Qué raro, es la primera vez / No se aflija, madame, déme la más grande que tenga / Le va a quedar mal, señor / Señora, yo con esta camisa soy feliz como un puma cebado / Y así cinco minutos pero no hay que aflojarles, todo está por inventarse y yo no lo veré por desgracia pero mientras pueda inventaré por mi cuenta, te inventaré, polaquita, y querré que vos me inventes a cada momento porque si algo me gusta en vos además de esta barriguita húmeda es que siempre estás trepada en algún árbol, y que te apasionan más los barriletes que el clave bien templado.

—Blup —dijo Ludmilla—. Mentira, me gusta muchísimo más el clave.

—Porque lo escuchás como si fuera un barrilete, viento y coletazos y moñitos de barrilete, no sos de las que se ponen para la música, se ponen para el teatro, se ponen para cojer, se ponen para la ensalada de tomates. Cuando pienso que no hace dos horas me estabas sacando el pantalón como si yo fuera Manuel y necesitara una lavativa o algo así, y que después quisiste frotarme con la toalla alcoholizada, de paso me temo que acabaste con mi mejor grapa, polaquita, ésa me la vas a pagar.

—Y entonces vos me manoteaste las tetitas —dijo Ludmilla.

—Soy menos original que vos, ya ves, pero me esmero —dijo Marcos apretándola hasta hacerla maullar quejumbrosamente—, y no solamente las tetitas sino aquí y aquí y por ahí y justamente entre esto y esto.

—Ay —dijo Ludmilla—, no me inventés demasiado, blup, pero es verdad, yo también quiero que todo sea de nuevo y diferente y barrilete como vos decís, tu provincia por allá debe estar llena de barriletes y de chivitos, lo sé por los alfajores que no engañan, por tus manos, ay, puñeta.

—Polaquita, mi provincia está en un país viejo y cansado, habrá que hacerlo todo de nuevo, creéme, te parecerá macana pero es así, viejo y cansado a fuerza de falsas esperanzas y promesas todavía más falsas en las que por lo demás nadie creyó nunca salvo los peronistas de la guardia vieja y éstos por razones bastante diferentes y muy legítimas aunque al final el resultado fuera el de siempre, o sea coroneles a patadas empezando por el héroe epónimo.

—¿Y por qué muchos de tus amigos y esos recortes de diarios y Patricio hablan del peronismo como de una fuerza o una esperanza o algo así?

—Porque es cierto, polaquita, porque las palabras tienen una fuerza terrible, porque la realpolitik es lo único que nos va quedando contra tanto gorila pentagonal y tanto Vip, hoy no podrás entenderlo pero ya irás viendo, pensá en el jugo que le han sacado a la palabra Jesús, a la imagen Jesús, comprendé que nosotros necesitamos hoy una palabra taumatúrgica y que la imagen a la que corresponde esa palabra tiene virtudes que reíte de la cortisona.

—Pero vos no creés en esa imagen, Marcos.

—Qué importa si nos sirve para echar abajo algo mucho peor,

la ética de los abuelos ya no corre, polaquita, sin hablar que los abuelos tenían dos éticas a la hora de encaramarse a lo que fuera, podés estar segura. Tenés razón, me importa un bledo ese viejo que pretende telecomandar algo que en su día fue incapaz de hacer a fondo y eso que tuvo las mejores cartas en la mano; pero de hecho ya está fuera del juego, solamente que los nombres y las imágenes duran más que lo nombrado y lo representado, y en mejores manos pueden dar lo que no dieron en su momento, vos fijate el discurso que te estoy haciendo.

—Quisiera comprender mejor —dijo Ludmilla— quisiera comprender tantas cosas pero queda lejos, no se ve muy claro con tanta agua de por medio.

—Tampoco allá se ve claro, no te voy a atosigar con algo más complicado que la ley de alquileres, solamente comprendé que para nosotros, digamos para la Joda, todas las armas eficaces son válidas porque sabemos que tenemos razón y que estamos acorralados por dentro y por fuera, por los gorilas y los yanquis e incluso por la pasividad de esos millones que esperan siempre que otros saquen las castañas del fuego, y además porque el solo hecho de que los enemigos del peronismo sean quienes son nos parece un motivo más que legítimo para defenderlo y valerse de él y un día, sabés, un día salir de él y de tanta otra cosa por el único camino posible, ya te imaginás cuál.

—Y entonces iremos vos y yo a Córdoba —dijo Ludmilla que tenía sus ideas fijas— y yo quiero que esté llena de globos y de pájaros y de chivitos y de alfajores.

Marcos entendió que detrás de eso había cansancio, pobre polaquita con tanta noticia amontonada en la cabeza. Le pidió de beber, la miró ir y venir desnuda, pisando con la pisada de la actriz, dueña de su cuerpo, de cada movimiento que la dibujaba en la penumbra. Todo será alguna vez como vos, pensó Marcos llamándola, todo estará más desnudo y será más hermoso, vamos a liquidar tantos sobretodos mugrientos y tantos calzoncillos sucios que algo tendrá que salir de todo eso, polaquita. Pero habría que amar hasta el vértigo esa imagen deseada, a pesar de la realpolitik o las otras armas necesarias y no siempre limpias o hermosas, a pesar de las peores opciones inevitables, como las manos del cirujano manchándose de mierda y de bilis para arrancar el tumor y devolver un adolescente a la vida, con todo eso y al fin y al cabo contra todo eso cuando llegara la hora, sólo así se saldría de la noche.

—Me hacés daño, ahí no.

—¿Daño? Perdoná, no me di cuenta, hasta hablando de política puede pasar.

—Es que está muy sensible, y por culpa de quién me pregunto.

Marcos se tendió sobre ella sintiéndola arder contra su cuerpo, se deslizó hacia abajo hasta que su boca alcanzó el encuentro de los muslos, empezó a besarla suavemente, a deslizar la lengua por la blanda abertura salada; Ludmilla se enderezó murmurando, quejándose, él oyó la llamada pero siguió buscando hasta lo hondo, las manos apretándole las caderas con el gesto del que restaña una larga sed. Perdida en el placer que también otros habían sabido darle, Ludmilla sintió que no era lo mismo, que todo cambiaba ahora y que todo era igual al fin y al cabo, su sexo, la boca de Marcos, sus caderas, las manos de Marcos, por dentro se alzaba lo otro, lo que él había querido decirle, algo como la esperanza de una diferencia en la similitud. Hundiendo las manos en el pelo de Marcos lo llamó hacia lo alto, se abrió como un arco murmurando su nombre donde cualquier cosa empezaba desde otros límites, al otro lado del deslinde, donde todo podía ser almanaques y barriletes y chivitos y teatros, donde alguna vez la Joda podía tener todos esos nombres, todas esas estrellas.

Páginas para el libro de Manuel: gracias a sus amistades entre conmovidas y cachadoras, Susana va consiguiendo recortes que pega pedagógicamente, es decir alternando lo útil y lo agradable, de manera que cuando llegue el día Manuel lea el álbum con el mismo interés con que Patricio y ella leían en su tiempo *El tesoro de la juventud* o el *Billiken*, pasando de la lección al juego sin demasiado traumatismo, aparte de que vaya a saber cuál es la lección y cuál el juego y cómo será el mundo de Manuel y qué carajo, dice Patricio, hacés bien, vieja, vos pegoteale nuestro propio presente y también otras cosas, así tendrá para elegir, sabrá lo que fueron nuestras catacumbas y a lo mejor el pibe alcanza a comerse estas uvas tan verdes que miramos desde tan abajo.

Reflexiones parecidas no los ponen melancólicos sino que más bien los regocijan enormemente, y por ejemplo Susana decide que a Manuel le convendrá, en plena escuela primaria argentina, enterarse de que ahí al lado se hablan cosas que otros pibes igualmente sudamericanos chamuyan sin problema, todo lo cual contribuirá pestalozzianamente a amortiguar la compartimentación y el provincialismo de los pibes en cuestión, y sin pensarlo más unta con abundate secotine una página entera del álbum y le planta una muestra chilena obsequiada por Fernando (por lo demás desaparecido del mapa desde su probable sospecha de que las papas queman y mejor gvarecerse cverdamente en su cvarto de hotel porque las becas son cosa delicada), y así llegado a la alfabetización Manuel se enterará de que

GUENOS PA' LA PESTAÑA ESTAN LOS PUGILES

****

(POR ROMOGO).— Partieron tirando combos "pal mundo" los peloduros que participan en el XXX Campeonato Nacional de Boxeo Aficionado. Catorce combates animaron la primera pata. Once colleras subieron al cuadrado del Estadio Chile y tres solitarios ganaron en su debut por no presentación de su rival.

En un cuadro de numeroso público los gladiadores destacaron en combates sin aflojar un centímetro. Las colleras hicieron vibrar a los asiduos por el empeño que pusieron por dejar en buen nombre su terruño.

Hubo para todos los gustos, combates en que primó la gama del boxeo estilizado, otros que disputaron supremacía a fuerza de acciones encontradas, donde la valentía jugó el rol de emoción, y los menos que cumplieron sus compromisos con un sólo coscacho.

Entre los últimos cabe destacar la limpia faena del ahora representante de Copiapó Juan Rutte, que mediante un semirrecto de derecha, que llegó de lleno al caracho del zurdo Washington Castillo de Ovalle, que dio con su anatomía en la horizontal a los 40 segundos de la primera de cambios.

Destacamos las "mochas" de los moscas junior, Raúl Cortés valdiviano, que en lucido encuentro mostrando pasta para llegar, venció al muchacho de Vallenar Manuel Torres.

Roberto Castillo, sólido mosca de los tiznados, mostró que se la puede en esto de dar y recibir. Anulando la velocidad del joven junior del México, Guillermo Cerda, logró ser aplaudido fuera de pelea a la segunda pata, mediante una labor que buscó desde el toque inicial.

Un primer piso sobre el bulevar sucio de gente, neones cazamoscas de provincia, la estrecha escalera pintada de rojo y dorado, olor de encierro colectivo tarifado, guardarropa con vieja desdentada y números grasientos sobados, había que estar irremediablemente triste, pensó Francine que subía la primera, para decidirse a entrar en sitios como ése; a un peldaño de negarse, de pedirle a Andrés que la acompañara hasta un taxi y que siguiera solo su noche barata, siguió subiendo, el vino blanco la envolvía en un cansancio tan mustio y torpe como el salón del primer piso lleno de humo, vagas figuras masculinas en unas pocas filas de sillas de viena, estrado donde un reflector verde y otro azul movían un aire de acuario caliente, gran pez dorado que sonreía para nadie, que terminaba de quitarse el corpiño de lentejuelas y una vez más, por quinta vez en la noche, lo ponía al borde de un sillón donde ya estaban la blusa y la falda, donde ahora iría a caer livianamente el slip rojo para dejar a mademoiselle Antinéa desnuda a tres metros de Andrés y Francine que empezaban a distinguir formas y colores en las nieblas tornasoladas del acuario.

—En fin —dijo Francine—, ya que tenías ese capricho podríamos haber ido a uno bueno.

La miré con lástima, demasiado vestida y diferente para ese lugar, sola mujer en la platea. Cómo decirle que no era por el strip-tease que veníamos, asistir una vez más a su patético, instantáneo, obstinado definirse frente a cada situación insólita, lo moral tan automático como el desodorante en las axilas o la perfección del peinado. Cómo demonios sacarla y sacarme de las casillas, de los ritmos castradores del pan nuestro de cada día, a esa hora en que todo era Ludmilla y pozo, viaje en el roñoso tren de los celos y algo como un tambor, un címbalo distante, a lo mejor taquicardia por tanto vino blanco, tamtam detrás de los párpados, Fritz Lang, la forma en que se había acercado el camarero servil y autoritario al mismo tiempo, acaso una pistola apuntando desde el bolsillo de la chaqueta blanquísima, y ese apagón total en el que todo estaba esperando puesto que algo en mí lo conocía y lo había soñado, es decir lo había vivido, y ahora nada menos que explicarle a Francine por qué mierda la arrastraba a esa triste porquería donde de todas maneras mademoiselle Antínea era lo único (con Francine en el otro polo, en la otra realidad igualmente irreal) que merecía llamarse hermoso, durar, eso que Ludmilla había sido para mí, los datos precisos, la consumación de los hechos en el curso de una noche, todo tan claro al borde del tamtam que seguía escandiendo su respuesta y entonces decirle a Francine pero mi vieja querida, chiquita boba, no te das cuenta de que no es por el strip-tease que venimos, mirá ese argelino gordo que seguro se está gastando las economías semanales, mirá ese viejito de camisa de plancha que se sentó en primera fila para no perderse un solo detalle, cosa que me parece un sensible error porque ya se sabe que cualquier lupa rasposa acaba con Cleopatra, fijate en esos muchachos como dormidos, su idea de la hombría consiste en hacerse los indiferentes, entornan los ojos y relojean por entre las pestañas a mademoiselle Antínea que en realidad está mejor de lo que podría suponerse con semejante tarifa, no te parece.

—Me repugnan, ella y todos ellos, y sobre todo nosotros.

—Oh.

—Farsa para hipócritas, para impotentes y frustrados.

—Ah.

—Por qué, Andrés, por qué. Comprendo que hoy, en fin, pero por qué esto.

—Periplo de bolsillo, chiquita, digamos un balance frente al cierre total de actividades, larga noche de Nerval al pie del farol. No me mirés así, no tengo nada de suicida, todo es metáfora. Vos escuchá la música que le han puesto a la pobre Antínea, eso se tocaba en Acapulco hace veinte años justos, tuve el disco en mis mocedades. No, de espaldas no está nada mal con ese culito tan self-contained. Ah, ahora sí, ahora sí esa sonrisa es dulce y buena como vos, chiquita.

—Depravado, vos y tus culitos self-contained, tu erotismo de biblioteca negra.

Pero su mano contra mi muslo, caliente y contraída, también para ella empezaba como tantas veces el periplo, reproche que lleva a la ternura, ternura al beso, beso al amor, amor al despertar, despertar al reproche, brusca y triste separación de las cápsulas hasta que la Nasa de los cuerpos da la orden de acercarse otra vez y operar la conjunción (Reuter). Seria, secreta, harta, mademoiselle Antinéa cerraba su número con un paso lateral que le valoraba considerablemente los senos, el telón azul con estrellas caía sobre la visión instantánea de un sexo minuciosamente depilado en el que el mínimo ocultamiento ordenado por la moral municipal en el artículo A-2345 parecía abolirse para que asomara un destello rosa, y los proyectores brillantemente verdes coincidiendo con un movimiento colectivo en las sillas, algún aplauso desganado y la ululante hula-hula que no profetizaba nada bueno, vas a ver que sale una vahiné en sus cuarenta y cinco, cuando son exóticas se les perdona la edad y la barriga, no se sabe por qué.

—Un especialista, por lo visto.

—No, nena, pura conjetura. Pero mirá, si no te ajustás a la circunstancia a pesar de todo lo que hemos bebido, no hay más que irse y te busco ese taxi del que hablabas hace un rato ya que está escrito que esta noche la pasaré solo.

Nada, algo que le raspaba la voz o esa manera de mirar el cigarrillo a falta de mejor cosa, mejor decirle sh, no distraigas a mademoiselle Doudou, que por otra parte no tiene nada de vahiné. Los dedos de Andrés cerrándose hasta lastimarle el codo, la mueca entre el humo y después la lenta sonrisa, qué buena sos, chiquita. Y nada de todo eso podía distraer a mademoiselle Doudou ahora que empezaba la operación de desnudarse en abierta polarización con la música, como decidida a oponer cada movimiento al dibujo de la melodía de manera que cuando

la canción subía de tono mademoiselle Doudou bajaba su ne-
grísimo cuerpo pulido para alcanzar con los dedos unas botitas
de castigadora, y en cambio se enderezaba cada vez que el con-
trabajo le tejía sus profundas telarañas. Es bonita, dijo Francine con la voz de la librera culta, tiene muslos muy finos. El
problema es la boca, dijo Andrés, ya verás. Entonces la conocés.
No, primera vez que entro aquí, he estado en otros, claro, hay
muchos en este barrio como sabrás por las guías que les vendés
a los americanos. ¿Entonces, la boca? Esperá, ya vas a ver que
no se va a quedar así. Y no se quedó, porque el viejito de la
primera fila movía la cabeza y bisbisaba un largo discurso
incomprensible que regocijaba inmensamente a los muchachos
sentados en la fila de atrás, y mademoiselle Doudou miró al
viejo y le guiñó un ojo, su sonrisa le llenó la cara de algo que
no tenía nombre, una erupción, un derrame, la tarifa del local
y las ropas de la clientela y las cortinas de la escalera y la
civilización que hacía todo eso estaban ahí en su sonrisa, y
ahora el viejito entusiasmado medio se levantaba en su asiento
porque Doudou acababa de bajarse el slip y le ofrecía una
totalidad negra y roja y tabaco sonriendo siempre para el viejo,
excitándolo con un torcer las caderas y de golpe dándose vuelta
y contoneando las nalgas apretadas hacia donde se proyectaban
las manos del viejo, los brazos tendidos, Doudou desnuda haciendo frente al viejo y no era posible, pero claro que es posible, chiquita, aquí se viene para que estas cosas sean posibles,
Doudou arrancándose un pelo del pubis y soplándolo hacia el
viejo como un beso de despedida y el viejo dando un salto
y atrapándolo en el aire y llevándoselo a la boca, tragándolo,
la gente saliéndose de las sillas de risa, Doudou encanallada
acartuchando las manos sobre el sexo y ofreciéndolo al viejo
que había caído de golpe en la silla y se sacudía como bajo la
ducha, los aplausos burlones, el telón azul, vámonos, Andrés,
por favor ahora mismo, ya ves, chiquita, deberías pensar de a
ratos que esto se sitúa exactamente a veinte cuadras de tu casa,
de tus catálogos razonados y tu suscripción a *Les Temps Mo-
dernes*. Pero ese viejo debe estar pagado por la empresa, no

puede ser que. Claro, chiquita, si te tranquiliza esa versión seguro que está pagado, ver para no creer como dice mi refranero privado, vení, vámonos, tenemos sed, claro que a lo mejor nos perdemos la chica más bonita. Déjame en un taxi y vuelve. Me lo merecería, chiquita, pero no, esta noche seguiremos juntos, dos perfectas maquinitas de hacer caca verbal, qué querés, y pensar que según parece yo tendría una misión que cumplir y en cambio ya ves, mademoiselle Antinéa y ahora Doudou tan recatada. ¿Qué misión?, preguntó Francine. Sh, dijo Andrés, están anunciando a la perla de Bolivia, la señorita Lola, oí esa especie de quena grabada en Montparnasse por un judío polaco, conozco el disco, hasta creo que el tipo se llama Brinsky, como autóctono no le podés pedir más, no te parece.

A su manera pachorrienta Marcos había seguido bastante de cerca la fabricación del libro de Manuel. Entre María Montessori y él había diferencias sensibles, lo que no le impidió opinar que si los púgiles ya estaban buenos pa' la pestaña, había otras cosas que también lo estaban, y para horror de Susana le regaló unas hojas azules con un télex que le había pasado un compañero de Prensa Latina y que según Marcos había que pegar tal cual en el álbum porque las fantasías tipográficas, los errores y el aire general de caligrama y de despelote contribuía a darle a la información su verdad más profunda, eso que nacía de todos los inconvenientes y las fallas y los atrasos y las torpezas del sub-desarrollo, florcita en medio del cemento armado, gatito jugando entre cables eléctricos, che, lo frenó Patricio, vos cuando te me ponés iridiscente reíte del rabinito. La puta que te parió, dijo austeramente Marcos, peguen el télex que el pibe alguna vez le sacará provecho, con lo cual Susana intimidada agarró una vez más la secotine y ahí

ATENCION P
        ELA PARIS 'R'R'R'R'R'R'

FAVOR REPETIR DEL MATERIAL DE ORTEGA DESDE DONDE DICE:
EN 1950,EL LIBANO IMPORTO PETROLEO SAUDITA POR UN EQUIVALENTE DE 10
MILLONES.......... ETC ETC..........

GRACIAS ER 'R'R'R'R'R'R'R'

PL-4
        POR LUIS MARTIRENA
   LA HABANA, MAR 27 (PL) .- EL VISITANTE RECIEN LLEGADO A
CUBA, SOBRE TODO SI LLEGA DE UN PAIS COMO EL URUGUAY DONDE
LOS GOBERNANTES VIVEN AMURALLADOS, NO PUEDE DEJAR
DE SORPRENDERSE Y VIVIR COMO UNA INCANJEABLE EXPERIENCIA LA
TESSSSSSSSSSSSSSSSSSSSSSSSSSSSSSSSSSSSSSSSSSSSSSSSSSSSSSSSSSSSSSSSSSSSSSSSSSSS
SSSSSSSSSSSSSSSSSSSSSSSSSSSSSSSSSSSSSSSSSSSSSSSSSSSSSSSSSSSSSSSSSSSSSSSSSSSS
A LAIBILIDAD
ENCIA LA
        BILIDAD DE ASISTIR A UNO DE LOS HABITUA
PL-4
        POR LUIS MARTIRENA.
   LA HABANA,MAR 27 (PL) .- EL VISITANTE RECIEN LLEGADO A
CUBA, SOBRE TODO SI LLEGE EE U   PAIS COMO EL URUGUAY DONDE
LOS GOBERNANTES VIVEN AMURALLADOS, NO PUEDE DEJAR
DE SORPRENDERSE Y VIVIR COMO UNA INCANJEABLE EXPERIENCIA LA
IBILIDAD DE ASISTIR A UNO DE LOS HABITUALES DIALGOS
DE FIDEL CASTRO CON SU PUEBLO.
   COMO ES SU COSTUMBRE Y TAL COMO LA HACE CON
FRECUENCIA.EL PRIMER MINISTRO CUBANO LLEGO EL MIERCOLES
BASTANTE SORPRESIVAMENTE HASTA LA UNIVERSIDAD DE LA HABANA.
DONDE DIALOGO LARGAMENTE CON ESTUDIANTES Y PROFESORES, CON
QUIENES CONSIDERO PROBLEMAS Y REALIDADES DEL PROCESO RE-
VOLUCIONARIO.
   CUANDO YA HABIAN TERMINADO UN ACTO DE BIENVENIDA
A LA BRIGADA DE JOVENES CUBANOS QUE PARTICIPO DURANTE MAS DE
UN MES EN JORNADAS DE TRABAJO QUE VOLUNTARIO EN CHILE Y LA
GENTE COMENZABA A IRSE,ALGUIEN GRITO: +AHI VIENE+.ERAN DOS

272

AUTOMOVILES EUROPEOSPEQUEÑOS EN LOS QUE VIAJABA EL PRIMER
MINISTRO Y ALGUNOS OTROS INTENGRANTES DEL GOBIERNO.
   LOS AUTOMOVILES SE DETUVIERON FRENTE A LAS
ESCALINATAS DEL REOTORADO EN EL OTRO EXTREMO DE LA
PLAZA CENTRAL DE LA UNIVERSIDAD, LA MISMA PLAZA DONDE EL
MISMO FIDEL CASTRO HABIA ARENGADO A SUS AOMPAÑEROS DE LUCHAS
ESTUDIANTILES EN OTRAS EPOCAS.
   LOS MUCHACHOS CORREN DE TODAS DIRECCIONES Y RODEAN
RAPIDAMENTE AL PRIMER MINISTRO QUE HA QUEDADO DE PIE
JUNTO A UNO DE LOS VEHICULOS.ALGUNOS, PARA LLEGAR
MAS RAPIDO HAN DEBIDO SORTEAR
UNA TANQUETA QUE CAPTURADA ALEJERCITO BATISTIANO EN LAS
PRIMERAS HORAS DE 1959, PERMANECE COMO MONUMENTO
VIVO EN EL LUGAR.
SIGUE/MP10.25GMP

PL-5
   PRIMER AGREGADO AL PL-4 (CON FIDEL CASTRO.
   RAPIDAMENTE SE FORMALIZA UN DIALOGO FRESCO Y NATURAL.
FIDEL CASTRO INTERROGA INDIVIDUALMENTE A LOS BRIGADISTAS
SOBRE SU EXPERIENCIA CHILENA+.?DONDE TRABAJARON? ?QUE
HICIERON+?.LOS MUCHACHOS Y LAS CHICAS RESPONDEN Y
NARRAN BREVEMENTE ALGUNAS EXPERIENCIAS Y REIERAN EL RELATO
DELCARINO CON QUE FUERON RECIBIDOS Y TRATADOS POR EL PUEBLO
Y LOS GOBERNANTES DE CHILE.
   SE HA FORMADO EN TORNO AL GOBERNANTE CUBANO UNA
COMPACTA MASA HUMANA QUE CUBRE TOTALMANTE LA ESCALINATA
Y LA EXPALNADA DONDE SE ENCUENTRA. EL DIALOGO COMIENZA
A TOMAR OTROS RUMBOS. LOS QUE ESCUCHAN O HCEN PREGUNTAS SON .
EN CASI TODOS LOS CASOS, MUY JOVENES Y HAN PASADO YA LA MITAD
DE SUS VIDAS INTEGRADOS AL PROCESO REVOLUCIONARIO. SUS PREO-
CUPACIONES ESPECIFICAS SON DISTINTAS A AQUELLAS QUE
DESVELABAN A LOS CONTEPORANEOS
ESTUDIANTILES DEL PRIMER MINISTRO.SE REFIEREN A LA INTEGRA-
CION DE LOS JOVENES A LA NUEVA SOCIEDAD. A LOS PROBLEMAS
DEL DESARROLLO DE UN PAIS
SITIADO, APROBLEMAS ECONOMICOS Y SOCIALES QUE RECIEN
HAN COMENZADO A RESOLVERSE.
                    SIGUE/TLM/MP10.30GMT

273

SEGUNDO AGREGADO AL PL-4(CON FIDEL CASTRO.

+ESTE ANO ESTAMOS RESOLVIENDO LA ZAFRA DE AZUCAR CON DECENAS
DE MILES DE MACHETEROS MENOS QUE EL ANO PASADO+,EXPLICA EL
EL PRIMER MINISTRO DE CUBA ANTE UNA PREGUNTA.ELVANO QUE VIENE
VAMOS A NECESITAR PARA TODA LA ZAFRA CIEN MIL PRESONAS MENOS
QUE EN 1970+.

INCURSIONA LUEGO EN LA HISTORIA DEL CORTE DE CANA
EEN CUBA, ESA ESA TAREA QUE CADA VEZ MAS SE TIENDE A REALIZAR
CON MAQUINAS QUE LIBERAN AL HOMBRE DE UNA CARGA BRUTAL+.
AQUI LA CANA SEE RESOLVIO PRIMERO CON LA ESCLAVITUD,
LUEGO CON LA INMIGRACION. MAS TARDE FUERON LOS QUINIENTOS
MIL DESEMPLEADOS, QUEE TRABAJANDO DIECIOCHO HORAS POR DIA
RESOLVIAN EL PROBLEMA DE LA ZAFRA.AHORA NO PUEDE
SER ASI.

LA GENTE TIENE QUE TRABAJAR UNA JORNADA RAZONABLE Y
NECIVTA, ADEMAS,EL ALIMENTO Y LAS ATENCIONES QUE ANTES
FALTABAN SIEMPRE+.

LA EXPLICACION ES FLUIDA,DIDACTICA Y REVELA
UNA VISION GLOBAL
DE LOS PROBLEMAS Y DE LAS
PERSPECTIVAS DE LA REVOLUCION.

CHILE OBTIENE MAS DIVISAS QUE NOSOTROS CON EL TRABAJO
TREINTA MIL TRABAJADORES EN LAS MINAS
DE COBRE,MIENTRAS QUE NOSOTROS NECESITAMOS CENTENARES
DE MILES DE PERSONAS PARA CORTAR MANUALMANTE LA CANA DE
AZUCAR. SOLO EN LA MECANIZACION DEL CORTE PUEDE
ESTAR LA SOLUCION DE ESTE PROBLEMA+.

EN OTRA RESPUESTA RECUERDA UNA FRASE DE MARX
EN EL SENTIDO DE QUE LA CONSTRUCCION DEL SOCIALISMO
ES SOLO LA PREHISOTIRIA DE LA HUMANIDAD. +FALTA
TODA LA HISTORIA POR ESCRIBIR Y ENTONCES S
                                    GURAMENTE
TAMBIEN HABRA PROBLEMAS.PERO LOS PROBLEMAS
SERAN OTROS. ? PUEDE CONCEBIRSE UNA SOCIEDAD SIN
PROBLEMAS?. PREGUNTO FIDEL CASTRO CON UNA SONRISA.
SIGUE/MTLM/MP10.35GMT

EEEEEEEEEEEEEEEEEEEEEEEEEEEEEE
PL-7

TERCER AGREGADO AL PL-4 (CON FIDEL CASTRO.
UN JOVEN COMIENZA UNA PREGUNTA HABLANDO DEL MOMENTO
EN QUE ESTEN RESUELTAS TODAS LAS NECESIDADES MATERIALES,
LO QUE MOTIVA UNA INTERRUPCION DEL PRIMER MINISTRO: +¿COMO
PONDRIAS UN LIMITE A LAS NECISADES MATERIALES? ¿CUANTOS
TRAJES,CUANTOS LITROS DE LECHE,CUANTOS HOSPITALES,CUANTOS
LABORATORIOS,CUANTOS AUTOBUSES,CUANTAS ESCUELAS,CUANTAS
UNIVERSIDADES,CUANTAS ACADEMIAS DE CIENCNIAS?CUANTOS MUSEOS,
CUANTOS HOTELES,CUANTOS HOTELES ,CUANTOS REFREGIRADORES?
Y ELLO EN UNA SOCIEDADA COMO LA NUESTRA DONDE NO SE PROMUEVEN
NI SE LE INVENTAN NECESIDADES A LA GENTE PARA RESOLVER
LOS PROBLEMAS DE PRODUCCION+.
LA PRODUCTIVIDAD, ¿COMO RESOLVER ESE PROBLEMA? +LA
ACEPTACIÓN POR EL PUEBLO DE LA LEY DE LA VAGANCIA+ DICE EL
GOBERNANTE CUBANO. LEGIDLSCION POR LA CUAL SE CONSIDERA
COMO PREDE'ITO EL NO ESTAR VINCULADO EN FORMA ESTABLE A
CENTROS DE TRABAJOS, + HA SIDO UN
TREMENDO AVANCE POLITICO DEL PUEBLO. PERO ESOS MISMOS TRABA-
JADORES QUE ENTENDIERON EL PARASITISMO COMO UN DELITO, NO
HAN COMPRENDIDO TODAVIA CABALMENTE LA IMPORTANCIA DE LA
PROODUCTIVIDAD EN EL TRABAJO, DEL CABAL APROVECHAMIENTO
DE LA JORNADA DE PROODUCCION+.

SIGUE/TLM/MP10.422.GMT

PL-8

CUARTO AGREGADO AL PL-4 (CON FIDEL CASTRO.
Y ALLI MISMO UNA PREGUNTA A QUEMARROPA A LOS ESTUDIANTES
MAS CERCANOS:+¿Y UESTEDES? ¿CUANTO ESTUDIAN? ¿ENTIENDEN
REALMENTE EL PROBLEMA DE QUE DEBEN RENDIR EL MAXIMO EN
SUS ESTUDIOS. COMO UNA MISION QUE LES HAN ENCOMENDADO
LA REVOLUCION+?.
LA PREGUNTA MOTIVA ALGUNAS RESPUESTAS AFIRMATIVAS?
PERO NO ES CASADA Y POR ESO TIENE OTROS PROBLEMAS
AFIRMATIVAS, PERO NO MUY DECIDIDAS . UNA MUCHACHA PIDE LA
PALABRA. EXPLICA QUE ELLA ES CASADA Y POR ESO TIENE OTROS

PROBLEMAS QUE RESOLVER Y QUE TIENE ALGUNAS DIFICULTADES PARA
ESTUDIAR. +?POR QUE NO PONES A COCINAR TAMBIENA TU MARIDO+?,
FUE LA RESPUESTA DEL PRIMER MINISTRO. +DIVIDIMOS
BASTANTES+, EXPRESO LA MUCHACHA, +PERO TODAVIA
TENEMOS ALGUNOS PROBLEMAS PARA EL MAXIMO APROVECHAMIENTO
DEL ESTUDIO+.

 ENTONCES FIDEL CASTRO PRECISO MAS AUN SU
CURIOSIDAD: +SI USTEDES SE COMPARAN CON LOS
ESTUDIANTES VIETNAMITAS QUE ESTAN EN CUBA, +COMO DEFINIRIAN
SU RENDIMIENTO EN EL ESTUDIO? ? ESTUDIAAN MAS O MENOS
QUE LOS VIETNAMITAS?.+

 LUEGO DE ALGUNOS CABILDEOS EL NUMEROSO GRUPO LLEGO
A LA CONCLUSION DE QUE EN REALIDAD ESTUDIABAN ALGO MENOS
QUE LOS VIETNAMITAS QUE TAMBIEN AQUI,Y EN ESA TAREA QUE SE LES
HA ENCOMENDADO, SON EJMEPLO DE SACRIFICO Y CONCNETRACION EN
EL TRABAJA.

 EL PRIMER MINISTRO PREGUNTO ENTONCES SI NO SERIA NECESARIO
QUE LOS ESTUDIANTES CUBANOS SE PLANTEARAN TAMBIEN,
COMO UNA TAREA DE PRIMERA IMPORTANCIA POLITICA, OBTENER EL
MAXIMO DE RENDIMIENTO EN ESTUDIOS QUE PAGA EL PUEBLO Y QUE
CUESTAN MUCHOS SACRIFICIOS A LA POBLACION.
SIGUE/MP10.50GMT

PL-

 QUINTO ULTIMO AGREGADO AL PL-4 CON FIDEL CASTRO.
 FIDEL CASTRO EXPLICA INMEDIATAMENTE LOS RECURSOS
QUE LA REVOLUCION HA VOLCADO A LOS CAMPOS DE LA
EDUCACION, LA SALUD Y EL CUIDADO DE LOS ANCIONS+. A VECES,
MAS RECURSOS DE LOS QUE REALMENTE PODIAMOS, PERO QUE ERAN
ABSOLUTAMENTE NECESARIOS PORQUE SON LAS COSAS
DE LAS QUE NADIE PUEDE PRESCINDIR+.

 FINALMENTE,EXHORTO A LOS ESTUDIANTES A CONTRIBUIR
AL FORTALECIMIENTO IDEOLOGICO DE LA UNIVERSIDAD. ACONSEJO
TAMBIEN QUE CUIDARAN MUCHO A QUIENES SE ELEGIA COMO
INTEGRANTES DE LA FEDERACION DE ESTUDIANTES UNIVERSITARIOS
Y DE LOS ORGANIMOS JUVENILES DEL PARTIDO COMUNISTA.
+TENGAN CUIDADO CON LOS ARRIBISTAS.
CON LOS OPORTUNISTAS QUE A VECES POSAN DE REVOLUCIONARIOS.

SEPAN DISTINGUIRLOS.ELIJAN SIEMPRE A LOS MEJORES,
A LOS QUE NO PORETENDEN LOS CARGOS, A QUIENES
NO PIESNESEN EN ELLOS MISMOS Y ESTEN DIEPUESTOA A DARLO TODO
POR LOS DEMAS+.
   POCOSMOEMENTOS DESPUES, LUEGO DE TRES HORAS Y DECENAS DE
PREGUNTAS, INGRESO DE NUEVO A SU PEQUEÑO AUTOMOVIL Y SE
ALEJO TAN RAPIDO COMO HABIA LLEGADO. INVITO A IR A DISCUTIR
CON EL A ALGUNOS DIRIGENTES ESTUDIANTILES.+ NO LOS LLEVO
SECUESTRADOS, DENTRO DE UN RATO LOS DEVUELVO+, EXPRESO
FINALMENTE EL VISITANTE.
                         TLM/MP10.55GMT

¿Por qué me estás envileciendo? había preguntado Francine bulevar arriba en la resaca de la medianoche, mezclados con vagos racimos, grupos de esquina, lumpen de argelinos y españoles y cafishos locales, ofertas desde la sombra de los portales, cine *cochon*, buenaventura, olor de papas fritas rancias como la música de los bares, ah chiquita, explicarte que no es así, que no es eso, aunque tengas razón porque además la tenés, en esto la lógica no la talla y por eso precisamente de dos razones antagónicas quién te dice que no podría saltar la chispa, mirá esa vieja juntando puchos y recitando andá a saber qué antigua maldición de la miseria, una especie de balance de fin del mundo con estos testigos privilegiados que naturalmente somos vos y yo, porque no serán ni Lanza del Vasto ni la señora de Puchulu Gándara los que estarán ahí mirando cómo el mejor resumen occidental del setenta es esa mano mugrienta que junta puchos para armarse el faso de la madrugada.

—Todo eso lo sé —dijo Francine—, todo eso lo conozco de sobra, no hay necesidad de venir como un santotomás barato a verificar tanta basura inevitable.

—La dijiste, chiquita, todo iba bien en tu discurso pero al final dijiste la palabrita igualmente inevitable en tu veltanshaún, para tu mundo y el mío esas cosas son siempre inevitables, claro, pero estamos equivocados, ojo con ese negro que seguro va a vomitar en la vereda, y entonces ya ves, por eso te necesito esta noche, vos la de mi lado que me escupe en la cara sin saberlo, sin quererlo. Mirá, si me quedara una nada de decencia debería ir a ponerme ahí para que ese negro en curda me vomitara encima, pero cuando se conocen de memoria los temas de todos los quintetos de Mozart vos te das cuenta de que eso no es posible, qué joder, and yet and yet and yet.

—Vos también estás, estamos borrachos —dijo Francine—. Vámonos a casa, Andrés. Ya sé, me vas a mirar de costado, vas a decir pero claro y vos me hacías una tisana y me arropabas bien. Te prometo que no pero vámonos de aquí, no puedo más.

Era un bar como tantos, el whisky con un gusto a kerosene, las putas en el mostrador y todo el mundo tan bien ahí en ese paréntesis de tragos y luces bajas, ya mientras subían por la rue des Abesses abrazados por la cintura, Francine había preguntado por la misión, dos veces había disminuido la marcha para preguntar: ¿Qué misión?, y yo hubiera querido explicárselo, pararme ahí mismo y explicárselo, mirá, es así, yo tengo que, o yo debo, o a partir de este momento o de otro momento voy a empezar a, pero finalmente el bar y quedarse callados como esperando aunque no había nada que esperar, imposible decirle nada de eso que era como una alambrada en la noche, una tapia que subía más allá del campo operativo de dos manos tendidas hacia arriba, el bloque negro, la traba con sus frenos de disco en las cuatro ruedas, y entonces solamente contarle el sueño en detalle, el cine con las pantallas en ángulo recto, el absurdo de tanta claridad antes y después como para delimitar mejor la negra nada del medio, eso que había ocurrido después que el camarero había venido a buscarme y antes de que yo volviera a la sala sabiendo algo que precisamente no sabía, el absurdo inconcebible, vos ves, chiquita, yo estaba en un cine, eso es seguro, pero qué cine, nena, ahora que fijate bien, un cine es algo importante en el fin del mundo, cuántas cosas empiezan para nosotros en un cine o en un ómnibus, las cosas que le ocurrían a Dante en un claustro de convento o a orillas del Arno han cambiado de localización, las epifanías pasan de otra manera, vos estás en el rápido a Bratislava y ahí mismo, por la cabeza, los nuevos agujeros mánticos, los oráculos de juke-box, las alucinaciones a la orilla de la TV, andá a saber si los cines, bien mirado, date cuenta de que la fatiga visual nos vuelve más receptivos, aunque en este caso yo solamente soñaba pero vaya

279

a saber si dormidos no nos vamos quemando igual que en la vigilia, esperá, no te muevas, chiquita, yo diría que se te ha caído una mosca en el whisky.

—Qué cosa tan rara, una mosca a esta hora de la noche.

—Tenés razón, es casi inconcebible porque hasta ellas tienen horario, pero debe ser una mosca poeta o algo así.

—Sácala —pidió Francine.

—Mejor te hago servir otro whisky, mi dedo no está más limpio que la mosca a pesar de lo que nos enseñaron nuestras maestritas abnegadas sobre la extrema suciedad de estos insectos. En fin, probalo, a lo mejor quedó mejor que antes, todo es una cuestión de proporciones; Lonstein me dijo una vez que en algunos teatros de su barrio el mal olor del público es tan horrendo que la única manera de purificar el aire circundante consiste en rajarse un enorme pedo.

—Sí, está mejor que antes —dijo Francine—. Es justo que una mosca se caiga en mi vaso, no vale la pena gastar en otro; todo va muy bien así.

—Oh no, eso no, chiquita, no me obligués a la cachetada terapéutica para invertir el polo de la histeria. Ya, así está mejor, sonreís entre lágrimas como Andrómaca, solamente que yo no tengo nada de Héctor, carajo.

Ahí, en ese momento, exactamente en ese punto, Ludmilla hubiera dicho blup. Pero cada uno sus sistemas, Francine bajó la cabeza y se pasó rápidamente los dedos por los párpados. Andrés puso la mosca en el borde del cenicero, la mosca se arrastró como una bailarina expresionista y produjo un zumbido precursor de la borrachera total o de un vuelo inminente; la estudiaron en silencio hasta que el animal hubo calentado lo bastante los turborreactores y se mandó a mudar hasta la nuca de un mulato maricón que se besaba con un señor de aire docto en el fondo de la sala. Fumando, mirando de nuevo en los ojos a Francine que había aprovechado racionalmente sus kleenex de bolsillo, Andrés empezó a contarle detalladamente el sueño, Fritz Lang entró en el bar con su panza teutona, el camarero y el cubano y el amigo no identificable se fueron sentando con ellos, durando como en el cine hasta la última bobina, acompañándolos de cerca y de lejos, con ese estar y no estar de toda imagen, ya ves que tenía razón, que las epifanías ocurren hoy entre moscas y sbornias y puchos mal apagados, esta noche a cada San Martín le llega su chancho. No me mirés así, te lo voy a explicar cartesianamente, no se puede pretender que tus diplomas alcancen para tanto, chiquita.

—¿Dónde está la botella de leche? —quiso saber matinalmente Ludmilla—. ¿Qué preferís, tostadas o huevos fritos?

—Estás completamente piantada —dijo Marcos mirándola con asombro—. ¿Desayuno? ¿Botella de leche? Vos tenés alucinaciones auditivas y lácteas, nena, aquí nunca nadie ha dejado una botella de leche, avisá.

—Hace un rato algo sonó como una botella de leche contra la puerta, es un sonido que refresca el alma y que en Cracovia se llama revilo gnik. No vas a pretender que me desayune con mate amargo, esa guerra la gané hace mucho y me costó todas las legiones de Varo, no pienso empezar de nuevo.

—Aquí, polaquita, se desayuna con café bien negro y mucho y taza tras taza y meta cigarrillos. Si querés leche hay una despensa en la esquina, en lata no es más asquerosa que fresca. Eso sí, por algún lado debe haber un paquete de bizcochos, te lo voy a buscar.

El primer sol resbalaba al lado de la cama, empezaba a treparse por los pies. Ludmilla apartó la cobija y la sábana —había hecho casi frío al alba, salían perezosamente de un largo ovillo de calor y de sueños— para mirar de cerca el estómago y los muslos de Marcos; la marca de la patada merecía la firma de Bonnard, toda en oros viejos, rojos perversos y azules de papagayos. Debe dolerte mucho, una cosa así no puede ser gratis/ Si no me he muerto esta noche es porque soy inmortal, polaquita/Blup/Y vos, ya que estamos, explicá ese moretón ahí/ Poné tu mano, así no, más abierta, ahora cerrala un poco/Oh/ Ya ves/ Pero no te duele/Te remuerde la conciencia, eh/No, pero si seguimos así, clavado que Lonstein va a tener trabajo/ ¿Por qué te hiciste la circuncisión si no sos judío?/Porque me

282

dolía, polaquita, y eso que según algunos se sale perdiendo en sensibilidad/¿Notaste alguna diferencia?/Al principio sí, pero debía ser porque no estaba bien cicatrizado y veía las estrellas/ Qué raro es el sexo del hombre, no me acabo de acostumbrar, cuando caminan por la pieza con todo eso balanceándose me da la impresión de que debe ser tan pesado, tan incómodo/Te morís de envidia, ya lo dijo Freud, y otra cosa polaquita, eso de sexo es una gran gansada, cualquiera creería que aprendiste el español por correspondencia/En realidad fue por correspondencia pero muy personal/Ah, de boca a boca como para salvar a los ahogados, pero entonces eso del sexo y del acto de amor me hacés el favor de dejarlo para el té con las monjitas/¿Te parece una cuestión tan importante?/Sí, porque ese tipo de vocabulario nos ata al Vip/No entiendo/Ya entenderás, polaquita, vos sos como el que te dije que todavía no ha reaccionado de una conferencia sobre el onanismo que le endilgó Lonstein/¿Y vos por qué decís onanismo si vamos al caso, blup?/Tac, en pleno centro, dijo Marcos riéndose, ya ves como el Vip vela por nosotros, es difícil escapársele pero hay que hacerlo, polaquita, no vamos a ninguna parte si le tenemos miedo a estas cosas y a tantas otras/Se ve que estás entre los treinta y los cuarenta, porque a los muchachos de ahora maldito si esas cosas los preocupan, todo se ha quedado atrás de golpe, se miran entre ellos sin tanto vocabulario paralizante, se ríen como locos de esos problemas/Lo sabemos, polaquita, pero ocurre que cosas como la Joda no las hacen ellos, están demasiado absorbidos por los festivales y la vida hippie o yippie o el mapa para llegar a Katmandú, ellos van a ser los herederos si gente como nosotros alcanzamos a darle la vuelta al panqueque, el problema es fatal y eterno, son los viejos como nosotros los que toman el tren blindado y se hacen matar en una selva boliviana o brasileña, por lo menos en el plano de la dirección, entendeme bien, y entonces el problema sigue siendo nuestro, no importa que los chicos se meen de risa oyendo lo que te digo y lo que me preocupa, la cuestión por ahora es que nosotros nos liberemos para no arruinarles a ellos el puchero cuando nos llegue la hora de escribir los decálogos/Concha peluda y pija colorada, dijo Ludmilla/Vos esa frase la sacás a cada rato, pero no sé si sentís que es más bien grosera/Andrés y Patricio dijeron que se estilaba mucho/Vos guardala solamente para las grandes ocasiones, pero ahí tenés, pija es mejor que sexo cuando se está como nosotros ahora, en realidad no hace falta usar demasiado esas palabras pero si llega el caso no aflojés, polaquita, después de todo pija es una linda palabra, más personal que pene, por ejemplo, puro tratado de anatomía, o miembro viril que siempre me hizo pensar en la historia romana probablemente por lo de la toga/Sí, pija suena bonito en argentino, me gusta más que la polla española/Eso de los gustos, vos sabés, yo creo que la picha gallega y la pinga cubana están muy bien, o el pico chileno, que dicho sea de paso es un raro caso de masculinización porque todas las variantes argentinas o latinoamericanas son siempre femeninas, llamale pinchila o poronga o como quieras. Ahora fijate que si en algo tengo razón es que usar esas palabras, quiero decir besarte la concha y no la vagina, le entra a patadas a ese otro reverso, el del Vip digamos, porque también hay hormigas en el idioma, polaquita, no basta con bajarle la cresta a los Vip si vamos a seguir prisioneros del sistema, por ahí en novelas uruguayas, peruanas o bonaerenses muy revolucionarias de tema para afuera leés por ejemplo que una muchacha tenía una vulva velluda, como si esa palabra pudiera pronunciarse o hasta pensarse sin aceptar al mismo tiempo el sistema por el lado de adentro, vos fijate que al fin de cuentas el que te dije está contento con lo de Lonstein, sacó algo en limpio, me parece, y además no sé cómo decírtelo pero todo esto tendrás que entenderlo sin quedarte en la cosa misma /Blup, dijo Ludmilla, en realidad sólo los chicos usan todo el tiempo términos sexuales, uno no los necesita/Claro que no, polaquita, pero si llega el caso vos a esto le llamás pelotas o huevos y se acabó, no es ni peor ni mejor que testículos, de la misma manera que concha es una palabra hermosísima, la esencia misma del cuadro de Botticelli si te fijás, y de todas las asociaciones sensuales y estéticas que quieras, y nosotros cojemos, vos y yo cojemos, cuando leo por ahí que la gente se acopla o copula me pregunto si es la misma gente o si tiene privilegios especiales/ Bueno, yo a eso le llamo hacer el amor, me gusta más, vale en tantos idiomas y es como un misterio, porque realmente lo hacemos por desafío a la muerte o algo así, para decirle que es un marsupial maloliente, y ahora basta porque quiero café aunque no haya leche y vos me buscabas los bizcochos.

—En nuestro idioma, y no solamente en el Río de la Plata, el gran problema es por el lado del culo —meditó Marcos en voz alta, mirando precisamente el de Ludmilla que a su vez miraba por la ventana y descubría con enorme entusiasmo la presencia de una ferretería en la vereda de enfrente—. No sé cómo se las arreglan en tu país, polaquita, pero entre nosotros es un lío. Culo es genérico, vale sobre todo como mejora popular y muy castiza de nalgas, que tiene siempre algo de carnicería, pero el problema es el ano, término horrendo si los hay/Vos una vez le llamaste ojete, dijo Ludmilla acordándose de una situación precisa y frunciendo un poco la nariz/Sí, pero no va, hay algo que no me gusta aunque a lo mejor muchos lo usan sin problema. La gran maravilla de los ingleses y los yanquis es la cuestión del asshole, que traducido al español es lúgubre y demasiado topográfico y descriptivo, pero supongo que para ellos el sentido directo cede a una imagen más manejable y conversable de la cosa. Yo no sé realmente cómo llamarlo, el siete es fulero, el orto me gusta más pero no del todo, el carozo no significa nada. Pocito, a lo mejor, ahora no me falta más que ponerme a inventar términos, pero está bien, no te parece. A ver ese pocito, déme ese pocito, che pero al final caí de cabeza en el asshole puesto que quiere decir lo mismo en más poético, pozo es más lindo que agujero, los yanquis bien podrían llamarlo asswell, que además da para juegos de palabras.

—Enfrente hay una ferretería —informó Ludmilla.

—Me dejás estupefacto —dijo Marcos.

No podía darse cuenta de gran cosa a esa hora y con tanto trago, el cansancio obligándola a apoyarse cada vez más en mí que cruzaba el puente hablando de Fritz Lang y de mademoiselle Antinéa, preguntándome si nos darían una pieza en el hotel Terrass, el problema de la no valija, de la parejobvia como hubiera dicho el rabinito, pero cuando el viejo le vio la cola al billete de cincuenta francos, la mejor y con baño por supuesto, en el piso más alto con balcón, pero entonces el señor ya conoce el hotel, desde luego que lo conozco y le he mandado cantidad de amigos, no se preocupe, nos iremos antes del desayuno y del cambio de guardia, el vuelto es para usted además de los cincuenta pero me da la mejor pieza y no se olvide del balcón y del agua mineral, ah, y el jabón, la avaricia francesa no conoce límites en esos casos, jabón y toallas por partida doble.

Por qué, había preguntado vagamente Francine, mejor un taxi y vienes a mi departamento, entonces tuve que explicarle, cruzábamos el último tramo del puente y yo miraba los balcones del hotel sabiendo que Francine no se imaginaba que íbamos allí, que la estaba llevando a una pieza con balcón sobre una cierta ciudad que quería mostrarle, mejor así, chiquita, de tanto en tanto una pieza de hotel es una miniterapia, muebles desconocidos, irresponsabilidad, el hecho deslumbrante de que por la mañana te vas dejando todo revuelto y a tu espalda, date cuenta de la metafísica abscóndita, todo revuelto y a tu espalda y no te harán nada, nadie vendrá a decirte pero usted es un mal educado, no se sale de una casa decente dejando el jabón en la mesa de luz y la toalla en la falleba de la ventana, comprendé que cuando duermo en tu casa tengo muchísimo cuidado de no salpicarte el espejo cuando me ducho, cuelgo cada cosa en su ganchito y sin embargo me acuerdo muy bien que una mañana me reprochaste amablemente que me había confundido de cepillo de dientes, te tiene que haber resultado intolerable.

—No, me pareció que tenía que decírtelo, nada más, si te puse un cepillo y una toalla era para que los usaras. Está bien, iremos al hotel, espero que no quede lejos.

—Estamos delante, chiquita, ahora hay el problema de entrar sin equipaje porque éste es un hotel comilfó, no te vayas a imaginar, el propietario garantiza un montón de valores judeocristianos y entonces ya ves, parejas por hora o por noche voll verboten, pero ahora vas a ver cómo los valores en cuestión ceden terreno ante estos otros con un numerito y un retrato con peluca y todo, Voltaire o Luis Catorce o Molière, vos observá los efectos desde ese sofá, las señoritas se quedan siempre atrás en esos trances y tienden a mirar el suelo.

—Por lo menos dormiremos —dijo Francine—, a esta hora cualquier lugar me da lo mismo.

La senté en un sofá antes de adelantarme hasta el sereno metido en su cubículo penumbroso, prometiéndole un largo sueño lustral y las medialunas del mañana, y por eso después de tanta precisión sobre las toallas y el agua mineral dejé lista la cuestión de la botella de coñac y los cubos de hielo y hasta ese desayuno que pertenecía a otro mundo porque la noche no había terminado todavía y de este lado era coñac y balcones sobre el cementerio de Montmartre que Francine no vería por el momento ya que lo primero fue correr las cortinas espesas y pardas que el propietario había colgado como si en el fondo tuviera vergüenza de lo que esperaba bajo el balcón. Se advertía en el sereno una tendencia a contarme la guerra del catorce o algo así, y después de inventariar las vituallas y los recursos higiénicos (Francine probaba el colchón con las dos manos, aplicada y eficiente hincándose y casi rebotando para estar segura de que el dunlopillo no estaba lleno de grumos) lo saqué al pasillo y cumplí ese gesto, para tantos mecánico, de cerrar la puerta con doble llave y que no tenía nada de mecánico para mí ahora que había recinto, cuarto, zona delimitada y Francine y yo allí exactamente donde había querido que estuviéramos esa noche después de la mosca en el whisky y la mancha negra en eso que había sido Fritz Lang (sin hablar de la mancha Ludmilla, la piedra fría en la boca del estómago). No está mal, dijo Francine, por lo menos tiene buenas luces y la cama es perfecta, acostémonos, quieres, no puedo más.

Todavía estaba como observando el pasador y la llave de la puerta, mirando por momentos en torno, dando la vuelta visual de la pieza; cuando me oyó hizo un gesto vago, se acercó sonriendo y me sentó en el borde de la cama, se arrodilló mirándome con la misma atención con que había inventariado la pieza, y empezó a quitarme los zapatos, a acariciarme los tobillos. Tenés frío, chiquita, todavía necesitás tragos, vamos a fumar en la cama hablando de lo que se habla cuando la fatiga va dejando salir sus bichos y propone respuestas a los enigmas.

—Andrés, Andrés —dejándolo que hablara como desde tan lejos, que me desvistiera ceremoniosamente—, Andrés, más allá de toda sanción, simplemente lo que me queda por hacer es no verte más, cambiarte por novelas escandinavas o temporadas de ski.

—Pero claro —dijo Andrés como sorprendido, las manos en el cierre del sostén—, si lo sabré yo, chiquita, si sabré que yo mismo tendría que cambiarme por otra cosa, en todo caso nada de ski pero otra cosa y es de eso que tenemos que hablar, es decir tengo que hablar yo con parte de esta botella de coñac como desbloque y gran patada en los tapones mentales, si es capaz de servir para eso. Por qué tendrás una barriguita tan pelusienta, tan delicada, me enternecés y no quiero, esta noche no quiero ternura, chiquita, no sé lo que necesito pero en todo caso no es ternura, no la pido ni la busco y en ese sentido está bien que Ludmilla me haya colgado la galleta, está reputísimamente bien porque eso no podía seguir así por culpa de todos nosotros, vos y ella que no son capaces de cambiar de estantería y yo que de golpe soy este cretino a la busca de no sé qué claridad, borrar la mancha negra, saber lo que me dijo ese tipo del cine.

—Tápame —le pedí tratando de librar las piernas de entre las suyas, y Andrés siempre arrodillado me miró sorprendido y se puso a reír, pobrecita, desnuda como un choclo peladito y yo dándote la lata cósmica, claro que la voy a acostar, chiquita, le pongo incluso dos cobijas para que los mecanismos vasomotores o lo que sea organicen sus circuitos informativos y elaboren la respuesta térmica, sin contar este traguito que ya mismo nos estamos tomando, el viejo subió nada menos que una de Martell cinco estrellas y además la descorchó, un cráneo, créeme. Ah, a propósito de manchas negras,

> se desnudaba hablándome, mirándome, se desabotonaba muy despacio los pantalones dejando dormirse los dedos en cada botón, las manos por su cuenta mientras él

a lo mejor vos sabés dónde queda un sitio que se llama Verrières. Sí, claro, está en la línea de Sceaux, el metro que se toma en el Luxemburgo, debe quedar a unos veinte kilómetros de París hacia el sur,

> sacándose despacio la camisa de dentro del pantalón, sin haber terminado de desabrochárselo, empezando a soltar los botones de la camisa

con un bosque bastante bonito, Andrés. Ah, entonces es ahí. ¿Ahí qué? Lo que me explicó Ludmilla esta mañana a la hora del crepúsculo de los dioses. ¿De los dioses? Pero claro, chiquita, o sea que mientras Wotan, que venía a ser yo, asistía al derrumbe de su reino, Ludmilla, una especie de Brunilda enloquecida, se disponía a entrar en un mundo diferente que ellos apodan la Joda a falta de mejor nombre. Algo me habías dicho de eso, no me acuerdo bien. Esperá, chiquita, un pasito más adelante y lo verás en los diarios y te callarás bien calladita, of course, porque las pomdeter van a brular, sabés

> sacándose los zapatos y mirándolos de a uno, perdido en vaya a saber cuántos planos simultáneos, hablarme a mí, desvestirse, mirar la pieza como si fuera algo tan extraordinario, examinar el zapato y ponerlo en el suelo, sacarse

Por supuesto, Andrés, aunque mejor no me digas nada, no es
tan necesario que yo lo sepa
> poco a poco la camisa y el pantalón, dejándolos
> caer en la alfombra como hojas secas, completa-
> mente olvidado de ellos, metiendo los pulgares en
> el elástico del slip

Bah, chiquita, tampoco yo sé mucho pero parecería que estos
ñatos nos tienen confianza vaya a saber por qué, Marcos es así,
Marcos es un loco increíble y ahora Verrières, bueno, haciendo
una síntesis necesaria te advierto que va a pasar algo gordo,
comprá el diario.

—Acuéstate —dijo Francine—, tienes piel de gallina.

—Vaya si la tengo —dijo Andrés haciendo resbalar poco a
poco el slip de frente a Francine, dejándolo en el suelo con el
resto de la ropa—, a lo mejor la mancha negra es eso, chiquita,
una zona de piel de gallina que abarca justamente lo capital,
un blacaut que reíte de Jung y de Pichon Rivière. No están mal
estos vasos para el Martell, esperá que pongo la lámpara en el
suelo así podemos hablar con esa gracia tan especial que da la
penumbra.

—Hablar —dijo Francine—, sí, hablar una vez más, es decir
que tú hablarás y como siempre te serviré de pared para los
rebotes, para que recojas la pelota y vuelvas a tirarla, te busques
desde el eco, desde mis respuestas inútiles. Como cuando hacemos el amor, la otra pared, esa otra búsqueda en la que yo no
cuento, lo sé hace tanto y ya no me importa demasiado, pero lo
sé hace tanto, Andrés, como este hotel y esta pieza y estar borrachos o cansados, los falsos puentes, los falsos diálogos. Toma,
mi amor, te vas a enfriar.

Dos almohadas cinco estrellas dos cobijas dos vasos la lámpara
en el piso la luz como de almendra y el silencio; Andrés resbaló
contra Francine, se taparon hasta la cintura, perfecto sarcófago
etrusco, la pareja mirándose y sonriendo desde un tiempo fuera
del tiempo, tan cerca de las verdaderas tumbas ahí abajo que
Francine no había visto nunca, que estaban como esperando detrás de las cortinas, al profundo pie del balcón contra la noche.

Chiquita, nada de esto será real para vos cuando te despiertes y nos vayamos, habrá otro día y madame Franck te explicará las novedades de la librería, te comprarás una nueva blusa, compensaciones de ese género, pero entendé, chiquita, entendé que no te estoy envileciendo por maldad, yo también voy a tener que entrar en eso que llaman mañana y sobre todo en eso que llaman viernes, y antes tenía que hacer algo así, ponele que por cobarde o por sádico pero no es cierto, decí más bien balance e inventario, algo debés saber como librera, balance de fin del mundo, comprendé, algo que tenía que venir después de Fritz Lang y entonces hay que pasar por eso esta noche y saber si vamos a sobrevivir o no, si lo que te voy a mostrar mañana es cara o cruz y cuando digo cruz sé lo que estoy diciendo, creéme.

—Es una despedida, verdad —dijo Francine—. A tu manera, con tus ritos, con tu luz en el suelo, con tu vaso en la mano.

—No sé, chiquita, cómo puedo saberlo todavía, la mancha negra está ahí, cada vez llego hasta el umbral de esa pieza y dejo de ver y de saber, entro en la mancha negra y vuelvo a salir cambiado pero sin saber por qué ni para qué.

—Pero cómo puedo ayudarte, Andrés, en qué puedo servir para que encuentres, para que te acuerdes.

—Así, así podés, con esa manera de mirarme, con todo lo que me vas a dar esta noche, tus manos y tu boca y cada pedazo de tu cuerpo y de tu inteligencia pesando en el balance, así me vas a ayudar a saber si vamos a sobrevivir a Fritz Lang, hablo por mí pero vos también sos parte del mundo aunque te quedes de este lado, vamos a saber si tengo que irme solo, si todavía me queda alguna cosa por hacer o si seguiremos viéndonos como esta noche o tantas noches, aceptándonos desde la costumbre y las palabras, si el perro fiel de cada día me seguirá esperando y moviendo la cola, los discos y los libros y mi pisito que puso Maple, hasta el primer infarto o el vistoso cáncer y la selfpiti, claro, y la selfpiti.

—Te vas a ir, Andrés, te vas a ir —repitió Francine besándome, resbalando su cuerpo ya tibio bajo las cobijas. La dejé llegar a la última caricia mientras le hundía las manos en el pelo guiándola, casi obligándola a que fuera más abajo, diciéndole al oído los primeros números del inventario, quién podía saber si era cierto o no, si al alba despertaríamos solos para siempre o si saldríamos a las mismas medialunas, al mismo taxi para recomenzar el suave juego de teléfonos y encuentros y la sonrisa comprensiva de madame Franck cuando subiéramos como tantas veces al departamento. No la dejé seguir aunque gemía y me buscaba, le aparté la cara y la obligué a incorporarse otra vez, a tragar el coñac que le llenaba los ojos de lágrimas. Te vas a ir, repitió Francine, te vas a ir, te vas a ir, Andrés. Ponele, dijo él, es precisamente el término de la ceremonia, saber si cara o cruz, chiquita; ya no puedo buscar más con la razón, necesito bajar con vos estos peldaños de coñac y ver si en el sótano hay respuesta, si me ayudás a salir de la mancha negra, si le pateás la panza al viejo Lang para que afloje los números de la caja fuerte. Vení, ya es hora, vení a ver antes de bajar.

Tironeándola porque no comprendía la saqué de la cama y la llevé a la ventana; tal vez lloraba, la sentía resistirse, no comprender por qué de un manotón había corrido la cortina y estaba abriendo la puerta del balcón. Le puse la mano en la boca para que no gritara, desnudos salimos al balcón, la forcé a ir hasta la barandilla, bajo la luz morada del cielo de Montmartre vio las cruces y las lápidas, la geometría coagulada de las tumbas. Gritó, creo, le tapé otra vez la boca, la sentí como deshaciéndose entre mis brazos, la sostuve sobre la barandilla, colgada sobre el cementerio, bebiendo cada cruz y cada hierro forjado, toda la estúpida perpetuación de la miseria original. No sé si entonces comprendí, no creo, debió ser después de otras cosas, cuando la acosté de nuevo y la tapé y la obligué a tragar otro vaso de coñac, abriéndole la boca contraída, soplándole en la cara, cayéndole encima con una caricia de todo mi cuerpo para que el calor volviera a sus pechos y a sus muslos, ahora el inventario podía seguir, la noche era larga y había tanto tiempo para asistir a la muerte de un pequeñoburgués o a su confirmación, para saber si el descenso llevaba al otro lado de la mancha negra o la envolvía en complacencia y en nostalgia. Comediante, habría de decirme en algún momento Francine, siempre serás el que has sido, siempre jugarás tus juegos con tumbas y mujeres, comediante. Pero quizá en el balcón, allí donde ella no podía saber otra cosa que su espanto (porque más tarde me dijo entre caricias que había temido que la tirara al cementerio) quizás mientras la obligaba a mirar, a saber de ese París que ella y yo negábamos desde la mentira y la rutina y el gallo ciego de cada día, sí, quizás fue ahí que la mancha negra se borró por un instante inapresable, se borró y saltó de nuevo con todas sus arañas sobre mi cara, pero algo en mí había visto del otro lado, había como una cifra final del inventario, un balance acabado, sin palabras ni conductas a seguir: un brusco cumplirse, un quebrarse de ramas. Ahora podíamos seguir bebiendo coñac, podíamos empezar a acariciarnos cadenciosamente, a olvidar el balcón.

Lo que le hubiera gustado al que te dije poder contar las cosas desde el temor y el temblor de la papada del Vip en el auto de Roland, desde la cara de la Vipa cuando la bajaron en una explanada por el lado de Pontoise, lugar absurdo si los había para trasladarse del Parc Monceau a Verrières pero que Lucien Verneuil, copiloto y pistola en panza tremante del Vip, estimaba más bien útil para despistar a la policía lanzada ya a una búsqueda general aunque por el momento poco coherente. Lástima pero no le salía, a la hora de asumir palabra en mano los acontecimientos como manda la buena narrativa, de tanto subí al coche o te meto un plomo en la barriga, de la vistosa mueca que le ladeaba a la izquierda el maquillaje Dorothy Gray número ocho a la Vipa convulsionada por uno de esos cólicos que reíte de los megatones en el Pacífico, de Roland piloteando con su fangiofría a milímetro de luces rojas y ya un silbato que les dibujaba la espina dorsal hasta el coxis y si te descuidás un poco más abajo, de todo eso lo único que le salía al que te dije era una impresión general de despelote por encima o por debajo del absurdo de las cosas minuciosamente sincronizadas, ese escándalo en la alegría de la improvisación que otros hubieran llamado historia, Lonstein quilombomorfismo y Ludmilla, la más sabia de todos, blup. De manera que neumachirrianvirajes a ochenta, ustedes no me pueden hacer esto, Patricio mirando de cerca a la Vipa como si se tratara de un batracio particularmente ignorado por Linneo, no se me asuste doña, páseme la cartera, cosas que el que te dije encontraba poco contables, no se desparrame que no le vamos a fanar el rimmel, es solamente para ponerle estos sobres que usted sabrá orientar apenas se abran las reparticiones públicas, ay Beto qué pasa Dios mío, frases tópicas y típicas, aburrimiento del que te dije hasta la llegada al chalet donde los trasbordos se cumplieron entre pinos fragantes, una especie de ruiseñor que cantaba en el bosque colindante, cosas solamente reservadas para el Vip jadeante y sudante puesto que la Vipa ya andaba solita y sola en una avenida más bien desprovista de comercios y otros socorros luminosos, corriendo en la medida en que se lo permitían los tacos altos hasta acabar estertorosamente contra el uniforme de un vigilante que empezó como era lógico creyéndola una puta rajando de macró cabrero, después meteca incapaz de expresar dos ideas seguidas en la única lengua digna de ese nombre, y al final gran reparto de pitidos y alarma automática, media hora más tarde Prefectura a cuatro manos (el que te dije ya no controlaba el fichero, que saliera cualquier cosa, qué joder), serénese madame y cuente lo que pasó, nom de Dieu llamen a un intérprete, esta vieja debe ser de una embajada, la pieza limpita en el primer piso del chalet, Marcos dándole un cigarrillo al Vip, traele un vaso de coñac, che, es propiamente un flan, ustedes no me pueden hacer esto, y Patricio bajando la pistola y mirándolo despacio como en una de Raymond Chandler y diciéndole hijo de puta, por suerte para vos no nos parecemos, aquí no hay palo de ará, Marcos cortando en seco el psicodrama, explicándole en dos palabras el canje y las alternativas, el Vip coñac gulp pensando Higinio cabrón de mierda, ésa era la protección hijo de una gran puta, calumnias relativas según el que te dije porque el Hormigón con un equipo de urgencia estaba ya ocupándose de la cosa, cuestión de tiempo para alguien como Higinio tan hecho a esos lances y con enchufes en todas partes.

—Eran horribles, horribles —clamó la Vipa—, nos arrastraron al auto, eran cuatro, Beto no pudo hacer nada y el chofer como dormido, seguro que lo habían dopado con una de esas flechas de curare, algo así, lo tengo leído, sí, espérese, déjeme explicarle, tengo una cosa aquí, le juro, eran cuatro y el custodia de Beto va a sacar el revólver y qué le cuento que el más flaco le pone el caño en la cabeza, usted no se va a hacer matar por cien mil francos mensuales, no le parece, pero espérese que le explique,

295

20

una grosería, a Beto casi le arrancan el saco, adentro había otro dos y cuando acordamos yo y Beto estábamos en el fondo y esos forajidos propio encima, le juro, con esos virajes que le clavan las rodillas y los codos, un ultraje, dígame si en París, señor, y revisándome la cartera de cocodrilo, vaya a saber si no me sacaron el frasco de estrato que casi seguro lo tenía cuando fuimos a la comida y dejarme así en ese barrio que nadie lo conoce, usted se imagina lo que le puede pasar a una señora sola con esa chusma que no piensa más que en eso, si por lo menos me habrían dejado con Beto, virgen santa, yo caminé y caminé, usted me ve con estos zapatos de fiesta y el vigilante tan grosero que no me quería creer, tendrían que castigarlo, espérese, eran solamente estos tres sobres, los vi cuando los ponían en la cartera para que los entregue, pero yo exijo que
—Eran solamente estos tres sobres —se limitó a traducir el intérprete para especial delectación del comisario. En cuanto a las cartas estaban en perfecto francés y ya en el Quai d'Orsay había una de carreras y consultas que mejor no hablar, aparte de lo que estaba pasando en tres o cuatro embajadas centro y sudamericanas, porque eso ni el Dante en cinco tomos.

—Prefiero que no vengas —había dicho Marcos, y Ludmilla sabía que él sabía que era inútil decírselo, que Verrières con ese bosque tan bonito donde una vez había vagado con Andrés, que Verrières forever, blup, yo voy con vos, Marcos/Está bien, no te lo puedo prohibir porque las otras locas revistarán como un solo hombre, si las conoceré/Les haremos la comida y cuidaremos de la higiene y las buenas costumbres/No creo que tengan tiempo, nena, esto se ventila en veinticuatro horas justas desde que lo chapemos al Vip, apenas si podrán desvivirse preparando unos sándwiches/Decime si te gustan de mortadela o de paté/ Me da igual mientras Lucien se haya acordado de estibar unas cuantas botellas/Marcos, vos todavía no estás bien de la patada/Polaquita, vení a echarle la culpa a la patada después de todo lo que me has hecho/Oh/Como lo oís/¿Y yo, estos calambres en los antebrazos y estos machucones, sin hablar de las ojeras?/

    —Canal —dijo Gómez que usaba seudónimo por teléfono, como si el apellido no lo protegiera igualmente bien.

    —Decí.

    —Lo mataron a Lamarca.

El chalet era de la madre de Lucien Verneuil, señora que por el momento hacía su cura de aguas semestral en Royan; a Lucien le había sobrado tiempo para preparar lo necesario, Marcos había reconocido el terreno en plena noche y Patricio se había dado sus vueltas para fijar los parámetros como decían los entendidos. Los vecinos más cercanos padecían de jubilación a doscientos metros, con cedros interpuestos; de la carretera de París se salía a una ruta secundaria que daba al pueblo, después callecitas subiendo y bajando para no toparse con el bosque, un sendero donde apenas entraba un auto, viraje a la derecha y el chalet entre pinos con una valla de madera y nada más que dos puertas. La idea había sido limitar al máximo la asistencia al acto because posibles jubilados mirones por aburrimiento, pero pronto se había visto que las ménades reivindicaban algo que ni Oscar ni Gómez ni Patricia ni ahora Marcos, colgando despacio el teléfono y mirando a Ludmilla podían negar e incluso impedir; en la Joda no había discriminación, por qué las ménades no iban a estar ahí preparando los sándwiches aunque los célibes, que no por nada eran franceses, dejaran constancia de una desaprobación recibida con general indiferencia. Que vengan, había terminado por decir Roland, esto va a parecer un estadio en domingo. Y ahora vos, claro, dijo Marcos buscando otro cigarrillo como si le costara seguir, ahora vos, polaquita.

—¿Qué pasó? Tenés una cara.

—La he tenido varias veces en estos dos años, vieja, y la tendré probablemente unas cuantas veces más.

—Decime —pidió Ludmilla. Igual que Oscar y Heredia, ultimando detalles en Verrières y mirando a Susana con *Le Monde* colgándole de una mano, lacio como ella, un trapito entristecido.

Le dernier grand dirigeant de la guérilla est tué par la police dans l'État de Bahia

Les autorités brésiliennes ont annoncé officiellement la mort du dirigeant révolutionnaire Carlos Lamarca, tué le vendredi 17 septembre au cours d'une fusillade avec les forces de l'ordre à Pintada, à 450 kilomètres de Salvador, dans l'Etat de Bahia.

Traqué depuis quarante et un jours par les services brésiliens de sécurité, Carlos Lamarca se reposait sous un arbre, en compagnie de son lieutenant, José Campos Barretas, et de sa compagne, Iara Iavelberg, lorsqu'il fut entouré par une vingtaine d'agents du centre d'opérations de la défense intérieure.

Selon la version officielle, José Campos a fait feu le premier, mais a été fauché par une rafale de mitraillette. Carlos Lamarca a été tué aussitôt après. Toujours selon les autorités, Iara Iavelberg, se voyant dans l'impossibilité de fuir, s'est suicidée.

Le corps de Lamarca a été transporté samedi à l'aérodrome militaire d'Ipitanga, où il a été identifié grâce à ses empreintes digitales Pour éviter d'être reconnu. le chef guérillero avait subi une operation de chirurgie faciale.

298

—Lo mataron a Lamarca —dijo Susana, por una vez dispuesta a traducir sin quejarse—, las autoridades brasileñas anunciaron oficialmente la muerte del dirigente revolucionario.

—Perdoname si te digo que no sé quién era —dijo Ludmilla— pero te lo leo en la cara. Perdoname, mi amor.

—No puede ser, me cago en la reputa madre —dijo Heredia arrebatándole el diario a Susana y devolviéndoselo casi en seguida—. Seguí leyendo, no puede ser pero seguí.

—Dormía bajo un árbol junto con su teniente, José Campos Barretas y su compañera Iara Iavelberg, cuando fue cercado por una veintena de agentes del centro de operaciones de la defensa interna.

—Defensa interna —dijo Heredia, dándose vuelta y mirando por los visillos el jardín y los cedros.

—Ah —dijo Ludmilla buscando al tanteo la botella perdida entre papeles y almohadones—. Perdoname, Marcos.

—Según la versión oficial, José Campos abrió el fuego pero fue abatido por una ráfaga de ametralladora. Carlos Lamarca cayó en segundo término. Con arreglo a la versión, y al verse imposibilitada de huir, Iara Iavelberg se suicidó.

—Tan clarito, tan perfecto —dijo Oscar—. No sobra nada, realmente.

—Cómo querés que lo conociera —dijo Marcos—, el Brasil queda lejos de Córdoba, polaquita.

Heredia seguía mirando el jardín, siempre de espaldas. Oscar pensó que la noche iba a ser larga, Susana recortaba la noticia y la guardaba en la cartera. Pero la noche no fue larga, primero la cara de Lucien Verneuil al ver entrar a Ludmilla, Gladis consternada por la inexcusable falta de yerba en una casa francesa suburbana, esas cosas no se hacían, Ludmilla esperando que Gómez le explicara a Lucien Verneuil las órdenes de Marcos, ajedrez entre Oscar y Heredia, entre Heredia y Gómez, entre Gómez y Monique, las ménades en la cocina antes de que oscureciera porque después apagón general no fuera cosa que los jubilados, distribución tácita de tareas y puestos, Heredia mate en dieciocho jugadas, no se la tomen de un trago, salvajes sudamericanos, mi abuela se la regaló a mi madre para un cumpleaños, eso se saborea gota a gota, nom de Dieu, Gómez y Monique tablas. Pasó un auto por el sendero, hubo una especie de cuerpo a tierra absolutamente inútil puesto que nadie podía verlos, ese segundo de decirse si las hormigas no se habrían adelantado, si la policía no los rastreaba a partir del pingüino turquesa o los discursos en Orly, Lucien Verneuil explicando que era el auto de uno de los jubilados, primera vuelta de sándwiches a las ocho y con vino, este borgoña durmió cinco años en el sótano, no se les vaya la mano porque duplica las imágenes/Está bien, amarrete, aquí cualquier cosa es del tiempo de Pepino el Breve, a ver si este salame perdió el sabor por el susto que se pegó en Waterloo/Un buen salame tiene el sabor en el perfume, siempre que se haya alcanzado el nivel de civilización necesario para captarlo/Ahí lo tenés, para explicaciones es propio el Larousse/No debería decirlo pero si no te fijás en ese alfil te vas al tacho, querido/Vos ocupate de tus piezas y dejame perder solo/De acuerdo, a ver qué haces ahora/Ay carajo/Los cigarrillos los encienden lejos de las ventanas, no me fío de las persianas ni de nada/Se mandó todas las de James Bond/Vení, le dijo Susana a Ludmilla, vení a la cocina.

Gladis y Monique iban a seguirlas automáticamente como cuadraba a la conducta de las ménades, pero algo les dijo que era mejor dejarlas solas. Oscar las vio salir, encendió un cigarrillo lejos de la ventana aunque cerca de Lucien Verneuil para mostrar su disciplina, y Gladis se sentó contra él en la alfombra, le aceptó otro cigarrillo, hablaron mirando venir la noche en las ciento cuarenta y siete rayitas de la persiana; hablaron de ellos sobre todo, es decir del día siguiente, del amigo de Gómez que los pasaría a Bélgica si algo andaba mal y entonces Max a quien no conocían pero no importaba, otro cruce o algún barco, decisiones de Marcos y de los franceses, muñecas rusas que habría que abrir sucesivamente hasta quizás en algún momento las luces de Ezeiza o de la dársena y entonces más que nunca la clandestinidad total, a menos que fuera algo muy diferente pero siempre muñecas rusas, la fuga, el escondrijo, los papeles

falsos, quizás la separación y en todo caso siempre el riesgo y
la alerta, las tapias por saltar, al verse imposibilitada de huir
Iara Iavelberg se suicidó, el otro lado imprevisible de las tapias,
las manos tajeadas por los vidrios de botellas, José Campos abrió
el fuego, y Heredia que tanto conocía a Lamarca les había dado
la espalda largo rato, Heredia que ahora perdía contra Gómez
en treinta y tres jugadas y Lucien yendo y viniendo, gato de la
casa afelpadamente vigilante, la noche y la linterna eléctrica en
el suelo entre dos sillones, faro del fin del mundo para no romperse demasiado la cabeza con tantos escalones y muebles here-
dados de los bisabuelos, bruscamente Oscar se preguntaba por
qué Gladis, cómo era posible que finalmente Gladis ahí con
ellos, en la Joda final, en ningún momento había pensado si
tenía derecho a meterla en la Joda y Gladis tan segura y como
quien va a un party en las afueras entre cedros y copas, esa tranquila decisión de Gladis sabiendo que la echarían de Aerolíneas,
que todo se iba al diablo, un salto y arriba aunque las manos
sangraran un poco, y le había dicho sos formidable, sos una
gran maravilla y ella burlándose como si realmente París fuera
una fiesta con Gertrude Stein y todo, como si las botellas rotas
no le tajearan las muñecas antes del galope de los canas y los
primeros rebencazos. Se lo preguntó en voz muy baja, besándola
en el pelo, y Gladis se acurrucó contra él y solamente al cabo
de un rato, después de cuatro jugadas maestras de Heredia contra Gómez, le dijo que no sabía, que estaba bien así, que tenía
miedo, que empezaba a hacer frío, que lo quería tanto. Y además había hecho bien en no seguir a las otras ménades porque
en la cocina se estaba hablando de otras cosas al nivel del suelo
y de vagos mordiscos penumbrosos a un mismo sándwich, Susana a puro instinto y sin preguntar nada, más bien explicando
que Lonstein cuidaba a Manuel y ojalá no lo deje acercarse al
hongo porque seguro que esa porquería es venenosa, lo peor que
podía ocurrir era que el que te dije o Andrés subieran al departamento del rabinito, distracción general y Manuel clavado aprovechando como un leopardo para ingerir el hongo o prenderle
fuego al ropero, mordiendo otra vez en el ya carcomido sánd-

wich y pasándole el final con un suspiro a Ludmilla que se lo comió antes de que le exigieran devolución. Pero el que te dije no pensaba en asistir al baby-sitting de Lonstein, y en cuanto a mí sí pero no por eso sino porque Lonstein era lo único que me quedaba al fin del día y en algún momento subiría a verlo, a preguntarle un par de cosas.

—Lo quiero —dijo Ludmilla juntando una miguita al tanteo—, las cosas pasaron terriblemente rápido con eso de la patada y las compresas de grapa, pero no te creas que fue un clisé, Susana.

—A ustedes dos los conozco un poco, che —dijo Susana—, de clisé no tienen ni medio aunque todo el resto sea pura verdurita.

—Y pienso que él me quiere, y tengo miedo —dijo Ludmilla, con lo cual ya eran dos que tenían miedo en esa casa, tres con Susana porque Patricio esperaría a cincuenta metros del lugar donde cenaba el Vip y Susana lo sabía y pensaba en las hormigas y en Manuel y en el día siguiente, en Patricio a cincuenta metros de la casa y ya eran las siete y cuarto y en menos de tres horas Patricio y Marcos y Roland habrían cumplido el plan y vendrían con el Vip, o .no lo cumplirían por cruce de hormigas o canas y entonces para qué pensar y tener más miedo todavía. Mejor seguir hablando ahora que Ludmilla se lo había dicho así, como uno de los tantos mordiscos al sándwich, vos sabés, le quise curar la patada y cuando lo vi todo azul y verde, pobrecito, blup. Por supuesto Marcos se aprovechó, dijo Susana torciéndose de risa. Seguro, dijo Ludmilla, hizo muy bien. En fin, ahora entiendo por qué estás aquí, dijo Susana que en realidad lo había entendido desde el vamos, vos sos de las que se juegan por su hombre llegado el caso, ah piba.

—Yo quiero estar donde él esté, y además hoy es día de descanso en el teatro.

—La Joda hace bien las cosas. En fin, me alegro, sabés. Claro que si esto acaba mal... Bueno, contame un poco, tengo una vocación terrible de mirona y falta tanto tiempo para que lleguen con el Vip, esperá que hago un nescafé y me contás.

—Blup —dijo Ludmilla acurrucándose en una especie de trapo de piso—. Susana, hablame de Lamarca, me da vergüenza, esta mañana cuando le avisaron a Marcos... Tengo tanto que aprender, todavía no entiendo nada. Pensar que todo empezó con unos fósforos usados y un pingüino, decime si no parece un happening.

Un comando guerrillero robó más de 9.000 pelucas en el puerto

Cinco personas que afirmaron integrar un comando del Ejército Revolucionario del Pueblo (ERP) asaltaron un camión de una firma comercial y robaron 9.326 pelucas, valuadas en 50 millones de pesos.

El hecho ocurrió a las 15.30 horas de ayer en la intersección de las calle San Martín y Eduardo Madero, en la zona portuaria de esta capital.

A esa hora, un camión de la firma Refiart, conducido por Angel Sperati, fue abordado por cinco desconocidos que viajaban en un automóvil particular. Tras obligar al conductor a bajar del camión, y trasladarlo al automóvil, dos de los guerrilleros se hicieron cargo del volante, huyendo con la carga.

El camión fue encontrado poco después, vacío, en la esquina de Libertador y Dorrego.

—Dan realmente la impresión de que supieran mover las piezas —dijo Oscar en el preciso momento en que Heredia tumbaba su rey y asistía cejijunto a la sonrisa wellingtoniana de Gómez. Era casi de noche y jugaban con un cabito de vela protegido por un número de *La Opinión* que Susana les había traído de parte de Patricio para que se divirtieran.

—Vos te das cuenta, fanaron nueve mil pelucas —dijo Oscar que pretendía inmiscuir la historia en el ajedrez—. Explíquenle a Lucien a ver si se deja de ambular como un sanbernardo, a los franceses hay que darles una visión rioplatense verdadera, cosas así no pasan en estos países cansados.

Como cabía suponer la historia de las pelucas le pareció por completo incomprensible a Lucien, más preocupado por los ruidos de fuera que por las actividades del ERP en una ciudad tan abstracta en ese lugar y momento, pero Gómez y Heredia estaban de acuerdo con Oscar en que el destino de las nueve mil pelucas era más bien incierto, salvo que ya tuvieran asegurado un comprador japonés o algo por el estilo, exportaciones con fines equívocos y puertos impronunciables, quilombos tailandeses o serrallos yemenitas. El reparto de nuevos sándwiches y nescafé hirviendo los juntó en un rincón del piso donde la velita podía arder sin que Lucien bramara; las nueve pasadas, algo como una cuenta al revés empezaba a gotear lentamente sus cifras en los nervios, entonces Nicolino Locche, las nueve mil pelucas, la entrevista de Pompidou y Nixon en las Azores, el cine de Glauber Rocha, la sombra de Lucien Verneuil yendo y viniendo de ventana en ventana, Ludmilla muerta de cansancio dejándose llevar por el ronroneo de los otros, Susana pálida y tensa haciendo los mejores chistes, mirando por momentos las persianas, esa tendencia de las parejas a acercarse, Monique apoyándose en Gómez, Oscar con una mano perdida en el pelo de Gladis, pájaros de última hora en los cedros, perros a lo lejos, fumar largo y pedir más café, acosado desde hacía cuarenta y un días por los servicios brasileños de seguridad, Carlos Lamarca descansaba bajo un árbol en compañía de. Nueve mil pelucas, la

mano de Oscar yendo y viniendo por el pelo auténtico de Gladis, nueve mil pelucas, madre querida, y Monique pidiendo detalles, vos te das cuenta un camión con nueve mil pelucas, el camión no es nada, dijo Oscar, la cosa es trasbordarlas y que no se note, bah, alquilaron nueve mil pelados que fueron pasando en fila, en Mar del Plata estudiantes realizaron violentas manifestaciones en el centro de la ciudad, traduciles a los messieurs dames, Susanita, no me da la gana, sí, vos sos buena y consecuente y sabemos que nos has querido, negra, dos balazos en la cabeza, Silvia Filler, pistola calibre cuarenta y cinco, dieciocho años de edad, estudiante de arquitectura. Divertido ese diario de ustedes, dijo Lucien Verneuil, ah, eso sí, viejo, para cosas así, pelucas y balazos a una chica de dieciocho años somos una luz en mi país. Hablen más bajo, merde, dijo Lucien Verneuil, los jubilados tienen oídos supersónicos, no me fío ni del canario de mi vieja. Será por eso que lo encontré medio asfixiado, dijo Monique, le pusiste una colcha sobre la jaula, bruto. Silvia, pensó Oscar y hubiera querido decírselo a Gladis pero mejor no, Gladis entredormida ronroneando bajo los dedos que le acariciaban despacito el pelo, Silvia, un nombre como tantos, dieciocho años, dos balazos en la cabeza, también entre las mujercitas enloquecidas de luna llena y bailes de carnaval habría habido alguna Silvia, estadísticamente más que probable sobre ciento cincuenta chicas saltando la tapia, esperame, Silvia, dame la mano, Silvia, no me dejés sola, y los cascos de botellas desgarrando un puño, el galope cada vez más cerca, Silvia, Silvia, cómo todo tendía a ser lo mismo, a ser Joda cerca y lejos, en Verrières o La Plata, Gladis o Silvia, todo era Argentina para Oscar ojos cerrados, dedos yendo y viniendo por el pelo tibio, fanaron nueve mil pelucas, Iara Iavelberg se suicidó, una pistola calibre cuarenta y cinco, violentas manifestaciones en el centro de la ciudad, Mardelplatalaplatamardelríodelaplata, eh, protestó Oscar enderezándose bruscamente, si me duermo ahora capaz que me pierdo la pelea de fondo, las nueve y media pasadas, che. Pero antes de ir a prepararse otro nescafé se podía seguir aceptando, casi comprendiendo esa mezcla en la que había cada vez más una unidad,

305

Silvia y Gladis y Iara, motín de muchachas y la Joda tan distante, de golpe hasta el hongo tenía un sentido, el absurdo total del rabinito exigiendo reverencia a algo que Lucien Verneuil no comprendería jamás, pero Lucien podía a su vez estar metido en un sistema que nadie conocía, acaso ni él mismo, acatando oscuras obediencias a lo que creía razón pura y práctica y dialéctica, nueve mil pelados desfilaban lentamente y volvían a salir con la peluca puesta, ah no, ya está bien, carajo, si me duermo de veras es un papelón, mirá qué manera de esperar al Vip. Sacudida por tan brusca decisión Gladis lo miró gatunamente, me diste un susto, ésa no es manera de despertar a nadie, primero tanta caricia y después un empujón. Son todos iguales, le dijo Susana que se arrastraba vistosamente hacia ellos con un plato de sándwiches. Cállense la boca, mandó Lucien Verneuil. La mejor manera es tenerla llena, adujo Susana, ahí viene Ludmilla con ríos de nescafé, nunca se vio fiesta parecida en este país austero y triste.

Desorden lamentable de algunas páginas del libro de Manuel, todo el mundo le va pasando recortes a Susana que los pega con una aplicación poco apreciada por el metódico que te dije, y sin embargo Gómez y Marcos e incluso el aludido terminan por reconocer que en esa recopilación al tuntún hay suficiente claridad si alguna vez Manuel es capaz de servirse comilfó de su aparato ocular. Vos ponele las noticias como vengan, rezonga Heredia, a la final el pibe aprenderá a sumar dos más dos, tampoco es cosa de darle las escaleras servidas, qué joder. Con lo cual Susana le encaja un apretón terrible al tubo de secotine y ahí pasa que

Según un análisis de "The New York Times"

La Argentina es responsable del encarecimiento mundial del cuero

Resultado de las gestiones efectuadas en los EE.UU.

La misión Brignone obtuvo, en principio, créditos por 722 millones de dólares

Al término de sus gestiones en Washington y Nueva York, la misión financiera que preside el titular del Banco Central, doctor Carlos Santiago Brignone, logró concretar operaciones por alrededor de 722 millones de dólares. Así lo informaron a **La Opinión** —en una comunicación telefónica— altos funcionarios de la banca privada neoyorquina.

Aunque todavía faltan concretar ciertos detalles funcionales, los créditos que obtuvo la misión Brignone en los Estados Unidos, con acuerdos preliminares se integran en la siguiente nómina:

Organismo	Cantidad (en millones de U$S)	
Fondo Monetario Internacional		
a) Tramo oro de la cuota nacional	110,—	
b) Primer tramo de la cuota de crédito	110,—	
c) Ingreso de los Derechos Especiales de Giro, en realidad ya habian entrado al país	46,6	
d) Fondo compensador para estabilización de las materias primas, de 40 a	60,—	
Total aproximado	326,6	
Banco Mundial		
Crédito especial para países con dificultades de balanza de pagos		150,—
Export-Import Bank de los EE.UU.		
Crédito especial para financiamiento de importaciones		100,—
Bancos privados		
First National City Bank	15,—	
Chase Manhattan	15,—	
Bank of America	15,—	
Manufacturer Hannover Trust Co.	13,—	
Morgan Guaranty Trust	13,—	
Continental Bank	9,—	
Bankers Trust	9,—	
Chemical Bank	9,—	
First. Nat. Bank of Boston	9,—	
Filadelfia National Bank	9,—	
Irving Trust Co.	5,—	
National Bank of North America	5,—	
Marine Midland Bank	5,—	
Dos entidades sin confirmar	14,—	
Total bancos privados		145,—

Le Dejó una Carta a Dios
Antes de Morir de Hambre

LA PAZ (REUTER).— Las dos últimas cartas que un guerrillero escribió en la montaña, pocos días antes de morir de hambre, fueron para Dios y su joven esposa, que lo aguardaba en La Paz.

"El Diario" publicó en su edición de ayer el texto de ambas misivas contenidas en el diario de Néstor Paz Zamora, nombre de combate "Francisco", cuyos restos fueron entregados a sus familiares.

"Omar" Jorge Gustavo Ruiz Paz —el jefe del grupo de seis que fue rescatado de la selva y que ahora se halla en Chile— había entregado ese documento y otras pertenencias a los parientes de Néstor Paz, que lograron verlo en la sede de la Nunciatura Apostólica.

"Francisco", considerado el teórico de la fracasada guerrilla de Teoponte, murió el 8 de octubre pasado por inanición, y su cuerpo fue cargado tres días después por sus extenuados compañeros, que, finalmente, lo dejaron a la orilla de un río.

Paz, de 24 años, y ex seminarista jesuita, se había ganado el cariño de los seis sobrevivientes porque era quien —a pesar de un ayuno anterior de un mes— se privaba de las mínimas comidas en favor de sus compañeros más necesitados.

A los treinta y cinco días de no comer casi absolutamente nada, "Francisco" murió en brazos de sus desesperados compañeros de lucha.

"Señor: hoy me siento en verdad necesitado de ti y de tu presencia; quizá sea la cercanía a la muerte o el relativo fracaso de la lucha", dice en su "carta a Dios", fechada el 12 de septiembre.

Dejé lo que tuve y me vine. Hoy quizás es mi jueves y esta noche mi viernes", se lee en un párrafo de la carta que termina así: "Chao, Señor, quizás hasta tu cielo, esa tierra nueva que ansiamos".

En la otra, Paz se dirige a su joven esposa, Cecilia, y en ella prevé ya su muerte, aunque todavía abriga la esperanza de volver junto a ella y "charlar largo y mirarnos a los ojos".

"Francisco", hijo de un general retirado, egresó de un colegio jesuita y prosiguió la carrera de seminarista hasta que se decidió por el matrimonio.

De su presencia en la guerrilla de Teoponte recién se supo el mismo día —19 de julio— en que se tuvo evidencia cierta de que un grupo de rebeldes comandado por "Chato" Peredo había tomado las instalaciones de una empresa minera en Teoponte para luego internarse en la selva con dos rehenes de nacionalidad alemana.

—No es cierto —había contestado Francine,
(andá a acordarte cuándo, al principio sin duda, en su departamento la primera o la segunda vez,
o en Milly-la-Forêt al final de un domingo de hojas secas,
frutos de mar y besos en un albergue de chimenea y *irish coffee*)
no es por eso, Andrés, hay otra cosa,
(¿o era finalmente al borde de las tumbas, una vez más al
término de tantas negativas, de escenas que nos dejaban sucios
de palabras y torpes desencuentros?)
no es por eso, querido, qué sé yo, no quiero o no puedo pero
no te creas que es por principio
(diciendo la verdad, desde luego, una verdad creciendo en tierra de mentiras genealógicas, lentas instilaciones de infancia y
pubertad, oscuras referencias familiares, noticias policiales, los
descubrimientos aterradores —quince años, trenzas, liceo, susurro
entre dos bancos, pero entonces también a un chico le pueden,
ya ves que sí, en casa hablaban de, un vagabundo de los puentes,
todo eso, Lucienne riéndose al contarlo, tía Jenny al oído de
mamá, la guillotina es poco, qué tiempos, pobrecito, el sobrino
de madame Fleurquin, trece años)
no es por eso, Andrés, solamente no quiero porque
(así tal vez la manera de ir por la vida, votar, elegir profesión,
ciertos dolores de cabeza, preferencias y disgustos, así tal vez
lo que iba llevando a ser lo que se era)
y tolerar una hora más la intolerancia me pareció imposible
(pero yo, intolerante de la intolerancia, ¿qué grado de verdad
y de honradez había en esa decisión de ir más allá, de rehusarme
a aceptar lo que tantas veces en casa de Francine, en Milly-la-
Forêt y ahora al borde de las tumbas?)

no es por eso, créeme, no es por eso,

(y sin ninguna pretensión de honestidad, sin el pretexto de ayudarla contra ella misma a terminar con una zona de carencia, sino porque esa noche la reiterada retracción, el no es por eso, querido, me saltaba a la cara como parte de la nada Fritz Lang, de la mancha negra en la que algo se había dado para hurtarse después en un olvido de mentira, censura repugnante que se pagaba con jaquecas e insomnios y buenas conciencias, por todo eso de golpe un solo antagonismo total, la alambrada entre la posible realidad y yo, entre la posible realidad y Francine, concretación de tanta negativa, Ludmilla yéndose por mi culpa, no es por eso querido, hay alguien que quiere hablar con usted, tantas otras cosas a lo largo de los años, pequeñas traiciones cotidianas, la Joda soslayada, sentimiento de haber llegado al borde justamente cuando Francine se replegaba negándose, se arqueaba cimbreándose, eso no, ya sabes que eso no, la boca apretada, la voluntad de no ceder)

no es por eso, Andrés, no es por eso pero

Dos pantallas en ángulo recto, dos películas, hay alguien que quiere hablar con usted, las metamorfosis del cuerpo para llegar al contenido verdadero, metamorfosis de cualquier cosa, imposible quedarse en lo que pretendía ser como era, en lo que decidía insolentemente darse como esto o aquello cuando alguien había transmitido un mensaje, una misión (y pocas horas después en Verrières, cómo no pensar que Ludmilla jugaría su propia metamorfosis, Joda metamorfosis que podía ser vida en otros lados, explosión purificadora, Joda flor de fuego abriéndose irrisoria, insignificante, las semillas saltando el Atlántico, ayudando una nada, un pedacito, a lo que estaba pasando en nuestras tierras, y saber que se estaba ahí en el umbral, que todavía era posible llegar, transmitir el mensaje desconocido cuando también su flor se abriera en pleno estómago y mordiera con dientes de palabras) rechacé la sábana y la obligué a tenderse poco a poco de lado, besándole los senos, buscándole la boca que murmuraba palabras sueltas y quejidos de entresueño, la lengua hasta lo más hondo mezclando salivas en las que el coñac había dejado un lejano sabor, un perfume que también venía de su pelo en el que se perdían mis manos, tirándole hacia atrás la cabeza pelirroja, haciéndole sentir mi fuerza, y cuando se quedó quieta, como resignada, resbalé contra ella y una vez más la tendí boca abajo, acaricié su espalda blanquísima, las nalgas pequeñas y apretadas, las corvas juntas, los tobillos con su rugosidad de tanto zapato, viajé por sus hombros y sus axilas en una lenta exploración de la lengua y los labios mientras mis dedos le envolvían los senos, los moldeaban y despertaban, la oí murmurar un quejido en el que no había dolor pero una vez más vergüenza y miedo porque ya debía sospechar lo que iba a hacerle, mi boca bajaba por su espalda, se abría paso entre la doble piel suavísima y secreta, mi lengua se adelantaba hacia la profundidad que se retraía y apretaba hurtándose a mi deseo. Oh no, no, así no, le oí repetir, no quiero así, por favor, por favor, sintiendo mi pierna que le ceñía los muslos, liberando las manos para apartarle las nalgas y ver de lleno el trigo oscuro, el diminuto botón dorado que se apretaba, venciendo la fuerza de los músculos que resistían. Su neceser estaba al borde de la mesa de noche, busqué a tientas el tubo de crema facial y ella oyó y volvió a negarse, tratando de zafar las piernas, se arqueó infantilmente cuando sintió el tubo en las nalgas, se contrajo mientras repetía no, no, así no, por favor así no, infantilmente así no, no quiero que me hagas eso, me va a doler, no quiero, no quiero, mientras yo volvía a abrirle las nalgas con las manos libres y me enderezaba sobre ella, sentí a la vez su quejido y el calor de su piel en mi sexo, la resistencia resbalosa y precaria de ese culito en el que nadie me impediría entrar, aparté las piernas para sujetarla mejor, apoyándole las manos en la espalda, doblándome lentamente sobre ella que se quejaba y se retorcía sin poder zafarse de mi peso, y su propio movimiento convulsivo me impulsó hacia adentro para vencer la primera resistencia, franquear el borde del guante sedoso e hirviente en el que cada avance era una nueva súplica, porque ahora las apariencias cedían a un dolor real y fugitivo que no merecía lástima, y su contracción multiplicaba una voluntad de no ceder, de no abjurar, de responder a cada sacudida cómplice (porque eso creo que ella lo sabía) con un nuevo avance hasta sentir que llegaba al término como también su dolor y su vergüenza alcanzaban su término y algo nuevo nacía en su llanto, el descubrimiento de que no era insoportable, que no la estaba violando aunque se negara y suplicara, que mi placer tenía un límite ahí donde empezaba el suyo y precisamente por eso la obstinación en negármelo, en rabiosamente arrancarse de mí y desmentir lo que estaba sintiendo, la culpa, mamá, tanta hostia, tanta ortodoxia. Caído sobre ella, pesando con todo mi peso para que me sintiera hasta lo más hondo, le anudé otra vez las manos en los senos, le mordí el pelo en la base del cuello para obligarla a estarse inmóvil aunque su espalda y su grupa temblaban acariciándome contra su voluntad y se removían bajo un dolor quemante que se volvía reiteración del quejido ya empapado de admisión, y al final cuando empecé a retirarme y a volver a entrar, apartándome apenas para sumirme otra vez, poseyéndola más y más mientras la oía decir que la lastimaba, que la violaba, que la estaba destrozando, que no podía, que me saliera, que por favor se la sacara, que por favor un poco, un momento solamente, que le hacía tanto mal, que por favor, que le ardía, que era horrible, que no podía más, que la estaba lastimando, por favor querido, por favor ahora, ahora, hasta que me acostumbre, querido, por favor un poco, sácamela por favor, te pido, me duele tanto, y su quejido diferente cuando me sintió vaciarme en ella, un nacimiento incontenible de placer, un estremecerse en el que toda ella, vagina y boca y piernas duplicaban el espasmo con que la traspasé y la empalé hasta el límite, sus nalgas apretadas contra mis ingles, tan unido a ella que toda su piel era mi piel, un mismo desplomarse en la llamarada verde de ojos cerrados y confundido pelo y piernas enredadas y el venir de la sombra resbalando como resbalaban nuestros cuerpos en un confuso ovillo de caricias y de quejas, toda palabra abolida en el murmullo de ese desligamiento que nos liberaba y devolvía al individuo, a comprender otra vez que esa mano era su mano y que mi boca buscaba la suya para llamarla a la conciliación, a una salada zona de encuentro balbuceante, de compartido sueño.

Son realmente un caso, después de tanto tomarle el pelo a la pobre Susana cada vez que la ven pegando los recortes para el libro de Manuel, de golpe les da un ataque de solidaridad y hay batallas campales por el único par de tijeras o el tubo de goma, Gómez se enreda de tal manera con el scotch tape que hay que ir a buscarle la punta del rollo en la oreja izquierda y qué te cuento lo que duele cuando Lucien Verneuil tira y se viene con un mechón de pelo lleno de ancestros indios. Increíble, piensa Ludmilla ovillada en un rincón cerca del cabito de vela, lo que pueden tener acumulado en las carteras y los bolsillos estos sudamericanos, ahora que el Vip revista en la pieza de arriba donde Heredia no le oculta para nada el caño de la parabellum y que Marcos, Patricio y Roland descansan de la faena comiendo sándwiches y bebiéndose el tinto de madame Verneuil, parecería que la noche se alarga especialmente para Manuel, de golpe todo el mundo dispuesto a ser coautor del libro y Susana maravillada y contentísima recibiendo colaboraciones a cuatro manos, mirando a Patricio sano y salvo y todavía un poco pálido pero el vino intravenosamente remontándolo a una sonrisa digna del estirón que se ha dado a lo largo de la alfombra, eso sí sin soltar el sándwich y el vaso porque con Roland cerca nunca se sabe.

Al que te dije lo conmueve un poco ver las caruchas de Ludmilla y de Susana ahora que los muchachos están a tiro de machucón y besuqueo, aunque poco ha habido de eso porque Patricio prefiere por el momento la alfombra reparadora y el vaso de tinto, Marcos tiene demasiado que hablar con Lucien Verneuil y Heredia, el teléfono funciona cada tres minutos previa inserción de una toalla mojada en el timbre para despiste de jubilados circunvecinos, confirmación de la Vipa en el Quai des

Orfèvres ("la jefatura de la poli", Gladis a Oscar) y obviamente los mensajes en manos de alelados o espumajeantes embajadores, Roland tripula un transistor de onda corta que emite extraños borborigmos hasta que hacia la una y media empiezan a emerger los primeros rebotes, el boche universal y las agencias noticiosas llenando los agujeros con hipótesis, telegramas de Río de Janeiro no confirmado, fuentes autorizadas hicieron saber en Lima que se espera un informe oficial de la cancillería argentina, profunda sorpresa causó en Quito la noticia de. Todavía cinco o seis horas antes de lo definitivo, Oscar reemplaza a Heredia en el piso alto, las ménades se desviven por el nescafé, Lucien Verneuil se apunta para un sueño de una hora mientras Roland monta guardia en el chalet, increíble cómo esos dos desconfían de la seriedad latinoamericana, Marcos los mira encariñado, irónico, hay que dejarlos nomás que jueguen en su cancha, cansado y dolorido se estira y busca un almohadón para la cabeza, Ludmilla se apoya de lado contra él y acaba redondeándose como una perfecta creación de Knoll o de Alvar Aalto, merecido reposo del guerrero, caricia en el pelo. Les dije que te quiero, murmura Ludmilla, lo dije a gritos, quiero decir que a Susana en la cocina, y entonces. Ah, observa Marcos. No es cierto que lo dije a gritos porque Lucien me hubiera matado a patadas, pero viene a ser igual, tenía tanto miedo, tenía que decirlo. Claro, polaquita. Blup, Marcos, blup. Y Patricio bostezando al término de un sándwich de cuatro pisos, mirando a Susana que compulsa severamente los materiales espontáneamente ofrecidos en la última media hora, porque no es cosa de pegar cualquier macana en el libro de Manuel, primer premio al recorte de Marcos que es de buena suerte y además el azar hace bien las cosas y la noticia viene con dos adherencias que Manuel saboreará alguna vez, si a todo eso no se ha comido el hongo a falta de mejor sabor y está, piensa Susana cejijunta, poniéndose verde y depositando la primera diarrea letal en algún sofá del rabinito.

Los guerrilleros liberaron en México a un líder del PRI

CIUDAD DE MEXICO, 1º. — El drama del segundo secuestro político perpetrado en México en el término de dos meses, culminó hoy con la liberación de la víctima, pero el gobierno sigue profundamente alarmado por el efecto que estos incidentes pueden tener sobre la imagen del país en el extranjero.

Jaime Castrejón Díaz, rector de la Universidad del Estado de Guerrero y alto dirigente del Partido Revolucionario Institucional (PRI), en el poder, regresó esta madrugada al hogar de su familia, en la ciudad de Taxco, tras 12 días de cautiverio.

A cambio del rector, los secuestradores obtuvieron la libertad de nueve izquierdistas opositores al gobierno, los que

fueron trasladados por vía aérea a Cuba, el domingo, y 2.5 millones de pesos (aproximadamente 200.000 dólares), que pagó la familia, una de las más adineradas de Guerrero.

—Las voy a pegar todas seguidas —dice Susana—; son de buena suerte y yo creo en esas cosas —e ipso facto y cuelipongui un chijete de goma pelikan y gran revoleo de tijeras

—¿Pero esto qué carajo es? —pregunta adustamente Patricio que se ha creído en el deber de supervisar la febril pegazón y recortazón de Susana que no da abasto para recibir las repentinas contribuciones de Heredia, Gómez y Marcos, que se despojan hasta de la camisa para enriquecer el libro de Manuel.

—¿Esto qué? —dice Susana, que no aprecia demasiado la interrupción en la lluvia de maná.

—Esto, joder —dice Patricio mostrando

Nuevas bolsas de dormir contemplan una dimensión de dos plazas

Paralelamente a las tareas de acondicionar y renovar las prendas de verano, se realizan otras similares con los elementos y artículos de camping destinados a las actividades en campamentos, una forma de veranear que gana cada vez más adeptos.

Respondiendo a esta necesidad, la firma Ipanema, especializada en bolsas de dormir, ha presentado unas nuevas y muy económicas, realizadas en materiales sintéticos.

La principal ventaja de és-

ta reside en el relleno, realizado con Agrotop, fibra poliester procesada de tal forma que mantiene las características del tradicional duvet, y puede ser lavada sin que se apelmace.

Las telas exteriores son lisas o estampadas con colores brillantes, y pueden convertirse en prácticos acolchados. La tela interior es de nylon calandrado, lo que otorga suavidad y gran resistencia a los enganches, que es la zona más castigada de la bolsa.

—Esto lo ofrezco yo —dice el que te dije, que no ha brillado hasta ahora por los aportes orales— nomás para que vean lo que se están tragando en este mismo momento como vocabulario más de cuatro connacionales junto al río inmóvil.

Sigue un diálogo más bien tempestuoso, roto apenas por los parlez plus bas, nom d'un chien, de Roland que no entiende en absoluto lo que ocurre sub aespecie bonaerensis y la risa socarrona de Marcos y Patricio que han leído el recorte y se mean soto voche en el duvet y la contemplación del nylon acalandrado, sin hablar de que según el recorte, y eso es lo que más deleita al que te dije, las que contemplan una dimensión de dos plazas son las nuevas bolsas de dormir, cosa que arroja un resplandor inquietante sobre su posible inteligencia. La pobre Susana es la única que no manya las razones de tan inverecunda interpolación y está a punto de estrellarle el recorte en la trompa al que te dije, que con mucha serenidad le hace notar que su aportación es de índole puramente semántica, cosa de que Manuel aprenda a defenderse desde chiquito contra la jalea publicitaria que facilita otras jaleas telecomandadas, etcétera, y están en que si el recorte se pega o no se pega cuando Patricio saca otro papel y se lo pasa a Susana previa guiñada de ojos al que te dije. Ah no, dice Susana, un crimen de homosexuales, vos decime si esto se puede poner en el libro de Manuel. Precisamente, vieja, dice Patricio para inmensa delicia del que te dije que ha leído el recorte en diagonal sistema John F. Kennedy cuarenta segundos tres décimas, ah merde, mais qu'est-ce que vous foutez, bisbisa enfurecido Lucien Verneuil que sospecha jubilados en todas las ventanas, hablamos de semántica, dice el que te dije llorando de risa, Susana tiene que darse cuenta de que los rescates y las liberaciones son insuficientes si no van acompañados de recortes paralelos y complementarios, Manuel se lo agradecerá algún día, ponele la firma.

—Tenés razón —dice Patricio— y además en este recorte que le afané a Fernando cuando venía a casa, porque desde que las papas queman se nos mandó a gvardar, no solamente hay instrucción lingvística sino un montón de tristezas latinoamericanas, viejo, tanta cosa por liquidar. Pegalo, Susanita, pegalo con lágrimas, vieja, todavía estamos lejos del día en que un recorte parecido parecerá un cráneo de neanderthal o algo por el estilo, a mí este vino se me ha trepado al techo.

Obediente y mufosa, la pobre Susana agarra el tubo de goma y así es como

CRIMEN DE HOMOSEXUALES

EL MOVIL: LOS CELOS...

Un nuevo homicidio entre homosexuales registró a mediodía de ayer Carabineros de la Tenencia, Carlos Valdovinos, cuando en el interior del inmueble situado en calle San Manuel 2699, fue encontrado el cadáver del garzón "colipato" Manuel González Ruiz, de 29 años, quien fue estrangulado durante horas de la madrugada por otro "colizón".

El hallazgo del cadáver lo realizó su "conviviente", el garzón de 30 años, José Reinaldo Núñez Fernández, que a las 9.30 horas de ayer llegó a reunirse con su "pior es ná" llegando con la sopaipilla bastante pasada después de pasarse la noche bebiendo.

Según los vecinos, José Reinaldo llegó a la pieza tambaleándose de un lado para otro, entonando esa canción que dice:

**Amor prohibido, amor imposible;
que penas tan negras destrozan mi alma;
pasiones violentas, morbosas terribles
me quitan el sueño, me quitan la calmaaaa... ¡hic!**

Y cruzó la reja de malla caminando lentamente hasta que se introdujo en la habitación.

Lo que adentro ocurrió, y que le contó el propio José Reinaldo Núñez Fernández a reporteros de PURO CHILE, fue de la siguiente manera:

"La verdad es que mi amigo es homosexual, y que yo me pasé toda la noche "chupando" en distintos lugares... ¡hic!... Y cuando llegué lo encontré que estaba tendido en el suelo, con la boca llena de sangre y un rasguño alrededor del cuello... ¡hic!"

ERA COLA, PERO HONRADO

El finadito (o la finadita ¡zás!) trabajaba en la fuente de soda City, ubicada en Blanco Encalada esquina de Bascuñán, desde hace más de seis años.

Una cajera joven y simpática, que declaró llamarse Rosita, dijo a PURO CHILE que Manuel González era un hombre algo introvertido, que continuamente sufría, crisis nerviosas debido a los celos que le cobraban sus admiradores.

"El sábado —dijo la Rosita— el Manolo me pidió permiso por una hora, porque tenía una diligencia particular que realizar pero no regresó y después supe que lo habían visto en Franklin con un joven "mariconcito" también, que usaba chuletas y tenía una hermosa cabellera rubia como la miel".

"Después vinieron a avisarme que al Manolo le pegaron el sábado en la noche en un negocio de un tal "Maricón Gerardo" situado en un lugar denominado la Punta".

"También se comenta que son dos tipos celosos: uno llamado "El Negro" y otro apodado "Enrique", de quienes se presume sepan algo sobre las amistades del Manolo.

"Pero también la policía deberá interrogar a José Reinaldo Núñez Fernández, el amigo íntimo del Manolo con quien compartía la pieza para hacer más llevadera la soledad de que ambos vivían".

Al ser interrogada, nuestra informante asegura que "El Manolo era "cola", pero honrado; era muy trabajador y respetuoso; sólo una vez al mes se pegaba sus tragos y la agarraba por cuatro o cinco días... nada más".

DETENIDO EL LACHO

Según informaciones obtenidas en fuentes no oficiales, el homicidio se habría registrado alrededor de las cuatro de la mañana en el sitio de la casa, una mejora de tablas situada algunos metros más adentro de la reja de malla.

Allí el hechor habría procedido a estrangular al homosexual usando para ello una lienza bastante fina, aunque fuerte, la que habría colocado alrededor del cuello y apretado fuerte hasta matar.

Enseguida el autor del homicidio habría arrastrado a Manolo González hacia el interior de la mejora, donde habría intentado colgarlo de una viga para simular un suicidio, pero ante la imposibilidad de conseguir tal objetivo, el asesino huyó dejando allí el pastel".

Algunos vecinos, de esos que gustan de ver películas en colores, acusan a José Reinaldo Núñez Fernández de haber cometido el crimen y de regresar, a las 9.30 horas, para que todos lo vieran llegar y tener una coartada para despistar a la policía.

Por otra parte, consultados los vecinos, señalaron que la madre y otros familiares de José Reinaldo Núñez, viven inmediatamente al lado de la mejora que ocupa éste, y que resulta extraño pedir auxilio o algún ruido, en circunstancias de que una y otra casa están, prácticamente unidas.

De todos modos, y para no caer en actitudes inocentes, los carabineros detuvieron a José Reinaldo Núñez y lo llevaron a buen recaudo para entregarlo hoy a primera hora al Tercer Juzgado de Mayor Cuantía del departamento Pedro Aguirre Cerda.

BARRIO DE "COLIZONES"

"El sector comprendido entre el Zanjón de La Aguada y San Joaquín, y entre San Alfonso y tres cuadras hacia el oriente, está plagado de "colizones", pese, a que, como usted ve, señor periodista, hay cada hembra que llega a doler las muelas".

Así contó ayer a PURO CHILE, el vecino Miguel Angel Delgado Romero, que vive en el barrio desde hace poco tiempo, pero que ya lo conoce bastante.

—Le aseguro que el asesino de "El Manolo" está por aquí...

Enseguida mira hacia la calle y señala con el dedo a dos tipos extraños que caminan hacia el domicilio del "cola" asesinado.

—¡Mire!... Esos dos "pericotes" que vienen ahí son "El Enrique" y "El Negro", amigos del finadito.

Los pericotes llegan hasta cerca de la casa y, al ver que ésta se halla llena de carabineros y detectives, hacen el siguiente comentario:

—¡Dios mío!... Creo que me voy a volver loca, loca, loca.... ¡No puedo creer que se hayan dado vuelta al Manolo!

—Yo tampoco; pero si no fuera porque ahí hay tantos machos auténticos, como son esos carabineros, no me habría convencido jamás.

Y luego, considerando que se acercaban mucho al lugar del homicidio podrían ser detenidos, dieron media vuelta y se fueron meneando las caderas que era un primor... ¡Sas!

320

—Curioso —le dijo Patricio a Marcos— esta noche no es como yo la había pensado, ni siquiera chaparlo al Vip. Las cosas ocurren siempre de otra manera y está bien que en el libro de Manuel pegues noticias que no tienen nada que ver con lo que te imaginabas, Susanita, cuando compraste aquella carpeta azul en la rue de Sèvres.

—Sos un romántico —dijo Heredia—, pero yo también para serte franco me imaginaba esto como una de espionaje y violencia en tecnicolor y ya ves, todo el mundo recortando figuritas a la luz del candil, claro que todavía no se terminó la película. Entre tanto para darle a Manuel algo más serio aquí te obsequio con esto y no te oculto que si se lo tradujeras a los franchutes ambulatorios me darías un gran gusto en este día que me ha caído más bien como una pedrada.

URUGUAY

Le prix d'un révolutionnaire et celui d'un ambassadeur

Les Tupamaros ont tenu leurs promesses. Sitôt rétablies les garanties individuelles, suspendues le 8 janvier après le rapt de l'ambassadeur britannique, ils ont relâché un de leurs trois diplomates-otages : Dias Gomide, consul brésilien enlevé le 31 juillet, quelques jours avant Claude Fly, agronome américain, et Dan Mitrione, expert en répression affilié à la C.I.A., qui devait être exécuté par ses ravisseurs, au mois d'août.

A diverses reprises, Maria Aparacida Gomide, épouse du consul brésilien, s'était adressée aux Tupamaros par lettre, radio et télévision, pour les supplier de libérer son mari. Ces appels avaient, à chaque fois, déchaîné le concert éploré des « humanistes » qui s'indignaient que des organisations politiques recourent au rapt pour obtenir la libération des détenus politiques. Nous publions ici une lettre inédite adressée à Mme Gomide, par Mme Borges Vieira Alves, épouse du journaliste Mario Alves de Souza Vieira, dirigeant du parti communiste brésilien révolutionnaire, mort sous la torture au début de 1970. Ce document permettra, pensons-nous, de remettre les choses à leur juste place.

—Pero son dos columnas espesas —se quejó Susana— y con esta luz asquerosa, che. Bueno, liberación del cónsul brasileño secuestrado por los Tupamaros, súplicas radiales y televisadas de su mujer, y coro desconsolado de ranas humanistas indignadas de que organizaciones políticas recurran al rapto para obtener la libertad de detenidos políticos, dijo Susana con la voz de fierro de la maestrita que llega a lo más peludo del teorema, es la carta que recibió la mu-

Le 27 septembre 1970.

Madame Aparacida Gomide,

Tout le monde connaît votre souffrance et votre angoisse. La presse parlée et écrite rappelle tous les jours votre drame : votre mari, fonctionnaire en service à l'extérieur, a été enlevé et mêlé de cette manière à des événements de nature politique. Madame, vous ne pleurez pas toute seule.

Mais personne ne parle de ma souffrance et de mon angoisse. Je pleure toute seule. Je n'ai pas vos possibilités pour me faire entendre, pour dire, moi aussi, que « j'ai le cœur brisé » et que « je veux revoir mon mari ». Votre mari est vivant, bien traité. Il va revenir. Le mien est mort sous la torture, assassiné par la Première Armée. Il a été exécuté sans procès, sans jugement. Je réclame son corps. Personne ne m'a donné satisfaction, pas même la Commission des Droits de la personne humaine. Je ne sais pas ce qu'ils ont fait de lui ni où ils l'on jeté.

Il s'appelait Mario Alves de Souza Vieira, journaliste. Il a été arrêté par la police de la Première Armée le 16 janvier de cette année, à Rio de Janeiro. Il a été emmené à la caserne de la police militaire, sauvagement frappé la nuit durant, empalé sur un bâton taillé en dents de scie, la peau de son corps entièrement arrachée avec une brosse métallique, parce qu'il refusait de donner les informations réclamées par les tortionnaires de la Première Armée et du DOPS. Des prisonniers amenés à la salle de torture pour nettoyer le sol couvert de sang et d'excréments, ont vu mon mari agonisant, du sang coulant par la bouche et par le nez, nu, jeté par terre, oppressé, demandant à boire. En riant, les militaires tortionnaires n'ont pas permis qu'on lui prête le moindre secours.

Je sais, Madame, que vous n'êtes pas en état de comprendre ma souffrance, car la douleur de chacun est toujours plus grande que celle des autres. Mais j'espère que vous comprendrez que les conditions ayant amené à l'enlèvement de votre mari et à la torture du mien jusqu'à en mourir, sont toujours les mêmes ; qu'il est important de savoir que la violence-famine, la violence-misère, la violence-oppression, la violence-sous-développement, la violence-torture mènent à la violence-enlèvement, à la violence-terrorisme, à la violence-guérilla ; qu'il est très important de savoir qui met la violence en pratique : ceux qui provoquent la misère ou ceux qui luttent contre elle ?

Votre désespoir et votre souffrance montrent que votre mari était un bon chef de famille, qu'il vous manque et que sa vie est très importante. Mario Alves, lui aussi, a été un bon chef de famille : il me manque ; il avait une fille qu'il adorait. Il était intelligent, cultivé, bon ; personnellement, il n'a jamais blessé personne. Il est mort par amour pour les opprimés, les victimes de l'injustice, les sans-voix et les sans-espérance. Il a lutté pour que les immenses ressources matérielles et humaines de notre patrie soient utilisées au bénéfice de tous.

Je souhaite très vivement une solution heureuse pour vous, Madame, et pour les Tupamaros.

Dilma BORGES VIEIRA.

jer del cónsul brasileño antes de que los Tupas le devolvieran al marido, y que dice: Señora Aparacida Gomide, todo el mundo conoce su sufrimiento y su angustia. La prensa oral y escrita recuerda diariamente su drama: su marido, funcionario diplomático en el exterior, ha sido secuestrado y envuelto así en acontecimientos de índole política. Señora, no es usted la única que llora. Pero nadie habla de mi sufrimiento y de mi angustia. Yo lloro sola. No tengo sus posibilidades de hacerme oír, de decir a mi vez que "tengo el corazón destrozado" y que "quiero volver a ver a mi marido". Su marido está vivo y bien tratado. Volverá a su lado. El mío murió en la tortura, asesinado por el Primer Ejército. Fue ejecutado sin proceso y sin sentencia. He reclamado su cadáver. Nadie me ha oído, ni siquiera la Comisión de Derechos de la Persona Humana. No sé lo que han hecho con él ni dónde lo han arrojado. Se llamaba Mario Alves de Souza Vieira, periodista. Fue detenido por la policía del Primer Ejército el 16 de enero de este año, en Río de Janeiro. Lo llevaron al cuartel de la policía militar donde lo golpearon salvajemente toda la noche, lo empalaron con un bastón tallado en forma de sierra, le arrancaron la piel de todo el cuerpo con un cepillo de metal, porque se rehusaba a dar las informaciones exigidas por los torturadores del Primer Ejército y del DOPS. Los prisioneros llevados a la sala de torturas para que limpiaran el suelo cubierto de sangre y de excrementos, vieron a mi marido agonizando, la sangre que le brotaba por boca y nariz, desnudo en el suelo, ahogándose, pidiendo de beber. Entre risas, los militares torturadores no permitieron que se le prestara el más mínimo socorro.

—Ya entendemos —dijo Roland—, ça va comme ça.

—Ah no, ahora voy a terminar —dijo Susana mirándolo enfurecida—. Ya sé, señora, que no está usted en condiciones de comprender mi sufrimiento, pues el dolor de cada uno es siempre mayor que el de los demás. Pero comprenda, espero, que las condiciones que llevaron al secuestro de su marido y a la tortura mortal del mío son siempre las mismas: que es importante darse cuenta de que la violencia-hambre, la violencia-miseria, la violencia-opresión, la violencia-subdesarrollo, la violencia-tortura, conducen a la violencia-secuestro, a la violencia-terrorismo, a la violencia-guerrilla; y que es muy importante comprender quién pone en práctica la violencia: si son los que provocan la miseria o los que luchan contra ella. Su desesperación y su sufrimiento demuestran que su marido era un buen jefe de familia, que usted deplora su ausencia y que su vida es muy importante. También Mario Alves fue un buen jefe de familia, también él me falta. Tenía una hija que adoraba; era inteligente, culto, bueno; jamás hirió personalmente a nadie. Murió por amor a los oprimidos, a las víctimas de la injusticia, a los que no tienen voz y no tienen esperanza. Luchó para que los inmensos recursos materiales y humanos de nuestra patria fueran empleados en beneficio de todos. Deseo vivamente que se llegue a una solución feliz para usted, señora, y para los Tupamaros. Firmado, Dilma Borges Vieira.

—Ya es de día —dijo Heredia—. Tomá la goma, bonita,

323

les voy a hacer el nescafé del alba que es el más rico, sobre todo cuando lo hace un carioca.

Tenía una voz rara, no era la voz de Heredia ni su manera de caminar cuando casi corrió dándoles la espalda para perderse en la cocina.

Ahora habrá que pasar el puente; no es difícil, unos metros a la salida del hotel, la ciudad soltando el manotazo matinal con la insidia de siempre, el cielo gris bajo y lluvioso, el olor de la nafta quemada, los afiches violando los ojos, su circo cambiando cada semana un programa de cocinas eléctricas, muebles a plazos, Renault, Philips, las empresas inmobiliarias, las muestras corroídas por el tiempo, los viejos portales MANUFACTURE D'INSTRUMENTS DE CHIRURGIE EN CAOUTCHOUC ET PLASTIQUE, el cartel del Hotel Terrass, el puente que lleva a la plaza Clichy, al otro lado; no cuesta nada pasar el puente, dos aceras con pretiles para peatones protegidos de la muerte en cuatro ruedas por artículos municipales, multas y penas; cuestión de cruzar fijándose en la luz roja y la luz verde; de alguna manera es como si lo peor quedara atrás, resumido en esa cuenta y esa propina al borde de un mostrador roñoso; realmente sería exagerado decir que el cruce del puente del regreso plantea problemas.

Nos habíamos despertado a las nueve y media, las cortinas nos defendieron del amanecer y de los ruidos; ni a Francine ni a mí nos dolía la cabeza aunque la botella de Martell estuviera tirada en la alfombra con sus cinco estrellas panza arriba; fatiga, Francine pasándome las manos por el cuello y ovillándose y diciendo que tenía hambre y sed, teléfono y bandeja, largas duchas, todo igual, todo al comienzo de un nuevo consecutivo normal previsible día de vida. Tengo que reemplazar a madame Franck hasta la una, apurémonos, espero que habrá taxis cerca. Pero sí, chiquita, llegarás a tiempo, nada ha cambiado en la temporalidad del comercio de librería, te dejaré como una flor en la puerta, venderás muchísimas novelas premiadas y dos o tres diccionarios, verás. Le buscaba los ojos, desnuda y limpia al pie de la cama era otra vez la perfecta amiga buena, esa distancia impecable entre la noche y la mañana; le buscaba los ojos porque ahí, acaso, algo podría darme un rumbo, boya de marejadas y paréntesis, posible coartada si alguna vez era necesario explicar por qué no había cruzado el puente, por qué no le había llevado el mensaje a García. ¿Y tú, Andrés?, le pregunté porque tenía que preguntárselo, porque en esa manera de buscarme los ojos había ya como una respuesta agazapada. Bueno, yo no vendo libros, me dijo incorporándose en la cama para buscar los cigarrillos, solamente tengo que hacer el inventario de estas últimas horas que te debo, que ayudan no sé si a comprender algo pero en todo caso a echar a andar y a que el resto vaya llegando poquito a poco como manda la divina proporción. No quiero que te vayas así, le dije, me has contado lo suficiente para imaginar que vas a hacer una tontería. Es que no sé lo que voy a hacer, chiquita, y en eso está probablemente la tontería. Con todo hay una cosa que sé y es esto.

Francine no comprendió en seguida, sentados y desnudos al borde de la cama éramos, salvo la cama, Adán y Eva a la hora de la expulsión, algo lleno de sombra y de pasado, tapándonos la cara para no ver el día sobre las tumbas ahí abajo.

—No te pido perdón por tantas cosas, chiquita, aunque sea una manera de pedírtelo, y no lo niegues con toda tu pelirroja cabeza porque me hacés cosquillas y me voy a reír, cosa poco digna en las circunstancias. Anoche me preguntaste por qué quería envilecerte y quizá ahora, después de esa botella, de tu culito irritado y de otras cosas que te acordarás, te sentís como ese trapo al borde del bidé. Dejame decirte que nadie ha hecho nunca tanto por mí, en un sentido que apenas comprendo y que te ha de parecer una locura sin arreglo. Para peor vaya a saber si hay alguna contrapartida, vaya a saber qué he podido darte yo desde que nos juntamos anoche en el café, desde madame Antinéa, te acordás, todo lo que te dije, todo lo que a nadie, chiquita, a nadie le había dicho como a vos porque además había lo otro, tu piel y tu saliva, dejame decir solamente esto, chiquita, no te he envilecido mientras te hacía beber ese coñac y te violaba, no te he envilecido, todo se fue con la ducha, porque es cierto que te violé, chiquita, y también es cierto que lloraste y que despúes de dormir una hora te despertaste y me trataste de canalla y de sádico y todo eso mientras te enroscabas como una oruguita y hubo que volver a empezar y fue tan diferente, vaya si sabés que fue diferente, hasta que nos dormimos como los justos y no tuvimos pesadillas y ya ves, ya ves lo que hay en tus ojos, mirate solamente en el espejo y contame, chiquita.

—No, no me has envilecido —dijo Francine casi sin voz—, pero y tú, Andrés, y tú.

—Bueno, ya te dije que no entiendo nada, está la mancha negra siempre ahí como esas cortinas, pero fíjate que las cortinas las vamos a correr apenas te hayas tapado los pechitos porque no es cosa de perderse tan vistoso cementerio en perspectiva panorámica, no te parece, y a lo mejor puede suceder que en una de ésas la mancha se corra igualito que las cortinas y que detrás haya otra cosa que un cementerio, haya no sé qué carajo pero por fin algo; y es eso lo que te debo, a vos y a madame Antinéa, claro, no te creas la redentora exclusiva.

—Bobo, bobo, por qué te ríes si en realidad estás... No, Andrés, no lo diré, querido, no te ofendas, déjame solamente con este pañuelo, así.

Despúes ya no hablamos mucho, la vi vestirse, me vestí pensando en Gardel y en que un hombre macho no debe, etcétera. No se opuso a salir al balcón, miramos las tumbas estúpidas, la innoble perpetuación del gran escándalo. Tengo que irme, dijo casi en seguida Francine, madame Franck me estará esperando. Para ella, claro, no habría cara o cruz, otro día hábil empezaba. Hábil, le dije, besándola como nunca la había besado antes, qué palabra, chiquita. Pero no podía entenderla en español, para ella tenía un sentido tan lógico, tan librería y madame Franck. No había días hábiles en París, no había cara o cruz para Francine triste y callada, entrando en el ascensor como si de ahí fueran a llevarla, vertical, al cementerio de enfrente. Ya sé, vas a estar deprimida, vas a llorar, le dije acariciándole el pelo, no saldrás

327

de vos misma ni de mí, empieza otro día hábil, te quedarás
enterita en esa piel como leche, en esa tristeza sin más que ella
misma, no querrás comprender el fondo de esta noche, selah,
amén.

—Y tú, y tú.

—Probablemente igual, al otro lado del puente seremos vos
y yo como siempre, me queda bastante honradez para sospechar
que el comediante inventa la muerte del pequeñoburgués, se
imagina entrando en otro territorio más allá de ese puente.

—¿Vas a ír?

—Mirá, como primer evento te voy a dejar en tu casa because
madame Franck, ya ves que no me olvido, y después me correré
a casa de Lonstein para enterarme de lo que sea, aparte de que
en ese quiosco vamos a comprar el diario, ya debe haber los
primeros pataleos.

—Pero después.

—Después no sé, chiquita, a lo mejor te telefoneo para ir al
cine, de todas maneras no pienso volver a mi casa por el momento, debe estar viuda y sucia, habrá puerros por todos lados y la
ropa de Ludmilla por el suelo, yo soy un esteta, chiquita, el
pequeñoburgués hace esfuerzos por morir pero ya ves, al otro
lado del puente no se nota demasiada diferencia. De manera
que en una de ésas te llamo, siempre que no decidas ir a jugar
al tenis o algo así.

—No me llamarás, no iré a jugar al tenis pero no me llamarás.
Me estaba mirando como si bruscamente no me reconociera;
lo vi alejarse hasta el puesto de diarios, al volver tenía un cigarrillo en la boca y el diario abierto en la segunda página; me
mostró la noticia y llamó un taxi. Solamente entonces pensé que
en el fondo siempre me había negado a creer que eso fuera
cierto, y ahora los titulares corrían por la página arrugada como
la mosca arrastrándose en la mesa del café. Ni siquiera se bajó
del taxi para despedirme; sentí su mano que me rozaba el pelo,
pero seguía con el cigarrillo pegado a los labios. Como siempre,
cuando se lo arrancara a último momento se arrancaría también
la piel, sangraría maldiciendo.

—La rue Cambronne en la esquina de la rue Mademoiselle —dijo Andrés tirando el diario en el piso del taxi. Ir a casa de Lonstein podía ser un error, claro que aparte de fumar y beber no veía que se pudiera hacer otra cosa. Bajó en la esquina y siguió a pie, dando una vuelta para despistar a cualquiera que estuviese tabulando las frecuentaciones del rabinito, entró en un bar de la rue du Commerce justo cuando la clientela escuchaba el informativo con el sorprendente secuestro del encargado de la coordinación de asuntos latinoamericanos en Europa, según lo calificaba el locutor para total indiferencia de los oyentes que esperaban noticias sobre el tiempo y la semifinal del campeonato, cosas importantes. Me pregunté si Ludmilla estaría en casa, no costaba nada telefonear pero Ludmilla no estaría en casa, solamente los puerros y el disco de Xenakis y el de Joni Mitchell que no había tenido tiempo de escuchar, café y Xenakis y Joni Mitchell y la cama, la tentación ahí nomás, unas pocas cuadras y en una de ésas también Ludmilla porque Marcos no podía ser tan inconsciente como para meterla en eso que llenaba la segunda página del *Fígaro*, pero Ludmilla no estaría en casa, esas cosas no dependían de Marcos, lo mejor de todas maneras era subir a lo del rabinito y escuchar las noticias, tras de lo cual por supuesto no me moví y otro café porque las cinco estrellas del Martell se hacían sentir por el lado del duodeno, a lo mejor hasta dormí un rato en ese rincón donde no había más que un perro y dos jubilados, el día era largo y hábil, los gobiernos enfrentados al ultimátum de los secuestradores anunciarán su decisión en las primeras horas de la tarde, hora francesa; entonces cara o cruz, para la Joda cara y más que cara, es increíble, pensó Andrés desperezándose y buscando los cigarrillos, de golpe

329

te das cuenta de que no es tan raro, está incluso de moda, ocurre en cualquier país sin hablar de los piratas del aire, no entiendo cómo puede seguir teniendo eficacia, claro que el coordinador de asuntos latinoamericanos no es macana, pero ponele que allá no acepten el canje, ponele que llegue la hora y entonces. Ludmilla debe estar en casa, no puede ser que. Entonces Marcos o Heredia, son ellos que lo harán, o Roland. Sí, pero después y en este país. Lud. Seguro que está durmiendo en casa, tengo que. Claro que conociéndola, teléfono sonando en casa sola, ese lúgubre sonido interminable, ese calambre. Y si voy a Verrières, pero es absurdo, capaz que los meto en un lío todavía peor y en una de ésas Ludmilla está en casa o en lo de Lonstein jugando con Manuel, lo único inteligente sería ir a lo del rabinito, curioso que no tengo la impresión de haberme duchado, el pegajoso día hábil sin duda, pero hay que ser imbécil, haberse imaginado que habría inventario, que habría cara o cruz, nada cambia, viejo, la mancha negra está ahí aunque pobre chiquita, pobre chiquita mirando el cementerio, qué hijo de puta sos, Andrés Fava, tanta cara o cruz y después el puente de vuelta con ella del brazo y ahí vamos, un día hábil para los dos aunque no quieras, para qué tanta mugre y tanta cama, adónde está el testamento de la noche, ñato barato nariz de gato, adónde está la cara o la cruz, por qué el engrudo de la mancha negra te pega a esta banqueta deshilachada, al otro café con coñac que vas a pedir inmediatamente.

—Un café y un coñac —pidió inmediatamente Andrés.

En el libro de Manuel esta noticia figuró con el título más bien sibilino de *Tribulaciones del petiso de los mandados,* cuyo copyright vendría a recaer en Marcos:

No se realizó la reunión entre Bruno Quijano y Kissinger

WASHINGTON, 4. — La Casa Blanca desmintió hoy informaciones de fuentes diplomáticas según las cuales el ministro de Justicia argentino, Ismael Bruno Quijano, se había entrevistado con el asesor presidencial Henry Kissinger, informó la agencia Latin

Voceros de la misión económica y política del gobierno argentino, que se encuentra aquí desde el lunes negociando la obtención de créditos por más de 1.046 millones de dólares, anunciaron a la prensa, a las 16 horas, que la reunión se había materializado.

La oficina del asesor presidencial sostuvo que Quijano se presentó para la entrevista, pero que el doctor Kissinger no pudo recibirlo, porque "le fue imposible liberarse de sus ocupaciones en ese momento".

Añadió que Kissingger intentó que el ministro hablase con uno de sus ayudantes, "tras lo cual (Quijano) se retiró airado".

"Una de las secretarias del asesor confirmó que en la agenda de entrevistas estaba consignado el encuentro con Quijano.

Un ayudante de Kissinger dijo a la agencia Latin que "fue lamentable que no pudiera recibir al ministro, pero hubo urgentes asuntos presidenciales imprevistos. Estamos tratando de concertar una nueva reunión".

Las fuentes de la misión que dieron por realizada la entrevista en sus declaraciones a la prensa, expresaron que Kissinger y Quijano habían discutido las relaciones entre Washington y Buenos Aires, a la luz de las relaciones supuestamente preferenciales que los Estados Unidos mantienen con Brasil.

Añadieron que ambos funcionarios también analizaron la tesis de "pluralismo ideológico", el papel del actual gobierno chileno en el continente, y el futuro político e institucional de la República Argentina.

La misión económica, que partirá hacia Nueva York, suspendió hoy una conferencia de prensa en la que iba a anunciar el resultado de sus gestiones de cinco días en Washington, ante el gobierno norteamericano, el Fondo Monetario y el Banco Mundial, aparentemente exitosas.

El camino de estos negociadores fue desbrozado por Quijano —antes de asumir en octubre la cartera de Justicia— y Luis Cantilo, un familiar del presidente Lanusse.

Era previsible que Lonstein se olvidara a cada rato de Manuel, que chupaba melancólicamente los flecos de la cortina de la ventana jamás lavada por mano humana desde 1897, año en que madame Lavoisier, propietaria del departamento, había colgado tan loable adminículo para protegerse los ojos de un sol que en opinión del rabinito no se hacía ver en la puta vida en la mal llamada ciudad-luz. Ya antes de tocar el timbre Andrés oía las carcajadas de Lonstein que lo saludó con la mano izquierda pues de la derecha le colgaba un recorte sin duda destinado a que Manuel lo leyera alguna vez si los caldos de cultivo del fleco lo dejaban llegar a la alfabetización.

3er. aniversario

ALGUNAS OPIN

"Imagen" ofrece en cada número un cuadro literario muy inteligente, colocándola, a mi juicio, entre las más bien hechas y ágiles en nuestros países".

Edmundo Valadés
Presidente de la Asociación de Escritores de México y Director de la revista "El Cuento".

"Creo que de las revistas de envergadura en la literatura latinoamericana, casi ninguna tiene tanta actualidad en temas de nivel".

Luis Wainerman
Argentina.

"El carácter de la revista, su tónica, el buen gusto conque está presentada e ilustrada la señalan con ca-

—Mirá que belleza —estertoró el rabinito—, mirá el superboex, viejo, una revista cumple años y fijate lo que le escribe uno de nuestros coterráneos, creo que nunca se fue más lejos en el arte de no decir nada.

—Lo más significativo parece ser el redondelito que le hiciste con la birome —dijo Andrés tirándose en un sillón y descubriendo al mismo tiempo las piernas de Manuel inextricablemente enredado en la cortina y en un estado de éxtasis succionante. Aplicándose, acabó por extraerlo del maelstrom de flecos y borlas,

332

no sin ruda pugna porque Manuel se resistía como un hombre dado que todavía le quedaban unos treinta centímetros de fleco por chupar, y cuando lo tuvo en las rodillas y Manuel le dijo varias cosas como ifctugpi, fenude y otros eructos parecidos, le preguntó a Lonstein si por lo menos le había dado un poco de leche y las demás cosas absurdas que se obliga a ingerir a los infantes.

—Mucho no le di —admitió avergonzado el rabinito— y eso que Susana me dejó más de tres litros, vos te das cuenta de que entre las noticias de la radio y el patriótico entusiasmo que me provocó esta noticia uno ya no está para regímenes lácteos, sin contar que el hongo se me está ladeando hacia la derecha y me parece un signo nefasto. En fin, pensar lo que le cuesta un bife a mi vieja en su casita de Río Cuarto y estos ñatos tiran cuarenta y nueve millones de dólares, pero vos te das cuenta, cuarenta y nueve millones de dólares en aviones para asustar a los brasileños.

Argentine

LE GOUVERNEMENT ARGENTIN S'APPRÊTE A ACHETER 14 MIRAGE FRANÇAIS

Buenos-Aires *(A.P.)*. — Le gouvernement argentin est sur le point d'approuver le contrat d'achat de quatorze chasseurs Mirage-III conclu avec la société Dassault et qui porte sur un total de 49 millions de dollars (269,5 millions de francs).

Un porte-parole officiel a indiqué qu'un décret à cet effet attend la signature du président de la République.

—Vení, viejo —le dijo Andrés a Manuel que empezaba a darse cuenta de que las cosas iban a mejorar en el enváironment—, vení mientras este desalmado me resume las noticias.

—Fiata, fica, fifa, figo —dijo Manuel dispuestísimo.

—Es increíblemente mnemónico —se asombró Lonstein—, anoche me estuvo escuchando cabalizar las siglas de una lista de organizaciones internacionales que me pasó Rasmussen, un copén que dactilopterodea en la Unesco, de paso enterate que U Thant se perdió la ocasión de su vida de resolver los problemas internacionales, mirá la lista y decime.

—Las noticias —repitió Andrés.

—Bah, verduritas, el disco de siempre, che, ultimátum vence

a mediodía, gobiernos indignadísimos, policía francesa siguiendo pista snif snif, esas cosas. ¿Te vieron entrar, baideuéi?

—Pienso que no.

—En fin, de todos modos ustedes van a acabar conmigo, la noche que me ha hecho pasar este niño, no te imaginás las veces que pidió pis o comida.

—Lo estás matando de hambre —dijo Andrés en plena transfusión de leche de la botella a Manuel—, mirá cómo se queda dormido el pobrecito, no tenés vergüenza, yo esto lo voy a denunciar a la Fao y al Unicef ya que estamos en las siglas.

Acto seguido lo acostaron con más precauciones de lo que habría podido esperarse de ellos, y de paso hirvió el agua para el nescafé y el rabinito dale con lo de las siglas hasta que en la segunda copa de grapa Andrés se lo quedó mirando (*se esperan informaciones sobre el espectacular secuestro... entre tanto Mireille Mathieu canta el gran éxito de*) y le preguntó broncoso qué coño venían a hacer las siglas a esa altura de las cosas, como si Lonstein estuviera emperrado en no hablar de la Joda aunque seguía con el transistor encendido a pesar de la diarrea de bossa nova y Mireille Mathieu, y vuelta a lo del sincretismo internacional y las siglas porque todo parecía desembocar en esa serie de monstruos peludos pululando en el papel mimeografiado que el rabinito me había revoleado con aire despectivo.

—Tengo mis razones —dijo Lonstein— y de paso me gustaría saber por qué estás tan lívido, vos.

—Dormí mal, esas cosas, y además me voy a ir ahora mismo, de manera que dame las señas precisas.

—Ah, viejo, eso...

—Dámelas —repitió Andrés.

—¿No te interesaría mucho más saber qué es la CNUURC o el SACLANT? La UMOSEA y la AEJI, ¿no te dicen nada?

—Por favor, hermano.

—Ah, el final de siempre: por favor, por favor. Primero te voy a explicar que esos fonemas responden nada menos que a la Comisión de las Naciones Unidas para la Unificación y Rehabilitación de Corea, al Comandante en Jefe de las Fuerzas Aliadas del Atlántico, a la Unión Mundial de Organismos para la protección de la infancia, y agarrate fuerte, a la Asociación de Industrias Europeas del Yute.

—Quiere decir que no me vas a dar los datos.

—No es exactamente eso. Te hice una pregunta, me contestaste con un sáidstep, y entonces.

—Voy a ir, Lonstein.

—Ah, el señor va a ir. Es una declaración de propósitos, pero a mí eso, comprendés.

—Es difícil de explicar —le dije—, es tan difícil, Lonstein, yo mismo no lo entiendo o entiendo andá a saber qué. Hay una vieja cuestión, una cosa que me pasó durmiendo, y hay Ludmilla y Joda y una especie de cansancio.

—Como planchado estás planchado —dijo el rabinito—, pero todas esas razones, te repito. Muy fácil venir a ponerte en fila después que sonó la campana, nene, en todo caso de tanta palabra que acabás de usar la única que suena de veras es Ludmilla, o sea una vez más datoldblacmagicoldlov, como cantaba Judy Garland illo tempore.

—Pero claro, solamente que también hay lo otro, no es por nada que Ludmilla se fue con Marcos y que por ahí se va a hacer matar.

—Previsible, en todos ustedes hay un funcionamiento binario, hasta Pavlov se hubiera quedado dormido viéndolos moverse en la Joda o en el sexo, no hay derecho, a mí me toca ser siempre el que le pasa la mano a contrapelo al gato, por lo menos deberían dejar que me divierta un poco pero cuando les muestro el hongo se me hacen los estrechos y cuando le digo tres verdades al que te dije, bueno, honradamente debo admitir que no estuvo tan mal teniendo en cuenta que la cosa era más bien peluda.

Andrés no entendió una sola palabra de lo que declamaba vehemente el rabinito. Bebió otro vaso de grapa, las cosas le daban despacito vuelta, la ventana ya no estaba exactamente donde Manuel había chupado los flecos, todo derivaba blandamente desde y hacia el estómago, si un flan tuviera conciencia, pensé, escribiría así sus memorias. A lo mejor Lonstein acababa dándome los datos, ahora seguía enfurecido y amargo, mejor esperar mirando el famoso papel mimeografiado, alentarlo a que largara el rollo y darle otro poco de grapa, cerrar los ojos, escuchar, al fin y al cabo el rabinito tenía tanta razón, solamente Ludmilla en esa náusea de Verrières, esa necesidad de llegar, de verla, de estar ahí, la Joda, sí, claro que también la Joda porque también Fritz Lang, injusto decirme que solamente Ludmilla y sin embargo, claro, tan claro a esa hora oyendo discurrir al rabinito, cuánta razón tenías, Francine, qué distinto un triángulo de otro para usar la vieja expresión, adónde había ido a parar mi fácil barata machita argentinísima teoría del triángulo conmigo en un vértice y ellas dos cerrando la figura, ahora que Ludmilla y Marcos, el futuro dibujando un triángulo donde dos hombres y una mujer, la hipótesis tantas veces aceptada teóricamente y ahora, ahora. Ahora, Ludlud, ahora.

ACI Administración de Cooperación Internacional, Estados Unidos de América.

AEJI Asociación de Industrias Europeas del Yute.

AFIA Asociación Americana de Compañías de Seguros Extranjeros.

AIDA Asociación Internacional de Distribución de Productos Alimenticios.

AIGA Asociación Internacional de Geodesia.

ARPA Asociación para la Investigación sobre las Parodontopatías.

ARO Oficina Regional para Asia.

BEEP Oficina Europea de Educación Popular.

BIS Banco Internacional de Pagos.

CAC Comité Administrativo de Coordinación.

CAT Comité de Asistencia Técnica.

CECA Comunidad Europea del Carbón y del Acero.

CEFEA Centro de Educación Fundamental de los Estados Árabes.

—Mi método es eminentemente racional —estaba diciendo Lonstein sin sacarme los ojos—; la verdadera coordinación y aprovechamiento de estas organizaciones tiene

CIAO Conferencia Internacional de Africanistas Occidentales.
CLINMAR Centro de Enlace Internacional de Vendedores de Máquinas Agrícolas y Reparadores.
CNUURC Comisión de las Naciones Unidas para la Unificación y Rehabilitación de Corea.
CORSO Corporación de Fomento de la Producción.
ECO Organización Europea del Carbón.
EMA Acuerdo Monetario Europeo.
EPA Oficina Europea de Productividad.
ESA Oficina de Zona para la parte Oriental de la América del Sur.
ETC Comisión de Turismo para Europa.
FAMA Fundación para la Asistencia Mutua en África al sur del Sahara.
FEA Federación Internacional para la Educación Artística.
FENUDE Fondo Especial de las Naciones Unidas para el Desarrollo Económico.
FIATA Federación Internacional de las Asociaciones de Transportadores y Asimilados.
FICA Federación Internacional de los Ferroviarios Antialcohólicos.

que emanar de las siglas por razones de pura semántica, palabra en la que como notarás está contenida la mántica que es la que cuenta, aunque el cretino de U Thant minga de capte.

—Está bien, Lonstein, perdoná que te quise trabajar de apuro, estoy al borde de qué sé yo, pero al borde, y entonces.

—No se les ocurre que la verdadera fortrán está en esa combinatoria que te da propiamente la boex de las siglas, y que lo primero que hay que hacer es olvidarse de que aluden a cosas tan absurdas como la Cuenta Especial para la Erradicación del Paludismo, decime un poco, o la Asociación Turística de la Zona del Pacífico.

—Sí, viejo, claro.

—Por ejemplo si te fijás que la sigla de la tal Cuenta es *mesa* y la de la Asociación es *pata,* no tenés más que arrancar desde la pata de la mesa y a partir de ahí la fortrán se va armando como los diplodocos con un huesito que al final te da todo el esqueleto.

—No te quise ofender,

FIFA Federación Internacional de Películas de Arte.

FIGO Federación Internacional de Ginecología y Obstetricia.

IFCTUGPI Federación Internacional de Sindicatos de Obreros de las Industrias Gráficas y Papeleras.

IUFO Unión Internacional de Organizaciones Familiares.

JULEP Programa Conjunto de Enseñanza de la Unesco y Liberia.

LIDIA Unión Internacional de Industrias de la Alimentación.

LILA Liga Internacional de la Librería Antigua.

MESA Cuenta Especial para la Erradicación del Paludismo.

METO Organización del Tratado del Oriente Medio.

OCAS Organización de Estados Centroamericanos.

ORCA Organismo Europeo de Coordinación de Investigaciones sobre el Flúor y la Profilaxis de la Caries Dental.

PATA Asociación Turística de la Zona del Pacífico.

PUAS Unión Postal de las Américas y España.

TAO Operaciones de Asistencia Técnica.

UMOSEA Unión Mundial de Organismos para la Protección de la Infancia.

Lonstein, hubiera tenido que explicarte tantas cosas, ese balcón, qué sé yo.

—Todo estaría en lograr las conjunciones catalizadoras y dejar caer la vista y el talento a lo largo de la pasteta rasmussiana, de golpe los mensajes como águilas verdes, ¡boex, boex! Por el momento admito que estoy más bien trancado pero no desespero de articular el totamundo del crefundeo y protuplasmar una nueva estrucultura que comunicaremos inmediatamente a la Unesco aunque más no sea para llorar de risa cuando lo dejen cesante a Rasmussen.

—¿A qué hora hay otro noticiero?

—Y dale. A las doce cincuenta. Tomá, mirá aquí y decime si no se siente que EMA, AIDA, LIDIA y LILA están predestinadas para una nueva danza de las horas o nacimiento de Venus, y que habría que juntarlas aunque los consejos ejecutivos se tiren desde las azoteas que siempre tienen esas organizaciones. Vos fijate que para esa danza de verdadera concordia y cooperación contarían con cosas

UNPOC Comisión de Observación de la Paz.

UNTA Asistencia Técnica de las Naciones Unidas.

WCC Concilio Mundial de Iglesias.

tan deliciosas como el ARPA, el ECO, la FICA y el FIGO. Claro que si mirás a qué corresponden tan melodiosos acercamientos —murmuró el rabinito un poco desconcertado— te das cuenta de que las distancias son galáxicas. Ahora que si te fijás bien, aparte de la Liga de la Librería Antigua cuyo sentido no se comprende demasiado, pobre Lila, todo lo demás tiene sus nexos, che, primero la guita del Acuerdo Monetario que mueve el sol y las demás estrellas, después el combustible, el morfi y la bebida, esta última con sus malsanas consecuencias aunque vaya a saber qué son las parodontopatías. Ah, es una maravilla —clamó el rabinito recobrando la esperanza— ahora veo el clímax y el géiser de las conjunciones, cómo no querés que cuando se empieza con cuatro ricuchas como Aída, Lila y las otras, no se acabe en la Ginecología y la Obstetricia. Hay posteridad, la Gran Obra marcha, ¡el Huevo, el Huevo!

—Es casi la hora de las informaciones, creo. Ya te pedí excusas, viejo.

—Qué me importan tus excusas frente al hecho casi sobrenatural de que FEA es la sigla de nada menos que la Federación Internacional para la Educación Artística, y que WWC designa el Concilio Mundial de Iglesias, yo por estos caminos voy derecho a una revelación que reíte de Wittgenstein.

—Escuchá —dijo Andrés levantando el volumen de la radio— tres gobiernos aceptaron liberar a los presos reclamados por la Joda.

—Obvio —dijo el rabinito, que no aflojaba fácilmente—, no les queda más que pasar por el ARO y aguantarse el CORSO, yo esto lo voy a seguir hasta descriptar y decodar sus últimas consecuencias, y creeme que eso será el TAO. En cuanto a vos, ¿por qué no te quedás tranquilamente aquí? Sos el baby-sitter perfecto, a mí Manuel me ningunea completamente.

—Dame las señas, Lonstein. No sé qué decirte, tengo que ir y eso es todo. Dámelas, hermano.

—Yo en realidad no debería —rezongó el rabinito—. Primero que no las conozco, y después que vos nunca tuviste gran cosa que ver con la Joda. Ya sé, Ludmilla y todo eso, pero vos ni siquiera sabés si se fue con Marcos.

—Oh sí, lo sé —dijo Andrés pasándose las manos por la cara—, no necesito telefonear a casa, es lo que ella tenía que hacer, jugale todo a ganador.

—Como razón no me parece suficiente, más bien esperá a que vuelvan y entonces te mandás el dostoievski, para qué vas a tomar esos trenes tan aburridos.

—Ya ves —le dije tratando de que las palabras tuvieran todavía algún sentido en esa niebla donde Lonstein seguía dejando caer sus clinmar, sus orca, sus umosea y sus etc.—, al final no sos tan diferente de nosotros, me estás pidiendo coherencia y cohesión, todo lo que me pedirían gentes como Roland o Gómez si estuvieran aquí. De golpe estás del lado de ellos, la lógica y las buenas razones, para vos no cuenta la noche que pasé, la increíble cantidad de estupideces que hice para tratar de saber si cara o cruz, y todo eso no te lo diré porque soy un tipo difícil para esas cosas, así que mirame bien y decidí.

Como mirarlo Lonstein lo miraba.

—Si nos dejáramos de prolegómenos y otras boludeces —dijo.

Manuel llegó gateando y se colgó de la botamanga izquierda de Andrés, después de la derecha, y valiéndose de las dos se izó con gran resolución mientras profería cosas como beep, ifctugpi, igo, afia y aeji.

—Este chico está completamente meado —dijo Andrés—, me pregunto qué clase de niñera sos vos.

—Susana me dejó ríos de algodón y pañales en el dormitorio, cremas y talco y demás porquerías, pero vos comprendés que con el hongo y los noticieros, de paso fijate qué sentido imitativo tiene este pibe, dice perfectamente afia e ifctugpi, que no son tan fáciles.

—Y después hablás de suprimir los prolegómenos. Vení, por

lo menos hagamos algo que no nos tire del todo por la ventana, che.

El rabinito pareció comprender y siguió a Andrés hasta la cama donde entre los dos desnudaron a Manuel que tenía diversos mapas dibujados de la cintura para abajo y un perfume que más bien distaba de Chanel. Tímidos y torpes, convencidos de que si le sujetaban las piernas se las iban a romper y que pasarle un algodón por las zonas afectadas era una empresa destinada a las peores catástrofes, no escucharon siquiera la noticia de que el último de los gobiernos sudamericanos en juego acababa de aceptar el embarque aéreo de cinco guerrilleros reclamados por la Joda. La operación de lavarse las manos y en el caso de Lonstein la mejilla izquierda y un codo les llevó tanto tiempo como cambiar a Manuel, pero al final los tres volvieron al salón con un gran sentimiento de confraternidad y buena conciencia. El que te dije anotaría más tarde que ese intervalo un tanto coprológico y urinario había tenido su importancia porque Lonstein le dio un vaso de grapa a Andrés y. seriamente, casi solemnemente, le preguntó qué carajo pretendía con eso de los datos sobre Verrières, ya que una cosa era la amistad y otra un cierto sentido, lejano pero actuante, del deber. Qué clase de deber, dijo Andrés. No tengo la menor idea, dijo Lonstein, pero no es por nada que me dejaron al chico y se fueron a armar una podrida que nos va a costar caro a todos, puta que los parió.

—Ifctugpi —dijo Manuel, chupando la parte que le faltaba de los flecos.

—Tampoco yo tengo una noción precisa de los porqués, viejo. Hay que Ludmilla se ha acostado con Marcos, cosa que nadie empezando por mí podría reprocharle. Lo malo es que como siempre llega ese momento en que uno se levanta y se vuelve a vestir, de golpe te encontrás a cincuenta metros por encima de un cementerio o en una casa de campo donde un hijo de puta secuestrado por la Joda va a desencadenar una de esas represiones francosudamericanas que para qué te cuento.

—Ah, entonces Ludmilla se fue con ellos —dijo el rabinito nada sorprendido—. No te creas que me caigo del catre, hace rato que tu peor es nada estaba al borde del despierte rioplatense. Pero una cosa es ella y otra vos, hermanito.

—Ah, yo. Claro.

—Y que me vengas aquí con una bronca disimulada de machito pampeano lo puedo comprender, porque todos tenemos un corazón, qué mierda, pero de ahí a darte lo que me pedís median algunas verstas.

—De acuerdo —dijo Andrés vaciando el vaso de un saque y llenándolo con la misma destreza—, pero lo malo es que también vos sos un gaucho judío y a la hora de entender ciertas cosas primero las boleadoras y después el Talmud. Pedazo de infeliz, por qué no me mirás de veras y hacés un esfuerzo por entender.

—¡Fenude! —gritó Manuel que había encontrado un pedazo especialmente roñoso de fleco y lo chupaba ansiosamente.

—Vos te das cuenta —dijo el rabinito entusiasmado—, es nada menos que el Fondo Especial de las Naciones Unidas para el Desarrollo Económico.

—Joder —dijo Andrés—, uno se pregunta por qué todo el mundo se rompe el alma preparándole el álbum del futuro cuando ya tiene una veltanshaún que te la debo.

—Bueno, en todo caso perdoná el exabrupto —dijo Lonstein pasándole los cigarrillos— pero qué querés, entre nosotros las cosas suelen hacerse como en los tangos, pura cuestión de cuernos y cojones y así nos va. Mi sapiencia racial me dice que hay otra cosa, pero a lo mejor harías bien en explicármela, ese fato de Fritz Lang y los otros rompecabezas que sugeriste como buena muestra que sos de la oligarquía agonizante.

—Es muy sencillo —dijo Andrés, sonriendo por primera vez en la mañana—, quiero estar con Ludmilla para lo mejor y lo peor, cosa que no sé si te parecerá oligárquica, y en este caso me temo que lo peor porque lo mejor lo encontró ella anoche y no seré yo el que se lo discuta, ya sabés que los argentinos afrancesados perdemos todo sentimiento viril y para el consenso nacional somos unos maricones sin abuela. Está claro, espero.

—En fin —dijo Lonstein—, dilucidado este aspecto varonil

342

del problema, me permitiré anteponerte que queda otro igualmente peludo, o sea que no entiendo demasiado por qué querés inmiscolarte tan espontáneamente en una meresunda que clavado acaba mal. Ya sé, para lo peor, te lo escuché. Pero date cuenta de que la Joda ya no es solamente Ludmilla, hay nada menos que varios millones de tipos metidos en este jerk. ¿Qué das vos a cambio de la información que me pedís?

—Nada —dijo Andrés—. Como canta Caetano Veloso en ese disco que nos hizo oír Heredia, *yo no tengo nada, yo no soy de aquí*. Ni siquiera puedo darte a Irene, como en la canción.

—El señor quiere cosas, pero no renuncia a nada.

—No, no renuncio a nada, viejo.

—¿Ni siquiera un poquito, digamos un autor exquisito, un poeta japonés que sólo él conoce?

—No, ni siquiera.

—¿Su Xenakis, su música aleatoria, su free jazz, su Joni Mitchell, sus litografías abstractas?

—No, mi hermano. Nada. Todo me lo llevo conmigo adonde sea.

—Estamos como queremos —dijo Lonstein—. La chancha y los veinte, eh.

—Sí señor —dijo Andrés—, porque a mí no me ha pasado nada profundo, vos hablás del despierte rioplatense de Ludmilla y a lo mejor es cierto y Ludmilla ya no tiene nada que ver con la mujer que conocí, pero a mí lo único que me ha pasado es algo así como la sospecha, casi el deseo de que me pase algo, viejo, y para que entiendas te tendría que hablar de Fritz Lang y en una de ésas de una mosca o de una mancha negra, cosas poco palpables como ves.

—Probablemente me quedaré de araca —dijo el rabinito—, pero que la mosca y las manchas te han dejado hecho moco es algo incuestionable, te lo digo yo que cada noche les hago la tualé a unos cuantos con la misma pinta, mala comparación.

—Bah, me pasé horas tratando de abrir un montón de puertas y a lo mejor de cerrar otro montón, de ver claro en la mancha y en la mosca, y al final todo sigue más o menos lo mismo salvo que en algún lugar del Marais habrá una chica llorando, cosas así. Vos sabés, romper las colmenas, millones de exágonos históricos amontonados desde Ur, desde Lagash, desde Agrigento, desde Cartago, desde cada jaloncito de la historia, los cromosomas exagonales en cada uno de nosotros, andá a romper eso, Lonstein, el suicidio es nada al lado de esa autodestrucción, vos lo pensás y creés que lo sentís y sobre todo te imaginás que vas a poder vivirlo, le metés mano al primer exágono, que de paso yo llamo triángulo por razones funcionales, y ahí nomás un contragolpe desde vos mismo, el autonoqueador que te emboca el hígado con una de esas piñas que reíte de Jack Dempsey, preguntale a los argentinos que se las ligaron por interpósito toro salvaje de las pampas.

—Che pibe —dijo el rabinito sinceramente admirado—, yo no te conocía esas derivaciones populistas, vos con tu Xenakis y tu culturita de sofá y lámpara a la izquierda. En el fondo sos un poco como el que te dije y como yo, claro que los tres estamos jodidos apenas nos extrapolamos históricamente, preguntale a Chou En-lai.

—No tiene ninguna importancia —le dije ya harto—, vos dame los datos y me voy.

—Toda fortrán es deseable y necesaria —dijo Lonstein—, a lo mejor tu triángulo pampeano va más allá de Ludmilla y de Marcos y de vos, lo que importaría es saber si alguna vez serás o seremos capaces de fortrán. En todo caso ya está bien que te hayas dado cuenta de que el mundo mental de los argentinos no es el mundo entero y que en segundo lugar el mundo entero no es privilegio de los machos, la geometría puede proyectarla cualquiera, vos te creíste que tu esquema era aceptable y ahora venís a descubrir que las mujeres también tienen su triangulito que decir. Bueno, el metro lo tomás en la estación Luxembourg, yo te hago un papelito, a mí Marcos me mata, es seguro, siempre que no lo maten a él primero porque las hormigas ya te podés imaginar y no hablemos de los flics vernáculos.

—Llegaré de noche —dijo Andrés— y tendré cuidado.

—Si llegás —dijo Lonstein.

Los papeles se le mezclan igualito que la vida, y así usté entró en el Bazar Dos Mundos si todavía existe y después de comprar destornilladores, desodorante y diversos tipos de clavos para las labores del uiquénd, en el momento de ir a pagar ocurre que la señora de la caja aprieta las vistosas teclas de su maquinaria electrónica y al final sale una cinta de papel más bien extensa en cuya extremidad inferior se lee claramente la cifra 389,45 pesos ley, frente a lo cual usted adopta un aire de tortuga bruscamente extraída de su caparazón y declara que no es posible porque dos destornilladores y siete clavos no me va a venir a decir a mí que puede costar mesejante toco. Por principio estas señoras tienden a sostener que la cifra es exacta y que las máquinas no mienten, pero previa indagación manual y ocular del inspector siempre presente en tales casos llégase a la conclusión de que hasta los cohetes lunares fallan y eso que buena cantidad de dólares cuestan, me crea, con lo cual y ya salvado el honor profesional la señora procede a tocar el piano por segunda vez y te sale una facturita de 38,94, que abonamos sensaltro entre uno que otro disculpe señor, estas cosas le pasan a cualquiera, pero claro señora, no faltaba más, valiente. Como ahora que el que te dije no sabría cifrar con demasiada precisión el momento en que Higinio habló con la Vipa, las instrucciones del comisario Pillaudin a la brigada 56-C con asiento en Bourg-la-Reine, y las estertorosas remembranzas nocturnas de la Vipa, incluso el hecho harto evidente de que la memoria humana tiene límites y que nadie estaba en la obligación de acordarse de quién era el tal Higinio salvo la Vipa prendida al teléfono mientras la mucama le traía la escupidera al dormitorio porque los sobresaltos de la velada se manifestaban en forma de una diarrea capaz de hacer palidecer propiamente el Niágara, con lo cual el que te dije se abandonaba a un cansancio comprensible, y después de compulsar cejijunto el material disponible lo soltaba pelmel y el que venga atrás que arree. Sí, pero entonces qué podía pasar: tras los dos puntos necesarios para establecer el hiato interrogativo, el que te dije se encogía de hombros y miraba desalentado la circunstancia, ponía un papelito aquí y otro allá, por un lado Lucien Verneuil informando a Marcos que objetivo alcanzado (Radio Montecarlo, informativo de las 17.30, gobiernos aceptan ultimátum, se espera confirmación de los embarques aéreos) en párrafo aparte Roland y Patricio hacían saber que la noche estrellada no había aportado hasta entonces el menor elemento inquietante y que dadas esas circunstancias decididamente faustas era el momento de que las ménades se mandaran un refrigerio especial con doble porción de salame o jamón en los sándwiches hasta entonces un tanto espartanos, y marginalmente pero con marcada tendencia a converger hacia el lugar de los hechos Andrés Fava salía de una estación de metro suburbano y recorría órbitas caprichosas, cosa poco realista en la medida en que las hormigas con Higinio al frente lo tenían cubierto desde el vamos y que el comisario Pillaudin acababa de dar las instrucciones necesarias a la brigada 56-C que no tenía ninguna razón para apurarse, muy al contrario puesto que un principio elemental en la materia indicaba que lo mejor era que el enemigo se hiciera moco entre sí antes de intervenir en nombre de la libertad, la igualdad y la fraternidad. Ah, suspiró el que te dije rodeado de incertidumbres, itinerarios y alternativas, esto no es serio, hermano, quién te va a creer algún día si es que hay algún día porque a esta altura de la noche Bobby Fischer mueve el alfil fatal y mate amargo, como corresponde a argentinos, desde luego la ingeniosa metáfora o metonimia (nunca entendía la diferencia el muy bestia) era la resultante directa de Higinio prendido a un longdistanscol y una voz rebosante de amígdalas desde Los Ángeles (of all names) aprobando las noticias del Hormigón y asegurándole que todo O.K. gracias a la C.onexión I.nteligencia A.borigen, vulgo el funcionario de en-

346

Sandwiches fritos indicados para fines de semana descansados

Los sandwiches solución para salidas o fines de semana descansados, ofrecen infinitas combinaciones que no descuidan la variedad en la alimentación. Las conservadoras manuales permiten trasladarlos y mantenerlos frescos sin que se alteren o pierdan su sabor.

Las siguientes recetas, altamente nutritivas, son una variedad poco usada: los sandwiches fritos.

De carne: mezclar carne picada cocida y salsa blanca por parte iguales y sazonar con sal y pimienta a gusto. Armar los sandwiches con esta mezcla sobre rebanadas de pan flauta y dorarlos ligeramente por fuera con un poco de aceite o manteca caliente.

De pollo: en un recipiente adecuado poner el contenido de una lata de pasta de pollo, rallar ½ cebolla mediana, agregar una cucharada de

lace con los flics franchutes, de manera que adelante con los faroles, buddy, no armen más lío del necesario porque después de lo de Ben Barka things aint what they used to be, con lo cual el que te dije podía permitirse perfectamente el audaz sincretismo del ajedrez y el cimarrón, no te parece.

—Bueno —dijo Oscar, que se moría de hambre y de aburrimiento—, vos mucho besuquearme y esas cosas, pero ya llevamos aquí todo un día y minga de morfi comilfó.

—Somos las damas mendocinas —dijo Gladis ofendida—, nos pasamos horas y horas combinando de maneras vistosas e inéditas las cuatro latas que hay en la cocina, sólo que San Martín se mostró mucho más agradecido por la ayuda femenina. Mirá lo que encontró Susana en el diario, Monique y Ludmilla hacen esfuerzos heroicos para llevarlo a la práctica, pero ustedes con la grosería de siempre.

—Hasta ahora no se vio gran cosa de los sándwiches solución —dijo Heredia.

—Porque no hay carne ni pollo —bramó Susana— y en casos así decime un poco qué mierda se puede freír. La culpa es de Lucien y sobre todo de la madre que debe ser más roñosa que él, en el frigider había media lata de leche y un chorizo carcomido.

—Clavado que al Vip le dan ración doble para que después

no hable de torturas morales —dijo Oscar—, no te creas que no las he visto subir con los platitos, aquí hay hijos y entenados, che.

Marcos, que volvía del teléfono, hizo una seña a Patricio y a Oscar y los sándwiches fritos se desdibujaron en la circunstancia: desde algún lugar del barrio latino les llegaban las noticias previsibles, Higinio personalmente con no menos personalmente el comisario Pillaudin, sacale punta.

—Ya saben, claro —dijo Patricio—. Van a caer en cualquier momento, viejo.

—¿Pero qué van a hacer los franceses? —preguntó Oscar que no tenía por qué saberlo.

—Llegarán primero —dijo Heredia que tenía una veta francófila.

—Una de dos —dijo Marcos—, o dejan que las hormigas se corten solas y después vienen a contar las bajas, o se cruzan en el camino y lo presentan como un triunfo del orden frente al salvajismo de tribus subdesarrolladas que pretenden convertir el suelo francés en un rompedero de culos.

—Lo primero —dijo Roland.

—Bien sûr —apoyó Lucien Verneuil.

—A mí también me parece —dijo Marcos— y en ese caso atenti a las ventanas. Así son las cosas, ahora hay que cuidarlo al Vip como a una novia, viejo, esto no me gusta nada. Telefoneale a René, el auto ya tendría que estar aquí para llevárselo.

—A las ocho y cuarto —dijo Roland mirando su reloj— y son los ocho y cinco.

—La noviecita ya está advertida —dijo Lucien Verneuil— y parece haber recibido la noticia con particular entusiasmo. Se puso el saco y dijo que a pesar de todo no podía quejarse de nada siempre que al final no se la dieran por la cabeza.

—Le resulta difícil salirse de sus costumbres —dijo Marcos—, el problema es que René llegue hasta aquí, debe haber hormigas por todas partes después del pow-pow del Hormigón y Pillaudin.

—No está probado que el Hormigón sepa dónde estamos.

—Juventud, juventud —murmuró Heredia, mirando a Oscar

con cariño y lástima. Era uno de esos puentes más bien inútiles que el que te dije aprovechaba siempre para bifurcar, desconcertado y pesaroso porque también a él le gustaba asistir a diálogos idiotas, pero qué querés, entre otras cosas estaba por ejemplo yo después de un viaje nada cómodo entre oficinistas apelmazados en el metro y simbólicamente representados por un viejo que desde la salida del Luxemburgo me había encajado el mango del paraguas entre las costillas y andá a protestar en esa masaumanadelaseisimedia, eyaculado por fin sin el menor placer en la estación de Antony junto con otros centenares de espermatozoides precipitándose a fecundar el cotidiano huevo del túnel de salida, asomando a una región ignorada del gran París, cansado y bastante borracho, dándole vueltas a una especie de poema que el ritmo del vagón podía reivindicar como suyo, sintiéndome supremamente idiota ahora que me acercaba a eso que podía resultar una definición o una nueva mancha negra, acaso una culpa irremediable si llegar hasta esa casa no era precisamente lo que le convenía a la Joda. Entonces así, más o menos: esperanza de sentirme mejor, ya incluso al bajar la escalera de Lonstein sentimiento como de cita inminente y a la vez todavía Francine, imaginarla en su departamento mirándose en el espejo del dormitorio, desnuda o con solamente el slip mirándose sin razón precisa, preguntándose si Andrés la llamaría, si realmente se habría decidido a ir a Verrières, el transistor en la mesa de luz, pop music y de tanto en tanto informaciones sobre el secuestro del coordinador de asuntos latinoamericanos y la aceptación del ultimátum. Irá, claro que irá, si fue capaz de hablarme del lugar, si juega así con el fuego irá porque la quiere y no se resigna a perderla aunque piense que va por los otros, la mala conciencia no es más fuerte que los celos, irá porque quiere verla de nuevo y se siente como un trapo lejos y solo mientras Ludmilla corre peligro, y era malditamente cierto que yo iba por eso aunque no sólo por eso, chiquita, te estás olvidando de Fritz Lang cada vez más como una bola peluda en el estómago, hay alguien que quiere hablar con usted, alguien en esa pieza, y no es solamente por vos, polaquita, hay Fritz Lang y el pequeñoburgués con su

349

calambre en el estómago, hay el que se reía de la contestación en los cines y los cafés, de los fósforos quemados, y de golpe todo es Ludmilla y mucho más, como si la mancha negra, te das cuenta, solamente que jamás habrá nada que me arranque a esto que soy, al que escucha *free jazz* y va a acostarse con Francine en cumplimiento de ceremonias que no aprueban los jóvenes maoístas, amor por el rito, placer por la tensión del arco de la sangre, egoísmo de toda estatua perfecta, dibujo cerrándose al término de su última voluta, pequeñoburgués contra los Gómez y los Lucien Verneuil que quieren hacer la revolución para salvar al proletariado y al campesinado y al colonizado y al alie-

BULLETIN DE L'ÉTRANGER

La condamnation de Boukovski

Le tribunal de Moscou a la main lourde. Vladimir Boukovski, accusé d' « avoir commis des actes visant à affaiblir le pouvoir soviétique », a été condamné, le 5 janvier, au maximum de la peine prévue pour les opposants : sept ans de privation de liberté, dont deux ans en prison et cinq ans dans un camp à régime sévère. Ensuite il sera assigné à résidence, pendant cinq ans, en dehors de la capitale. L'inculpé, indique l'agence Tass, a reconnu les faits qui lui ont été reprochés.

nado de eso que llaman con tanta razón imperialismo pero después, después, porque ya hay países donde están en el después, donde llegan a la Luna y a Marte y a Venus of all places, trabajaron como locos para hacer y consolidar la revolución y están en el después, llevan cincuenta años de después y sin embargo esta misma tarde el rabinito mirándome con la ironía que le viene del Pentateuco y la diáspora y cuatrocientos pogroms, mirándome mientras FIN DEL PROCESO DE BUKOVSKY SIETE AÑOS DE PRISIÓN POR DIFUNDIR INFORMACIONES DESFAVORABLES AL RÉGIMEN SOVIÉTICO y Solyenitzin murmurando en la tumba de Tarnovsky frases que llenarían de lágrimas las mejillas de la momia de Lenin si no fuera que LA MOMIA SOVIÉTICA NO LLORA JAMÁS (por soviética, claro), entonces Marcos, cordobés pachorriento mirándome como desde lejos y diciendo pero sí, mi hermano, por eso hay que volver a empezar, la historia no se repite o en todo caso no vamos a dejar que se repita, y Patricio aprobando y Gómez convencido, pero claro, clarísimo, salvo que Gómez, justamente, Gómez y Roland y Lucien Verneuil son de esos que repetirán la historia, te los ves venir de lejos, se jugarán la piel por la revolución, lo darán todo pero cuando llegue el después repetirán las mismas definiciones que acaban en los siete años de cárcel de Bukovsky que por allá algún día se llamará Sánchez o Pereyra, negarán la libertad más profunda, esa que yo llamo burguesamente individual y mea culpa, claro, pero en el fondo es lo mismo, el derecho de escuchar *free jazz* si me da la gana y no hago mal a nadie, la libertad de acostarme con Francine por análogas razones, y tengo miedo, me dan miedo los Gómez y los Lucien Verneuil que son las hormigas del buen lado, los fascistas de la revolución (epa, che, te estás bandeando, la grapa de Lonstein debe tener pentotal o algo así), esta debe ser la calle que lleva a Verrières si el dibujo del rabinito no es demasiado fantasioso, me prohibió preguntarle a nadie para no despertar curiosidades malsanas y tiene razón, entonces tomamos a la derecha y a lo mejor en una de ésas, porque aunque es de noche, como dijo el otro, a lo mejor llegamos a buen puerto, la macana que ahí se abren dos calles y el rabinito no dibujó más que una, la encrucijada de Edipo, la gran decisión, izquierda o derecha, por supuesto izquierda dado que la naturaleza imita al arte y seguro que me lleva al bosque ominoso donde conspiradores ocultan víctima, esto tiene algo de viaje iniciático, no te queda más remedio que optar, Sigfrido, en vos está el camino de la vida o de la muerte, Ludmilla o el dragón y todo para qué, decime un poco, aunque sí, todo para Ludlud y también para Marcos aunque me duela de la cintura para abajo, todo para ese loco y esa loca perdidos en un sueño que reíte de Fritz Lang, un sueño diurno que va a acabar a plomo limpio, hermano, aunque en una de ésas también el de Fritz Lang puesto que este cretino se toma el metro y viene a meter la cara justito ahí donde nadie lo llama y eso se paga caro, en todo caso no por los Gómez ni los Roland ni los Lucien Verneuil, solamente porque el testamento está escrito y firmado y a su manera cagosienta y diarreiforme como diría el rabinito, el pequeñoburgués busca su salida que es su entrada y todo eso sin aflojarles a los Gómez, pobre panameño que maldito si se imagina que lo convierto en imagen de lo que más odio, los que tocan el timbre en mitad de un quinteto de Mozart, los que no me dejan leer tranquilo el diario de Anaïs Nin o escuchar a Joni Mitchell, pobre Gómez tan bueno pero que será el Gómez Robespierre de mañana si la Joda se sale con la suya por todo lo ancho, si hacen su revolución necesaria e impostergable, en fin, tomemos a la izquierda aunque sea de noche, mi querido Juan de la Cruz, dulce poeta de mis dulces horas de sofá, vamos nomás aunque sea de noche y las hormigas preparen los bufosos, viejo tango de infancia, el taita del arrabal, *relumbraron los bufosos, y el pobre taita cayó*, vaya a saber si alguien se acuerda de ese tango que me hacía llorar de chico pegado a la bocina de latón verde, ah vida larga y llena de hermosura y podredumbre, vida de argentino condenado a comprender, a comprender, salvo todavía la mancha negra porque ésa ni madame Antinéa ni la mosca en el whisky ni el llanto de Francine, ah carajo, por qué no me dejás entender la razón de esta idiotez, del tipo que busca su camino entre puteadas y temblando para ser lo que deba ser salvo feliz porque eso no, clavado, seré un muerto más o llegaré tarde o me tomarán el pelo o Marcos me mirará como preguntándome qué recontracarajo venís a joder adonde nadie te llama, cualquier cosa menos la felicidad que se quedó en la rue de l'Ouest en un sillón con una botella de whisky al alcance de la mano, con ese disco de Xenakis por escuchar y esos libros por leer, cualquier cosa para mí y por mí salvo la felicidad, habrá Joda con la consecuencias previsibles pero no la felicidad de Heredia y de Ludmilla y de Monique, los que van hasta el fin mirando adelante, los hijos del Che como dijo no sé quién, habrá mierda o ramo de flores pero no felicidad para el pequeñoburgués que no quiere, que no quiere renunciar a lo que van a barrer los Mao y los Gómez y que a pesar de todo, andá a saber por qué carajo, por qué locura, por qué mancha negra de la reputísima madre que la parió sigue andando por este camino que lleva a un bosque, a esa otra mancha negra acercándose poquito a poco, y el problema es entender ahora el dibujo de Lonstein, primero un viraje, después un cruce de caminos, agarrás a la derecha y te metés entre árboles, un chalet perdido entre los cedros, idílico sin duda, perfumado de noche, de Ludmilla, de insensata hermosura. Qué ganas de tirarme en la cuneta, de dormir la sbornia hasta mañana, de escribir lo que iba naciendo mientras me aguantaba el paraguas del viejo en el metro

Cuando los caracoles que desfilan
para dejar la huella que dibuja el sabor de la lechuga
permutando su baba de delicia por el perfume de la luna llena

yo soy el que en París escucha
cantar a Joni Mitchell

el mismo que entre dos cigarros
sintió pasar el tiempo por Pichuco
y por Roberto Firpo

Mi abuela me enseñaba en un jardín de Bánfield,
suburbio dormilón de Buenos Aires,
—*Caracol, caracol,*
saca los cuernos al sol.

Será por eso en esta noche de suburbio
que hay caracoles, Joni Mitchell, nena americana

que canta entre dos tragos,
entre un Falú y un Pedro Maffia
(yo ya no tengo tiempo ni me importan las modas,
mezclo Jelly Roll Morton con Gardel y Stockhausen,
loado sea el Cordero)

Cosa tan rara
ser argentino en esta noche,
saber que llegaré a una cita
con nadie, con mujer que es de otro,
con alguien que me habló en la sombra,

que llegaré ahora mismo
para qué

Cosa tan rara
ser argentino en esta noche,
la voz de Joni Mitchell
entre un Falú y un Pedro Maffia,
copetín del recuerdo, *mezcla rara de Museta y de Mimí,*
salud, Delfino, camarada de infancia,
ser argentino en un suburbio de París
—*Caracol, caracol, saca los cuernos al sol*—
bandoneón de Pichuco, Joni Mitchell,
Maurice Fanon, chiquita, *me souvenir de toi,*
de ta loi sur mon corps,
ser argentino, ir caminando
a una cita con quien y para qué,
cosa tan rara
sin renunciar a Joni Mitchell
ser argentino en esta mancha negra,
Fritz Lang, yo soy Andrés, decí nomás,
esa casa en el fondo de los árboles,
seguramente ahí, los cedros y el silencio,
todo coincide, pero entonces
todo empieza de nuevo a no ser nada,
saber que llegaré a una cita
con mujer que es de otro,
cosa tan rara

("Alguien quiere hablar con usted", un camarero
de saco blanco, el gesto señalando
la habitación a oscuras)—
Ya voy, mi amigo,
espere a que termine Joni Mitchell,
que se calle Atahualpa, estoy llegando,
abrí, Ludmilla, que me esperan
en una pieza a oscuras,
es un cubano, dijo el camarero, tiene algo que

decirle.

Soñé todo eso, claro, y de golpe recuerdo
justo al llegar aquí, la mancha negra se abre,
veo una cara, oigo una voz, todo lo que soñé Fritz Lang recuerdo, como una sábana que se desgarra en mitad de ese
jardín de cedros en la sombra recuerdo sin sorpresa, lo sorprendente es casi no haberlo recordado antes, desde el principio, al
despertar, tan claro y obvio y hasta hermoso recordarlo mientras me acerco a la puerta del chalet y alzo la mano para que
no me maten sin por lo menos saber quién soy y que no vengo
a venderlos, cosa tan rara ser un argentino en este jardín y a
esta hora, metido en esta insensatez y acordándose de Ludmilla
y Francine y Joni Mitchell, de sus leyes en mi cuerpo, mujeres
y voces y cuerpos y libros mientras alzo los brazos para que me
vean bien, Gómez o Lucien Verneuil o acaso Marcos agazapa-
dos detrás de las ventanas, me van a rajar a puteadas cuando
me reconozcan si me reconocen porque qué mierda vengo a
hacer aquí a esta hora y en plena Joda, decime un poco, Pichuco, explicame este fato, Falú, a menos que me bajen de un
balazo y el pobre taita cayó, taita lector de Heidegger, decime
si no es para mearse al pie de estos cedros majestuosos, porque
de verdad son hermosos estos cedros en la noche, cosas vivas y
verdes en la gran mancha negra con algo que canta ahí arriba,
a lo mejor el ruiseñor legendario, nunca escuché a un ruiseñor,
yo criado a teros y a bichofeos en Bánfield, abrime Ludlud,
dejame entrar que te cuente, nena vení una cosa, vení de
Andrés, nena, dejame que te cuente si estos ñatos me dan tiempo
porque seguro que me bajan de un plomo en la barriga, che,
no sean tíos bolas, déjenme entrar ahora que está clarito, ahora
que no hay mancha negra, porque es así, justo ahora y aquí,
viejito, propio al llegar al chalecito de los nenes malos se me
vislumbra la antena como dice mi tía, plaf ahí está, la pieza con
sus sillas de paja, el cubano hamacándose en la previsible
rocking-chair, no puede ser que todo esté tan claro, tan nítido,
que semanas y semanas mancha negra y Fritz Lang y de golpe
justamente cuando todo negro y cedros y chalet apagado zás

se me vislumbra la antena y reconstruyo la secuencia, miro al hombre que me mira desde el sillón hamacándose despacito, veo mi sueño como soñándolo por fin de veras y tan sencillo, tan idiota, tan claro, tan evidente, era tan perfectamente previsible que esta noche y aquí yo me acordara de golpe que el sueño consistía nada más que en eso, en el cubano que me miraba y me decía solamente una palabra: *Despertate.*

Sí, piensa rabiosamente el que te dije, otra que despertate, vos, arriba del trabajo que me dan estos otros lo único que falta es que ahora te aparezcas con el drama interior y tutelefioque, yo realmente no sé lo que voy a hacer a la final.

Era justamente lo que le había preguntado Lonstein en los tiempos en que el que te dije empezaba a rejuntar el fichaje y Susana se aparecía con el álbum. Los dos están completamente piantados, había sentenciado el rabinito, claro que en todo caso ella es una madre y ya se sabe, pero vos, decime un poco.

—No tengo la menor idea —había reconocido lealmente el que te dije—. Es como la tortícolis, algo inexplicable pero que ocurre, qué le vas a hacer, yo estaba ahí con ellos mirándolos vivir, y poco a poco los iba poniendo en escritura como dicen los muchachos cultos de ahora, hasta que de golpe fijate un poco.

—Lo que me llevás mostrado no me parece maormente carismático —había dicho Lonstein—. A mí en realidad me importa un pito lo de la Joda, pero de todos modos tiene su pathos, che, y el tuyo en cambio es más bien gayareta.

Cosa que el que te dije tendió a admitir justamente en el momento en que asistía a la entrada de Andrés catapulteado entre duro y suave por Marcos, con la puerta volviendo a cerrarse y Lucien Verneuil que le metía todas las fallebas al mismo tiempo, lo lineal haciéndose pedazos frente a una serie de simultaneidades que más bien aburrían al que te dije aunque no tanto a los otros presentes que precipitadamente se esmeraban por descifrar un desmadre más bien oscuro, y entonces:

—Despertate.

—Vos —dictaminó Patricio— sos propiamente una bestia peluda, mirá que venir a sacarme del sueño justo cuando conseguía dormirme cinco minutos arriba de esta alfombra roñosa.

—Sh —shushurró Oscar—, vení rápido.

Por más rápido que viniera, Patricio alcanzó apenas el final de la maniobra consistente en la puerta que se cerraba y Lucien Verneuil que le metía todas las fallebas al mismo tiempo mientras Marcos, empujando a Andrés un poco perdido en ese domicilio a oscuras, lo hacía pasar al líving donde ménades estupefactas, cuantimás que en el mismo momento Roland bajaba de a cuatro la escalera para avisar que sombras por la parte trasera del lado del depósito de leña, con la pistola apuntando a Andrés apenas visible gracias al cabito de vela, un gesto de Marcos destinado a que Roland se dejara de jugar con armas de fuego, y a qué se debe el honor de tu presencia. Pero qué sé yo, viejo, me pareció que tenía que venir. Claro, con las hormigas siguiéndote, pelotudo, dijo Patricio todavía resentido por la forma en que lo había despertado Oscar, Heredia avisando que las sombras se habían perdido detrás de los árboles, una especie de interregno en el que Ludmilla llevaba a Andrés hasta un sofá y le daba a tientas un vaso de vino, Marcos como esperando y Andrés no sé, perdoname si metí la pata, no pensé que me seguirían, el que metió la pata fui yo, dijo Marcos, con tipos como Lonstein y vos clavado que la embarraban al final, Monique encendiendo otra vez el cabo de vela y Roland desde la escalera, están escondidos entre los árboles esperando algo, son ocho o nueve, Patricio con la pistola sobre las rodillas, el partido es bastante parejo pero qué hacemos con el Vip si René no alcanza a llegar con el auto. La palabra está dada, dijo Heredia, pase lo que pase tenemos que soltarlo en buen estado de conservación, si René no llega lo saco hasta la puerta y que se vaya solito a juntarse con las hormigas o los flics, está vestido y lavado y bien comido, qué joder, nadie puede decir que no cumplimos. Sí, dijo Marcos, pero andá a saber ahora si les interesa recibir el paquete intacto o más bien decir que llegó con todos los hilos rotos. Es cierto, dijo Heredia, no se me había ocurrido. Carajo, tener que cuidarlo realmente como a una novia, dijo Oscar. Marcos tiene razón, dijo Heredia, está la imagen exterior, viejo, seguro que van a tratar de falsearla,

con Roland empujando al Vip que llegó a la planta baja y levantó las manos como si alguien le estuviera apuntando, Patricio ordenándole que se sentara en la alfombra, formándole una especie de redondel de pieles rojas a la luz temblequeante del cabito de vela, Lucien Verneuil avisando son las hormigas, la policía ya hubiera atacado, pero entonces, dijo Marcos, clavado que si llegaron antes es por lo que ya sabemos, se van a tirar el lance de hacerle la boleta y cargarnos la romana a nosotros. El gran chiste sería avisar por teléfono a la poli, dijo Oscar. Señores, señores, dijo el Vip desde el suelo, yo realmente quisiera decir que, vio la pistola de Roland y alzó de nuevo las manos como si rezara en una mezquita. Metelo en el water, es el sitio más seguro, le dijo Marcos a Roland, ustedes atentos a las ventanas, vos polaquita andá a vigilar arriba y teneme al tanto. Dejame aquí, dijo Ludmilla, y no había terminado de decirlo cuando ya se levantaba para subir corriendo, puñeta, estúpida, venir a discutirle a Marcos en ese momento, y al llegar a lo alto vista panorámica del grupo que se disolvía, Roland empujando al Vip, Heredia y Patricio en las ventanas del salón, Lucien Verneuil vigilando la puerta. Se pegó a una ventana, resbaló hasta descubrir que sentada estaba mejor y que veía lo poco que había por ver en el jardín de los cedros, desde abajo le llegaba el rumor de los aprestos, el golpe de la puerta del water, imaginó al Vip sentado en el único dispositivo capaz de recibirlo dignamente, no había tenido tiempo de pensar en Andrés, verlo no había sido una sorpresa, más bien el sentimiento de algo inútil y echado a perder, una obstinación tardía que ahora iban a pagar caro los demás, y a la vez como una alegría de que Andrés hubiera venido, tantas otras cosas. Blup, mierda, están escondidos detrás de los troncos, no había que distraerse un solo segundo pero lo mismo podía pensar como si siguiera en el salón de abajo, Marcos yendo y viniendo, Ludmilla dejaba de ver a Andrés, de pensar en Andrés, le había dado el vaso de vino y el resto era solamente Marcos, polaquita centinela de los cedros y de Marcos, de Andrés le quedaba solamente el gesto en la penumbra cuando había tomado el vaso de vino y la había mirado sonriéndole un

359

poco, desde un otro lado infranqueable, como queriendo hacerle entender por qué había venido, y todo el resto era Marcos y la espera, un miedo de estómago y dedos crispados en los zapatos, un silencio de cedros en el jardín y Marcos.

Por su parte y tratando inútilmente de poner un poco de orden en sí mismo y acaso en los demás, el que te dije había decidido que por el momento lo mejor era sentarse al lado de Andrés y tener a tiro a Monique y a Gladis, sentimiento de protección caballeresca que no servía para nada a esa altura pero si además Susana lo dejaba tranquilo a Patricio y venía con ellos se podría esperar hablando de otras cosas, sin contar que nada era seguro y a lo mejor los de la Joda se estaban dejando arrastrar por ilusiones ópticas. Cuando sonó el primer tiro fue como si toda la casa se trasladara dos metros más atrás o adelante, la pistola de Roland debía ser una especie de cañón, la voz de Ludmilla en lo alto de la escalera, ahí vienen, Marcos, ocho o nueve, otro tiro del lado de Patricio, afuera un grito, el tremendo golpe contra la puerta, Lucien Verneuil retrocediendo despacio medio metro y apuntando a la altura del pecho del que abriera. Bueno, ellos se la buscaron, dijo Marcos con la pistola en la mano, telefoneá a la comisaría de Verrières, les guste o no les guste se lo vamos a entregar vivito y coleando a los franceses. Tú me entiendes, dijo Higinio, si puedes usa una de las pistolas de ellos. Pero clarito mi jefe, dijo el hormigacho, usté esto se lo deja a su servidor, nomás que me den la chance y no se vuelve a hablar, entretanto le antepongo que cuanto más me los queme más fácil va a ser para este su amigo. Vamos, dijo el Hormigón, todos al mismo tiempo. Y así, rememoró el que te dije, cual las aladas multitudes de ocas, grullas y cisnes de esbelto cuello vuelan en las praderas de Asia junto al Caistrio, estremeciendo con sus gritos el aire, corrían las innumerables tribus de los hormigachos, los hormiguetas, los hormigudos y los hormigócratas como un torrente en la planicie que baña el Escamandro, y bajo sus plantas retumbaba la tierra horriblemente. Y el gran Hormigón se erguía en medio de todos, semejante en los ojos y en la cara a Zeus que dispone del rayo, a Ares en la estatura, y en la amplitud del pecho a Ronald Reagan. Detrás del sofá, dijo Andrés agarrando por el pescuezo a Monique y metiéndola sin otra explicación en el lugar susodicho. Aquí (repetición del procedimiento con Monique y Susana), se me quedan quietitas y vos, guerrillera, decime donde hay una pistola porque yo estaré borracho pero en mi día llené todas las condiciones en el Tiro Federal, de manera que. Pedile a Marcos, dijo Susana que no se extralimitaba en sus atribuciones. Tomá, dijo Marcos que había escuchado vaya a saber cómo, y en la mano de Andrés una cosa fría y dulce, grata de apretar mientras se calentaba poco a poco. De muy lejos vino un toque de sirena, ya no valía la pena telefonear con semejante fuego graneado, el comisario Pillaudin no era Beethoven y los tres carros celulares y otros vistosos dispositivos se ordenaban a doscientos metros en el preciso momento en que los valerosísimos hormicrófonos que habitaban la Eubea y Calkis y Eritria, e Histea rica en uvas, y la marítima Kerinto, y la alta ciudadela de Dío, se mostraban ansiosos de traspasar con sus picas de fresno las corazas enemigas. Y con ellos avanzaban las huestes de los hormigordos y los hormínimos, junto con los hormigófilos que habitaban Aspledón y Orcomeno de Minia, acaudillados por el zurdo Malerba y su hermano ambidextro, hijos de Nemesio Yáñez que sorprendió un día a la inocente virgen Astoica Aceida, quien les dio el ser en la morada de Actor, y andá a saber qué más. Hay que esperar, dijo Pillaudin, por el momento tres tiros no son gran cosa, quiero el estofado bien cocido, órdenes de arriba. Como también Lucien Verneuil en el momento de abrirse la puerta, exactamente en la mitad del pecho y hormigócrata al suelo, felpudo para los dos hormigudos que lo pisotearon como última cosa en este mundo para él y ellos porque Lucien Verneuil paf paf, el segundo hormigudo al caer paf, Lucien Verneuil resbalando despacio mientras Marcos y Heredia casi al mismo tiempo paf, Heredia y Marcos cerrando la puerta y mirando a Lucien Verneuil en el suelo, puerta de mierda, dijo Lucien Verneuil, pónganle un armario por delante, Monique buscando algo, no es nada, ocupate de los otros, la sangre corriendo por los dedos de

Monique mientras Andrés y Susana la ayudaban a levantar a Lucien y acostarlo en el sofá, Gladis pañuelo inútil, hipo, dos tiros seguidos desde la ventana del norte, Heredia agachado paf paf paf paf, y en ese mismo momento desde atrás de los cedros los que habitaban las cercanías de Egión y de la gran Helike, y en toda aquella costa, acaudillados por el Hormigón revestido de espléndido bronce y también valeroso, un rush simultáneo a las ventanas, Patricio bajando al primero, un hormigonudo de pelado cráneo, el empujón irresistible a la puerta, cuerpo a cuerpo de Marcos con el Hormigón himself, demasiado infighting para meterse plomo mientras Gómez con el cargador vacío buscando un hueco para entrarle un culatazo y Andrés cruzándose entre Marcos y el Hormigón para recibir del último de los nombrados un zapallazo en plena facha que lo devolvió prácticamente al origen de las especies, la sirena en el jardín y los pitidos, Higinio reculando pistola en mano, diciéndole a Marcos entregámelo ahora mismo o te quemo, y Marcos viendo su propia pistola en manos del hormigócrata pegado a Higinio, comprendiendo, quedándose quieto y lacio como quien sueña delante de la puerta llena de hormigas, metiéndose despacio las manos en los bolsillos y diciendo entren a buscarlo si se animan, viendo alzarse la pistola de Higinio hasta los ojos, pensando si Ludmilla se quedaría arriba lo bastante para que llegara la policía o si loca como siempre se metería ahí mismo en pleno caldo, polaquita, una pausa como de película accidentada, no le tire don Higinio que lo están viendo, un tiro, los faros en el jardín y la granada lacrimógena más bien innecesaria reventando a los pies de Patricio, todo el mundo arriba las manos. Imposible seguir acordándose de ilustres descripciones, pensó el que te dije a mitad de la escalera, esto no es verdad, no ha sucedido, en todo caso no ha sucedido ni está sucediendo así, demasiado fácil apoyarse en autoridades clásicas, para qué pretender decir algo que imposiblemente había sucedido, decir lo imposible de que todavía estuviera sucediendo, tanto que no podía dejar de pensar que esa detención de la película que de un segundo a otro provocaría los silbidos de la platea, esa pausa de las tres huestes antes del final podía ser también su propia pausa en la escalera, su notoria incapacidad para lo simultáneo e incluso lo consecutivo cuando iba demasiado rápido, por ejemplo el núcleo Marcos-Hormigón-Gómez-Andrés, dónde había estado el antes y el ahora, Higinio reculando pistola en mano, diciéndole a Marcos entregámelo ahora mismo o te quemo, y a la vez Susana, la sombra diagonal de Susana resbalando para llegar hasta Patricio envuelto en el humo de la bomba, agarrándolo por los hombros, había que decidirse por algo, por Lucien Verneuil tirado en el sofá con Monique vendándole un hombro (¿pero cómo en pleno fuego y en un lapso casi inexistente había aparecido una venda que en realidad era una toalla pero lo mismo?) Ah, no, carajo, pensó el que te dije en mitad de la escalera, esto no puede ocurrir así y aquí y esta noche y en este país y con esta gente; se acabó, che. ¿Y Oscar, dónde se han metido Oscar y Gladis? Alto y enérgico, casi sonriente, un comisario francés en la puerta, pleno derecho de sonreír con dos ametralladoras protegiéndolo, que nadie se mueva, ocasión imperdible para que Andrés se corriera en lo que todavía quedaba de oscuridad porque los reflectores se metían a chorros por todas partes, y resbalando al lado del que te dije que seguía en la mitad de la escalera, entre sentado y caído, le pasara casi por encima para llegar al rellano desde donde Ludmilla, cumplida la misión, se largaba escalera abajo; la agarró al vuelo y se la llevó contra la ventana, no te movás, Ludlud, total no vale la pena, ya vas a ver cómo vienen a buscarnos por su cuenta. Marcos, dijo Ludmilla. Está ahí, dijo Andrés, no tengo una noción muy precisa de su ubicación y estado. Dejame bajar, quiero ver a Marcos. Esperá, Lud. Dejame bajar, *dejame bajar*, pero era mejor no dejarla por el momento, tenerla así entre los brazos aunque se debatiera y gritara, yo mismo no podía estar seguro de lo que encontraría Ludmilla al pie de la escalera en esa confusión y los faros enceguecedores y la policía ocupando la planta baja y subiendo ya, topándose con el que te dije en la mitad de la escalera, ya ves, Lud, te ahorraron el trabajo, son de una amabilidad probada, ahora sí, mi querida, ahora sí tendremos que bajar.

MISIONES DE AYUDA MILITAR DE LOS EE.UU.

DOTACIONES AUTORIZADAS DE PERSONAL DE LOS GRUPOS CONSEJEROS DE ASISTENCIA MILITAR DE EE.UU., MISIONES MILITARES Y GRUPOS MILITARES, AL 30 DE JULIO DE 1970. [1]

COMANDO SUR (Southcom)

País	Personal EE.UU.	Personal Extranjero	Total
Argentina.............	33	6	39
Bolivia	40	7	47
Brasil	69	33	102
Chile	32	5	37
Colombia	48	5	53
Costa Rica	4	1	1
República Dominicana...	39	2	41
Ecuador	39	5	44
El Salvador	15	2	17
Guatemala	26	3	29
Honduras	14	2	16
Nicaragua.............	15	2	17
Panamá	5	1	6
Paraguay..............	17	3	20
Perú	38	4	42
Uruguay..............	20	5	25
Venezuela............	51	2	53
Total, SOUTHCOM ...	505	88	593

1. Fuente: Departamento de Defensa (cuadro incluido por el Senador Ellender en **Congressional Record**, 1º de abril, 1969, pág. S3510).

En alguna ocasión Andrés coincidiría en que todo lo que había precedido y seguido a la entrada de las hormigas en el chalet era de una confusión total, no tanto por el magma intrínseco de esas situaciones, sino porque a él, observador mal calificado para la tarea, le tocaba ahora para colmo manejar los materiales del que te dije, eso que el susodicho llamaba fichas pero que eran cualquier cosa desde fósforos quemados hasta plagios de la Ilíada y enfrentamientos confusos a la luz de un roñoso cabito de vela, de manera que andá a sacarle punta a la madeja. Gentes como Gómez o Heredia, por ejemplo, hubieran pisado en firme en ese terreno como lo probaba el hecho de que se estaban mirando con un aire judón y satisfecho, allí donde estuvieran porque eso ni Andrés ni Lonstein tenían la menor idea y no les importaba demasiado, se miraban y Heredia le pasaba su cigarrillo a Gómez que chupaba con ganas y se lo devolvía, tendidos boca arriba en un piso de cemento y compartiendo el mismo y único cigarrillo, al pie de una ventanilla mugrienta por donde crecía el alba y la forma de una cruz de hierro llena de telarañas, al final se la dimos por el caño'e la verdura, dijo Gómez entre dos pitadas, y Heredia se dobló un poco como si algo le doliera y le rozó un hombro con los dedos, claro que se la dimos, fue la gran Joda, viejo. Pensar que querían matarlo ellos mismos, dijo Gómez divertido, ahí sí que nos fregaban. La imagen exterior, dijo Heredia, andá a explicar en Guatemala o en la Argentina que no éramos nosotros, que habíamos cumplido la palabra. Y en alguna otra parte no faltarían los que se acordaban de la cara del Vip saliendo del water y precipitándose en los brazos del Hormigón, gracias, mi hermano, gracias, mientras el comisario Pillaudin los miraba con un aire de cachondeo disimulado, no faltaría más, don Gualberto, si no les entramos con todo antes fue porque queríamos protegerlo, fíjese que estos desalmados eran capaces de matarlo a sangre fría, palmadas y abrazos y el Hormigón mirando por encima del hombro del Vip para asegurarse de que el hormigacho había dejado caer la pistola de Marcos, no fuera cosa de que el Vip se avivara, pero qué, tan emocionado mientras Pillaudin recogía la pistola con lo cual las posibles huellas digitales, y a la vez la sonrisa sobradora de Pillaudin, todo se ordenaba de la mejor manera y en todo caso, pensó el Hormigón que era un tipo realista, no pudimos cumplir la orden pero lo mismo allá se quedarán contentos, esto es lo que se llama desmantelarles el nido a estos cabrones, don Gualberto, ya no van a volver a joder por estos pagos. Y eso también lo sabían Gómez y Heredia pero seguían fumando callados, viendo subir el día, imaginándose las noticias latinoamericanas, fue la gran Joda, viejo, y es lo que cuenta, lo único que cuenta hasta la próxima. Seguro, dijo Heredia, Marcos hubiera pensado lo mismo, no te parece.

Era para creer que el pingüino turquesa les había traído suerte, ni Gladis ni Oscar hubieran podido explicar por qué pensaban tanto en el pingüino turquesa y casi nunca en los peludos reales, al fin y al cabo cómo saber cuál de ellos había sido la mascota, constantemente se acordaban del pingüino y lo amaban de lejos, a seis mil metros de altura entre Dakar y Río lo amaban y lo recordaban, se preguntaban qué habría sido de él y confiaban en parques zoológicos propicios, damas bene-factoras con piscinas y mucha merluza, algún circo internacio-nal cobrando entrada para ver al pingüino, todo eso de paso para no pensar demasiado en el tipo achinado que ocupaba el asiento lateral, tan amable el tipo achinado, siempre el primero en adivinar los deseos de Gladis o alcanzarle a Oscar el paquete de cigarrillos para que se sirviera un faso que acorta la secatura de la etapa. Ya vas a ver, peticita, apenas lleguemos a tierras patrias a éste le cambian los modales de golpe. Bah, dijo Gladis, yo tengo una hermana que está casada con un juez. ¿Los jueces se casan?, preguntó Oscar admirado. Puede ser útil, no te pare-ce. Seguro, dijo Oscar, es cuestión de que tu hermana lo con-venza de la utilidad de exportar pingüinos a Europa. En fin, de algo hay que hablar, dijo Gladis, esto se hace tan largo cuando no hay trabajo, me dan envidia esas chicas con las ban-dejas. A mí también, dijo Oscar, sobre todo la pelirroja que está para lo que dijo Cejas. ¿Qué dijo Cejas? Respuesta censu-rada. Y todavía faltaban dos horas para Río y cuatro hasta Buenos Aires, vamos a pedir otro whiskicito, dijo el compatriota achi-nado, dentro de poco pasan una en colores. De acción, espero, dijo Oscar. Eso seguro, dijo el compatriota, los *marines* matando comunistas o algo así, John Wayne viejo y peludo.

—No los nombra, naturalmente, entre otras cosas porque no tiene idea de dónde están —vociferó el rabinito mirándome como si yo tuviera la culpa de esa mescolanza—. Mucha organización preliminar, te pudren el alma con seudónimos, códigos, reuniones a las tres de la mañana, y de golpe se te hacen sémola.

—Hablás por hablar —dijo Andrés poniendo un papel delante de otro, mirándolos juntos, disponiéndolos en orden contrario, mirándolos juntos, tirándolos a un rincón y agarrando otros, escalonándolos en orden consecutivo, mirándolos juntos, encogiéndose de hombros, reconociendo oscuramente que Lonstein tenía razón y que ninguna secuencia servía de huella conductora—, hablás por hablar y porque sos un occidental necesitado de flechitas indicadoras.

—Vos te hacés realmente cargo de la herencia —bramó el rabinito—, todos los conversos son iguales, me vas a joder hasta el fin de mis días con tu flamante fanatismo.

—No, viejo —dijo Andrés optando por una serie de fichas y papelitos que le parecía un poco menos confusa que las otras—, solamente ya ves, el juego se dio así, a ellos les pasaron cosas y a mí me pasaron otras que no tenían nada que ver, por ejemplo una mosca, pero mirá, al final hubo como una especie de convergencia, por darle un nombre ya que en opinión de otros fui yo el que les trajo la sarna al corral.

—Macanas —dijo Lonstein—, Patricio se enteró después que los hormigojetas ya estaban ahí cuatro horas antes de que vos llegaras, solamente que al verte pensaron que no era cosa de seguir esperando, seguro que les dio bronca que te descolgaras tan pancho como si vinieras a tomar el té con masitas.

—Qué importa ya —le dije—, qué poco importa todo eso al lado de lo que pasó.

—Yo creo que te importa sospechosamente demasiado, hado. No se ve por qué de golpe tanto fervor compilatorio.

—Yo diría que por Manuel, hermano.

—¿Y qué carajo tiene que hacer Manuel a estas alturas?

—Todo, viejo. Parecería que estamos perdiendo el tiempo con tanto papelito, pero algo me dice que hay que guardárselos a Manuel. Vos te mufás viéndome hacer algo que te duele por omisión, porque no seguiste la cosa de cerca y conste que no te culpo porque estoy en el mismo caso o poco menos, y después porque tenés la jodida sensación de que algo real y vivido se te deshace entre los dedos como un buñuelo apolillado. Yo también y sin embargo voy a terminar con esto aunque más no sea para ir a buscarla a Susana y darle lo que falta para el álbum.

—Ah, porque vos pretendés que estas cosas también entren ahí, mezcladas con cincuenta páginas de recortes y pegotes.

—Sí, viejo. Tomá, por ejemplo, mirá lo que guardaba el que te dije en un bolsillo del saco, total no tenemos ningún informe que dejarle a Manuel sobre Roland, digamos, o sobre Gómez. Al fin y al cabo ni se acordará de ellos cuando crezca, y en cambio hay todo esto que viene a ser lo mismo de otra manera y es esto lo que tenemos que poner en el libro de Manuel.

...Lo que aprendieron, cómo se toman a pecho las lecciones recibidas, fue el objeto de las declaraciones que formularon veteranos de la guerra de Vietnam al abogado norteamericano Mark Lane. En Suecia, país en que muchos de ellos se asilaron tras su deserción, pero también en Estados Unidos, donde viven nuevamente como ciudadanos honorables, 32 ex-soldados norteamericanos dejaron constancia, ante el grabador, de las crueldades que presenciaron en Vietnam o en las que tomaron parte. Lane, autor de una investigación muy notable sobre los errores cometidos en el esclarecimiento del atentado contra John Fitzgerald Kennedy, publicó como libro sus "Conversaciones con norteamericanos"; en estos días salieron a luz en la editorial neoyorquina Simon and Schuster y de ellas publicamos este extracto.

En una conferencia de prensa del Foro por los Derechos Humanos

testimonios de presos políticos donde se denuncian casos de torturas

◆ Los relatos

Tanto en los testimonios leídos durante la conferencia de prensa, como en los entregados por escrito, los detenidos explican en primera persona los vejámenes a que fueron sometidos. Prácticamente todos los relatos coinciden en denunciar la aplicación de la picana eléctrica, golpes con los puños y con elementos contundentes, las presiones psicológicas, etcétera.

A continuación se incluye una síntesis de dichos testimonios:

Norma Elisa Garelli, detenida el 15 de septiembre de 1971 en Rosario. Entregó su testimonio por escrito, que fue leído en la reunión de prensa por un familiar. Cabe consignar que, si bien el ministro del Interior, doctor Mor Roig anunció recientemente su liberación, la señora Garelli sigue detenida.

Chuck Onan, de Nebraska

LANE: ¿Alguna vez se le dio instrucción acerca de cómo interrogar a prisioneros enemigos?
ONAN: Sí.
● ¿Dónde?
—En todas las bases militares. Pero durante el mes previo a la partida hacia Vietnam esa enseñanza se intensificó. En Beaufort, base de la infantería de marina [en Carolina del Sur], se nos preparó para sobrevivir en la selva. Y nos explicaron cómo se tortura a los prisioneros.
● ¿Quién les daba esas instrucciones?
—Por lo general los sargentos, pero también algunos oficiales, tenientes, y en más de un caso el capitán.
● ¿Qué les explicaban?
—Cómo se tortura a los prisioneros...
● ¿Por ejemplo?
—Que a un tipo se le sacan los zapatos y se le pega en las plantas de los pies. En comparación con otros métodos, éste era bastante suave.
● ¿Qué otros métodos les enseñaban? ¿Puede darme algún ejemplo?
—Nos decían que teníamos que utilizar los trasmisores. Debíamos fijar los electrodos a los órganos genitales..

370

Según cuenta en su testimonio, fue detenida en su domicilio, junto con su esposo, por tres o cuatro policías de civil que —desde un primer momento— actuaron con suma violencia. Al parecer, los policías la vinculaban con la fuga de guerrilleros de la cárcel de Tucumán.

Desde un comienzo la sometieron a manoseos y a vejámenes de palabra. Luego fue trasladada a un lugar que no pudo precisar. La desnudaron —según narra— y comenzaron a aplicarle la picana eléctrica en todo el cuerpo, especialmente en los senos, en la vagina, en los dientes y la boca.

Simultáneamente la golpeaban en la cara.

En un pasaje de su relato, la señora Garelli cuenta que uno de los torturadores —a quien llamaban "El gordo"— cambió su actitud hacia ella y dijo "que se había enamorado de mí". La detenida cuenta que, como tenía los ojos vendados no pudo ver la cara del torturador pero le tocó el rostro y pudo comprobar que lloraba.

El citado policía —según el testimonio— demostró tener muchos conocimientos de medicina y, según le dijo a la señora Garelli, le faltaban cuatro materias para recibirse de abogado.

Norma Morello: Detenida el 30 de noviembre por personal militar en la localidad de Goya y trasladada al comando del Segundo Cuerpo de Ejército, en Rosario. Recién un mes después pudo ser vista por sus familiares. Tanto su abogado, doctor Bellomo, co-

● **¿Se les daba ejemplos prácticos de esa técnica o sólo se hablaba de ella?**

—Había dibujos en la pizarra mural, de los cuales se desprendía muy claramente cómo hay que fijar los electrodos a los testículos de un hombre o al cuerpo de una mujer...

● **¿Alguno de los oficiales había hecho esos dibujos en la pizarra?**

—No; eran croquis impresos, fijos a la pizarra.

● **¿Qué les enseñaban, además?**

—Cómo se arrancan las uñas.

● **¿Qué instrumento se recomendaba?**

—Alicates de los que usan los radioelectricistas.

● **¿Quién les explicaba esos métodos?**

—Un sargento.

● **¿Qué otros métodos enseñaban?**

—Las diversas cosas que se pueden hacer con palitos de bambú.

● **¿Por ejemplo?**

—Clavarlos debajo de las uñas o en los oídos.

● **¿Alguna vez les hicieron demostraciones de algunas de esas técnicas?**

—Sí. En una ocasión le pegaron a un tipo en la planta de los pies; le ordenaron que se tendiera en el suelo y le dieron con un fusil.

● **¿Recibieron instrucciones especiales acerca de cómo interrogar a las mujeres?**

—Sí.

● **¿Qué les dijeron?**

—Eran bastante sádicos. No querría hablar de eso. ¿De qué sirve ponerlo en el tapete? Quisiera olvidar, librarme de eso.

● **Pretendo informar lo más ampliamente posible acerca de lo que usted me cuenta. Habrá oído que, según Nixon, My Lai es un caso aislado, que los soldados norteamericanos son generosos y humanitarios. Ahora bien: si se adiestra a los infantes de marina para que torturen en Vietnam, ¿no le parece que eso tendría que conocerse?**

—Claro que nos entrenaban para la tortura, pero la gente no quiere saber nada de eso, o no quiere creerlo. Pero si existe aunque sea una mínima posibilidad de que sirva para algo, le contaré cómo era la cosa.

mo su hermano Rubén Morello, afirmaron que fue sometida a torturas en dependencias militares. En cambio desde que pasó a jurisdicción policial —dijeron— fue bien tratada.

Mirta Miguens de Molina: detenida el 11 de diciembre. Su testimonio fue leído, en la conferencia de prensa, por su abogada, la doctora Manuela Santucho. Detenida por 20 hombres de civil. Según cuenta en su testimonio, fue desnudada y sometida a varias sesiones de picana eléctrica. Tres hombres la violaron y, en una oportunidad, le introdujeron en el ano un mango de plumero.

También fue sometida a torturas ideológicas. En una pieza vecina era torturado su esposo, cuya muerte le anunciaron más de una vez. Además, dice que vio a su esposo er estado deplorable, con los testículos y la boca quemados con ácido.

Mirta Cortese de All: detenida el 1º de julio, en Rosario. En su relato escrito cuenta cómo fue detenida y trasladada a una celda de la regional de la Policía Federal. Fue torturada con picana eléctrica en las zonas más sensibles del cuerpo. La insultaban y amenazaban de muerte, mientras uno de los policías decía que "le dolía mucho verme en esa situación". Dice a continuación el testimonio: "Recurrieron a otros métodos desconocidos. Me colocaron cables en los ojos cubiertos por papel y, alrededor de la cabeza, otros cables que me oprimían el cráneo fuertemente. Esos cables me quemaban, sintiendo un dolor agudo. Mi cuerpo iba

● **¿Qué les enseñaron acerca de torturas a las prisioneras?**
—Teníamos que desvestirlas, separarles las piernas y meterles palos puntiagudos o bayonetas en la vagina. Nos dijeron además que podíamos violar a las muchachas todas las veces que quisiéramos.

● **¿Qué otra cosa?**
—Nos explicaron cómo se podía abrir las bombas de fósforo, sin que detonaran, para entonces poner el fósforo en las partes del cuerpo donde realmente duele.

● **¿Qué lugares les recomendaban?**
—Los ojos... también la vagina.

● **¿Recomendaban otros productos químicos?**
—Sí, el cesio.

● **¿Cómo lo usaban? ¿Es un polvo?**
—Hasta la detonación es un polvo. Nos enseñaron a abrir los recipientes y utilizar el cesio como veneno. Los prisioneros tenían que comerlo.

● **¿Les expusieron también cómo usar los helicópteros?**
—Sí. Contaban como si fuera una gracia que una vez, en Vietnam, habían atado las piernas y los brazos de un prisionero a dos helicópteros distintos. Entonces los pusieron en marcha y lo descuartizaron.

● **—¿Quién les contó eso?**
—Uno de mis instructores, un sargento.

● **¿Lo había presenciado, personalmente?**
—Dijo que él lo había hecho.

● **¿Los adiestraron a fondo en el uso de los helicópteros?**
—Nos entrenaron muchos expertos en helicópteros. Y nos explicaron una serie de métodos de tortura con esos artefactos. Fuera del helicóptero, por ejemplo, hay una soga que se puede bajar y subir automáticamente. Con ella, por ejemplo, se saca gente del agua. Está proyectada para eso. Pero nos enseñaron a colgar a un prisionero de esa soga, atándole al pescuezo una más pequeña que sirve para casos de emergencia. Cuando se les descuelga, la víctima ve que la cuerda se ciñe cada vez más a su cuello, hasta que muere. Es una de las posibilidades de emplear un helicóptero para torturas. También se puede atar a los prisioneros abajo del helicóptero y luego hacer

resistiendo cada vez menos; tuve hemorragias por efectos de los golpes y de la picana".

Dice luego que cuando desfallecía "recurrían a las drogas puestas en cigarrillos, ampollas, algodones y pastillas que me reanimaban para seguir aguantando ese tipo de interrogatorio. Pasaban por mi piel un disco pequeño que irradiaba calor, produciéndome quemaduras en algunas partes". "En otras sesiones me aplicaban los rayos infrarrojos" que "me produjeron dos grandes quemaduras en la zona glútea".

Más adelante señala que siete días después de detenida, "mi cuerpo era una masa informe, morado, con la piel que comenzaba a caerse y un temblor continuo. Mis manos y piernas estaban paralizadas. Me decían que estaba en el Uruguay y que todas las torturas habían sido ocasionadas por una organización extremista".

Posteriormente fue trasladada a la delegación de la Policía Federal de Mercedes y cesó el maltrato. Posteriormente a La Plata y luego a DIPA, donde fue presentada ante el juez. "Tuvieron que llevarme —cuenta— pues mis piernas continuaban inmóviles. Me presentaron ante un miembro de mi familia al cual no reconocí. Allí estuvieron los médicos forenses. El juez pidió mi internación en el Hospital Neurosiquiátrico donde permanecí diez días".

Guillermo Oscar Garamona: detenido el 21 de noviembre de 1971 junto con Adriana Mónica Arias y Néstor Pot, en Rosario. Según el testimonio.

vuelos rasantes sobre la copa de los árboles. Quedan a la miseria, realmente.

● ¿Cuánto duraba ese adiestramiento en interrogatorios y torturas?

—Más de seis meses; de promedio, por lo menos, cinco horas por semana.

● Es una enseñanza aun más concentrada que cuando en un colegio una persona estudia su asignatura principal durante un semestre. La Facultad de Derecho, en la que hice mis estudios, por semana daba dos clases de derecho penal —la más importante de mis materias—, o sea que a lo largo de cinco meses no teníamos más que dos horas semanales.

—Sí, realmente, nos preparaban a fondo para que torturáramos. Y ésta era sólo la parte oficial. En realidad, había más. Nuestros instructores, los sargentos, convivían con nosotros, comíamos y dormíamos en la misma habitación, y siempre hablaban de sus experiencias en Vietnam.

● ¿De qué hablaban?

—Muertes y torturas de prisioneros, violación de muchachas. Tenían fotos, también, de las cosas más horrendas que habían hecho.

● ¿Cuál era la reacción de los reclutas ante ese entrenamiento?

—Positiva. Les agradaba. Los infantes de marina eran, en lo fundamental, voluntarios. Soñaban con el momento de verse ya en Vietnam, aplicando todas esas nuevas habilidades.

Richard Dow, de Idaho

LANE: ¿Presenció usted alguna acción en la que se matara a personas inocentes?

DOW: Sí. Fue en una aldea al norte de nuestra posición. Recibimos noticias de que había vietcongues en la zona; debíamos ir a la aldea e indagar. Fuimos y le preguntamos al alcalde. El hombre simpatizaba con el Vietcong y nos ordenó que abandonáramos la aldea. Nos retiramos, pero volvimos con refuerzos y arrasamos literalmente el poblado.

373

fueron llevados a la Jefatura de Policía y sometidos a golpes por varios policías. También les aplicaron la picana eléctrica. Fue torturado unas 24 horas —con pequeños intervalos— y afirma que "a esta altura del partido estaba todo quemado por la picana eléctrica y destrozado por los golpes".

Más adelante relata: "Se abalanzaban sobre mí como bestias enfurecidas. Cuando comencé a sangrar por la nariz más se enfurecían y más me golpeaban. Me mostraron un invento de torturas, me dijeron que los fabricaban los 'yanquis' y que se los daban a ellos para liquidar a los que j... a los servicios de seguridad. Consistía en una bola de plástico, con un resorte y una plaqueta, la cual se enganchaba en la boca y tirando de una pelota plástica, unos 15 ó 20 centímetros, la largaban y venía con una fuerza espantosa".

Luego, según cuenta, trajeron a una mujer "la desnudaron y la pusieron arriba mío. Nos picaneaban a los dos juntos, le decían que le iban a destrozar la vagina, que nunca iba a poder tener hijos". "A mí me decían que si me llegaba a morir, me iban a tirar del segundo piso e iban a decir que me había suicidado" "Era algo inaguantable. Les pedía que me matasen y me decían que así me estaban matando, igual, de a poco"

Hugo Marcos Ducca: detenido el 7 de setiembre de 1971, en Tucumán, actualmente alojado en el pabellón 37 de Villa Devoto. Fue trasladado —se-

● ¿Cómo?
—Napalm, morterazos, cañoneo, toma por asalto, vehículos acorazados... Un ataque total contra una aldea de morondanga.
● ¿Cuánta gente vivía allí antes del ataque?
—Alrededor de 400.
● ¿Cuántos sobrevivieron al asalto?
—Uno.
● ¿A quiénes mataron?
—A todos. Mujeres, niños, búfalos, gallinas cabras. Todo.
● ¿Fue ésa una acción inusual?
—No. Ya habíamos participado en acciones similares, en las cuales nos mandaron que redujéramos a cenizas toda una aldea pero no que matáramos a todos. Y hubo otros casos en que matamos gente.
● ¿Cómo se llamaba la aldea?
—Bau Tri.
● ¿Dónde queda, o dónde quedaba?
—A unos 240 quilómetros al noreste de Saigón.
● ¿Recibió alguna vez la orden de no dar cuartel?
—Sí.
● ¿De quién?
—Del teniente, del jefe de sección.
● ¿Más de una vez?
—Sí.
● ¿Y qué ocurría entonces?
—No tomábamos ningún prisionero.
● ¿Qué significa eso?
—Matábamos a todos los que capturábamos.
● ¿Heridos?
—También heridos.
● ¿Mataban a los heridos?
—Sí.
● ¿Cómo los mataban?
—Con pistolas, fusiles, ametralladoras, bayonetas.
● ¿Heridos que yacían en tierra?
—Sí, que ya no estaban en condición de defenderse. Estaban impedidos, no podían más.
● ¿Usted fue testigo de esos hechos?
—Participé en ellos.
● ¿Por qué?
—Después de cierto tiempo uno se convierte en un animal... eso se hace instintivamente, ya no se es consciente de nada.
● ¿Cuántos prisioneros o heridos mató usted? ¿Podría calcularlo?
—Diría que... quizás 250.

374

gún cuenta— al Departamento Central de Policía donde lo sometieron a golpes. Luego, dice, fue trasladado a dependencias de Regimiento de Comunicaciones, "donde el oficial Quinteros y dos torturadores me golpean reiteradamente a cara descubierta, me clavan agujas bajo las uñas de la mano, me pisan con su botas los dedos de los pies". "Se me miente permanentemente sobre mi mujer y mis hijos"

Tirso Yáñez: detenido en Tucumán, el mismo día que Ducca y también en vinculación con la fuga de guerrilleros del ERP. También fue sometido a golpes de toda índole. "Recibí propuestas de salvar mi vida a cambio de que entregara a otros compañeros, diciéndome que Santillán y Martínez ya habían sido fusilados".

Roberto Santucho: detenido en Córdoba el 2 de setiembre.

Fue trasladado a la Jefatura de Policía y sometido a torturas "consistentes en golpes con algo duro, posiblemente una madera, en la planta de los pies; golpes en el estómago, continuos, entre varios, y desde distintos ángulos; golpes en la cabeza y en los oídos, en los brazos y aplicación de la picana eléctrica en todo el cuerpo, especialmente en los órganos genitales".

Fue sometido varias veces a iguales sesiones, de torturas hasta que los vejámenes cesaron cuando —según su testimonio— se publicó en los diarios la noticia de su detención.

Ubaldo González: detenido el 13 de octubre de 1970, en Mendoza, por personal de la policía de la provincia. Es torturado —según dice— en el Departamento de Policía de

● ¿Usted personalmente?
—Sí.
● ¿Y cuántos de esos casos ha presenciado directamente, más o menos?
—Puede ser que 2.000, 3.000.
● ¿Heridos, a los que mataron?
—Pero claro, heridos y civiles a los que se liquidó sin motivo alguno. Hombres, mujeres, niños, todo.
● ¿Fue testigo ocular de interrogatorios?
—Sí, a veces de prisioneros que yo mismo había capturado o traído. Fui testigo de unos 25 ó 30 interrogatorios.

● ¿Podría describir algunos?
—Bueno, atrapé a un muchacho, quizás de 17 años de edad. Le disparé en la pierna. Cayó al suelo. Estaba armado. Lo desarmé, le presté primeros auxilios, llamé a un helicóptero y llevé al muchacho al puesto de mando de nuestra compañía. Le dieron atención médica y luego lo interrogaron.
● ¿Presenció usted mismo el interrogatorio?
—Sí, yo era de la partida. El especialista vietnamita en interrogatorios empezó a actuar. El muchacho tenía una herida en el muslo, le habían dado unos puntos y hecho una transfusión. Durante el interrogatorio vi cómo el vietnamita le arrancaba el vendaje de la pierna al muchacho y le pegaba en la herida con el fusil, de modo que empezó de nuevo a sangrar. El muchacho perdió una enormidad de sangre. Le dijeron que le pondrían de nuevo las vendas, si hablaba. El muchacho siguió callado. Entonces el vietnamita sacó su bayoneta y agrandó más la herida. Pero no alcanzó con eso; siguieron hasta que lo mataron.
● ¿Cómo?
—Torturándolo.
● ¿Cómo lo torturaron?
—Le cortaron los dedos... falange a falange. Le dieron puntazos con un cuchillo, tan hondos que comenzó a brotar sangre.
● ¿Cuánto duró eso?
—Tres horas, aproximadamente. Por último el muchacho se desvaneció. No pudieron lograr que volviera en sí. El vietnamita sacó la pistola y le encajó un balazo en la cabeza. Una vez muerto, le cortaron el escroto —lo castra-

375

25

esa ciudad. "No puede precisar exactamente el tiempo", pero "cuando paran de picanearme me sientan en una silla y colocan alrededor de mi cabeza una correa o soga y, con un objeto que creo es un palo, hacen un torniquete sobre la soga que comenza ajustarse sobre la cabeza". "En un momento en que estoy en el suelo, me hacen sentar y siento que me pisan lentamente los testículos, entre risas y vaticinios de que voy a quedar estéril." "... Me sacan las esposas y me atan con sogas o cueros las cuatro extremidades y entonces levantan entre varios hombres las sogas y, una vez en el aire, me colocan la picana en el ano y los testículos." Cuenta que se desmaya y cuando vuelve en sí, "alguien me está haciendo masajes en el corazón y me aplican un aparato en el corazón que creo es un estetoscopio. Siento que comentan algo sobre paro cardíaco y alguien a quien le dicen doctor responde que 'no hay peligro, está saliendo'. Luego escucho decir que éste no va más, tírenlo en un calabozo y después lo tiramos por ahí".

Jorge Agrest: detenido en Mendoza, el 13 de octubre de 1970. Según su testimonio fue torturado primero por la policía provincial y luego en dependencias de la delegación de la Policía Federal. Cuenta que allí fue picaneado y "cuando intenté gritar me aplastaron la tráquea con un dedo hasta que no podía respirar".

Emilio Brigante: detenido el mismo día, también en Mendoza. Es amenazado de muerte y luego "me hicieron correr alrededor de la pieza, mientras me aplicaban descargas eléctricas". Cuenta en su testimonio que los tortu-

ron— y se lo cosieron en la boca. Entonces pusieron el cadáver en medio de la aldea, para escarmiento; el que lo tocara experimentaría el mismo tratamiento. Nadie lo tocó. Con las mujeres procedían de la misma manera.

● **¿También estuvo presente en algún caso?**

—Sí. Habíamos ido a una cervecería en Saigón. Uno de nuestros muchachos estaba en el piso de arriba con una prostituta. Lo oímos gritar. La chica lo había atacado con una navaja de afeitar. Buscamos a un policía militar para que lo llevara al hospital. A la muchacha la llevamos al acantonamiento militar más próximo. La ataron y la abrieron en dos, desde la vulva hasta la garganta. Quedó muerta en el sitio.

● **¿Usted lo vio?**

—Sí.

● **¿Presenció otros casos en que se cometieran atrocidades contra mujeres?**

—Vi a una joven prisionera vietnamita. Decían que simpatizaba con el Vietcong. La habían capturado los coreanos. Durante el interrogatorio se negó a hablar. La desnudaron y la ataron. Entonces la violaron todos los soldados de la unidad. Por último dijo que no podía más, que iba a hablar. Entonces le cosieron la vulva con alambre común. Le perforaron la cabeza con una varilla de latón y la colgaron. El jefe de la unidad, un teniente, la decapitó con un sable largo. También vi cómo torturaban a una con una bayoneta caliente, introduciéndosela en la vagina.

● **¿Quién lo hizo?**

—Nosotros.

● **¿Soldados norteamericanos?**

—Sí.

● **¿Cuántos soldados norteamericanos participaban?**

—Siete.

● **¿Quién era la muchacha?**

—La hija de un alcalde de aldea vietnamita... éste simpatizaba con el Vietcong. La desnudamos, la atamos y pusimos una bayoneta al rojo en una fogata. Se la pasamos por el pecho y se la hundimos en la vagina.

● **¿Murió?**

—No en seguida. Teníamos con nosotros un hombre, que se sacó un cor-

radores "se mostraban como gente muy acostumbrada a dar ese trato a los detenidos, por los comentarios y la forma de golpear".

"La sesión siguiente se inició en un cuarto distinto al anterior, donde me desnudaron y ataron de piez y manos, pasándome la p.cana por distintas partes del cuerpo, pero más tiempo por los testículos.

Las descargas eléctricas eran acompañadas de amenazas, diciendo que mi vida dependía de ellos, que me entregarían al juez cuando lo creyeran necesario y que no lo harían si me quitaban la vida y que jamás podria t e n e r contacto sexual con una mujer"

"Luego me llevaron a una nueva sesión de golpes —dice más adelante el testimonio de este detenido— me golpearon salvajemente hasta que quedé tendido en el suelo" y "entre los insultos más agraviantes me introdujeron una lapicera en el año". "Todas las noches dormí esposado a una silla y a cada instante venían a despertarme, diciéndome que iban a comenzar las sesiones y me golpeaban para no dejarme dormir".

Alvaro Centurión: También detenido en Mendoza el mismo día. Dice en su testimonio: "Constantemente disfrutaban de sus bestiales ocurrencias. Me quemaron los dedos con las brasas de un cigarrillo y me amenazaban de muerte diciéndome que me tirarían de un cerro y se encargarían de que estuviera irreconocible"

Carlos Guido Stecanella: Detenido en el mismo procedimiento, fue torturado por la policía provincial y, según su

dón de cuero de la bota. Lo mojó, se lo ató al cuello a la muchacha y la dejó colgada al sol. Y el cuero encoge al secarse. Se asfixió lentamente...

● ¿Usted recibió algún galardón o condecoración por su comportamiento en Vietnam?

—La "Estrella de Bronce"... las insignias honoríficas del ejército, la medalla al valor —ésta del gobierno vietnamita—, una mención elogiosa por parte del presidente, extendida a toda mi unidad, varias insignias vietnamitas, insignias de combate y un par de "Purple Hearts".

testimonio, sometido luego a vejámenes por los efectivos de la delegación local de la Policía Federal. Según cuenta, los federales lo desnudaron y lo ataron a una camilla. "Luego de envolverme las muñecas y los tobillos con una capa de plumas, para no dejar marcas, comenzó el interrogatorio y me preguntaron si me habían golpeado antes los mendocinos. Les contesté que sí, se reían y me decían que "eran unos brutos; nosotros hacemos mejor las cosas, somos científicos". Más adelante dice: "La picana la aplicaban en los testículos, axilas y tetillas: también en el ano, aclarándome 'te vamos a curar las hemorroides'". "Para que los gritos no se sintieran hacían funcionar un tocadiscos, presionaban fuertemente con las manos e incluso me tapaban la nariz, a tal punto me desesperé que rompí las ligaduras". "Durante el periodo de torturas constantes estuvimos cinco días sin comer".

Roberto Lehn: Detenido el 4 de noviembre de 1970, cuenta que "comienzan a interrogarme con amenazas o apremios de palabra, me atan los brazos y las piernas, extendidos y separados. El interrogatorio comienza haciendo referencia al papel negativo del Poder Judicial, y que mi suerte estaba librada a ellos". Luego le aplican la picana eléctrica.

Manuel Alberto González: Detenido el 6 de setiembre de 1971, tras fugar del penal de Villa Urquiza, en Tucumán. Lo trasladan a la jefatura de Policía de la provincia y es obligado a pasar entre dos filas

de policías que lo golpean violentamente. Es golpeado varias veces y privado de alimento. Afirma que "luego de un largo tiempo recién me sacan las esposas y las vendas y recién nos empiezan a pasar comida y mate cocido. Una vez me di cuenta que los soldados echaban orina en el mate cocido".

Athos Mariani: Cuenta que fue desnudado y atado a una cama. "Colocaron un anillo en el dedo gordo del pie y me pasaban algo parecido a un rastrillo o un cepillo de alambre por el cuerpo, fundamentalmente sobre el abdomen, pubis y boca; luego sobre órganos genitales y tetillas".

"Hubo un par de momentos en que creí ahogarme o asfixiarme. Luego me empezaron a dar una grageas blancas, sacadas de un frasco color caramelo cuadrado con tapa de aluminio de unos 5 centímetros de alto. Supongo que era para evitar la electrólisis que pudiera delatar la picana en análisis posteriores".

Carlos Della Nave: Fue detenido el 16 de marzo de 1970, acusado de hallarse implicado en el secuestro del cónsul paraguayo Waldemar Sánchez. Inmediatamente de ser apresado por ocho hombres que lo hallaron en un galpón de Luján, fue esposado y sometido a la "picana", mediante la utilización de las baterías de un automóvil.

En ese mismo vehículo fue obligado a echarse en el piso, junto a otra persona que resultó ser Francisco Páez, un albañil que realizaba tareas de refacción en el galpón.

"Luego de viajar por espacio de una hora aproximadamente —dice en su testimonio—, llegamos a un local bastante amplio que contenía celdas de reducidas dimensiones. A los pocos minutos me llevaron a una habitación muy iluminada donde me desvistieron para atarme a una camilla".

"Allí tuve que soportar nuevamente la picana, mientras un individuo con voz calma me decía que era mejor que hablara, porque al final todos lo hacen. Creo que esto duró alrededor de una hora. Luego me llevaron a un calabozo, donde empecé a sentir que tenía el brazo izquierdo paralizado. Comencé a llamar reclamando la presencia de alguien. Nadie respondió, pero al cabo de un rato abrieron la puerta y me arrastraron otra vez a la camilla".

"Al decirles que no podía mover el brazo —prosigue el testimonio de Della Nave— me aplicaron igualmente el aparato, pero en forma liviana, vale decir, sin que me produjera las convulsiones de cuando me lo pusieron con toda potencia".

Luego de referir que fue nuevamente trasladado en automóvil hacia otro sitio, junto con Páez, en una celda con el piso cubierto con virutas de madera, Della Nave relata que "poco después de llegar, fui levantado y puesto en una mesa, a la que me ataron de pies y manos, y luego de rociarme con agua empezó a funcionar una máquina que producía un ruido semejante al de una sierra de carpintería".

"La negativa a responder las preguntas, hacía que me pegaran golpes en los oídos y acentuaran la aplicación de esa picana que era mucho más poderosa de las que había soportado hasta entonces".

"Finalizada esta sesión de tortura, me tiraron al piso, luego de echarme agua en el cuerpo, y me dejaron tranquilo por unos 15 minutos. Después me volvieron a atar a la mesa, repitiendo la misma operación, hasta que me dejaron solo —atado— por espacio de algunas horas. Pasado ese lapso, entraban cada 15 o 20 minutos para hacerme preguntas"

Luego de narrar diversos traslados y "sesiones" parecidas, Della Nave sostiene que fue conducido a un sitio de aspecto abandonado, con una casucha de madera erigida sobre una especie de promontorio.

"Al rato de llegar —dice— ordenaron que me desnudara y me sacaron de la casa para estaquearme de pies y manos, continuando el interrogatorio. Ante mi negativa a responder, reanudaron la aplicación de la picana. Pero esta vez de un modo más científico, porque yo sentía que cada tanto un individuo me aplicaba un estetoscopio en la tetilla izquierda, y ordenaba seguir o parar la tortura".

"En un determinado momento, pedí un vaso de agua, ya que hacía tres días que no tomaba líquido. Me alcanzaron un vaso que contenía un líquido caliente. Al tomarlo de un trago, percibí que era orina mezclada con mate cocido. Durante la noche, vinieron a golpearme los oídos con las palmas de la mano, me tiraban agua fría y me bombardeaban a preguntas. Por la mañana (pude notar la luz a través de una venda que no me quitaban de los ojos), me sacaron de la casilla y me colgaron de un tirante que seguramente debía sobresalir de la construcción".

"En un momento dado realizaron un simulacro de fusilamiento, atándome a un árbol. Sentí que disparaban varios tiros. Luego me soltaron las ligaduras y me dejaron descansar".

"Por la noche volvieron a picanearme, y como la respiración se me había vuelto dificultosa y medio me desvanecí, cuando recuperé el conocimiento, me di cuenta que tenía una máscara sobre la naríz y la boca, que supuse debía ser oxígeno".

El relato de Della Nave finaliza con su traslado a la Delegación San Martín de la Policía Federal. "Allí me dejaron, tirado en la vereda —dice—, y al cabo de algunos minutos fui recogido por personal de esa dependencia"

Homar Valderrama: Detenido el 1º de mayo de 1971, afirma que fue trasladado a las 19,30 horas a la Delegación San Martín de la Policía Federal. Asmático, solicitó un medicamento que llevaba consigo cuando fue apresado y le fue quitado. No se lo dieron, ni le suministraron otro semejante. Fue alojado en una celda en la que entraba agua a través de una ventana y de goteràs. No le fue dada manta ni lona para abrigarse, pese al intenso frío. A las 3 de la mañana del día 2, dice, le obligaron a reconocer como suyos una serie de objetos y papeles. Indica que lo hizo "para que no me

molestaran y pasara tiempo, así alguien podía denunciar mi detención".

Fue conducido, esa misma mañana, al edificio central de Coordinación Federal (ahora Seguridad Federal). Allí fue esposado sobre un elástico sin colchón. A las 18.10 (aún no había comido ni tomado agua desde su detención) fue llevado por un joven de 25 a 30 años hasta el octavo piso. En la oficina "División Delegaciones, Asuntos Disciplinarios", donde fue introducido, había otros tres hombres. Uno de ellos, "el jefe", contempló ríendose como los restantes lo golpeaban. Fue desnudado ("Para no romperme la ropa", indica) y nuevamente golpeado. Cuando pararon, "el jefe" comenzó a hacerle preguntas, amenazándolo con llevarlo "a la máquina". Como no contestaba, "el jefe" comenzó a tratar de golpear sus genitales con un resorte envuelto en una manguera. Cuando no lo conseguía, pegaba en el estómago. Luego, según cuenta, fue sacado al aire libre, con los ojos vendados, mientras lo empujaban desde atrás. Fue llevado nuevamente a la oficina, donde "el jefe" le anunció que lo esperaba "la máquina", porque no había hablado.

Fue devuelto a su celda, eran las 19,15. Veinte minutos más tarde fue llevado al segundo piso, y trasladado a una oficina que "tiene aproximadamente seis por cuatro metros, está al fondo del pasillo que llega al ascensor, saliendo a la derecha de este último; posee armarios en la pared opuesta a la puerta y en la izquierda también, sillones de cuero, sillas y una mesa de dos por un metro apoyada en la pared derecha, siempre tomando como referencia la puerta de entrada".

Había dos hombres dentro. Con "el jefe", y el que lo había conducido totalizaron cuatro. Uno colocó una manta sobre la mesa, que tenía cuatro agarraderas. Junto a ella había "una caja de madera de 50 por 30 centímetros, que en su interior alojaba unos objetos cilíndricos de 15 centímetros de alto por 7 de diámetro": la picana eléctrica.

Valderrama afirma que fue desnudado, acostado boca arriba y atado. Le pusieron algodón en los ojos, sujeto con una cinta adhesiva. "El jefe", entre insultos, le hacía preguntas, mientras otro le pasaba un líquido, con un pincel, por distintas partes del cuerpo. Cuando el interrogatorio se detenía, en las zonas mojadas y los labios le aplicaban "algo así como un cepillo electrizado".

"La sensación que uno tiene —relata Valderrama— es que le arrancan la carne y cuando me sacaban el cepillo me daba cuenta de que estaba muy encogido porque comenzaba a estirarme muy lentamente de pies y brazos". A las 20.30 terminó la sesión y fue llevado a una celda del tercer piso. Allí se escuchaba como otros detenidos eran sacados de sus celdas, y 10 minutos más tarde se escuchaban gritos y pataleos que venían del segundo piso.

El domingo 3 fue víctima —según cuenta— de otra "sesión". Aún no había comido ni tomado agua. El lunes 4 fue llevado al octavo piso, donde "el jefe" le mostró cosas que debía reconocer para que pararan las torturas. En el segundo piso firmó una "manifestación espontánea". Luego fue trasladado nuevamente a San Martín, y recién el 17 desaparecieron de su cuerpo las marcas de golpes y de picana. Valderrama indica que de las cosas que reconoció, solamente unas pocas eran propias.

Oyendo a Patricio y a Susana se hubiera podido imaginar otra cosa y era eso lo que enfurecía a Lonstein mientras Andrés lo miraba como explicándole que nadie tenía la culpa y que cada cual tiraba del ovillo a su manera. De acuerdo, dijo el rabinito, pero decime un poco si tiene sentido que Susana se aparezca como una lechuga recién cortada a las once de la mañana, justo mientras yo estoy escuchando las noticias, y ya sabés lo que me cuesta ese sacrificio con el hongo que se me desmejora y Manuel arrastrándose por el piso nada más que para dejar un reguero en forma de bustrofedón, si sabés a lo que aludo. Lo sé, dije modestamente, pero yo en tu caso me habría alegrado por muchas razones, aunque más no fuera porque se llevarían a Manuel. Mirá, dijo Lonstein, no te voy a negar mi satisfacción frente al hecho en sí, pero que primero Susana y a la media hora Patricio tan fresco pidiéndome un café y revolcándose en la alfombra con Manuel, yo queriendo saber alguna cosa porque al fin y al cabo la había laburado de baby-sitter y eso no tenía precio, hermano, y qué te digo que estos dos se apoderan de su hijo, rejuntan los pañales y los frascos de comida y se mandan a mudar tan campantes después de decirme que lo mejor es no decir nada y que gracias por la nursery. No tenían ganas de hablar, dijo Andrés, a mí me pasa lo mismo pero ya ves que tenemos que ocuparnos de lo que falta, aunque vaya a saber qué coño es. Lo que falta, dijo Lonstein cerrando los ojos, sí, lo que falta, claro que ahora hay cosas que faltan, viejo, decímelo a mí.

ENTRENAMIENTO DE MILITARES EXTRANJEROS

RESUMEN DE LOS ESTUDIANTES DEL MAP*1

País	Período 50-63	Período 64-68	Total
Argentina	1.190	1.216	2.406
Bolivia	764	1.432	2.196
Brasil	3.416	2.255	5.671
Chile	2.219	1.448	3.667
Colombia	2.516	1.378	3.894
Costa Rica	208	321	529
Cuba	521	-	521
Rep. Dominicana	955	1.419	2.374
Ecuador	2.246	1.549	3.795
El Salvador	304	528	832
Guatemala	903	1.117	2.020
Haití	504	-	504
Honduras	746	602	1.348
México	240	306	546
Nicaragua	2.366	1.204	3.570
Panamá	768	2.106	2.874
Paraguay	204	564	768
Perú	2.820	1.624	4.444
Uruguay	807	607	1.414
Venezuela	724	2.382	3.106
Total Latinoamérica	24.421	22.058	46.479

* Military Assistance Program
1 Fuente: Oficina del Secretario Adjunto de Defensa (Asuntos de Seguridad Internacional), **Military Assistance Facts** (Washington, D.C. U.S. Dept. de Defensa, 1969) p. 21.

—¿Tenés noticias? —preguntó Susana.

—No —dijo Monique.

—Conozco el sistema —dijo Patricio—. Francia no quiere líos foráneos, ya se ha visto. Lo sacarán por alguna frontera, y en una de ésas vas a recibir una tarjeta postal y no tenés más que tomar el tren, nena.

—Sí, en teoría es así —dijo Monique—. Vayan al cine, yo me quedo con Manuel.

—Yo también —dijo Ludmilla.

—Vos vení con nosotros —dijo Susana—. Caminamos un rato, hace calor.

—No —dijo Ludmilla—, dejame quedarme con Manuel.

—Pobre pibe —dijo Lonstein—, avisá si es una manera de equiparlo para el futuro, a los trece años va a ser un espástico completo.

—Depende —dijo Andrés pasándole las tijeras a Susana que pegaba los recortes con un aire altamente científico—, si le echás una ojeada al álbum verás que no todo es así, yo por ejemplo en un descuido de esa loca le puse una cantidad de dibujos divertidos y noticias muy poco serias para el consenso de los monobloques, si me seguís la idea.

—Momento —dijo Patricio alarmado—, a ver si me cambiaste el conjunto por una de Tom y Jerry o algo así.

—No, mi viejo, el conjunto sigue siendo lo que sabemos, incluso el pedacito que nos tocó vivir.

—Mejor —dijo Patricio— porque con tus mezclas refinadas al final nadie comprenderá un belín si le cae el álbum en las manos.

—Manuel comprenderá —le dije—, Manuel comprenderá algún día. Y ahora me voy porque es tarde, tengo que buscar un disco que me prometieron de Joni Mitchell y seguir ordenando lo que nos dejó el que te dije.

—¿En ese orden de prelaciones? —dijo Patricio mirándolo en los ojos—. ¿Tu Joni no sé cuánto y después lo otro?

—No sé —dijo Andrés—, será así o al revés pero serán las dos cosas, siempre. De todas maneras antes de irme te puedo dejar algo que podés agregar para Manuel, empieza con una jarra de agua.

Lonstein llenó despacio la jarra de agua y la puso sobre una de las mesas vacías; estaba solo en la sala tres, el rengo Tergov no vendría a ayudarlo hasta las once de la noche. Sin sacarse el pucho de la boca, se acercó al muerto tendido en la mesa cinco y levantó la sábana. Estaba tan acostumbrado a desvestirlos que no tuvo dificultad para sacarle el saco pegoteado, bajarle los pantalones, convertirlo en un cuerpo que la esponja y el detergente lavarían hasta dejarlo blanco y puro, toda huella de historia ya borrada, toda mancha negruzca suprimida, toda baba enjugada. Como si irónicamente lo divirtiera ver trabajar al rabinito, dos rayas de luz se filtraban entre los párpados, la cabeza en la almohadilla de goma daba la impresión de enderezarse un poco para mirarlo mejor, para tomarle lentamente el pelo. Jodé nomás, pensó Lonstein, nada te habrá cambiado, hermanito. En todo caso no seré yo quien te cierre los párpados, que lo haga el que te meta en el cajón. Seguí tranquilo, hay tiempo. Mirá que venir a encontrarnos aquí, nadie lo va a creer, nadie va a creer nada de todo esto. Nos tenía que tocar a nosotros, clavado, vos ahí y yo con esta esponja, tenés tanta razón, van a pensar que lo inventamos.

París, Saignon, 1969/1972.

Esta edición de El libro de Manuel
de Julio Cortázar
se terminó de imprimir
el día 5 de febrero de 1980
en los talleres gráficos de
Romanyà/Valls,
Verdaguer, 1, Capellades
(Barcelona)